Ross Poldark

Ross Poldark

Winston Graham

Traducción de Aníbal Leal

Rocaeditorial

Título original: *Ross Poldark*

© 1945, Winston Graham

Primera edición: abril de 2018

© de la traducción: 1978, Aníbal Leal

© de esta edición: 2018, Roca Editorial de Libros, S. L.
Av. Marquès de l'Argentera 17, pral.
08003 Barcelona
actualidad@rocaeditorial.com
www.rocalibros.com

Impreso por EGEDSA
Roís de Corella 12-16, nave 1
Sabadell (Barcelona)

ISBN: 978-84-17167-14-1
Depósito legal: B. 5226-2018
Código IBIC: FJH; FRH

RE6714A

*L*a acción transcurre en Cornualles, a fines del siglo XVIII, cuando surgían poderosas fuerzas de renovación y de reacción en todo el mundo. La Revolución francesa y la emancipación americana ocupaban el centro del escenario histórico. Ross Poldark es un hombre de su época. Después de luchar en América, regresa, derrotado y solitario. Mucho en su tierra ha cambiado. La muchacha con quien siempre soñó casarse está prometida a su primo. Su padre ha muerto. Su casa casi en ruinas, abandonada. En su desencanto se aparta de familia y amigos y busca compañía entre mineros y campesinos. La compasión y el amor por los seres desvalidos le impulsan a rescatar a una niñita, casi en harapos y medio hambrienta, de en medio de una reyerta. La lleva a su casa.

El episodio anterior que, en su momento, pareció trivial, alteraría el curso de la vida de Ross Poldark.

Prólogo

Joshua Poldark murió en marzo de 1783. En febrero de ese año, como sentía que el tiempo se le acababa, mandó llamar a su hermano que vivía en Trenwith.

Charles vino cabalgando desmañadamente sobre su gran caballo ruano una tarde gris y fría, y Prudie Paynter, de cabellos largos y lacios, rostro sombrío y cuerpo grueso, lo hizo pasar inmediatamente al dormitorio, donde Joshua yacía recostado sobre almohadas y cojines en la gran cama de cajón. Charles examinó desconfiado la habitación con sus ojillos azules y acuosos, miró el desorden y la suciedad, después alzó los faldones de la levita y se dejó caer en una silla de mimbre que crujió bajo su peso.

—Bien, Joshua.

—Bien, Charles.

—La cosa está mal.

—En efecto, está mal.

—¿Cuándo crees que volverás a levantarte?

—No puedo decirlo. Creo que el cementerio recibirá una nueva carga.

Charles avanzó el labio inferior. Hubiera desechado la observación si no hubiese oído ya comentarios que la confirmaban. Hipó un poco —ahora montar a caballo siempre le provocaba indigestión— y se mostró animoso y tranquilizador.

—Tonterías, hombre. La gota en las piernas nunca mató a nadie. Es peligrosa solamente cuando se va a la cabeza.

—Choake opina distinto, cree que la hinchazón responde a otra causa. Por una vez me pregunto si el viejo tonto está en lo cierto. Aunque, por Dios, yo diría que todo indica que tú deberías estar aquí, ya que tengo apenas la mitad de tu tamaño.

Charles bajó los ojos hacia el paisaje del chaleco negro bordado que se extendía bajo su mentón.

—La mía es carne saludable. Todos los hombres aumentan de peso en la edad madura. No me gustaría ser un saco de agua como el primo William-Alfred.

Joshua enarcó una ceja irónico pero no dijo más y se hizo el silencio. Los hermanos habían tenido poco que decirse durante muchos años, y en ese encuentro, el último, no era fácil hallar temas intrascendentes. Charles, el mayor y más próspero, que había heredado la casa de la familia, las tierras y la mayoría de los intereses mineros, jefe de la familia y figura respetada en el condado, nunca había podido desechar del todo la sospecha de que su hermano menor le despreciaba. Joshua había sido siempre una espina clavada en su carne. Joshua jamás se había mostrado dispuesto a hacer lo que se le pedía: ingresar en la Iglesia o en el ejército, o desposar a una rica heredera, y dejar que Charles gobernase el distrito.

No era que a Charles lo inquietasen unos pocos deslices; pero había límites, y Joshua los había sobrepasado. El hecho de que se hubiera comportado bien los últimos años no permitía olvidar antiguos agravios.

Por su parte Joshua, un hombre de espíritu cínico y escasas ilusiones, no se quejaba de la vida de su hermano. Había vivido hasta el límite la primera, e ignorado al segundo. Había cierta verdad en la respuesta que dio a la siguiente observación de Charles:

—Caramba, hombre, aún eres bastante joven. Tienes dos años menos que yo, y estoy sano y bueno. ¡Aj!

Joshua dijo:

—Quizá tenga dos años menos, pero tú no viviste ni la mitad que yo.

Charles chupó el extremo de ébano de su bastón, y con los párpados entornados miró de reojo la habitación.

—Esta maldita guerra todavía no ha terminado. Los precios están por las nubes. El trigo cuesta siete y ocho chelines el *bushel*.* La manteca nueve peniques la libra. Claro que todo eso no nos perjudica. Ojalá los precios del cobre subieran tanto. Estamos pensando en abrir una nueva veta en Grambler. Ochenta brazas. Tal vez compense el desembolso inicial, aunque realmente lo dudo. ¿Este año ganaste mucho con tus campos?

—Precisamente deseaba hablarte de la guerra —dijo Joshua, tratando de enderezarse sobre las almohadas y respirando con un jadeo—. Es posible que la paz provisional se confirme en pocos meses. Ross volverá a casa y no estaré aquí para recibirlo. Aunque nunca nos llevamos muy bien, eres mi hermano. Quiero explicarte cómo están las cosas y pedirte que cuides de todo hasta que él regrese.

Charles retiró el bastón de su boca y sonrió ambiguamente. Se hubiera dicho que acababan de pedirle un préstamo.

—Ya sabes que no tengo mucho tiempo.

—No te llevará mucho tiempo. Dejo poco o nada. Sobre la mesa, al alcance de tu mano, hay una copia de mi testamento. Léelo sin prisa. Pearce tiene el original.

Charles tanteó con su torpe y regordeta mano y recogió un pedazo de pergamino de la mesa de tres patas que estaba detrás.

—¿Cuáles son las últimas noticias? —preguntó—. ¿Qué debe hacerse si no regresa?

—La propiedad será para Verity. Véndela si hay interesa-

11

---

* El *bushel* era una unidad de medida de capacidad para mercancías sólidas en los países anglosajones. *(N. del T.)*

dos; no pagarán mucho. Todo eso está en el testamento. Verity recibirá también mi parte de Grambler, porque es la única de tu familia que ha venido desde que Ross se marchó. —Joshua se limpió la nariz con la sábana sucia—. Pero Ross volverá. Tuve noticias suyas después de que terminó la guerra.

—Aún hay muchas situaciones de peligro.

—Lo siento así —dijo Joshua—. Estoy convencido. ¿Quieres apostar? A pagar cuando nos reunamos. Seguramente hay algún tipo de moneda en el otro mundo.

Charles volvió a mirar el rostro hundido y arrugado que otrora había sido tan apuesto. Se sentía un tanto aliviado de que la petición de Joshua se limitara a eso, pero no se apresuraba a bajar la guardia. Y la irreverencia en el lecho de muerte le parecía temeraria y grosera.

—El primo William-Alfred vino a visitarnos el otro día. Preguntó por ti.

Joshua hizo una mueca.

—Le conté que estabas muy enfermo —continuó Charles—. Dijo que si bien tal vez no quisieras llamar al reverendo Odgers, era posible que aceptaras el consuelo espiritual de un miembro de tu familia.

—Es decir, él.

—Bien, es el único que viste los hábitos después de la muerte del marido de Betty.

—No quiero tener nada que ver con ellos —dijo Joshua—. Aunque no dudo de que lo dijo con buena intención. Pero suponiendo que me beneficiara confesar mis pecados, ¿creyó que preferiría revelar mis secretos a un miembro de mi propia familia? No, antes hablaría con Odgers, aunque sea una lechuza medio muerta de hambre. Pero no quiero ver a ninguno de ellos.

—Si cambias de idea —dijo Charles—, envía un mensaje con Jud. ¡Aj!

Joshua gruñó:

—Pronto sabré a qué atenerme. Pero aunque toda su

pompa y sus rezos sirvieran de algo, ¿los llamaría en este momento? Viví mi vida, ¡y por Dios que la he gozado!, no tiene sentido ponerse ahora a lloriquear. No me compadezco y no quiero que nadie me compadezca. Aceptaré lo que me corresponda. Eso es todo.

Reinó el silencio en la habitación. Fuera, el viento golpeaba y se agitaba contra la pizarra y la piedra.

—Debo irme —dijo Charles—. Esos Paynter descuidan mucho la casa. ¿Por qué no empleas a alguien que merezca más confianza?

—Soy demasiado viejo para dar varazos a los asnos. Que Ross se ocupe de ello. Pronto vendrá a enderezar las cosas.

Charles dejó escapar un soplido incrédulo. No tenía una elevada opinión de las cualidades de Ross.

—Ahora está en Nueva York —dijo Joshua—. Con la guarnición. Se ha recuperado bastante bien de la herida. Tuvo la buena fortuna de escapar del sitio de Yorktown. Como sabes, ahora es capitán. Aún sirve en el 62.º de infantería. No sé dónde puse la carta, de lo contrario te la mostraría.

—Ahora Francis me ayuda mucho —dijo Charles—. Lo mismo hubiera hecho Ross si estuviese aquí en lugar de andar enredado con franceses y coloniales.

—Había otra cosa —dijo Joshua—. ¿Has visto a Elizabeth Chynoweth o supiste algo de ella últimamente?

Después de una comida copiosa el cerebro de Charles necesitaba tiempo para entender las preguntas, y si se trataba de su hermano era necesario practicar un examen en busca de motivos ocultos.

—¿De quién hablas? —preguntó torpemente.

—De la hija de Jonathan Chynoweth. La conoces. Una niña delgada y rubia.

—Bien, ¿qué pasa? —preguntó Charles.

—Te preguntaba si la habías visto. Ross siempre la menciona. Una niña bonita. Espera verla cuando regrese, y creo que

13

sería una unión apropiada. Un matrimonio temprano lo asentaría, y ella no encontrará un hombre más decente, aunque yo no debería decirlo, ya que soy su padre. Dos familias excelentes y antiguas. Si pudiera caminar, en Navidad habría ido a ver a Jonathan para arreglar este asunto. Ya hablamos de eso, pero dijo que convenía esperar a que Ross regresara.

—Es hora de que me marche —dijo Charles, poniéndose de pie—. Confío en que el muchacho se asentará cuando vuelva, con o sin matrimonio. Anduvo en malas compañías, gente con la cual nunca debió alternar.

—¿Sueles ver a los Chynoweth? —Joshua rehusó dejarse distraer por referencias a sus propios defectos—. Aquí vivo aislado del mundo, y Prudie se interesa únicamente en los escándalos de Sawle.

—Oh, de tanto en tanto nos vemos. Verity y Francis los vieron en una fiesta que se celebró en Truro este verano... —Charles miró por la ventana—. Que me cuelguen si no es Choake. Bien, ahora tendrás más compañía, pese a que dijiste que nadie venía a verte. Debo ponerme en marcha.

—Solamente viene a curiosear con qué rapidez están matándome sus píldoras. Las píldoras, o sus ideas políticas. Como si me importase que Fox esté en su heredad o cazando *torys*.

—Lo que tú digas.

Para tratarse de un hombre de su corpulencia, Charles se movió ágilmente mientras recogía su sombrero y los guantes y se preparaba para salir. Finalmente permaneció de pie, con aire embarazado, al lado de la cama, dudoso acerca del mejor modo de despedirse, mientras el repiqueteo de los cascos de un caballo pasaba frente a la ventana.

—Dile que no deseo verlo —dijo Joshua con irritación—. Dile que administre esas pociones a su tonta esposa.

—Cálmate —dijo Charles—. La tía Agatha te envía sus afectos, no debes olvidarlo; y dijo que debías beber cerveza caliente, con azúcar y huevos. Dice que eso te curará.

La irritación de Joshua se acentuó.

—La tía Agatha es una vieja sabelotodo. Dile que obedeceré su indicación. Y… que le guardaré un lugar en mi tumba. —Empezó a toser.

—Adiós —dijo apresuradamente Charles, y salió de costado de la habitación.

Joshua se quedó solo.

Había pasado muchas horas solo desde la partida de Ross, pero eso no le había parecido importante hasta que empezó a guardar cama, hacía un mes. Ahora la soledad comenzaba a deprimirlo y a colmar de fantasías su mente. Era un hombre acostumbrado a la vida al aire libre, para quien el impulso vital había significado acción toda su vida, de modo que esa existencia dolorosa, sombría, limitada al lecho, representaba todo lo contrario de la vida. Lo único que podía hacer era pasar el tiempo pensando en el pasado; y el pasado no siempre representaba el tema más alentador.

Pensaba mucho en Grace, su esposa muerta hacía mucho tiempo. Había sido su talismán. Mientras ella vivía todo había marchado bien. La mina que él había abierto y bautizado con el nombre de su mujer le había suministrado una importante producción; había construido esa casa, levantada con orgullo y esperanza; y habían nacido dos hijos robustos. Sus propias indiscreciones eran cosas del pasado, y Joshua se había asentado, prometiéndose rivalizar con Charles en diferentes sentidos; había levantado esa casa con la idea de que su propia rama de la familia Poldark debía echar raíces no menos sólidas que el linaje principal de Trenwith.

Toda su suerte había desaparecido al mismo tiempo que Grace. La casa estaba a medio construir, la mina se había agotado, y con la muerte de Grace había desaparecido el incentivo que le movía a invertir dinero y trabajo en ambas cosas. De un modo u otro había logrado terminar la construcción, pese a que aún quedaban muchas cosas sin hacer. Después,

Wheal Vanity también había cerrado y el pequeño Claude Anthony había muerto.

Oyó al doctor Choake y a su hermano que hablaban en la puerta principal: la voz cascada y gruesa de tenor de su hermano, la voz de Choake, grave, lenta y pomposa. La cólera y la impotencia burbujearon en Joshua. Cómo diablos se atrevían a murmurar en el umbral de su casa, sin duda comentando su estado y asintiendo los dos y diciendo: «Bien, después de todo, qué podía esperarse». Agitó la campanilla que tenía al lado de la cama y esperó, refunfuñando, el *flip-flop* de las pantuflas de Prudie.

La mujer llegó al fin, una figura desmañada y confusa en el umbral. Joshua la entrevió dificultosamente a la luz que se extinguía.

—Traiga velas, mujer. Quiere que muera en la oscuridad. Y diga a esos dos viejos que se vayan.

Prudie se encorvó como un pájaro de mal agüero.

—¿Se refiere al doctor Choake y al señor Charles?

—¿A quiénes, si no?

La mujer salió, y Joshua refunfuñó otra vez, mientras no lejos de su puerta se oía el sonido de una conversación murmurada. Miró alrededor en busca de su bastón, decidido a hacer un esfuerzo más para levantarse y caer sobre ellos. Pero entonces volvieron a elevarse las voces en la despedida, y pudo oír los cascos de un caballo que repiqueteaban sobre el empedrado y se dirigían al río.

Era Charles. Y Choake…

Se oyó el fuerte golpe de un látigo de montar sobre la puerta, y el cirujano entró en la habitación.

Thomas Choake era de Bodmin y había practicado en Londres; había desposado a la hija de un fabricante de cerveza y regresado a su condado natal para comprar una pequeña propiedad cerca de Sawle. Era un hombre alto y torpe, dotado de una voz sonora, cejas de color gris pajizo y una boca impaciente. Entre los nobles rurales de menor jerarquía su ciencia londinense le asignaba un regular prestigio; creían que estaba a la vanguardia de las ideas físicas modernas. Era cirujano de varias de las minas del distrito, y con el escalpelo se mostraba tan drástico como en el curso de una cacería.

Joshua lo consideraba un farsante y varias veces había contemplado la posibilidad de llamar al doctor Pryce, de Redruth. Solo le había impedido dar ese paso el hecho de que no tenía una fe mayor en el doctor Pryce.

—Bien, bien —dijo el doctor Choake—. De modo que tuvimos visitas, ¿eh? Sin duda nos sentimos mejor después de la visita de nuestro hermano.

—Tuve que arreglar ciertos asuntos —dijo Joshua—. Por eso lo llamé.

El doctor Choake sintió el pulso del inválido con sus gruesos dedos.

—Tosa —dijo.

Joshua obedeció de mala gana.

—Nuestra condición es más o menos la misma —dijo el cirujano—. El desequilibrio no se acentuó. ¿Estamos tomando las píldoras?

—Charles tiene el doble de corpulencia que yo. ¿Por qué no lo atiende?

—Señor Poldark, usted está enfermo. Su hermano no. No receto a menos que me lo pidan. —Choake retiró la ropa de cama y comenzó a presionar las piernas hinchadas de su paciente.

—Un tipo gigantesco —gruñó Joshua—. Él nunca volverá a verse los pies.

—Oh, vamos, su hermano no es nada fuera de lo común. Recuerdo que cuando vivía en Londres…

—¡Uf!

—¿Le ha dolido?

—No —dijo Joshua.

17

Choake apretó de nuevo para asegurarse.

—Hay una visible reducción de la hinchazón de nuestra pierna izquierda. Pero todavía hay mucha agua en ambas. Si pudiéramos conseguir que el corazón la extrajese… Recuerdo bien la vez que estaba en Londres y me llamaron para atender a la víctima de una pelea de taberna en Westminster. Había disputado con un judío italiano, que sacó una daga y la hundió hasta la empuñadura en el vientre de mi paciente. Pero era tan gruesa la capa protectora de grasa que según comprobé el cuchillo ni siquiera había perforado el intestino. Un sujeto de considerable corpulencia. Veamos, ¿lo sangré en mi última visita?

—Eso hizo.

—Creo que esta vez podemos abstenernos. Nuestro corazón tiende a mostrarse excitable. Controle su cólera, señor Poldark. Un temperamento equilibrado ayuda mucho al cuerpo a secretar los jugos adecuados.

18

—Dígame —preguntó Joshua—. ¿Suele ver a los Chynoweth? Me refiero a los Chynoweth de Cusgarne. Se lo pregunté a mi hermano, pero me respondió evasivamente.

—¿Los Chynoweth? Les veo de tanto en tanto. Creo que gozan de buena salud. Naturalmente, no soy su médico y no tenemos trato social.

No, pensó Joshua, de eso se ocupará la señora Chynoweth.

—Me huelo que Charles me oculta algo —dijo astutamente—. ¿Usted ve a Elizabeth?

—¿La hija? A veces.

—Había cierto acuerdo entre su padre y yo acerca de ella.

—Sí, claro. No estoy enterado.

Joshua se enderezó sobre las almohadas. Su conciencia había comenzado a remorderle. Ya era tarde para que despertara esa facultad tanto tiempo adormecida, pero quería a Ross, y durante las largas horas de su enfermedad había comenzado a preguntarse si no debiera esforzarse más por atender los intereses de su hijo.

—Me parece que mañana debería enviar a Jud —murmuró—. Pediré a Jonathan que venga a verme.

—Dudo que el señor Chynoweth disponga de tiempo; esta semana se celebran las audiencias trimestrales del tribunal. ¡Ah, qué buena idea…!

Prudie Paynter apareció caminando dificultosamente con dos velas. La luz amarilla iluminaba su rostro rojizo y sudoroso, enmarcado por sus cabellos negros.

—Tomó su medicina, ¿verdad? —preguntó con un murmullo ahogado.

Joshua se volvió irritado hacia el médico.

—Ya se lo dije, Choake; tragaré las píldoras, Dios me perdone, pero no quiero bebidas ni pociones.

—Lo recordaré —dijo Choake pomposamente—; cuando era joven y practicaba en Bodmin, uno de mis pacientes, un caballero anciano que padecía mucho a causa de la estangurria y los cálculos…

—Prudie, no se quede aquí —rezongó Joshua a su criada—. Salga. —Prudie dejó de rascarse y de mala gana salió de la habitación.

—Entonces, cree que estoy curándome, ¿eh? —dijo Joshua antes de que el médico pudiese seguir hablando—. ¿Cuánto tiempo pasará antes de que pueda levantarme y caminar?

—Hum, hum. Una leve mejoría, ya se lo dije. Entretanto, debe cuidarse mucho. Lo curaremos antes de que regrese Ross. Tome regularmente mis medicinas, y verá que lo mejoran…

—¿Cómo está su esposa? —preguntó maliciosamente Joshua.

Interrumpido otra vez, Choake frunció el ceño.

—Bastante bien, gracias. —El hecho de que la esponjosa y ceceante Polly, aunque solo tenía la mitad de la edad de Choake, no hubiese agregado una familia a la dote que había aportado al matrimonio, era un motivo permanente de descontento con ella. Mientras su esposa fuese estéril, el

19

médico no podía influir para convencer a las mujeres de que no comprasen agripalma y otros brebajes menos respetables a los gitanos vagabundos.

II

El doctor se había ido y Joshua de nuevo estaba solo, esta vez hasta la mañana siguiente. Si tiraba con insistencia del cordón de la campanilla podía llamar a los renuentes Jud o Prudie antes de que se acostaran, pero después no quedaba nadie, y aún antes de esa hora revelaban signos de sordera a medida que la enfermedad de Joshua se definía mejor. Sabía que consagraban la mayor parte de la velada a beber, y una vez que alcanzaban cierto límite, nada los conmovía. Pero no tenía la energía de antaño para caer sobre ellos.

20   Habría sido diferente de haber estado Ross. Por una vez Charles acertaba, aunque solo en parte. El mismo Joshua había alentado a Ross a marcharse. No creía conveniente mantener en casa a los varones, como a lacayos sustitutos. Que se abriesen paso por su cuenta. Además, hubiera sido indigno que su hijo compareciese ante el tribunal por su participación en un ataque a los recaudadores de impuestos, y acusado además de contrabandear brandy y otras cosas. No era que los magistrados de Cornualles lo hubieran condenado, pero hubiese salido a la luz el asunto de las deudas de juego.

No, Grace era quien debía haber estado allí; Grace, que le había sido arrebatada trece años antes.

Bien, ahora estaba solo y pronto se reuniría con su esposa. No concebía la posibilidad de sorprenderse porque apenas recordaba a las restantes mujeres de su vida. Habían sido criaturas de un juego placentero y excitante, cuanto más fogosas mejor, pero olvidadas inmediatamente después.

Las velas se agitaban con la corriente de aire que pasaba

bajo la puerta. El viento cobraba fuerza. Jud había dicho que esa mañana había marejada; después de un tranquilo período de frío volvían la lluvia y la tormenta.

Sentía deseos de echar una última ojeada al mar, que en ese mismo instante golpeaba las rocas detrás de la casa. No tenía ningún sentimentalismo acerca del mar; no le interesaban sus peligros o su belleza; para él era un ser muy conocido de quien había llegado a comprender todas las virtudes y todos los defectos, y las sonrisas y los momentos de cólera.

Y también la tierra. ¿Habían arado el Campo Largo? Que Ross se casara o no tendría de qué vivir sin la tierra.

Si contar con una esposa decente que administrase las cosas… Elizabeth era hija única; una rara virtud que valía la pena tener presente. Los Chynoweth tenían cierto aire de pobreza, pero algo habría. Debía ver a Jonathan y arreglar las cosas. «Veamos, Jonathan», le diría, «Ross no tendrá mucho dinero, pero está la tierra, y a la larga eso siempre importa…».

Joshua volvió a dormitar. Soñó que caminaba sobre el borde del Campo Largo, con el mar a la derecha y el viento intenso que le golpeaba el torso. Un sol luminoso le calentaba la espalda y el aire sabía a vino de una fresca bodega. Había marea baja y el sol arrancaba reflejos irisados a la arena húmeda la playa de Hendrawna. El Campo Largo no solo estaba arado, sino también sembrado y brotando.

Siguió caminando por el campo hasta que llegó al extremo más alejado de Punta Damsel, donde el acantilado trepaba en forma de salientes y peñascos hasta llegar al mar. El agua saltaba y formaba remolinos, cambiando de color sobre las rocas chorreantes.

Con un propósito especial, descendió entre las rocas, hasta que las frías aguas del mar le llegaron a las rodillas, provocándole en las piernas un dolor ingratamente parecido al que había sentido por la inflamación esos últimos meses. Pero eso no lo detuvo, y Joshua se deslizó en el agua hasta que le llegó al

21

cuello. Después, se fue alejando de la costa. Desbordaba alegría porque volvía al mar después de un período de dos años. Jadeó de placer, con boqueadas largas y frías, y dejó que el agua se le acercara a los ojos. La letargia reptó por sus miembros. Con el sonido de las olas en los oídos y el corazón se dejó llevar y se hundió en las sombras frescas y blandas.

Joshua dormía. Fuera, las últimas y débiles manchas de luz diurna se alejaron silenciosas del cielo y dejaron envueltos en sombras la casa y los árboles y el río y los arrecifes. El viento se enfrió, y sopló constante y fuerte desde el oeste, rebuscando entre los galpones ruinosos de la mina, sobre la colina, agitando las copas de los manzanos protegidos, alzando una esquina de la paja suelta que techaba uno de los depósitos, arrojando una rociada de lluvia fría a través de la persiana rota de la biblioteca donde dos ratas rebuscaban con movimientos cautelosos, rápidos, y raspantes, entre las maderas y el polvo. El río silbaba y burbujeaba en la oscuridad, y sobre él un portón desvencijado hacía mucho que se balanceaba *juii-tap* sobre sus goznes. En la cocina Jud Paynter rompió el sello de la segunda botella de gin y Prudie arrojó otro leño al fuego.

—Está levantándose viento, maldito sea —dijo Jud—. Siempre que uno no lo quiere allí está el viento.

—Necesitamos más leña antes de que llegue la mañana —dijo Prudie.

—Usa este taburete —dijo Jud—. La madera es dura y hará brasa.

—Dame un trago, gusano —dijo Prudie.

—Sírvete tú misma —dijo Jud.

Joshua dormía.

PRIMERA PARTE

Octubre de 1783-Abril de 1785

1

*E*ra un día ventoso. El pálido cielo vespertino estaba ve-
teado con jirones de nubes, y el camino, más polvoriento e
irregular durante la última hora, aparecía sembrado de hojas
que el viento impulsaba y entrechocaba.

En el carruaje viajaban cinco personas; un hombre delgado con aire de empleado, el rostro picado y un traje lustroso,
y su esposa, tan gruesa como delgado era su marido, sosteniendo contra el pecho un montón confuso de trapos rosados
y blancos, de uno de cuyos extremos emergían los rasgos
arrugados y excesivamente enrojecidos de un niño pequeño. Los restantes viajeros eran hombres, ambos jóvenes; un
clérigo de unos treinta y cinco años, y el otro algunos años
menor.

Casi desde que el carruaje había salido de St Austell había reinado el silencio en el compartimiento. El niño dormía
profundamente a pesar de los saltos del vehículo, el ruido de
las ventanillas y el estrépito del balancín; no se había despertado ni siquiera en las paradas. De tanto en tanto la pareja
de cónyuges intercambiaba comentarios en voz baja, pero el
hombre delgado se mostraba renuente a conversar un tanto
impresionado por las personas de clase superior entre las que
se encontraba. El más joven de los dos hombres había estado
leyendo un libro durante el viaje, y el mayor había contem-

plado el paisaje rural que se deslizaba a los costados, sosteniendo con una mano la descolorida y polvorienta cortina de
terciopelo marrón.

Era un hombre pequeño y enjuto, severo en su oscuro
atuendo clerical, con los cabellos peinados hacia atrás y en-
roscados encima y detrás de las orejas. Sus prendas estaban
hechas de tela de buena calidad, y las medias eran de seda. El
rostro alargado, agudo, sin humor, de labios delgados, resultaba vital y duro. El empleado conocía aquel rostro, pero no
acertaba a identificarlo.

El clérigo estaba más o menos en la misma situación
frente al otro ocupante del carruaje. Media docena de veces
su mirada se había posado sobre los cabellos espesos y sin
empolvar, y sobre el rostro de su compañero de viaje.

Cuando hacía apenas quince minutos que habían salido
de Truro y los caballos habían aminorado la marcha para tomar al paso la empinada colina, el otro hombre alzó los ojos
del libro y las miradas de ambos se encontraron.

—Discúlpeme, señor —dijo el clérigo con voz áspera y
vigorosa—. Sus rasgos me parecen conocidos, pero no atino
a recordar dónde nos vimos. ¿Fue en Oxford?

El joven era alto, delgado y de huesos grandes, con una
cicatriz en la mejilla. Vestía una chaqueta de montar de doble
solapa, corta al frente de modo que revelaba el chaleco y los
sólidos pantalones de montar, ambos de un castaño más claro. El cabello, que tenía matices cobrizos en su tono oscuro,
estaba peinado hacia atrás sin pretensiones, y asegurado en
la nuca con una cinta parda.

—Usted es el reverendo doctor Halse, ¿verdad? —dijo.

El pequeño empleado, que había prestado atención a este
cambio de palabras, dirigió a su esposa una mirada expresiva. Rector de Towerdreth, cura de Saint Erme, director de la
Escuela de Truro, concejal de la ciudad y más tarde alcalde, el
doctor Halse era un personaje. Ello explicaba su apostura.

—De modo que me conoce —dijo con elegancia el doctor Halse—. Generalmente recuerdo bien los rostros.

—Usted ha tenido muchos alumnos. —Ah, eso lo explica todo. La edad madura cambia las caras. Y... hum. Déjeme ver... ¿es Hawkey?

—Poldark.

El clérigo entrecerró los ojos, esforzándose por recordar.

—Francis, ¿no? Creí que...

—Ross. Sin duda recuerda mejor a mi primo. Él siguió estudiando. Yo pensé, y fue un grave error, que a los trece años ya había adquirido suficiente educación.

El clérigo lo reconoció.

—Ross Poldark. Bien, bien. Ha cambiado. Ahora lo recuerdo —dijo el doctor Halse con un destello de frío humor—. Usted era muy insubordinado. Tuve que castigarle a intervalos frecuentes, y después huyó.

—Sí. —Poldark volvió la página de su libro—. Un feo asunto. Y sus tobillos quedaron tan doloridos como mis nalgas.

En las mejillas del clérigo aparecieron dos puntitos rosados. Miró un momento a Ross y después se volvió para mirar por la ventanilla.

El pequeño empleado había oído hablar de los Poldark, y de Joshua, de quien según afirmaban en los años cincuenta y sesenta ninguna mujer bonita, casada o soltera, podía escapar. Este debía de ser el hijo. Un rostro poco usual, con sus pómulos acentuados, la boca ancha y los dientes grandes, fuertes y blancos. Los ojos exhibían un azul grisáceo muy claro bajo los párpados pesados, que conferían a muchos Poldark esa apariencia engañosamente somnolienta.

El doctor Halse volvía al ataque.

—Imagino que Francis está bien. ¿Se casó?

—No que yo sepa, señor. Estuve un tiempo en América.

—Caramba. Esa guerra fue un deplorable error. Yo me opuse siempre. ¿Presenció muchos episodios bélicos?

—Participé en la lucha.

Habían llegado finalmente a la cima de la colina, y el cochero estaba aflojando las gamarras para iniciar el descenso.

El doctor Halse arrugó la prominente nariz.

—¿Usted es *tory*?

—Soy soldado.

—Bien, si perdimos la guerra no fue por culpa de los soldados. Inglaterra no estaba decidida a luchar. Un anciano decrépito ocupa el trono. No durará mucho más. El príncipe tiene opiniones diferentes. —El clérigo tomó una pulgarada de rapé y asintió complacido.

En la parte más empinada de la colina el camino presentaba profundos surcos, y el carruaje saltaba y se balanceaba peligrosamente. El bebé comenzó a llorar. Alcanzaron la cima y el hombre que viajaba al lado del conductor sopló su corneta. Entraron en la calle St Austell. Era un martes de tarde y había poca gente en las tiendas. Dos pilletes semidesnudos corrieron a lo largo de la calle cuando el carruaje entró balanceándose en el lodo de la calle St Clement. Con muchos crujidos y gritos tomaron la curva cerrada de la esquina, cruzaron el río por el estrecho puente, saltaron sobre los adoquines de granito, doblaron y se retorcieron otra vez y al fin se detuvieron frente a la Posada del León Rojo.

En la agitación que siguió, el reverendo doctor Halse bajó primero con una seca palabra de despedida y desapareció, caminando con paso vivo entre los charcos de agua de lluvia y orina de caballo, por el lado opuesto de la estrecha calle. Poldark se puso de pie para descender, y el empleado advirtió entonces que era cojo.

—¿Puedo ayudarle, señor? —propuso, al mismo tiempo que depositaba en el suelo sus pertenencias.

El joven rehusó y se lo agradeció, y sostenido desde fuera por el ayudante de la diligencia, descendió del vehículo.

II

Cuando Ross bajó de la diligencia estaba comenzando a llover, una lluvia fina y tenue impulsada por el viento, que remolineaba inseguro en ese hueco de las colinas.

Miró alrededor y respiró hondo. Todo esto le parecía tan conocido, y significaba un retorno al hogar semejante a lo que sería entrar en su propia casa. Esa calle estrecha y empedrada, con el arroyuelo que la atravesaba, las casas bajas y anchas, muy próximas unas a otras, con sus ventanas en arco y las cortinas de encaje, muchas de ellas cubriendo en parte los rostros que observaban la llegada de la diligencia, incluso los gritos de los ayudantes parecían haber adquirido un acento distinto y más familiar.

Antaño Truro había sido el centro de la «Vida» para él y su familia. Puerto y centro de acuñación, el núcleo comercial y el lugar de exhibición de la moda, la población había crecido rápidamente durante los últimos años, y se habían erigido nuevas y majestuosas residencias en medio del apiñamiento desordenado de las antiguas, señalando su adopción como lugar de residencia invernal y urbana de algunas de las más antiguas y poderosas familias de Cornualles. También la nueva aristocracia estaba dejando su impronta: los Lemon, los Treworthy, los Warleggan, familias que se habían elevado a partir de orígenes humildes sobre la ola ascendente de las nuevas industrias.

Una localidad extraña. Lo sentía más intensamente ahora que regresaba. Una importante y pequeña ciudad propensa al secreto, agrupada al abrigo de las colinas, a horcajadas sobre sus muchos ríos, casi rodeada por los cursos de agua y vinculada al resto del mundo por vados, puentes y pasos. Siempre prosperaban las mismas y otras fiebres.

No había signos de Jud.

Entró cojeando en la posada.

29

—Mi criado debía reunirse aquí conmigo —dijo—. Se llama Paynter. Jud Paynter de Nampara.

El dueño de la posada lo miró con sus ojos miopes.

—Oh, Jud Paynter. Sí, señor, lo conocemos bien. Pero hoy no lo hemos visto. ¿Dice que debía encontrarse aquí con usted? Chico, ve a ver si Paynter, ¿lo conoces?, si Paynter está en los establos, o si estuvo hoy.

Ross pidió una copa de brandy, y cuando se la sirvieron el chico llegó de regreso para decir que no habían visto en todo el día al señor Paynter.

—La cita fue muy concreta. No importa. ¿Puede alquilarme un caballo de silla?

El dueño de la posada se frotó el extremo de su larga nariz.

—Bien, tenemos una yegua que dejaron aquí hace tres días. A decir verdad, la retuvimos en pago de una deuda. No creo que nadie se oponga a que la alquile si usted me da alguna referencia.

—Mi nombre es Poldark. Soy sobrino del señor Charles Poldark, de Trenwith.

—Caramba, caramba, sí; tendría que haberlo reconocido, señor Poldark. Ordenaré que ensillen inmediatamente la yegua.

—No, espere. Todavía hay un poco de luz. Que la tengan preparada dentro de una hora.

De nuevo en la calle, Ross recorrió la estrecha calle de la iglesia. Al salir dobló a la derecha, y después de pasar frente a la escuela donde su educación había tenido un fin tan poco elegante, se detuvo ante una puerta sobre la cual habían escrito: «Nat. G. Pearce. Notario y comisionado de juramentos». Tocó la campanilla y al rato apareció una mujer granujienta.

—El señor Pearce no está bien hoy —dijo—. Veré si puede recibirle.

La mujer desapareció en la escalera de madera, y después

de un intervalo lo llamó apoyada en la carcomida barandilla. Subió con dificultad y seguidamente fue introducido en una salita.

El señor Nathaniel Pearce estaba sentado en un sillón frente a un gran fuego, con una pierna envuelta en vendas apoyada sobre otra silla. Era un hombre corpulento de ancho rostro, que exhibía un color púrpura ciruela como consecuencia del exceso de comida.

—Oh, qué sorpresa, se lo digo de veras, señor Poldark. Qué agradable. Me perdonará que no me ponga de pie; lo de siempre; y cada ataque parece peor que el anterior. Tome asiento.

Ross estrechó su mano húmeda y eligió una silla tan alejada del fuego como se lo permitían las buenas maneras. Hacía un calor insoportable en la habitación, y el aire estaba rancio y viciado.

—Como recordará —dijo—, le escribí que iba a volver esta semana.

—Oh, sí, señor… este… capitán Poldark; se me había olvidado; es muy amable de su parte visitarme en el camino de regreso a su casa.

El señor Pearce se acomodó la peluca que, según se estilaba en su profesión, tenía un bucle alto y sobre la nuca una larga prolongación atada en la parte posterior.

—Capitán Poldark, aquí estoy muy solo; mi hija no es compañía; se ha convertido a una de esas creencias metodistas, y casi todas las noches sale a rezar. Tanto habla de Dios que en realidad me incomoda. Lo invito a beber un vaso de vino de Canarias.

—Me quedaré poco tiempo —dijo Ross. Así debía ser, pensó, porque de lo contrario se derretiría—. Deseo volver a ver mi casa, pero pensé detenerme aquí de camino. Su carta me llegó apenas una quincena antes de salir de Nueva York.

—Caramba, caramba, qué retraso; sin duda fue un golpe; y además lo hirieron; ¿es grave?

Ross acomodó su pierna.

31

—Su carta me informó de que mi padre murió en marzo. Desde entonces, ¿quién administró la propiedad? ¿Mi tío o usted?

El señor Pearce se rascó distraído los fruncidos de la pechera.

—Sé que usted desea que hable francamente.

—Por supuesto.

—Bien, cuando comenzamos a revisar sus asuntos, señor... este... capitán Poldark, pareció que no había dejado mucho que cualquiera de nosotros pudiese administrar.

Una sonrisa lenta se dibujó en los labios de Ross; le confería un aspecto más juvenil, menos intratable.

—Como es natural, todo quedó para usted. Le entregaré una copia del testamento antes de que se retire; y si usted moría antes que él, la herencia pasaba a su sobrina Verity. Fuera de la propiedad misma hay poca cosa. ¡Uf, esta pierna me duele como el demonio!

—Nunca pensé que mi padre fuera un hombre adinerado. Pero pregunté, y deseo vivamente saber, por una razón especial. ¿Lo enterraron en Sawle?

El abogado dejó de rascarse y miró astutamente a su interlocutor.

—Capitán Poldark, ¿piensa establecerse ahora en Nampara?

—Así es.

—Siempre que necesite mis servicios, con mucho gusto se los brindaré. Yo diría —se apresuró a decir el señor Pearce cuando el joven se puso de pie—, yo diría que encontrará la propiedad un tanto descuidada.

Ross se volvió.

—No he ido a verla personalmente —dijo el señor Pearce—, por la pierna, ya comprende; es muy molesto, y aún no tengo cincuenta y dos años; pero mi empleado fue allí. La salud de su padre estuvo quebrantada un tiempo, y cuando el amo no vigila, las cosas no están tan ordenadas como uno puede desear, ¿verdad? Tampoco su tío es tan joven como antes. ¿Paynter vino a recibirlo con un caballo?

—Debió hacerlo, pero no apareció.

—Entonces, mi estimado señor, ¿por qué no pasa la noche con nosotros? Mi hija volverá de sus rezos a tiempo para preparar una cena. Tenemos cerdo; sé que tenemos cerdo; y un lecho excelente; sí, eso le vendrá bien.

Ross extrajo un pañuelo y se enjugó el rostro.

—Es muy amable de su parte. Pero ya que estoy tan cerca de mi casa, prefiero llegar allí.

El señor Pearce suspiró y trató de encontrar una posición más cómoda.

—Entonces, deme una mano, ¿quiere? Le daré un ejemplar del testamento, para que se lo lleve a casa y lo lea cómodamente.

2

*L*a cena seguía su curso en la casa Trenwith. Normalmente ya habría concluido; cuando Charles Poldark y su familia cenaban solos, la comida rara vez duraba más de dos horas; pero esta era una ocasión especial. Y a causa de los invitados la comida se celebraba en el salón del centro de la casa, una habitación demasiado amplia y aireada que la familia no utilizaba cuando estaba sola. Había diez personas sentadas frente a la larga y estrecha mesa de roble. A la cabecera el propio Charles, con su hija Verity a la izquierda. A la derecha Elizabeth Chynoweth y al lado de esta Francis, hijo de Charles. Después venían el señor y la señora Chynoweth, padres de Elizabeth, y al final de la mesa la tía Agatha ingería alimentos blandos y los masticaba con sus mandíbulas desdentadas. Del otro lado, el primo William-Alfred conversaba con el doctor y la señora Choake.

Habían terminado de comer el pescado, las aves y la carne, y Charles acababa de pedir los postres. En todas las comidas lo molestaban los gases, de modo que la presencia de mujeres constituía una molestia.

—Maldición —dijo, en un silencio de hartazgo que se había cernido sobre el grupo—. No sé por qué estos dos enamorados no se casan mañana mismo, en lugar de esperar un mes o más. ¡Aj! ¿Qué necesitan? ¿Temen cambiar de idea?

—Por mi parte aceptaría tu consejo —dijo Francis—. Pero hay que considerar la opinión de Elizabeth tanto como la mía.

—Un mes corto es bastante poco —dijo la señora Chynoweth, jugando con el relicario apoyado sobre el bello encaje recamado de su vestido. Su buena apariencia se veía perjudicada por una nariz larga y curva: cuando uno la conocía, se sentía impresionado ante tanta belleza echada a perder—. ¿Cómo pueden pretender que yo me prepare, y lo que es peor, mi pobre niña? En la hija una revive su propia boda. Ojalá nuestros preparativos pudieran ser más detallados. —Volvió los ojos hacia el marido.

—¿Qué dijo ella? —preguntó la tía Agatha.

—Bien, en eso estamos —dijo Charles Poldark—. En eso estamos. Seguramente, si ellos tienen paciencia, no podemos hacer menos. Bien, brindo por ustedes. ¡Por la feliz pareja!

—Ya brindaste tres veces —objetó Francis.

—No importa. Cuatro es un número más feliz.

—Pero no puedo beber contigo.

—¡Vamos, muchacho! Eso no importa.

Se brindó en medio de algunas risas. Cuando de nuevo se depositaron los vasos sobre la mesa, trajeron luces, altas velas en brillantes candelabros de plata, sacados y lustrados especialmente para la ocasión. Después el ama de llaves, la señora Tabb, llegó con las tartas de manzana, el pastel de ciruela y las jaleas.

—Ahora —dijo Charles agitando el cuchillo y el tenedor sobre la más grande de las tartas de manzana—. Confío en que esto será tan sabroso como parece. ¿Dónde está la crema? Oh, aquí. Acércala, querida Verity.

—Disculpen —dijo Elizabeth, rompiendo su silencio—. Pero no puedo comer más.

Todos la miraron, y la joven se sonrojó.

Elizabeth Chynoweth era más delgada que lo que su madre había sido jamás, y en su rostro exhibía la belleza que su madre nunca había tenido. Cuando la luz amarillenta de las velas rechazaba las sombras hacia el fondo y arriba, en dirección al alto cielorraso de vigas, la límpida y clara blancura de su piel llamaba la atención entre las sombras del lugar, y sobre el trasfondo de la oscura madera de la silla de alto respaldo.

—Tonterías, niña —dijo Charles—. Se te ve delgada como un fideo. Debes alimentar tu sangre.

—Sí, claro, pero…

—Estimado señor Poldark —dijo con un mohín la señora Chynoweth—, quien la vea no creerá lo obstinada que puede ser. Hace veinte años que intento obligarla a comer, pero rechaza los platos más selectos. Francis, quizás usted pueda obligarla.

—Estoy muy contento con ella tal como es —dijo Francis.

—Sí, sí —dijo el padre—. Pero un poco de alimento… Maldición, eso no perjudica a nadie. Una esposa tiene que ser fuerte y sana.

—Oh, en realidad es muy fuerte —se apresuró a decir la señora Chynoweth—. También eso le sorprendería. Es la herencia, nada más que la herencia. Jonathan, ¿no es cierto que yo también de joven era delgada?

—Sí, querida —dijo Jonathan.

—¡Caramba, cómo sopla el viento! —dijo la tía Agatha, al tiempo que desmenuzaba su pedazo de tarta.

—Ahí tienen algo que no alcanzo a comprender —dijo el doctor Choake—. Señor Poldark, ¿cómo es posible que su tía, a pesar de la sordera, siempre alcanza a oír los sonidos naturales?

—Creo que muchas veces los imagina.

—¡No es cierto! —dijo la tía Agatha—. ¡Charles, cómo te atreves!

—¿Hay alguien en la puerta? —interrumpió Verity.

Tabb no estaba en la habitación, pero la señora Tabb nada había oído. Las llamas de las velas parpadearon movidas por la corriente de aire, y las cortinas de damasco rojo que cubrían las largas ventanas se movieron como si una mano las hubiese agitado. Las paredes del salón estaban cubiertas por una enta-bladura de roble que permitía el paso de una ventilación mu-cho mayor de la necesaria.

—¿Esperas a alguien, querida? —preguntó la señora Chynoweth.

Verity se sonrojó. Había en ella pocos elementos de la do-nosura de su hermano, pues era una muchacha menuda, mo-rena y pálida, con la boca grande que se daba en algunos de los Poldark.

—Creo que es la puerta del establo —dijo Charles, y bebió un trago de oporto—. Tabb debió repararla ayer, pero vino con-migo a St Ann's. Le daré unos latigazos al joven Bartle por no atender su trabajo.

—Eso dicen —ceceó la señora Choake a la señora Chy-noweth—, dicen que el príncipe está viviendo de un modo es-candaloso. Leí en el *Mercury* que el señor Fox le había prome-tido un ingreso de cien mil libras anuales, y ahora que asumió el poder está en dificultades para cumplir su promesa.

—Me parece improbable —dijo el señor Chynoweth— que eso preocupe demasiado al señor Fox.

—El señor Chynoweth era un hombre pequeñín, con la barba blanca y sedosa, y su pomposidad era un recurso de-fensivo, adoptado para ocultar el hecho de que en toda su vida jamás se había decidido acerca de nada. Su esposa se había ca-sado con él cuando ella tenía dieciocho años y él treinta y uno. Desde entonces, tanto Jonathan como su renta habían perdido terreno.

—Y yo le pregunto, ¿qué se le puede criticar al señor Fox? —dijo el doctor Choake, con voz tonante, frunciendo el ceño.

El señor Chynoweth apretó los labios.

—Eso me parece evidente.

—Señor, las opiniones difieren. Puedo afirmar que si yo…

El cirujano se interrumpió cuando su esposa se tomó la li-bertad poco usual de pisarle el pie. Era la primera vez que los

Choake y los Chynoweth mantenían trato social: a la mujer le parecía absurdo iniciar una disputa política con esa gente que aún era influyente.

Thomas Choake se estaba irritando y quiso aplastar a Polly con una mirada, pero ella pudo ahorrarse lo peor de la reacción de su marido. Esta vez nadie dudó de que alguien estaba llamando a la puerta principal. La señora Tabb dejó la bandeja de tartas y fue a ver.

El viento agitó las cortinas, y las velas gotearon en sus soportes de plata.

—¡Dios me asista! —dijo el ama de llaves, como si hubiera visto un espectro.

II

38   Ross se encontró con un grupo de comensales que de ningún modo estaba preparado para recibirlo. Cuando su figura se recortó en la puerta, todos los presentes emitieron sucesivas expresiones de sorpresa. Elizabeth, Francis, Verity y el doctor Choake se pusieron de pie, Charles se recostó en la silla, al mismo tiempo irritado y superado por la impresión. El primo William-Alfred limpió sus lentes de marco de acero, y la tía Agatha le tironeó de la manga, mientras murmuraba:

—¿Qué pasa? ¿Qué ocurre? La comida no ha terminado.

Ross forzó la vista, hasta que sus ojos se acostumbraron a la luz. La casa Trenwith estaba casi sobre el camino de regreso a su propio hogar, y no se le había ocurrido la posibilidad de que podía encontrarse con una reunión de invitados.

La primera en saludarlo fue Verity. Atravesó corriendo la sala y con sus brazos rodeó el cuello de Ross.

—¡Oh, querido Ross! ¡Quién lo hubiera creído! —fue todo lo que atinó a decir.

—¡Verity! —La abrazó. Y entonces vio a Elizabeth.

—Que me cuelguen —dijo Charles—. De modo que al fin has regresado, muchacho. Llegas tarde para la cena, pero aún nos queda un poco de esta excelente tarta de manzana.

—¿Nos hemos quedado cojos Ross? —dijo el doctor Choake—. Maldita sea la guerra. Se libró bajo un mal signo. Gracias a Dios que ha concluido.

Después de una breve vacilación, Francis rodeó rápidamente la mesa y estrechó la mano del recién llegado.

—¡Me alegro de volver a verte, Ross! Te hemos extrañado.

—Es bueno volver —dijo Ross—, verlos a todos y…

El color de los ojos bajo los mismos párpados gruesos era la única señal de parentesco. Francis era fuerte, esbelto y ágil, con la piel fresca y los rasgos definidos de un joven apuesto. Parecía lo que era, despreocupado, expansivo, confiado en sí mismo, un joven que jamás había sabido lo que era correr peligros o andar escaso de dinero, o medir su fuerza con la de otro hombre, excepto en los juegos o en las carreras de caballos. Alguien los había bautizado en la escuela «el Poldark rubio y el Poldark oscuro». Siempre habían sido buenos amigos, un hecho sorprendente si se tenía en cuenta que los padres de ambos no lo eran.

—Esta es una ocasión solemne —dijo el primo William-Alfred, aferrando el respaldo de la silla con sus manos huesudas—. Una reunión de familia es algo trascendente. Ross, confío en que no estarás gravemente herido. Esa cicatriz te desfigura bastante.

—Oh, eso —dijo Ross—. No tendría importancia si no cojeara como el asno de Yago.

Recorrió la mesa, saludando a los demás. La señora Chynoweth le ofreció una fría acogida, y le extendió la mano desde cierta distancia.

—Díganos —ceceó Polly Choake—, cuéntenos algunas de sus experiencias, capitán Poldark, cómo perdimos la guerra, y cómo son esos americanos y…

39

—Muy parecidos a nosotros, señora. Por eso la perdimos. —Había llegado a Elizabeth.

—Bien, Ross —dijo ella en voz baja.

Los ojos de Ross se posaron ávidos en el rostro de la joven.

—Eso me hace mucho bien. No podría haberlo imaginado diferente.

—Yo sí —dijo ella—. Oh, sí, Ross, yo sí.

—Dime, muchacho, ¿qué piensas hacer ahora? —preguntó Charles—. Ya es hora de que sientes cabeza. La propiedad no cuida de sí misma, y no puedes confiar en los servidores a sueldo. Tu padre te necesitó mucho este último año, y aún antes…

—Estaba casi decidido a visitarte esta noche —dijo Ross a Elizabeth— pero lo dejé para mañana. La moderación tiene su recompensa.

—Necesito explicarte. Te escribí, pero…

—Caramba —dijo la tía Agatha—. ¡Que el Señor me condene si no es Ross! ¡Ven aquí, muchacho! Creía que ya estabas en el cielo, entre los bienaventurados.

De mala gana, Ross caminó al lado de la mesa para saludar a su tía abuela. Elizabeth permaneció en el mismo lugar, apretando el respaldo de la silla de modo que los nudillos de su mano se veían aún más blancos que su rostro.

Ross besó la mejilla peluda de la tía Agatha. Le dijo al oído:

—Tía, me alegro de ver que usted es todavía una de las bienaventuradas que está aquí abajo.

La anciana rio complacida, mostrando sus pálidas encías rosado parduzcas.

—Quizá no tan bienaventurada. Pero en este momento no desearía cambiar de lugar.

La conversación se generalizó, y todos interrogaban a Ross acerca del día de su llegada, y de lo que había hecho y visto mientras había estado fuera.

—Elizabeth —dijo la señora Chynoweth—, ve arriba y tráeme el chal, ¿quieres? Tengo un poco de frío.

—Sí, mamá. —La joven se volvió y se alejó, alta y virginal, y comenzó a subir apoyando la mano en la baranda de roble. Sus movimientos mostraban una gracia natural y extraordinaria en una persona tan joven.

—Ese tipo Paynter es un sinvergüenza —dijo Charles, mientras se limpiaba las manos en los costados de sus *briches*—. En tu lugar lo echaría a la calle y conseguiría un hombre de confianza.

Ross miraba a Elizabeth, que subía lentamente la escalera.

—Fue amigo de mi padre.

Charles se encogió de hombros, un tanto irritado.

—La casa no está en buenas condiciones.

—Tampoco lo estaba cuando me fui.

—Bien, ahora se ve peor. Hace un tiempo que no voy por allí. Ya sabes lo que tu padre solía decir cuando hablaba de ir en dirección contraria: «Demasiado lejos para caminar, y no lo suficiente para cabalgar».

—Ven a comer, Ross —dijo Verity, acercándole un plato colmado de alimentos—. Y siéntate aquí.

Ross se lo agradeció y ocupó el asiento que la joven le ofrecía entre la tía Agatha y el señor Chynoweth. Hubiera preferido sentarse al lado de Elizabeth, pero eso debería esperar. Le sorprendía encontrarla allí. Ella y sus padres nunca habían ido a Nampara durante los doce meses que él la había frecuentado. Mientras comía dos o tres bocados levantó la vista para ver si regresaba.

Verity estaba ayudando a la señora Tabb a retirar parte de la vajilla usada; Francis permanecía de pie al lado de la puerta principal, mordiéndose el labio; el resto había regresado a sus sillas. El grupo se había acallado.

—Regresa a una región rural difícil —dijo el señor Chynoweth, mesándose la barba—. Hay mucho descontento. Los impuestos son elevados, y los salarios escasos. El país está agotado a causa de tantas guerras, y ahora los *whigs** asumen el poder. Sería imposible concebir una perspectiva peor.

—Si los *whigs* hubiesen gobernado antes —dijo el doctor Choake, rehusando demostrar tacto—, no se habría creado esta situación de necesidad.

Ross miró a Francis.

—He interrumpido una fiesta. ¿En celebración de la paz o en honor de la próxima guerra?

Así los obligó a ofrecer la explicación que esperaba y no atinaban a darle.

—No —dijo Francis—. Yo... este... el caso es que...

—Estamos celebrando algo muy distinto —dijo Charles, al mismo tiempo que ordenaba le llenasen de nuevo el vaso—. Francis piensa casarse. Eso celebramos.

—Casarse —dijo Ross—. Bien, bien, y quién...

—Con Elizabeth —dijo la señora Chynoweth.

Se hizo el silencio.

Ross depositó el cuchillo sobre la mesa.

—Con...

—Con mi hija.

—¿Puedo servirte de beber? —murmuró Verity a Elizabeth, que acababa de descender la escalera.

—No, no... por favor, no.

—Oh —dijo Ross—. Con... Elizabeth.

—Nos alegra mucho —dijo la señora Chynoweth—, que estas dos antiguas familias se unan. Nos alegra y nos enorgu-

---

* En política, el término *whig* —vocablo del gaélico escocés que significa «cuatrero»— fue una manera despectiva de referirse a los *covenanters* (integrantes de un movimiento religioso nacido en el seno del presbiterianismo) que marcharon desde el suroeste de Escocia sobre Edimburgo en 1648 en lo que se conoció como el Whiggamore Raid, usando los términos *whiggamore* y *whig* como apodos derogativos que designaban al Kirk Party (Partido de la Iglesia), facción presbiteriana radical de los *covenanters* escoceses, que efectivamente acabó haciéndose con el poder. *(N. del T.)*

llece. Estoy segura, Ross, de que se unirá a nosotros y deseará la mayor felicidad a la unión de Francis y Elizabeth.

Avanzando con pasos muy cuidadosos, como si temiese tropezar, Elizabeth se acercó a la señora Chynoweth.

—Mamá, tu chal.

—Gracias, querida.

Ross continuó comiendo.

—Ignoro cuál es tu opinión —dijo Charles animosamente, después de una pausa—, pero este oporto me complace mucho. Lo trajeron de Cherburgo en el otoño del 79. Cuando probé un poco me dije: es muy bueno, y no se repetirá. Compraré todo el lote. Y en efecto, jamás se repitió, jamás. Y esta es la última docena de botellas. —Bajó las manos para acomodar su vientre rotundo contra la mesa.

—Lástima —dijo el doctor Choake, moviendo la cabeza—. Tiene un aroma poco usual en un vino. Hum… en efecto, poco usual.

—Creo que ahora te asentarás, Ross, ¿no es así? —dijo la tía Agatha, dejando descansar una mano arrugada sobre la manga del joven—. Te convendría encontrar una mujercita, ¿verdad? ¡Ese debería ser el próximo paso!

Ross miró al doctor Choake.

—¿Usted atendió a mi padre?

El doctor Choake asintió.

—¿Sufrió mucho?

—Al final. Pero poco tiempo.

—Es extraño que decayera con tal rapidez.

—Nada pudo hacerse. Era una condición hidrópica que ningún poder humano podía aliviar.

—Fui a caballo —dijo el primo William-Alfred—, dos veces, para verle. Pero lamento que no estuviese… hum… de humor para aprovechar lo mejor posible el confortamiento espiritual que yo podía ofrecerle. Me dolió mucho prestar tan escasa ayuda a un hombre de mi propia sangre.

43

—Ross, prueba un poco de esta tarta de manzana —dijo Verity en voz baja detrás del joven, los ojos fijos en las venas del cuello de su primo—. Yo misma la hice esta tarde.

—No debo demorarme. Me detuve por pocos minutos, y también para que descansara mi caballo, que cojea.

—Oh, no necesitas ir esta noche. Ordenaré a la señora Tabb que prepare un cuarto. Tu caballo puede tropezar en la oscuridad y desmontarte.

Ross miró a Verity y sonrió. Con toda esa gente era imposible hablar a solas.

Ahora Francis, y con menos calor también su padre, se unieron a la discusión. Pero Francis parecía avergonzado, su padre no demostraba mucha voluntad, y Ross estaba decidido.

Charles dijo:

—Bien, muchacho, haz lo que te plazca. No me gustaría llegar esta noche a Nampara. Estará frío y húmedo, y quizá nadie te dé la bienvenida. Bebe un poco de licor para combatir el frío.

Ross aceptó la exhortación, y bebió tres vasos seguidos. Con el cuarto se puso de pie.

—Por Elizabeth —dijo con voz pausada—, y por Francis… que juntos encuentren la felicidad.

El brindis fue más sereno que los anteriores. Elizabeth continuaba de pie, detrás de la silla de su madre. Francis se había apartado finalmente de la puerta, y había pasado una mano bajo el brazo de la joven.

En el silencio que siguió la señora Choake dijo:

—Qué agradable debe ser volver de nuevo a casa. Nunca me alejo ni siquiera un corto trecho sin sentir la satisfacción del regreso. Capitán Poldark, ¿cómo son las colonias norteamericanas? Dicen que ni siquiera el sol sale y se pone como en otros países extranjeros.

La tontería de Polly Choake pareció aliviar la tensión, y la conversación volvió a reanudarse mientras Ross concluía su comida. Más de uno tenía conciencia del alivio que todos sentían porque el joven había recibido tan serenamente la noticia. Siempre había existido algo imprevisible en el hijo de Joshua.

De todos modos, Ross no deseaba permanecer allí, y poco después se despidió.

—Vendrás dentro de un día o dos, ¿verdad? —dijo Francis, con acento de afecto en la voz—. Hasta ahora no nos has dicho nada, apenas algunos detalles de tus experiencias, cómo te hirieron, o tu viaje de regreso. Elizabeth volverá mañana a su casa. Pensamos casarnos dentro de un mes. Si deseas que te ayude en Nampara envíame un mensaje; sabes que iré con mucho gusto. ¡Caramba, volverte a ver es como regresar a los viejos tiempos! Temimos por tu vida, ¿verdad, Elizabeth?

—Sí —dijo Elizabeth.

Ross recogió su sombrero. Estaban de pie, juntos en la puerta, esperando que Tabb trajese la yegua de Ross. El joven había rechazado el préstamo de un caballo descansado para recorrer los últimos cinco kilómetros.

—Ya tendría que estar aquí, si puede manejar a ese animal. Le advertí que anduviese con cuidado.

Francis abrió la puerta. El viento trajo algunas gotas de lluvia. En una actitud que demostraba discreción, salió a ver si Tabb había llegado.

Ross dijo:

—Confío en que mi inoportuna resurrección no haya ensombrecido tu velada.

Ella lo miró un momento. La luz que venía del salón dibujaba un haz en su rostro, y revelaba sus ojos grises. Las sombras le cubrían el resto de la cara, y parecía enferma.

—Ross, tu regreso me hace muy feliz. Temí, lo mismo que todos... ¿qué pensarás de mí?

—Dos años es mucho tiempo, ¿no? Quizá demasiado.

—Elizabeth —dijo la señora Chynoweth—. Cuida que el aire de la noche no te haga tomar frío.

—No, mamá.

45

—Adiós. —Ross le estrechó la mano.

Francis regresó.

—Aquí está. ¿Compraste la yegua? Es una hermosa criatura, pero tiene muy mal carácter.

—El maltrato a veces amarga a los seres más dulces —dijo Ross—. ¿Ha cesado la lluvia?

—No del todo. ¿Conoces el camino?

Ross sonrió sin alegría.

—Cada uno de sus vericuetos. ¿Ha cambiado?

—Nada que pueda confundirte. No cruces el Mellingey por el puente; la tabla del medio está podrida.

—Así estaba el día que me fui.

—No lo olvides —dijo Francis—. Esperamos tu pronto regreso. Verity querrá verte. Si ella dispone de tiempo, iremos mañana.

Pero solamente el viento y la lluvia le respondieron, y el repique de los cascos mientras la yegua descendía irritada por el sendero.

46

III

Ahora había oscurecido, pese a que un rincón de luz evanescente resplandecía en el oeste. El viento era más intenso, y la lluvia tenue formaba ráfagas alrededor de su cabeza.

No era fácil interpretar la expresión de su rostro, y nadie hubiera dicho que durante la última media hora había sufrido el peor golpe de su vida. Excepto que ya no silbaba al viento ni hablaba a su irritable yegua, nada en él permitía adivinar lo que pasaba en su interior.

A edad muy temprana había aprendido de su padre un modo de ver las cosas que implicaba muy escaso optimismo; pero en sus relaciones con Elizabeth Chynoweth había caído en el tipo de trampa que hubiera podido evitar precisamente con esa perspectiva de la vida. Habían estado enamorados desde que ella tenía dieciséis años, y él apenas veinte. Cuando tuvo que afrontar las consecuencias de sus propias desventuras turbulentas, creyó que la solución de su padre, consistente en conseguirle un grado en el ejército, era una buena idea mientras se acallaba el escándalo. Se había alejado ansioso de nuevas experiencias, y seguro de la única circunstancia que podía conferir verdadera importancia a su regreso.

En su mente no cabía la duda, y no había creído que esta pudiese existir en Elizabeth.

Después de cabalgar un rato aparecieron al frente las luces de la mina Grambler. Era la mina en la cual se había centrado la variable fortuna del principal linaje Poldark. De sus caprichos dependían no solo la prosperidad de Charles Poldark y su familia sino el nivel de subsistencia de unos trescientos mineros y sus familias, distribuidos en chozas y *cottages* alrededor de la parroquia. Para ellos la mina era un Moloch benévolo al que entregaban a sus hijos a edad temprana y del que obtenían el pan cotidiano.

47

Vio aproximarse luces que se balanceaban, y se apartó al costado de la huella para permitir el paso de una fila de mulas, con los canastos de mineral de cobre colgados a ambos lados del lomo de los animales. Uno de los hombres encargado del transporte lo examinó con sospecha, y después gritó un saludo. Era Mark Daniel.

Ahora tenía alrededor las construcciones principales de la mina, la mayoría amontonadas e indistintas, pero aquí y allí se destacaban los sólidos andamios de los aparejos y los amplios cobertizos de piedra donde se guardaban las máquinas. Se veían luces amarillas en las ventanas superiores en arco de las casas de máquinas, cálidas y misteriosas contra el cielo bajo de la noche. Pasó cerca de una de ellas y oyó el repiqueteo y el estrépito de la gran máquina de balancín que bombeaba agua de las profundidades de la tierra. Había varios grupos de mine-

ros y una serie de linternas. Varios de ellos miraron la figura
sobre el caballo, pero aunque varios lo saludaron Ross tuvo la
sensación de que ninguno lo había reconocido.

De pronto sonó una campana en una de las casas de máquinas, una nota que no era discordante; era la hora del cambio de los turnos; por eso se habían reunido tantos hombres.
Comenzaban a agruparse para descender. En ese mismo momento otros hombres subían, trepando como hormigas un
centenar de brazas de inseguras escaleras, cubiertos de sudor
y manchados por las marcas herrumbrosas del mineral o los
humos negros de la pólvora usada en las explosiones. Necesitaban media hora o más para llegar a la superficie con sus
herramientas, y en el trayecto el agua de las bombas defec-
tuosas, los salpicaba y empapaba. Cuando alcanzaban la superficie, muchos tenían que recorrer cinco o seis kilómetros
entre la lluvia y el viento.

Ross continuó avanzando. Por momentos experimentaba
un sentimiento tan intenso que parecía originado por una enfermedad física.

Vadeó el Mellingey, y caballo y jinete iniciaron el fatigo-
so ascenso por la estrecha huella hacia el último bosquecillo
de abetos. Ross aspiró una gran bocanada del aire cargado de
lluvia e impregnado del olor del mar. Le pareció que oía romper las olas. Al terminar la subida, la yegua, cuyo malhumor
se había disipado, tropezó de nuevo y casi cayó, de modo que
Ross descendió torpemente y empezó a caminar. Al principio
apenas podía apoyar el pie en el suelo, pero dio la bienvenida al
dolor del tobillo, que ocupaba su mente, la cual de otro modo
se habría concentrado en asuntos distintos.

En el bosquecillo reinaba una profunda oscuridad, y tuvo
que avanzar a tientas por un sendero en parte cubierto de maleza. A la salida encontró las construcciones ruinosas de la
Wheal Maiden, una mina abandonada hacía cuarenta años.
Cuando era niño se esforzaba y trepaba por el ruinoso ma-

lacate y la cabria, y había explorado el estrecho socavón que atravesaba la montaña y salía cerca del río.

Ahora sentía que había llegado realmente a su casa; un momento después estaría en su propia tierra. Esa tarde la idea lo había complacido mucho, pero ahora nada parecía importar. A lo sumo se alegraba de que hubiese terminado el viaje y pudiera acostarse y descansar.

En el fondo del valle el aire estaba calmo. El rumor y el burbujeo del río Mellingey se habían disipado, pero lo oyó de nuevo, como la murmuración de una vieja enjuta. Un búho graznó y voló silencioso frente a él, en la oscuridad. Del ala de su sombrero caía agua. Al frente, en la oscuridad blanda y gimiente se dibujaba la sólida línea de la casa Nampara.

Le pareció más pequeña que la imagen que recordaba, más baja y más cuadrada; se alargaba como una hilera de *cottages* de los obreros. No se veía luz. Ató la yegua al árbol de lila, que había crecido hasta sobrepasar las ventanas de detrás, y con el látigo de montar golpeó la puerta principal.

Casi no había esperado respuesta. Aquí había llovido mucho; el agua caía del techo en varios lugares y formaba charcos en el sendero arenoso cubierto de maleza. Abrió del todo la puerta; esta se movió crujiendo y empujando un montón de residuos, y Ross miró el vestíbulo bajo, con sus vigas dispuestas de modo irregular.

Solo encontró oscuridad, una oscuridad más densa comparada con la cual la noche parecía gris.

—¡Jud! —llamó—. ¡Jud!

Fuera, la yegua gimió y pateó el suelo; algo se deslizó al lado de la entabladura. Entonces vio dos ojos. Despedían reflejos verde dorados, y lo miraban inmóviles desde el fondo de la sala.

Entró cojeando en la casa, pisando hojas y basuras. Avanzó a tientas, tocando los paneles, hacia la derecha, hasta que llegó a la puerta que comunicaba con el salón. Alzó el cerrojo y entró.

49

Inmediatamente oyó roces y carreras, y el sonido de los animales asustados. Su pie se deslizó sobre algo legamoso en el suelo, y al extender la mano golpeó un candelabro. Lo recogió, devolvió la vela al hueco y palpó en busca del pedernal y el acero. Después de dos o tres intentos la chispa prendió y así consiguió encender la vela.

Era la habitación más espaciosa de la casa. Las paredes tenían hasta la mitad de su altura unos paneles de caoba oscura, y en el rincón del fondo había un hogar grande y ancho, que abarcaba la mitad del cuarto, dividido y amueblado con escaños bajos. Era la habitación en la que siempre había vivido la familia, tan espaciosa y aireada que podía albergar aún al grupo más bullicioso los días de calor muy intenso, y que sin embargo tenía rincones cálidos y muebles cómodos para combatir las corrientes de aire frío en invierno. Pero todo eso había cambiado. El hogar estaba vacío y las gallinas anidaban en los escaños. El suelo estaba sucio de paja vieja y excrementos. Desde la ménsula de un candelabro de pared un gallo joven lo miró con malignidad. Sobre uno de los asientos adosados a la ventana había dos pollos muertos.

A la izquierda del vestíbulo estaba el dormitorio de Joshua, y Ross decidió entrar allí. Signos de vida: ropas que nunca habían pertenecido a su padre, enaguas sucias y viejas, un maltratado sombrero de tres picos, una botella sin tapón que olía a gin. Pero la cama cuadrada estaba cerrada, y los tres tordos cautivos en la jaula, frente a la deteriorada ventana, nada pudieron decirle de la pareja que él buscaba.

Al fondo de la habitación se abría otra puerta que llevaba a la parte de la casa que nunca había sido terminada, pero Ross no la usó. Debía buscar en el dormitorio del primer piso, al fondo de la casa, donde Jud y Prudie dormían siempre. Quizá se habían acostado temprano.

Se volvió hacia la puerta, y allí se detuvo y escuchó. Había alcanzado a oír un sonido peculiar. Las aves se habían calmado, y el silencio, como una cortina recogida un momento antes, volvía a posarse sobre la casa. Le pareció que oía un crujido en la oscura escalera, pero cuando aguzó la vista sosteniendo en alto la vela, nada pudo ver.

No era el ruido que él acechaba, ni el movimiento de las ratas, ni el rumor débil del río fuera, ni el crujido del papel arrugado bajo su bota.

Elevó los ojos hacia el cielorraso, pero las vigas y las tablas eran sólidas. Algo se frotó contra su pierna. Era la gata cuyos ojos brillantes había visto antes: la cachorra de su padre, *Tabitha Bethia*, pero convertida ahora en un corpulento animal gris, el pelaje cubierto de manchas leprosas de sarna. Pareció reconocerlo, y Ross se lo agradeció bajando la mano hasta los bigotes inquisitivos.

Oyó de nuevo el sonido, y esta vez pudo determinar de dónde venía. Se acercó al lecho cerrado y deslizó las puertas. Un olor intenso de transpiración rancia y gin; acercó la vela. Borrachos perdidos y abrazados estaban Jud y Prudie Paynter. La mujer llevaba puesto un largo camisón de franela; tenía la boca abierta y despatarradas las piernas varicosas. Jud no había logrado desvestirse del todo y roncaba junto a la mujer, todavía puestos los *briches* y las polainas.

Ross los miró unos instantes.

Después, se apartó y depositó el candelabro sobre la gran cómoda baja que estaba cerca del lecho. Salió del cuarto y se dirigió a los establos, que se levantaban sobre el extremo este de la casa. Allí encontró un cubo de madera y lo llevó hasta la bomba. Lo llenó, volvió a la casa, atravesó el vestíbulo y entró en el dormitorio. Arrojó el agua sobre el lecho.

Volvió a salir. Por el oeste comenzaban a aparecer algunas estrellas, pero el viento era más fresco. Advirtió que en los establos había solo dos caballos famélicos. *Ramoth*; sí, uno era el mismo *Ramoth*. Cuando él se había marchado, el caballo tenía doce años, y estaba medio ciego a causa de las cataratas.

Volvió acarreando el segundo cubo, atravesó el vestíbulo, entró en el dormitorio y volcó el contenido en el lecho.

Cuando pasó por segunda vez la yegua relinchó. Prefería incluso su compañía en lugar de la oscuridad de un jardín desconocido.

Cuando llegó con el tercer cubo Jud gemía y murmuraba, y su cabeza calva estaba en la abertura de la puerta del lecho. Ross le reservó el contenido del cubo.

Cuando regresó por cuarta vez el hombre había descendido del lecho y trataba de sacudirse el agua que le empapaba las ropas. Prudie apenas comenzaba a moverse, de modo que Ross le consagró toda el agua. Jud comenzó a maldecir y echó mano de su cuchillo. Ross le pegó en el costado de la cabeza y lo derribó. Después, fue en busca de más agua.

La quinta vez había más inteligencia en los ojos del criado, aunque aún estaba en el suelo. Cuando lo vio, Jud comenzó a maldecir, jurar y amenazar. Pero después de un momento una expresión de desconcierto se dibujó en su rostro.

—¡Dios mío!… ¿Es usted, señor Ross?

—Salido de la tumba —dijo Ross—. Y hay que atender a un caballo. De pie, antes de que te mate. —Alzó al hombre tomándolo del cuello de la camisa, y lo empujó hacia la puerta.

52

$\mathcal{U}$na húmeda tarde de octubre es deprimente, pero en todo caso disimula con sus sombras los ásperos bordes ruinosos y deteriorados. No ocurre lo mismo con la luz matutina.

Incluso cuando desarrollaba una particular actividad en la minería, Joshua siempre había dedicado parte del tiempo a varios campos, la casa estaba limpia y era acogedora, y se la veía bien amueblada y provista, si se tenían en cuenta las condiciones generales del distrito. Después de un recorrido que duró desde las ocho hasta las diez, Ross convocó a los Paynter fuera de la casa y permaneció de pie, las piernas separadas, mirándolos. Ellos movían inquietos los pies y parecían intranquilos bajo la mirada de Ross.

Jud tenía unos diez centímetros menos que la mujer. Era un hombre al comienzo de la cincuentena, a quien las piernas arqueadas conferían un aire de caballista y una apariencia de robustez. Durante los últimos diez años la naturaleza humorista le había tonsurado la cabeza como a un fraile. Había vivido toda su vida en el distrito, primero como tributario de la mina Grambler, y después en Wheal Grace, donde Joshua lo había empleado a pesar de sus defectos.

Prudie y Jud se habían conocido en Bedruthan diez años antes. Ni siquiera cuando había tomado unas copas Jud hablaba de las circunstancias en que la había conocido. Nunca se

53

habían casado, pero ella había adoptado el apellido del hombre como algo sobrentendido. Ahora tenía cuarenta años, un metro ochenta de altura y cabellos largos y lacios incurablemente piojosos; tenía los hombros anchos, con un cuerpo vigoroso que mostraba prominencias en todos los lugares en los cuales podían parecer antiestéticos.

—Están fatigados después de trabajar toda la mañana —dijo Ross.

Jud lo miró inquieto bajo las cejas sin vello. Con Joshua siempre había tenido que cuidar sus pasos, pero jamás había temido a Ross.

Un jovencito atolondrado, siempre tenso, alto y desmañado... no había por qué temerle. Pero dos años en el ejército habían cambiado al muchacho.

—Está todo lo limpia que puede estar una casa recién fregada —dijo Jud en un gruñido—. Trabajamos dos buenas horas. Los tablones viejos del suelo me han llenado la mano de astillas. Quizá se me envenene la sangre. A uno le sube de la mano, por el brazo. Se mete por las venas, y después... *plaf*... uno muere.

Ross volvió hacia Prudie sus ojos somnolientos pero nerviosos.

—¿Su esposa no ha sufrido como consecuencia de la mojadura? Es buena para no olvidar la sensación y el sabor del agua. En la cárcel se usa muy poco.

Jud lo miró atentamente.

—¿Quién habla de cárcel? Prudie no irá a la cárcel ¿Qué hizo?

—No más que usted. Lástima que no puedan meterlos en la misma celda.

Prudie lloriqueó.

—Búrlese de nosotros.

—La burla —dijo Ross— fue de ustedes anoche, y lo mismo las cincuenta noches anteriores.

—No pueden detenernos por beber un poco —dijo Jud—. No es legal. No es justo. No está bien. No tiene sentido. No es humano. Sin hablar de todo lo que hicimos por usted.

—Usted era el criado personal de mi padre. Cuando él murió usted quedó a cargo de todo. Bien, le daré una guinea por cada campo que no esté cubierto de maleza y barbecho, y lo mismo por cada galpón o establo que no esté derrumbándose por la falta de una reparación oportuna. Incluso las manzanas del huerto se enmohecen entre las hojas secas porque nadie las recoge…

—Fue un mal verano. Las manzanas estaban llenas de avispas. Tremendo. No se puede hacer nada con una manzana que tiene avispas. Salvo matar el bicho y comer la manzana, y lo que dos cuerpos pueden comer tiene un límite.

—Fue una suerte que no me tragase una de esas avispas —dijo Prudie—. Estaba masticando tranquilamente la manzana. Y justo cuando le daba un mordisco oí un buzz-buzz. ¡Dios mío, ahí estaba! No se veía la cabeza, pero la cola se movía como la de un ternero, y las patas también, rayadas como una bandera. Si no la veo a tiempo…

—Salen del agujero —dijo Jud con aire sombrío—. Sacan el aguijón y… puf… uno muere.

—Perezosos sin remedio —dijo Ross—, salvo para buscar excusas. Como dos cerdos viejos en su chiquero, e igual de lentos para apartarse de su rincón de roña.

Prudie levantó el extremo de su delantal y comenzó a frotarse la nariz.

Ross acentuó el ataque. Un verdadero maestro le había enseñado a insultar y durante los dos últimos años había enriquecido su repertorio. Además conocía a sus oyentes.

—Supongo que debe ser fácil convertir animales de buena calidad en gin barato —concluyó—. Por menos de eso algunos terminaron en la horca.

—Pensamos… se rumoreaba. —Jud se chupó las encías, vacilante—. La gente decía…

55

—¿Que yo había muerto? ¿Quién decía eso?

—Era la idea general —dijo Prudie con expresión sombría.

—Sin embargo, oigo decirlo únicamente en mi propia casa. ¿Ustedes hicieron correr el rumor?

—No, no; no es cierto. Nada de eso. A nosotros debe agradecernos que hayamos desmentido esa historia. Estoy seguro, lo dije siempre. Completamente seguro, eso les dije. Les expliqué que tenía la fe más cabal; y Prudie no me dejará mentir. Dime una cosa, Prudie, ¿creímos tan perversa mentira?

—¡Por Dios, no! —dijo Prudie.

—Mi tío siempre pensó que ustedes eran vagabundos y parásitos. Supongo que lograré que él los juzgue.

Permanecieron de pie, moviéndose inquietos, medio resentidos y medio alarmados. Ross no comprendía sus dificultades, y ellos no encontraban palabras para explicarlas. La culpa que podían haber sentido se había disipado hacía mucho, rechazada por esas explicaciones que no lograban formular. Ahora se sentían agraviados ante un ataque tan duro. Todo se había hecho o dejado sin hacer por muy buenas razones.

—No tenemos más que cuatro pares de manos —dijo Jud.

El sentido del humor de Ross estaba amortiguado, porque de lo contrario se hubiese regocijado ante esta observación.

—Este año hay mucha peste en las cárceles —dijo—. La falta de gin barato no será el único padecimiento.

Se volvió, y los dejó sumidos en el temor.

II

En la media luz de los establos del León Rojo había creído que la yegua alquilada tenía una cerneja dañada, pero la luz del día mostró que la cojera no era más que el resultado de una herradura muy inapropiada. La yegua tenía un pie chato y abierto, y la herradura era muy corta y estaba muy cerrada.

Al día siguiente fue a Truro en *Ramoth*, que estaba casi ciego, para ver si podía cerrar trato con el dueño del León Rojo.

El dueño de la posada dudaba un poco de que hubiese transcurrido tiempo suficiente para que él tuviese derecho a disponer de su garantía; pero la legalidad nunca había sido el punto fuerte de Ross, y en definitiva se salió con la suya.

Mientras estaba en la localidad, emitió una letra contra el banco de Pascoe y gastó parte de su magro capital en dos jóvenes novillos y arregló que fueran entregados a Jud. Si quería trabajar los campos necesitaba gastar en animales de trabajo.

Con algunos objetos más pequeños atravesados sobre la montura volvió poco después de la una, y halló a Verity esperándole. Durante un fugaz instante de emoción había creído que era Elizabeth.

—Primo, no viniste a visitarme —dijo la joven—, y ahora tuve que esperarte. Estoy aquí desde hace unos cuarenta minutos.

Él se inclinó y le besó la mejilla.

—Debiste avisarme. Estuve en Truro. Jud te lo habrá dicho.

—Sí. Me ofreció una silla, pero temí sentarme en ella, no fuese que se derrumbara bajo mi peso. ¡Oh, Ross, tu pobre casa!

El joven contempló la construcción. El invernadero estaba cubierto de convólvulos gigantes, que se habían extendido sobre aquel, y después de florecer habían comenzado a descomponerse.

—Todo puede arreglarse.

—Estoy avergonzada —dijo ella— de que no hayamos venido, de que yo misma no haya venido más a menudo. Estos Paynter...

—Estuviste atareada.

—Oh, por cierto. Solamente ahora, cuando ya se recogió la cosecha, tenemos tiempo de respirar. Pero eso no es excusa.

Él la miró, de pie a su lado. Por lo menos ella no había cambiado, con su figurilla delgada, los cabellos en desorden y la boca grande y generosa. Había caminado desde Trenwith con su vestido de trabajo, sin sombrero, el manto gris dispuesto al descuido sobre los hombros.

Comenzaron a caminar en dirección a los establos.

—Acabo de comprar una yegua —dijo Ross—. Debes verla. El viejo *Squire* ya no tiene fuerzas, y *Ramoth* no puede ver las piedras y los surcos.

—Háblame de tu herida —dijo ella—. ¿Ahora te duele mucho? ¿Cómo fue?

—Oh, hace mucho. En el río James. No es nada.

Ella lo miró.

—Siempre fuiste bueno para ocultar tu sufrimiento, ¿verdad?

—Aquí está la yegua —dijo él—. Acabo de pagar por ella veinticinco guineas. Un buen negocio, ¿no te parece?

Verity vaciló.

—¿No cojea también *ella*? Francis… y esa pata derecha, que evita apoyar…

—Mejorará antes que la mía. Ojalá uno pudiese curar una herida con un cambio de herraduras.

—¿Cómo se llama?

—Nadie lo sabe. Espero que tú la bautices.

Verity se echó atrás los cabellos y frunció una ceja.

—Hum… yo la llamaría *Morena*.

—¿Por qué?

—Tiene un tono bastante oscuro. Y también como homenaje a su nuevo dueño.

Ross se echó a reír y comenzó a desensillar a *Ramoth* y a cepillarlo, mientras su prima se apoyaba en la puerta del establo y charlaba. El padre de Verity a menudo se había quejado de que ella «carecía de gracias», en el sentido de que era incapaz de mantener una charla intrascendente, florida pero agra-

58

dable que realzaba tanto el sabor de la vida. Pero cuando estaba con Ross nunca parecían faltarle las palabras.

Ross la invitó a cenar, pero la joven rehusó.

—Debo irme pronto. Ahora que mi padre no está tan bien tengo mucho más trabajo.

—Y supongo que te gusta. Vamos, demos un paseo hasta el mar. Quizá pasen muchos días antes de que vuelvas.

Ella no discutió, porque le agradaba ver que alguien buscaba su compañía. Partieron, tomados de la mano como hacían cuando eran niños, pero esta vez su cojera era tan visible que Ross se soltó y apoyó en el hombro de su prima una mano larga y huesuda.

El trayecto más corto hasta el mar viniendo desde la casa era trepar una pared de piedra y descender a la playa Hendrawna, pero ahora subieron por el Campo Largo, detrás de la casa, y siguieron el camino que Joshua había recorrido en su sueño.

—Querido, tendrás que trabajar duro para arreglarlo todo —dijo Verity, echando una ojeada alrededor—. Necesitas ayuda.

—Dispongo de todo el invierno.

Ella trató de interpretar la expresión de Ross.

—Ross, ¿no pensarás volver a partir?

—Lo haría de inmediato si tuviese dinero o no fuese cojo; pero las dos cosas juntas…

—¿Retendrás a Jud y a Prudie?

—Aceptaron trabajar sin pago. Los retendré hasta que eliminen parte del gin. Además, esta mañana tomé a un chico llamado Carter, que vino a pedir trabajo. ¿Lo conoces?

—¿Carter? ¿Uno de los hijos de Connie Carter, de Grambler?

—Creo que sí. Estuvo en Grambler, pero el trabajo en las galerías era muy pesado. A sesenta brazas de profundidad no hay aire suficiente para que se disipe la pólvora de las explosiones, y según dice empezó a toser una flema negra por la mañana. De modo que tiene que trabajar en los campos.

—Ah, seguramente es Jim, el mayor. El padre murió joven.

—Bien, no estoy en condiciones de pagar a inválidos, pero parece un muchacho aceptable. Empieza mañana a las seis.

Alcanzaron el borde del cantilado, que se elevaba a más de veinte metros sobre el mar. A la izquierda, los riscos descendían hacia la caleta de Nampara, y luego se elevaban de nuevo, más empinados, hacia Sawle. Hacia el este, en dirección a la playa de Hendrawna, el mar se veía muy sereno: un gris humoso, y aquí y allá parches violetas y un verde vivaz y móvil. Las olas aparecían oscuras, como serpientes bajo una manta, reptando casi invisibles hasta que emergían en ondas lechosas al borde del agua. La suave brisa marina les acarició el rostro rozando apenas sus cabellos. La marea descendía. Mientras miraban, el verde del mar se agitaba y conmovía bajo las nubes agrupadas.

Ross no había dormido bien la noche anterior. Visto desde un lado, con los ojos grises celestes de párpados entornados, y la línea blanca de la cicatriz en la mejilla parda, todo su rostro manifestaba una extraña inquietud. Verity apartó los ojos y dijo bruscamente:

—Te habrá sorprendido enterarte... enterarte del asunto de Francis y Elizabeth...

—No tenía opción sobre ella.

—Fue extraño —continuó Verity con voz entrecortada—, como ocurrió todo. Francis apenas la había visto antes del último verano. Se conocieron en casa de los Pascoe. Y después ya no pudo... no pudo hablar de otra cosa. Por supuesto, le dije que tú... que te habías mostrado amistoso con ella. Pero Elizabeth ya se lo había dicho.

—Muy amable de su parte...

—Ross... estoy completamente segura de que ninguno de ellos quiso hacer nada que fuese injusto. Fue... sencillamente una de esas cosas que ocurren. Uno no discute con las nubes, la lluvia o el rayo. Bien, así fue. Cayó sobre ellos. Yo... conozco a Francis, y sé que no pudo evitarlo.

—Cómo han aumentado los precios desde que me marché —dijo Ross—. Hoy pagué tres libras y tres peniques por una yarda de hilo de Holanda. Las polillas se comieron todas mis camisas.

—Y después —dijo Verity— corrió el rumor de que habías muerto. No sé cómo empezó, pero creo que los Paynter eran quienes podían beneficiarse más.

—No más que Francis.

—No —dijo Verity—. Pero no fue él.

Ross mantuvo sus ojos de expresión torturada fijos en el mar.

—No fue un buen pensamiento —afirmó después de un momento.

Verity le apretó el brazo.

—Querido, ojalá pudiese ayudarte. ¿Vendrás a vernos más a menudo? ¿Por qué no cenas con nosotros todos los días? Cocino mejor que Prudie.

Ross movió la cabeza.

—Debo hallar por mí mismo el modo de salir de esto. ¿Cuándo se casarán?

—El primer día de noviembre.

—¿Tan pronto? Creí que faltaba más de un mes.

—Lo decidieron anoche.

—Oh. Comprendo…

—Será en Trenwith, porque eso nos acomoda a todos. Cusgarne está casi derruida, y plagada de corrientes de aire y filtraciones. Elizabeth y sus padres vendrán en su carruaje por la mañana.

La joven siguió hablando, consciente de que Ross apenas la escuchaba, pero deseosa de ayudarlo a pasar este momento difícil. Después, Verity calló y siguió su ejemplo, los ojos fijos en el mar.

—Sí —dijo la joven—, si estuviese segura de que no te molestaré, este invierno vendría a visitarte siempre que pudiera. Si…

—Eso —dijo Ross— sería una gran ayuda.

Comenzaron a regresar hacia la casa. Él no advirtió que la joven se había ruborizado intensamente, casi hasta la raíz de los cabellos.

De modo que sería el primero de noviembre, menos de dos semanas después.

Ross recorrió un corto trecho con su prima, y cuando se separaron él permaneció de pie sobre el borde del bosquecillo de pinos, y la vio alejarse con paso rápido y firme en dirección a Grambler. El humo y el vapor de la mina se elevaban en una nube sobre el desolado páramo salpicado de desechos que se extendía hacia Trenwith.

III

62 Más allá del suelo en pendiente que formaba el límite sureste de Nampara Combe había una depresión en la cual se levantaba un racimo de *cottages* llamado Mellin.

Era tierra que pertenecía a Poldark, y en estos seis *cottages*, dispuestos en un amistoso ángulo recto, de modo que todos podían observar más fácilmente las idas y venidas de todos, vivían los Triggs, los Clemmow, los Martin, los Daniel y los Vigus. A este lugar había acudido Ross en busca de fuerza de trabajo barata.

Los Poldark siempre habían mantenido buenas relaciones con sus inquilinos. No faltaban las diferencias de clase; se las comprendía tan claramente que nadie necesitaba subrayarlas, pero en los distritos en los cuales la vida se centraba en la mina más próxima, no se permitía que las convenciones sociales amenazaran el sentido común. Los pequeños propietarios, con sus antiguos linajes y sus caudales escasos eran aceptados como parte de la tierra que poseían.

En camino hacia la vivienda de los Martin, Ross tuvo que

pasar frente a tres de los *cottages*, y delante de la puerta del primero, Joe Triggs estaba sentado, tomando el sol y fumando. Triggs era un minero en mitad de la cincuentena, agobiado por el reumatismo y mantenido por su tía, que apenas conseguía ganarse la vida limpiando pescado en Sawle. Se hubiera dicho que no se había movido de su lugar desde el día de la partida de Ross, veintiocho meses atrás. Inglaterra había perdido un imperio en el oeste; había firmado su dominio sobre otro en el este; había luchado sola contra los americanos, los franceses, los holandeses, los españoles y Hyder Ali de Misore. Gobiernos, flotas y naciones habían chocado, se habían elevado y perecido. En Francia se habían soltado aerostatos, el *Royal George* había volcado de costado en Spithead, y el hijo de Chatham había ocupado su primer cargo en el gabinete. Pero para Joe Triggs nada había cambiado. Excepto que esta rodilla o aquel hombro le dolían más o menos, cada día era tan semejante al anterior que se había fundido en una pauta invariable y se había disipado sin dejar rastros.

Mientras conversaba con el viejo, los ojos de Ross exploraban el resto de los *cottages*. El que se levantaba contiguo a este estaba vacío desde que toda la familia había muerto de viruela, en 1779, y ahora había perdido parte del techo; el siguiente, ocupado por los Clemmow, tenía una apariencia apenas mejor. ¿Qué podía esperarse? Eli, el más joven e inteligente, se había alejado para emplearse como lacayo en Truro, y solo quedaba Reuben.

Los tres *cottages* dispuestos sobre el ángulo contrario estaban todos en buenas condiciones. Los Martin y los Daniel eran buenos amigos suyos. Y Nick Vigus cuidaba de su *cottage*, pese a que era un sinvergüenza hipócrita.

En el *cottage* de los Martin, la señora Zacky Martin, con su rostro chato, sus lentes y su espíritu animoso, lo invitó a pasar a la única sombría habitación del piso bajo, con su suelo de tierra bien afirmada en la cual tres pequeños desnudos jugaban y parloteaban. Ross descubrió dos rostros nuevos, lo cual elevaba el total a once; y la señora Martin estaba de nuevo embarazada. Cuatro varones ya trabajaban en las galerías de Grambler, y Jinny, la hija mayor, cumplía tareas de desbaste en la mina. Los tres niños que seguían, el más pequeño de cinco años, eran precisamente el tipo de fuerza de trabajo barata que Ross necesitaba en aquellos momentos para limpiar sus campos.

Esa soleada mañana, con los susurros, los sonidos y los olores de su propia tierra alrededor, la guerra en la cual había participado parecía un episodio vacío y lejano. Se preguntaba si el mundo real era aquel en que los hombres luchaban por ideas y principios, y morían o vivían gloriosamente —o más a menudo miserablemente— en defensa de una palabra abstracta como patriotismo o independencia, o si la realidad pertenecía a la gente humilde y a la tierra común.

Parecía que nada podía interrumpir la charla de la señora Zacky; pero en ese momento su hija Jinny regresó de su turno en la mina. Parecía estar sin aliento y dispuesta a decir algo cuando empujó la puerta del *cottage*, pero al ver a Ross se adelantó, hizo una desmañada reverencia y enmudeció.

—La mayor —dijo la señora Zacky, cruzando los brazos sobre el ancho pecho—. Hace un mes cumplió diecisiete. ¿Qué te pasa, niña? ¿Olvidaste al señor Ross?

—No, madre. Claro que no. De ningún modo. —Se acercó a la pared, se desató el delantal y se quitó el gran gorro de tela.

—Es una buena chica —dijo Ross, mirándola distraídamente—. Debería estar orgullosa de ella.

Jinny se sonrojó.

La señora Zacky miraba a su hija.

—¿Reuben estuvo molestándote otra vez?

Sobre la puerta cayó una sombra, y Ross vio la alta figura de Reuben Clemmow que caminaba hacia su *cottage*. Todavía vestía la húmeda chaqueta azul y los pantalones de minero, y se cubría la cabeza con el viejo sombrero de copa dura, la vela asegurada con arcilla en la parte delantera; llevaba cuatro herramientas de excavar, y una de ellas era una pesada barreta de hierro para taladrar.

—Me sigue todos los días —dijo la muchacha, con lágrimas de cólera en los ojos—. Quiere que camine con él; y cuando lo hago no dice palabra, solamente mira. ¿Por qué no me deja en paz?

—Vamos; no te lo tomes así —dijo su madre—. Ve a decir a los tres mocosos que entren si quieren comer algo.

Ross comprendió que era la oportunidad de irse, y se puso de pie mientras la chica se alejaba corriendo de la vivienda y llamaba con voz clara y aguda a tres de los niños Martin que trabajaban en un campo de patatas.

—De veras nos preocupa —dijo la señora Martin—. Sí, la sigue a todas partes. Zacky ya le advirtió dos veces.

—Tiene en muy mal estado su *cottage*. El hedor sin duda es muy desagradable cuando el viento sopla hacia aquí.

Ross podía ver a Reuben Clemmow de pie en la puerta de su *cottage*, mirando a Jinny, siguiéndola con sus ojillos pálidos y su mirada desconcertante. Los Clemmow siempre habían sido un problema para el vecindario. Hacía años que el padre y la madre Clemmow habían muerto. El padre Clemmow era sordomudo y tenía ataques, los niños se burlaban de él a causa de su boca torcida y los ruidos gorgoteantes que emitía. La madre Clemmow tenía una apariencia perfectamente normal, pero había en ella algo maligno, no era mujer que se contentara con los usuales pecados humanos de la copulación y la embriaguez. Ross recordaba que la habían flagelado públicamente en Truro por vender polvos venenosos para abortar. Durante años los dos Clemmow habían afrontado dificultades, pero Eli había sido siempre el más complicado.

—¿Provocó problemas en mi ausencia?

—¿Reuben? No. Excepto que cierto día del invierno pasado le dio un golpe en la cabeza a Nick Vigus, porque estaba fastidiándolo. Pero no se lo censuramos, porque yo misma a veces deseo hacerlo.

Ross pensó que el retorno a la sencilla vida rural no permitía huir. En su caso cambiaba el cuidado que debía dispensar a su compañía de infantería por este interés sobreentendido en el bienestar de la gente que vivía en sus tierras. Quizá no era un caballero en todo el sentido de la palabra, pero no por eso desaparecían las responsabilidades.

—¿Cree que perjudicó a Jinny?

—No lo sabemos —dijo la señora Zacky—. Si hiciera algo, no por eso tendría que presentarse ante el juez. Pero como usted sabe, querido, así son las preocupaciones de una madre.

Reuben Clemmow vio que ahora le había tocado el turno de que lo observasen. Miró con ojos inexpresivos a las dos personas que estaban en el umbral del otro *cottage*, y después se volvió y entró en su vivienda, y cerró con violencia las puertas.

Jinny y los tres niños volvían del campo. Ross miró con mayor interés a la muchacha. Pulcra y bien arreglada, era una cosa bonita. Esos bellos ojos castaños, y la piel pálida levemente pecosa en la nariz, y los abundantes cabellos castaño rojizos; sin duda tenía muchos admiradores entre los jóvenes del distrito. No era de extrañar que despreciase a Reuben, que tenía cerca de cuarenta años y era débil mental.

—Si Reuben vuelve a molestar —dijo Ross—, envíeme un mensaje y yo vendré a hablarle.

—Es muy amable de su parte, señor. Se lo agradeceremos mucho. Quizá si usted le habla, él quiera escucharlo.

IV

En el camino de regreso Ross pasó frente a la casa de máquinas de la Wheal Grace, la mina que había sido la fuente de la prosperidad de su padre, y que también había consumido todo su haber. Estaba en la colina, sobre el lado del valle contrario a aquel en que se hallaba la Wheal Maiden, y con el nombre de mina Trevorgie se la había explotado con métodos primitivos siglos atrás; Joshua había aprovechado algunos de los primitivos trabajos, y rebautizado la explotación con el nombre de su esposa. Ross decidió que inspeccionaría el lugar, porque cualquier tipo de tarea era mejor que dejar pasar los días.

La tarde siguiente se puso uno de los trajes de minero de su padre, y se disponía a salir de casa, seguido por las murmuraciones de Prudie acerca de las planchas podridas y el aire viciado, cuando vio un jinete que descendía por el valle, y comprendió que era Francis.

Montaba un hermoso ruano e iba vestido a la moda, con *briches* color ante, un chaleco amarillo y una chaqueta entallada de terciopelo marrón oscuro con cuello alto.

Frenó frente a Ross, y el caballo corcoveó al sentir el tirón.

—¡Eh, *Rufus*, tranquilo, muchacho! Bien, bien, Ross —desmontó, en el rostro una sonrisa cordial—. ¡Tranquilo, muchacho! Bien, ¿qué significa esto? ¿Tienes que pagar con trabajo en Grambler?

—No, pensé inspeccionar la Grace.

Francis enarcó el ceño.

—Era una vieja ramera. ¿No te propondrás reanudar los trabajos?

—Incluso las rameras pueden ser útiles. Quiero saber qué tengo y no me importa si sirve o no.

Francis se sonrojó levemente.

—Es razonable. Quizá puedas esperar una hora.

—Baja conmigo —propuso Ross—. Aunque tal vez ya no te interesen las aventuras de esa clase… con ese atuendo.

El sonrojo de Francis se acentuó.

—Por supuesto, iré contigo —dijo secamente—. Dame un traje viejo de tu padre.

—No es necesario. Iré otro día.

Francis entregó su caballo a Jud, que acababa de llegar del campo.

—Podemos conversar mientras caminamos. Me agradará.

Entraron en la casa y Ross rebuscó entre las pertenencias de su padre que los Paynter no habían vendido. Cuando hubo hallado prendas apropiadas, Francis se despojó de sus finas ropas y se revistió con el traje de minero.

Salieron de la casa, y para disipar el embarazo de la situación, Ross se impuso comentar sus experiencias en América, adonde lo habían enviado como alférez apenas un mes después de incorporarse a su regimiento en Irlanda; de los agitados tres primeros meses bajo las órdenes de lord Cornuallesis, el período en que se libraron casi todos los combates que él había presenciado; del avance hacia Portsmouth y el súbito ataque de los franceses mientras cruzaban el río James; de la fuga de Lafayette; de la bala de mosquete que había recibido en el tobillo, y el consiguiente traslado a Nueva York, lo que le había permitido evitar el sitio de Yorktown, y de la herida de bayoneta en el rostro durante una escaramuza local, mientras se firmaban los acuerdos de la paz preliminar.

Llegaron a la mina y a la casa de máquinas, y Ross caminó unos minutos entre los altos matorrales; después, se acercó a su primo, que se había asomado al tubo de ventilación.

—¿A qué profundidad llegaron? —preguntó Francis.

—Creo que a lo sumo treinta brazas; pero oí decir a mi padre que casi todos los túneles de la vieja Trevorgie drenaban solos.

—En Grambler comenzamos a excavar un nivel a ochenta brazas, y promete una gran producción. ¿Cuánto tiempo ha transcurrido desde que dejó de usarse esta escala?

—Imagino que unos diez años. Ayúdame, ¿quieres?

La fuerte brisa agitaba la llama de las velas de cañameño. Francis quiso bajar primero, pero Ross lo detuvo.

—Espera. Yo probaré la escala.

La primera docena de peldaños pareció bastante sólida. Era un tubo bastante ancho, y la escala estaba clavada a la pared y sostenida a intervalos por plataformas de madera. Parte del equipo de bombeo aún estaba en su lugar, pero más abajo se había desprendido. A medida que se alejaban de la luz del día, el olor fuerte y fétido del agua estancada les llegaba con más intensidad.

Llegaron sin incidentes al primer nivel. Alumbrándose con la luz parpadeante y humosa de su sombrero, Ross ojeó la estrecha abertura del túnel; decidió aventurarse hasta el nivel siguiente. Así lo informó al hombre que estaba poco más arriba, y ambos continuaron el descenso. En cierta ocasión, Francis aflojó una piedra, y esta repiqueteó en la plataforma siguiente y cayó con un chasquido leve en el agua invisible de la profundidad.

Ahora los peldaños eran más traicioneros. Fue necesario saltarse varios, y uno cedió en el mismo instante en que Ross apoyó todo su peso. Su pie encontró el peldaño siguiente, que se mantenía firme.

—Si llego a explotar la mina —exclamó, y su voz arrancó ecos en distintos puntos del espacio confinado—, pondré escalas de hierro en el tubo principal.

—Cuando mejoren las cosas pensamos hacer lo mismo en Grambler. Así murió el padre de Bartle.

Ross sintió frío en los pies. Inclinó la cabeza para ver mejor el agua oscura y aceitosa que le impedía el paso. El nivel del agua había descendido durante los últimos meses, pues alrededor de él las paredes estaban cubiertas de un limo verdoso. Su aliento formaba una columna de vapor que iba a unirse con el humo de la vela. Al lado, aproximadamente en medio metro de agua, estaba la abertura del segundo nivel. Era el sector más bajo de la vieja mina Trevorgie.

Descendió dos peldaños más, hasta que tuvo el agua a la altura de las rodillas, y luego pasó de la escala al túnel.

—¡Uf! Qué olor —dijo la voz de Francis—. Me gustaría saber cuántos mocosos inoportunos fueron a parar aquí.

—Creo —dijo Ross— que este nivel se dirige hacia el este, bajo el valle, en dirección a Mingoose.

Pasó al túnel. Un chapoteo a su espalda le indicó que Francis también había abandonado la escala y lo seguía.

En las paredes se dibujaban rayas formadas por el agua sucia, parda y verde, y en ciertos lugares el techo era tan bajo que tenían que inclinarse para pasar. El aire era maloliente y húmedo, y una o dos veces las velas parpadearon, como si fueran a apagarse. Francis alcanzó a su primo en un lugar en que el túnel se ensanchaba para formar una caverna. Ross estaba mirando la pared, allí donde se había iniciado una excavación.

—Mira esto —dijo Ross, señalando—. Mira esta veta de estaño entre la pirita. Eligieron mal el nivel. En Grambler ya vimos que los cambios de dirección son muy bruscos.

70

Francis mojó un dedo en el agua y frotó la roca en el sitio en que aparecía el débil moteado oscuro del estaño.

—¿Y qué? ¿Desde que volviste no echaste una ojeada a nuestras planillas de costos de Grambler? Las ganancias muestran una caprichosa tendencia a instalarse del lado equivocado del libro de cuentas.

—En Grambler —dijo Ross— excavaron demasiado hondo. Cuando me marché esas máquinas estaban costando una fortuna.

—No queman carbón —dijo Francis—. Lo devoran, lo mismo que un asno come fresas. Apenas tragan un bocado, ya están reclamando más.

—Aquí bastaría una máquina pequeña. Este nivel puede trabajarse incluso sin bombeo.

—No olvides que estamos en otoño.

Ross se volvió y miró el agua oscura y hedionda que le llegaba más arriba de las rodillas; y después levantó la vista hacia el techo. Francis tenía razón. Habían podido llegar tan lejos gracias a la evaporación de agua del verano. Ahora el agua comenzaba a subir. En pocos días, quizás incluso en horas, no podrían regresar allí.

—Ross —dijo Francis—. Sabes que me casaré la semana próxima, ¿verdad?

Ross suspendió el examen de la galería y se enderezó. Era varios centímetros más alto que su primo.

—Verity me lo dijo.

—Hum. También dijo que no deseabas asistir a la boda.

—Oh… no es exactamente eso. Pero entre una cosa y otra… mi casa parece el saqueo de Cartago. Además, nunca me gustaron las ceremonias. Sigamos un poco más. Me pregunto si no sería posible desaguar estas viejas galerías mediante un socavón practicado desde los terrenos bajos que están más allá de Marasanvose.

Después de unos segundos Francis siguió a su primo.

La luz parpadeante de las dos velas se balanceaba, disipando la oscuridad aquí y allí, y formando hilos de humo y extraños y grotescos reflejos en el agua oscura.

Poco después el túnel se estrechó hasta adquirir una forma ovalada, de aproximadamente un metro treinta de altura y una anchura máxima de un metro. En realidad, se habían dado a la excavación las proporciones indispensables para permitir el paso de un hombre empuja una carretilla, y que debía avanzar inclinando la cabeza. El agua se elevaba hasta unos milímetros debajo de la anchura máxima del óvalo, y así las paredes estaban alisadas por el roce de los codos de los mineros que habían trabajado allí muchos años antes.

Francis comenzó a sentir la necesidad de aire, la necesidad de enderezar la espalda, el peso de miles de toneladas de roca sobre su cabeza.

—Naturalmente, debes asistir a la boda —dijo, elevando la voz. Su vela chisporroteaba porque le había caído una gota de agua—. Lamentaríamos mucho que no vinieras.

—Tonterías. La gente muy pronto dejará de comentar el asunto.

—Hoy te veo muy agresivo. Querríamos que vinieras. Es mi deseo y...

—¿También el deseo de Elizabeth?

—Ella lo pidió especialmente.

Ross se abstuvo de hacer el comentario que le vino a la cabeza.

—Muy bien, ¿a qué hora?

—A mediodía. George Warleggan será mi padrino.

—¿George Warleggan?

—Sí. Si hubiera sabido que tú...

—Mira, el terreno está elevándose. Ahora viramos hacia el norte.

—No pretendemos que sea una boda muy lujosa —dijo Francis—. Solo los parientes y unos pocos amigos. El oficio estará a cargo del primo William-Alfred, y el señor Odgers lo ayudará. Ross, quisiera explicarte...

—Aquí se respira mejor —dijo Ross con expresión sombría, volviendo un brusco recodo del estrecho túnel, y provocando la caída y el chasquido en el agua de una lluvia de piedras sueltas.

Habían ascendido unos pocos pies, y ahora estaban casi fuera del agua. Delante había un destello de luz. Siempre subiendo, llegaron a un tubo de ventilación, una de las muchas aberturas verticales practicadas para hacer apenas soportables las condiciones de trabajo. Como el tubo principal, este continuaba hacia abajo, estaba lleno de agua pocos pies más abajo, y podía cruzarse mediante un estrecho puente de planchas de madera. No había escala para subir por ese conducto.

Elevaron los ojos hacia el estrecho círculo de luz diurna, que se veía allá arriba.

—¿Dónde estamos? —preguntó Ross—. Debe de ser el que se abre al lado de la huella que va hacia Reen-Wollas...

—O el que está en el límite de las dunas. Mira, Ross, quería explicarte. Cuando conocí a Elizabeth, en la primavera pasada, ni se me ocurrió la idea de interponerme entre vosotros. Fue una cosa súbita. Ella y yo…

Ross se volvió, el rostro tenso y amenazador.

—¡Por todos los demonios! ¿No es suficiente?…

Su expresión era tal que Francis retrocedió sobre el puente de madera que cruzaba el conducto. El puente se quebró como si estuviera hecho de barro, y de pronto el joven estaba debatiéndose en el agua.

Todo ocurrió con tal rapidez que durante un momento fue imposible hacer nada. Ross pensó: Francis no sabe nadar.

En la semioscuridad, Francis consiguió volver a la superficie, un brazo, los cabellos rubios y el sombrero flotando, el vestido que le facilitaba mantenerse a flote mientras no se empapara del todo. Ross se acostó boca abajo, se inclinó sobre el borde, casi perdió el equilibrio, pero no pudo alcanzar a su primo; un rostro de expresión desesperada; el agua era un líquido viscoso. Tiró una tabla del puente podrido; se desprendió; la inclinó hacia el agua y un gran clavo de hierro se enganchó en el hombro de la chaqueta de su primo; Ross tiró y la chaqueta se desgarró; una mano aferró el extremo de la tabla, y Ross tiró de nuevo; antes de que la madera se quebrase consiguieron tocarse.

Ross puso en tensión los músculos sobre la superficie resbaladiza de roca y sacó del agua a su primo.

—¡Dios mío! ¿Por qué reaccionaste así? —dijo irritado.

—¡Dios mío! ¿Por qué no aprendes a nadar? —preguntó Ross.

Se hizo otro silencio. El accidente había desencadenado fuertes emociones en ambos; y durante un momento esos sentimientos flotaron en el aire como un gas peligroso, una sustancia desconocida pero que no podía ignorarse.

Mientras estaban sentados, Francis miraba de reojo a su primo. La primera noche, cuando Ross se presentó en la casa,

73

Francis había anticipado y comprendido la decepción y el resentimiento de Ross. Pero a causa de su carácter alegre y tolerante no había podido imaginar la intensidad del sentimiento de su primo que alentaba tras la expresión tensa de su rostro. Ahora sabía a qué atenerse.

También percibía que el accidente provocado por la caída no era el único peligro que había afrontado… y que quizás aún lo amenazaba.

Ambos habían perdido las velas, y no tenían con qué reponerlas. Francis elevó los ojos hacia el disco de luz que se dibujaba a gran altura. Lástima que allí no hubiera escala. Sería desagradable rehacer todo el camino que habían recorrido, a tientas en la oscuridad…

Después de un momento se sacudió un poco el agua de la chaqueta e inició el regreso. Ross lo siguió con una expresión que ahora era medio sombría y medio irónica. Sin duda, el incidente había mostrado a Francis la medida del resentimiento de su primo, pero Ross sentía que también le había revelado sus limitaciones.

Y otro tanto podía decir de sí mismo.

4

_D_urante la semana que precedió a la boda, Ross abandonó su propiedad solo una vez: para visitar la iglesia de Sawle.

Joshua había expresado el deseo de que lo enterrasen en la misma tumba que ocupaba su esposa, de modo que había poco que ver.

«Consagrado a la memoria de Grace Mary: bien amada esposa de Joshua Poldark, que abandonó este mundo el noveno día de mayo de 1770, a la edad de 30 años. _Quid Quid Amor Jussit, Non Est Contemnere Tutum_*».

Y debajo Charles había mandado grabar: «También a la de Joshua Poldark, de Nampara, en el condado de Cornualles, caballero que murió el undécimo día de marzo de 1783, a la edad de 59 años».

El único cambio era que habían arrancado los arbustos plantados por Joshua, y en el montículo había crecido una tenue capa de hierba. Al lado, sobre una pequeña lápida, habían escrito: «Claude Anthony Poldark fallecido el 9 de enero de 1771, en el sexto año de su vida».

Cuatro días después Ross regresó a la iglesia para enterrar las esperanzas que había sostenido durante más de dos años.

---

* «Todo el amor que dio, que no sea ignorado». _(N. del T.)_

En el fondo de su mente había alimentado sin cesar la semiconvicción de que en definitiva la boda no llegaría a realizarse. Creer en ese matrimonio era tan difícil como aceptar la afirmación de quien le dijera que él mismo iba a morir.

La iglesia de Sawle estaba a casi un kilómetro de la aldea de Sawle, al comienzo del camino que conducía al pueblo. Hoy, el altar principal estaba adornado con crisantemos dorados, y cuatro músicos tocaban los himnos con violines y contrabajos. Había veinte invitados; Ross estaba sentado cerca del frente, en uno de los altos escaños tan cómodos para dormir, y miraba fijamente a las dos figuras arrodilladas ante el altar, y escuchaba el zumbido de la voz de William-Alfred, que mascullaba los términos del vínculo legal y espiritual.

Poco después, transcurrido un lapso demasiado breve para asunto tan esencial, volvieron a encontrarse en el patio de la iglesia, donde se habían reunido medio centenar de aldeanos de Sawle, Trenwith y Grambler. Permanecieron de pie a una distancia respetuosa, y emitieron una tenue y desordenada felicitación colectiva cuando la pareja apareció en la puerta.

Era un día luminoso de noviembre con retazos de cielo azul, un sol intermitente, y figuras blanco grisáceas de nubes que se desplazaban sin prisa impulsadas por el fresco viento. El velo de encaje antiguo que llevaba Elizabeth se movía alrededor de su cara, que le daba un aspecto inmaterial y etéreo; podía haber sido una de las nubes más pequeñas que se había extraviado y que estaba atrapada por la procesión humana. Poco después subieron al carruaje y empezaron a recorrer el camino seguidos a caballo por los concurrentes.

Elizabeth, su padre y su madre habían llegado de Kenwyn en el carruaje de la familia Chynoweth, traqueteando y saltando por los estrechos caminos llenos de surcos, y levantando detrás una nube de polvo gris que dejaba una película uniforme en las personas reunidas para verlos pasar. Pues la aparición de un vehículo de esta clase en esa región árida era un hecho de suma importancia. Los medios habituales para viajar eran el caballo y la recua de mulas. La noticia de su recorrido se desplazaba más velozmente que las grandes ruedas rojas con anillos de hierro del carruaje, y los estañeros que lavaban el metal en los arroyos vecinos, los habitantes de los *cottages* y sus esposas, los peones del campo, los mineros que habían terminado su turno, y la resaca de cuatro parroquias, salían para verlo pasar. Los perros ladraban, las mulas relinchaban y los niños desnudos corrían gritando en pos del coche, a través del polvo.

Cuando llegaron al sendero el cochero puso al trote los caballos.

En el asiento trasero Bartle tocó su cuerno, y así el carruaje llegó con gran ostentación frente a la casa Trenwith, mientras varios de los jinetes que lo seguían trotaban y gritaban a los costados.

En la casa se había preparado un banquete que hizo palidecer los festines anteriores. Estaban allí las mismas personas que se encontraban presentes la noche del regreso de Ross. La señora Chynoweth, bella como un águila hembra bien cuidada; el doctor Choake y su tontita esposa; Charles, que en mérito a la ocasión lucía una peluca grande y nueva, una chaqueta de terciopelo marrón con fino encaje en los puños y un chaleco rojo. Verity permaneció sentada a la mesa menos de la mitad del tiempo, porque a cada momento se levantaba para vigilar el servicio; sus cabellos oscuros y esponjosos se habían desgreñado a medida que avanzaba la tarde. El primo William-Alfred, delgado y pálido e inaccesible, confería cierta solemnidad y moderación al festejo. Su esposa Dorothy no había acudido, porque padecía su vieja dolencia, que era el embarazo. La tía Agatha, que ocupaba su lugar de costumbre al extremo de la mesa, vestía una anticuada túnica de terciopelo con miriñaque de ballenas y un gorro de fino encaje sobre la peluca empolvada.

Entre los invitados estaba Henshawe, capataz de Grambler, un hombre joven y corpulento, de ojos celestes muy claros y manos y pies pequeños, que le permitían moverse con agilidad a pesar de su peso. La señora Henshawe no se sentía en su medio, y de tanto en tanto interrumpía los movimientos excesivamente cuidadosos con que tomaba la comida para mirar inquieta a los restantes invitados; pero el marido, pese a que trabajaba en una mina desde los ocho años y no sabía leer ni escribir, estaba acostumbrado a alternar con todas las clases, y muy pronto estaba escarbándose la boca con el tenedor de los dulces.

Frente a ellos, y tratando de no mirarlos, estaba la señora Teague, viuda de un primo lejano que tenía una pequeña propiedad cerca de St Ann's; y distribuidas alrededor de la mesa estaban sus cinco hijas casaderas: Fe, Esperanza, Paciencia, Joan y Ruth.

78

Al lado de la señora Teague estaba cierto capitán Blamey, a quien Ross veía por primera vez, un hombre bastante presentable de alrededor de cuarenta años, que estaba al mando de uno de los paquebotes que hacían el trayecto entre Falmouth y Lisboa. Durante toda la comida, que se prolongó mucho, Ross vio que el marino habló solo dos veces, y en ambos casos con Verity para agradecerle algo que ella había traído. No bebió ni una gota.

El otro clérigo no ayudó al primo William-Alfred a afrontar las solemnidades del día. Al reverendo señor Odgers, un hombrecito enjuto, se le había confiado la atención de la aldea de Sawle y Grambler, y por esas funciones el rector, que vivía en Penzance, le pagaba cuarenta libras anuales. Con esta suma mantenía una esposa, una vaca y diez hijos. Ocupaba su asiento a la mesa del festín con un traje verdecido a causa del uso constante y una descolorida peluca de crin de caballo, y constantemente extendía una mano, curtida de suciedad y con las uñas rotas, para reclamar otra porción de algún plato, mientras sus mandíbulas estrechas laboraban para eliminar lo que aún tenía ante sí. Había algo conejil en sus movimientos rápidos y furtivos: mordisquear y mordisquear, antes de que alguien venga a espantarme.

Completaban el grupo los Warleggan, padre, madre e hijo.

Eran los únicos representantes de los nuevos ricos del condado. El padre de Warleggan había sido un herrero del condado que había comenzado a fundir estaño en pequeña escala; Nicholas, hijo del fundidor, se había trasladado a Truro y allí había erigido una fundición. A partir de estas raíces habían comenzado a extenderse los tentáculos de su fortuna. El señor Nicholas Warleggan tenía el labio superior grueso, los ojos como el basalto, y las manos grandes y cuadradas, señaladas todavía por el trabajo realizado años antes. Veinticinco años atrás había desposado a cierta Mary Lashbrook de Edgecumbe, y el primer fruto de la unión estaba presente en el festín en la forma de George Warleggan, un hombre que habría de alcanzar fama en los círculos mineros y bancarios, y que ya comenzaba a hacerse sentir allí donde el padre no se manifestaba.

George tenía el rostro grande. Todos sus rasgos exhibían la misma escala: la nariz atrevida y contraída un poco en las fosas nasales, como dispuesta a enfrentarse a cualquier oposición, los ojos pardos grandes y agudos, que él utilizaba con más frecuencia que el cuello cuando miraba lo que no tenía delante, una característica que Opie había recogido en el retrato de George pintado ese mismo año.

Cuando al fin concluyó el gran festín, se retiró la larga mesa y los huéspedes agotados se sentaron en círculo para ver una pelea de gallos.

Verity y Francis se habían opuesto a esa forma de entretenimiento, afirmando que no era apropiada, pero Charles no los había escuchado. Rara vez se daba la oportunidad de ver una pelea en la propia casa; generalmente era necesario cabal-

gar hasta Truro o Redruth, una actividad mortalmente enojo-
sa que le atraía cada vez menos. Además, Nicholas Warleggan
había traído a *Espuela Roja*, un animal de cierta reputación,
y deseaba enfrentarlo con otros congéneres. Los gallos del
propio Charles terminarían ablandándose si no se les ofrecía
alguna buena pelea.

Un criado de Warleggan trajo a *Espuela Roja* y a otro gallo,
y un momento después el doctor Choake regresó con un par
de animales propios, seguido por el criado Bartle que traía tres
gallos de Charles.

En la confusión, Ross buscó con la vista a Elizabeth. Sabía
que odiaba las peleas de gallos, y no dudaba de que se habría
retirado al fondo del salón, para sentarse en un banco al lado de
la escalera, a beber té con Verity. El primo William-Alfred, que
desaprobaba ese espectáculo fundándose en elevados principios
cristianos, se había retirado a un rincón del lado opuesto de la
escalera, donde se guardaba la Biblia en una mesa de caoba de
tres patas; allí, en la pared colgaban retratos de familia… Ross
lo oyó comentar con el reverendo señor Odgers la lamentable
condición de la iglesia de Sawle.

Un leve rubor tiñó el rostro de Elizabeth cuando Ross
se acercó.

—Bien, Ross —dijo Verity—, ¿no se la ve muy hermosa en
su vestido de boda? ¿Y no te parece que hasta ahora todo salió
muy bien? ¡Esos hombres y sus peleas de gallos! La comida no
les sienta bien si no ven correr sangre en un entretenimiento
absurdo. ¿Quieres una taza de té?

Ross se lo agradeció y rehusó.

—Una comida maravillosa. Ahora solo deseo dormir.

—Bien, debo ir a ver a la señora Tabb: todavía hay mucho
que hacer. La mitad de los invitados pasará la noche aquí, y
debo asegurarme de que cada cuarto tenga su ropa de cama,
y cada cama su calentador.

Verity se alejó, y ambos escucharon un momento las discusiones y los comentarios que venían del espacio que habían dejado libre. Ante la perspectiva del espectáculo, el grupo estaba superando prestamente el agotamiento atribuible a la comida. Era una época vigorosa.

Ross, dijo:

—¿También tú pasarás la noche aquí, Elizabeth?

—Así es. Mañana partimos para Falmouth, donde estaremos dos semanas.

Él la miró, y Elizabeth paseó la vista por la habitación. La joven llevaba cortos los cabellos rubios, a la altura de la nuca, y tenía las orejas descubiertas, con un solo rizo ante cada una. El resto aparecía rizado y reunido sobre la cabeza, con un pequeño tocado que adoptaba la forma de una sola hilera de perlas. Llevaba un vestido alto que se cerraba en el cuello, con enormes mangas abullonadas de fino encaje.

Ross había buscado este encuentro, y ahora no sabía qué decir. Así había ocurrido a menudo poco después de conocerse. El aire frágil y seductor de Elizabeth a menudo había enmudecido a Ross, hasta que al fin llegó a conocerla como era realmente.

—Ross —dijo ella—, seguramente te preguntas por qué quise que vinieras hoy. En realidad, no viniste a verme, y pensé que debía hablarte. —Se interrumpió un momento para morderse el labio inferior, y Ross lo vio enrojecer y palidecer de nuevo—. Hoy es mi día. Ciertamente, quiero sentirme feliz y ver que todos los que me rodean son felices. No hay tiempo para explicarlo todo; y quizás aunque lo hubiera no pudiese hacerlo. Pero de veras deseo que trates de perdonarme por la infelicidad que pueda haberte causado.

—No hay nada que perdonar —dijo Ross—. No teníamos un compromiso formal.

Ella lo miró un momento con sus ojos grises que parecían trasuntar un atisbo de indignación.

—Sabes que eso no era todo…

La primera pelea concluyó entre gritos y aplausos, y el ave derrotada, que perdía sangre y plumas, fue rescatada de la arena.

—Caramba, eso no fue una pelea —dijo Charles Poldark—. ¡Aj! Pocas veces he visto ganar cinco guineas con tanta facilidad.

—No —dijo el doctor Choake, cuyo gallo había derrotado a uno de los de Warleggan—. *Paracelso* subestimó a su contrincante. Un error fatal.

—¡Fue muy fácil! —dijo Polly Choake, que acariciaba la cabeza del vencedor, mientras su criado lo sostenía—. *Conquistador* parece bastante pacífico, hasta que se irrita. ¡La gente dice que yo soy igual!

—Señora, también él está herido —dijo el criado—. Se manchará los guantes.

—Bien, ¡ahora podré comprarme un par nuevo! —dijo Polly.

Se oyeron risas, si bien el marido frunció el ceño, como si considerase que el comentario era de mal gusto.

Charles dijo:

—De todos modos, fue un espectáculo mediocre. Muchos gallos jóvenes lo habrían hecho mejor. Mi *Duque Real* podía comérselos a los dos, y todavía no terminó de crecer.

—Veamos a este *Duque Real* —dijo cortésmente el señor Warleggan—. Quizás usted quiera enfrentarlo con *Espuela Roja*.

—¿Con quién? ¿Con qué? —preguntó la tía Agatha, mientras se limpiaba la saliva que le corría por el mentón—. No, eso sería una vergüenza, una vergüenza.

—Por lo menos veremos si su sangre es realmente azul —dijo el señor Warleggan.

—¿Un auténtico torneo? —dijo Charles—. No me opongo. ¿Cuánto pesa su animal?

—Exactamente cuatro libras.

—¡Entonces concuerda! *Duque Real* pesa tres libras trece onzas. Tráiganlos y veremos.

Trajeron los dos gallos, y los compararon. *Espuela Roja* era pequeño para su peso, una criatura maligna, lastimada y endurecida en veinte combates. *Duque Real* era un gallo joven que había peleado solo una o dos veces, con rivales locales.

—¿Y las apuestas? —preguntó George Warleggan.

—Lo que quiera —Charles miró a su invitado.

—¿Cien guineas? —dijo el señor Warleggan.

Hubo un momento de silencio.

—… Y toda la hilera de columnas que sostienen el techo —dijo el señor Odgers— se mantienen gracias a las barras de hierro y las abrazaderas que a cada momento hay que reforzar. Las paredes este y oeste prácticamente están derrumbándose.

—Sí, sí, presentaré a mi gallo —gritó Charles—. Comencemos la pelea.

Se iniciaron los preparativos, y la atención a los detalles fue apenas mayor que la de costumbre. Al margen de las posibles costumbres del señor Nicholas Warleggan, los caballeros locales de la condición económica del señor Poldark no solían apostar tanto en un solo combate.

—Sabes que eso no es todo —repitió en voz baja Elizabeth—. Había un entendimiento entre nosotros. Pero éramos tan jóvenes…

—No veo —dijo Ross— de qué modo las explicaciones pueden facilitar la situación. Hoy se ha resuelto…

—Elizabeth —dijo la señora Chynoweth, que de pronto se había acercado—. Debes recordar que es tu día. Debes reunirte con la gente, y no aislarte así.

—Gracias, mamá. Pero sabes que esas cosas no me gustan. Estoy segura de que no advertirán mi ausencia hasta que todo haya concluido.

La señora Chynoweth se enderezó, y las miradas de ambas mujeres se encontraron. Pero la madre percibió la decisión en

83

la voz grave de su hija, y no quiso forzar el asunto. Miró a Ross y le sonrió sin simpatía.

—Ross, sé que usted tiene cierto interés en el deporte. Quizá pueda enseñarme algunas cosas.

Ross le retribuyó la sonrisa.

—Señora, estoy convencido de que no existen refinamientos del combate sobre los que pueda aconsejarle con provecho.

La señora Chynoweth lo miró con aspereza. Después se volvió.

—Elizabeth, diré a Francis que venga a buscarte —dijo mientras se alejaba.

Se hizo el silencio antes de la iniciación del combate.

—Lo que es más —dijo el señor Odgers—, el cementerio es lo que está peor. Hay tantas tumbas que es casi imposible cavar sin que aparezcan cuerpos descompuestos, o cráneos, o esqueletos. Uno teme hundir la pala.

—¿Cómo te atreves a hablarle así a mi madre? —dijo Elizabeth.

—¿Acaso la sinceridad es siempre ofensiva? —respondió Ross—. Lo lamento.

Un murmullo súbito y áspero indicó que la pelea había comenzado. *Espuela Roja* tomó ventaja desde el comienzo. Con los ojillos centelleantes se elevó tres o cuatro veces, buscando el blanco y sacando sangre, y retirándose exactamente antes de que su contrincante pudiera usar sus propias espuelas. *Duque Real* era un rival valeroso, pero de diferente tipo.

Fue una lucha prolongada, y todos los que miraban se entusiasmaron. Charles y Agatha encabezaban los dos grupos que alentaban a los rivales. *Duque Real* cayó en medio de un remolino de plumas, y *Espuela Roja* se le fue encima, pero aquel evitó milagrosamente el golpe de gracia, se incorporó y reanudó la lucha. Finalmente, se separaron para volver a enfrentarse, las cabezas bajas y erizadas las plumas del cuello. Incluso *Espuela Roja* estaba cansándose, y *Duque*

Real exhibía un aspecto lamentable. *Espuela Roja* estaba a un paso de acabar con su rival.

—¡Retíralo! —gritó la tía Agatha—. ¡Charles, retíralo! Es un campeón. ¡No permitas que lo arruinen en la primera pelea!

Charles se mordió el labio inferior, indeciso. Antes de que pudiera decidirse, los dos animales habían vuelto a trabarse. Y de pronto, sorprendiendo a todos, *Duque Real* tomó la iniciativa. Se hubiera dicho que su robusta juventud le proporcionaba renovadas reservas. *Espuela Roja*, sin aliento y desprevenido, había caído.

George Warleggan aferró el brazo de su padre, y al hacerlo le volcó la cajita de rapé.

—¡Suspende la lucha! —dijo con aspereza—. Tiene las espuelas sobre la cabeza de nuestro gallo.

Había sido el primero en advertir lo que ahora todos comprendían, que gracias a su resistencia y a un poco de suerte, *Duque* había ganado la pelea. Si Warleggan no intervenía inmediatamente *Espuela Roja* no volvería a pelear. Se agitaba y contorsionaba en el suelo, en un esfuerzo desesperado y cada vez más débil para desprenderse de su rival.

El señor Warleggan hizo un gesto a su criado, se agachó y recogió la cajita de rapé, y la dejó a un lado.

—Que sigan —dijo—, no me agradan los jubilados.

—¡Tenemos un campeón! —cacareó la tía Agatha—. Claro que sí, tenemos un campeón. Bien, ¿acaso la lucha no ha concluido? Ese gallo está acabado, Dios nos bendiga, ¡yo diría que está muerto! ¿Por qué no detuvieron la pelea?

—Le daré una letra por cien guineas —dijo Warleggan a Charles, con una voz controlada que no engañó a nadie—. Y si desea vender su gallo, ofrézcame la primera opción. Creo que puede llegar a ser algo interesante.

—Fue un golpe afortunado —dijo Charles, con el rostro rojizo y ancho brillante de sudor y placer—. En verdad, un golpe afortunado. Pocas veces vi una pelea mejor o un final tan sorprendente. Su *Espuela Roja* fue un gran rival.

—Sí, lo fue —dijo el señor Chynoweth—. Un torneo real… hum… lo que usted dijo, Charles. ¿Quiénes pelean ahora?

—Quien pelea y huye —dijo la tía Agatha, tratando de arreglarse la peluca— vive para otro combate. —Rio por lo bajo—. Pero no si se enfrenta a nuestro *Duque*. Si no lo separan, mata. Hay que decir que usted se demoró muchísimo. O se mostró displicente. ¿No fue displicente? Los malos perdedores pierden más de lo que necesitan.

Felizmente nadie la escuchaba, y entretanto los criados traían otros dos gallos.

—No tienes derecho —dijo Elizabeth—, no tienes derecho ni razón para insultar a mi madre. Lo que hice lo hice por propia voluntad, porque así lo decidí. Si deseas criticar a alguien yo debo ser el blanco de tu censura.

Ross miró a la joven, y la irritación lo abandonó repentinamente, dejando solo un sentimiento de dolor porque todo había concluido entre ellos.

—A nadie critico —dijo—. Lo hecho, hecho está, y no quiero echar a perder tu felicidad, tengo que vivir mi propia vida y… seremos vecinos. De tanto en tanto nos veremos…

Francis se alejó del grupo, mientras se frotaba una mancha de sangre de su camisa de seda.

—Confío en que un día —dijo Elizabeth en voz baja— lograrás perdonarme. Éramos tan jóvenes. Después…

Con un sentimiento de agobio en el corazón, Ross vio acercarse al marido de Elizabeth.

—¿No vas a ver la pelea? —dijo Francis a su primo. Su rostro apuesto estaba congestionado por la comida y el vino—. No te critico. Es demasiado contraste, después de la ceremonia. Y además fue sorprendente. Bien, querida, ¿te sientes abandonada el día de tu boda? Es vergonzoso que te haya dejado, y lo corregiré. Que me caiga muerto si hoy vuelvo a abandonarte.

II

Cuando Ross partió de Trenwith, largo rato después, montó a caballo y cabalgó varios kilómetros, sombrío, sin ver nada, mientras la luna ascendía en el cielo, hasta que al fin *Morena*, todavía no bien curada de su lesión, volvió a cojear. Ross se había alejado de su propia casa, y estaba en un sector mal conocido, desnudo y barrido por el viento. Volvió grupas y dejó que la yegua lo guiase de retorno a casa.

Pero el animal no encontró el camino, y hacía mucho que había caído la noche cuando las chimeneas de Wheal Grace le indicaron que había retornado a su propia tierra.

Se internó en el valle, y al fin desensilló a *Morena* y entró en la casa. Bebió un vaso de ron, subió a su dormitorio y se acostó en la cama, completamente vestido, con las botas puestas. Pero aún no había cerrado los ojos cuando el alba comenzó a iluminar las contraventanas.

Fue su hora más sombría.

5

La primera parte del invierno a Ross le pareció interminable. Durante incontables días la bruma llenó el valle hasta que los muros de la casa Nampara gotearon a causa de la humedad, y el río se hinchó con las aguas amarillentas de la creciente. Después de Navidad, las heladas limpiaron la atmósfera, endureciendo las altas praderas de los bordes del acantilado, blanqueando las rocas y los montones de desechos de la mina, consolidando la arena y pintándola de blanco hasta que el mar agitado la bañaba.

Solo Verity venía con frecuencia. Era su contacto con el resto de la familia, y le traía noticias y compañía. Juntos solían caminar varios kilómetros, a veces bajo la lluvia, a lo largo de los peñascos, cuando el cielo estaba cubierto de nubes bajas y el mar irritado y hosco como un amante desdeñado; a veces paseaban sobre la arena, a orillas del mar, cuando las olas venían a romper en la playa levantando nubes de iridiscencia en la cresta. Él caminaba incansable, y a veces la escuchaba, mas rara vez hablaba él mismo, mientras Verity caminaba al lado con paso rápido, y los cabellos le golpeaban la cara, y el viento ponía color en sus mejillas.

Cierto día de mediados de marzo, Verity vino y permaneció más tiempo que de costumbre, mirándolo martillear una cuña para una de las vigas de la antecocina.

Verity preguntó:

—¿Cómo está tu tobillo, Ross?

—Apenas lo siento. —No era la verdad, pero era la versión que ofrecía a la gente. Apenas cojeaba, pues se había impuesto caminar normalmente, pero el dolor le acometía a menudo. Verity había traído algunos frascos de sus propias conservas, y ahora había comenzado a bajarlos de los estantes para ordenarlos.

—Papá dice que si estás escaso de forraje para tu ganado, puedes pedírnoslo. Y también tenemos semillas de rábanos y cebollas, si las deseas.

Ross vaciló un momento.

—Gracias —dijo—. La semana pasada sembré guisantes y habas. Hay bastante espacio.

Verity miró un rótulo que mostraba su propia escritura.

—Ross, ¿crees que puedes bailar? —preguntó.

—¿Bailar? ¿Qué quieres decir?

—Oh, no danzas demasiado vivas, sino un baile formal como el que harán en Truro el lunes de la semana próxima, el lunes de Pascua.

Ross interrumpió el martilleo.

—Podría bailar si lo deseara, pero como no quiero, no es necesario.

Ella lo miró un momento antes de volver a hablar. Quizá por todo lo que había trabajado ese invierno, Ross estaba más delgado y más pálido. Bebía y pensaba demasiado. Verity lo recordaba del tiempo en que era un chico nervioso y vivaz, siempre dispuesto a hablar y divertirse. Solía cantar. A pesar de todos los esfuerzos que hacía para reconocerlo, ese hombre delgado y caviloso era un extraño para ella. La culpa era tanto de la guerra como de Elizabeth.

—Aún eres joven —dijo ella—. Hay muchas cosas interesantes en Cornualles, si deseas verlas. ¿Por qué no vienes?

—¿Tú irás?

—Si alguien me lleva.

Ross se volvió.

—Veo que tienes intereses nuevos. ¿Francis y Elizabeth no irán?

—Lo pensaron, pero no están decididos.

Ross levantó el martillo.

—Bien, bien.

—Es un baile de beneficencia —dijo Verity—. Se celebrará en el salón municipal. Quizá te encuentres con amigos a quienes no viste desde tu regreso. Te distraerías, después de tanto trabajo y soledad.

—Sin duda. —La idea no le atraía—. Bien, bien, lo pensaré.

—Quizá… quizá no importaría mucho —dijo Verity, sonrojándose— si no quieres dedicarte a bailar… es decir, si te duele el tobillo. Ross fingió que no advertía el sonrojo de la joven.

—Tienes un buen trecho en la oscuridad hasta tu casa, especialmente si llueve.

—Oh, me invitaron a pasar la noche en Truro. Joan Pascoe, a quien conoces, me alojará. Les enviaré un mensaje pidiéndoles que te preparen un cuarto. Les complacerá mucho.

—Te apresuras demasiado —dijo él—. No dije que iría. Hay mucho que hacer aquí.

—Sí, Ross —dijo la joven.

—Incluso ahora estamos retrasados con la siembra. Dos de los campos estuvieron inundados. No puedo confiar en Jud si trabaja solo.

—No, Ross —dijo ella.

—De todos modos, no podría quedarme a pasar la noche en Truro, porque ya dispuse que iría a caballo hasta Redruth para asistir a la feria del martes por la mañana. Necesito más ganado.

—Sí, Ross.

Ross examinó la cuña que había metido bajo la viga. Aún no estaba bien asegurada.

—¿A qué hora paso a buscarte?

Esa noche fue a pescar con línea en la playa Hendrawna, acompañado de Mark y Paul Daniel, y Zacky Martin, Jud Paynter y Nick Vigus. No le entusiasmaban los viejos entretenimientos, pero las circunstancias estaban reintegrándolo a su antiguo modo de vida. Hacía un tiempo frío e ingrato, pero los mineros estaban muy habituados a las ropas húmedas y a las temperaturas extremas, de modo que no prestaban mucha atención al asunto, y Ross jamás se mostraba sensible al tiempo. No pescaron nada, pero la noche fue bastante agradable, porque con las maderas arrojadas por el mar sobre la playa encendieron un gran fuego en una de las cuevas, se sentaron alrededor y narraron cuentos y bebieron ron mientras en la caverna sombría resonaban los ecos de los ruidos que hacían.

Zacky Martin, padre de Jinny y de otros diez hijos, era un hombrecillo sereno y agudo, de mirada divertida y en el mentón un barbijo gris permanente que nunca llegaba a ser una barba, y tampoco desaparecía jamás ni con un buen afeitado. Como sabía leer y escribir, se le consideraba el erudito de la zona. Unos veinte años antes había llegado a Sawle, un «forastero» venido de Redruth, y había superado el profundo prejuicio local y desposado a la hija del herrero.

Mientras estaban en la cueva llevó aparte a Ross y le dijo que la señora Zacky lo fastidiaba incansablemente en relación con cierta promesa que el señor Ross había formulado un día que visitó el *cottage* de la familia, poco después de volver al hogar. Se trataba sencillamente de Reuben Clemmow y el modo en que atemorizaba a la joven Jinny; le hacía imposible la vida, la seguía por todas partes, mirándola y tratando de separarla de sus hermanos y hermanas para hablarle a solas. Por supuesto, aún no había «hecho» nada. Si ese hubiera sido el caso, ya se habrían ocupado de él; pero no deseaban que ocurriese nada, y el señor Zacky insistía en afirmar que si el señor Ross hablaba con él quizás el hombre recuperase el sentido.

Ross miró la cabeza calva de Jud, que comenzaba a cabecear por los efectos del ron y el calor del fuego. Miró el rostro picado de viruelas de Nick Vigus, rojizo y demoníaco a la luz de las llamas, y la espalda larga y vigorosa de Mark Daniel que se inclinaba sobre el aparejo de pesca.

—Recuerdo muy bien el ofrecimiento —dijo a Zacky—. Le hablaré el domingo… veré si consigo que reflexione. Si no lo hace, lo echaré de su *cottage*. Los Clemmow son una familia poco saludable; estaremos mejor sin el último de ellos.

II

Llegó el lunes de Pascua antes de que Ross debiese afrontar la otra promesa. Pero, movido por el impulso, había decidido ser el acompañante de Verity en el baile, y por afecto hacia ella debía cumplir su palabra.

El salón municipal estaba colmado de gente cuando Ross y Verity llegaron. Esa noche estaban allí muchos miembros de la flor y nata de la sociedad de Cornualles. Cuando entraron Ross y Verity, la banda estaba afinando los instrumentos para atacar la primera pieza. El salón estaba iluminado por decenas de velas distribuidas a lo largo de las paredes. Los recibió el murmullo de las voces, que llegó hasta ellos sobre una ola de aire tibio con el cual se mezclaban los aromas y los perfumes. Se abrieron paso en el salón entre los grupos que charlaban, los talones que taconeaban, las cajas de rapé cerradas con un chasquido peculiar y el fru-frú de los vestidos de seda.

Como solía hacer cuando debía alternar con gente de su propia clase, Ross se había vestido pulcramente, y había elegido un traje de terciopelo negro con botones plateados; y aunque pareciese un poco insólito, también Verity había prestado particular atención a su arreglo. El color vivo de su vestido de brocado carmesí realzaba y suavizaba al mismo tiempo el bronceado de su rostro sencillo y agradable; estaba mucho más bonita que lo que él la había visto jamás. Era una Verity distinta de la muchacha que, vestida con *briches* y una blusa, araba en el lodo de Trenwith, indiferente a la lluvia y el viento.

Allí estaban la señora Teague y sus cinco hijas, en un grupo organizado por Joan Pascoe, al cual Ross y Verity presumiblemente debían incorporarse. Mientras se intercambiaban saludos corteses, Ross paseó su mirada cavilosa sobre las cinco jóvenes, y se preguntó por qué ninguna de ellas se había casado. Fe, la mayor, era rubia y bonita, pero las cuatro restantes eran cada vez más morenas y menos atractivas, como si la virtud y la inspiración hubiesen desertado de la señora Teague a medida que las concebía.

Por una vez había un número suficiente de hombres, y la señora Teague, con una peluca nueva rizada y aros de oro, contemplaba complacida la escena. En la fiesta, el número de hombres superaba en una media docena al de mujeres, y Ross era el mayor de ellos. Lo sentía: se los veía tan jóvenes, con sus actitudes artificiales y sus forzados cumplidos. Lo llamaban capitán Poldark y lo trataban con un respeto que él no buscaba, es decir, eso hacían todos excepto Whitworth, un tipo desmañado y elegante que mataba el tiempo en Oxford con el propósito de ingresar en la Iglesia, y que iba vestido a la última moda, con un chaqué de faldones sesgados, recamado con flores de hilo de seda en los puños, alrededor de las costuras y en los faldones. Hablaba en voz muy alta, y era evidente que deseaba ser la figura más notoria de la reunión, un privilegio que Ross le otorgaba de buena gana.

93

Como estaba allí para complacer a Verity, decidió entregarse todo lo posible al espíritu de la velada, y pasaba de una joven a otra formulándoles cumplidos que ellas esperaban y recibiendo las respuestas acostumbradas.

De pronto se encontró conversando con Ruth Teague, la menor y la menos atractiva del quinteto de la señora Teague.

La joven se había apartado un poco de sus hermanas, y por el momento estaba fuera del alcance de su dominante madre. Era su primer baile, y parecía solitaria y nerviosa. Con aire preocupado, Ross levantó la cabeza y contó el número de jóvenes varones que la familia Teague había atraído. Después de todo, solo había cuatro.

—¿Puedo tener el placer de bailar con usted las dos piezas que siguen? —preguntó.

La joven enrojeció.

—Gracias, señor. Si mamá lo permite…

—Ojalá no se oponga —sonrió y se apartó para presentar sus respetos a lady Whitworth, la madre del petimetre. Unos instantes después miró a Ruth, y vio que la joven había palidecido. ¿Acaso él era tan temible con su rostro desfigurado? ¿O la reputación de su padre se había pegado a su propio nombre, como un horror de pecado?

94 Advirtió que otro hombre se había incorporado a la fiesta y estaba conversando con Verity. Había algo familiar en esa figura robusta discretamente vestida, con los cabellos arreglados en una coleta sin pretensiones. Era el capitán Andrew Blamey, el capitán del paquebote de Falmouth, a quien había conocido en la boda.

—Bien, capitán —dijo Ross—, es una sorpresa encontrarle aquí.

—Capitán Poldark. —Estrechó la mano de Ross, pero el hombre parecía haber enmudecido. Finalmente consiguió decir—: En realidad, no bailo bien.

Hablaron un rato de barcos, el capitán Blamey utilizando sobre todo monosílabos, mientras miraba a Verity. Después, la banda atacó finalmente la primera pieza, y Ross se excusó. El joven debía acompañar a su prima. Formaron fila para empezar, las personas de alcurnia en cierto orden de preferencia.

—¿Bailarás la próxima pieza con el capitán Blamey? —preguntó.

—Sí, Ross. ¿Te importa?

—En absoluto. Estoy comprometido con la señorita Ruth.

—¿Cómo, la menor de todas? Eres muy considerado.

—El deber de un inglés —dijo Ross. Después, cuando estaban separándose, agregó con voz áspera, en una imitación bastante buena—: En realidad, no soy bueno para el baile.

Verity le miró a los ojos.

La danza formal continuó. La luz suave y amarilla de las velas tembló sobre los colores de los vestidos, el oro y crema, el salmón y el morado. Bajo esa luz las mujeres elegantes y bellas eran encantadoras, y tolerables las que carecían de gracia y las más toscas; suavizaba a las vulgares, y difundía blandas sombras de matices gris crema que sentaban bien a todos.

La banda emitía sus sones. Las figuras giraban, moviéndose, inclinándose y avanzando, girando sobre los talones, sostenidas de las manos, sobre la punta de los pies; las sombras se mezclaban e intercambiaban, formando y reformando complicados diseños de luz y sombra, como una elegante imagen de la trama y la urdimbre de la vida, sol y sombra, nacimiento y muerte, un lento entretejerse de la pauta eterna.

Llegó el momento del baile de Ross con Ruth Teague. Advirtió que la mano de la joven estaba fría bajo el guante de encaje rosa; aún se sentía nerviosa, y él buscaba el modo de tranquilizarla. Una pobre criaturita sin encantos, pero cuando se la examinaba —y para ello la joven le ofreció todas las oportunidades posibles, porque mantuvo los ojos bajos— se descubrían algunos rasgos que atraían la atención, un gesto notablemente obstinado del mentón, un resplandor de vitalidad bajo la piel cetrina, la forma almendrada de los ojos, que concedían un atisbo de originalidad a su mirada. Excepto su prima, era la primera mujer con quien Ross había hablado que no utilizaba un perfume intenso para esconder los olores del cuerpo. Al encontrar a una joven que olía tan limpio como Verity, Ross experimentó un impulso de amistad.

Apeló a toda la charla intrascendente que se le ocurrió, y una vez logró que sonriera; en ese nuevo interés olvidó el dolor de su tobillo. Juntos bailaron la contradanza final, y la señora Teague enarcó el ceño. Había supuesto que Ruth pasaría la mayor parte de la velada junto a ella, como era el deber de una obediente hija menor.

—¡Qué reunión tan elegante! —dijo lady Whitworth, sentada al lado de la señora Teague—. Estoy segura de que nuestros queridos hijos están muy complacidos. ¿Quién es ese hombre alto que acompaña a la pequeña Ruth? No alcancé a oír su nombre.

—El capitán Poldark. Sobrino del señor Charles.

—¿Cómo, un hijo del señor Joshua Poldark? ¡Y pensar que no lo reconocí! No se parece al padre, ¿verdad? No es tan apuesto. Ahora que… interesante a su modo, a pesar de la cicatriz. ¿Está manifestando cierto interés?

—Bien, así comienza el interés ¿verdad? —dijo la señora Teague, sonriendo dulcemente a su amiga.

—Por supuesto, querida. Pero qué molestas se sentirán sus dos hermanos mayores si Ruth se comprometiese antes que ellas. Siempre pienso que es una lástima que en este condado no se aplique más estrictamente la etiqueta de las presentaciones. Bien, en Oxfordshire los padres no permitirían que las jóvenes se comportasen con tanta libertad como Paciencia y Joan y Ruth mientras Fe y Esperanza no estuvieran bien casadas. Sí, creo que provoca acritud en el seno de la familia. Bien, imagínese, el hijo del señor Joshua y no lo reconocí. Me pregunto si tiene un carácter parecido al de su padre. Recuerdo bien al señor Joshua.

Después del baile, Ruth fue a sentarse junto a las dos mujeres mayores. De la palidez, su rostro había pasado al sonrojo. Se abanicaba con movimientos rápidos, y tenía los ojos brillantes. La señora Teague ardía en deseos de interrogarla, pero nada podía decir mientras lady Whitworth se mantuviese en tan irritante proximidad. La señora Teague conocía tan bien como lady Whitworth la reputación de Joshua. Ross podía ser una excelente presa para la pequeña Ruth, pero su padre había tenido la deplorable costumbre de comerse la carnada sin dejarse atrapar por el anzuelo.

—La señorita Verity está muy sociable esta noche —dijo la señora Teague para distraer la atención de lady Whitworth—. Creo que se la ve más vivaz que nunca.

—Sin duda a causa de la compañía de los jóvenes —dijo secamente su amiga—. Veo que también está aquí el capitán Blamey.

—Entiendo que es primo de los Roseland Blamey.

—He oído decir que prefieren que se les conozca como primos segundos.

—¿De veras? —La señora Teague prestó atención—. ¿Por qué?

—Se oyen rumores. —Lady Whitworth movió con indiferencia una mano enguantada—. Por supuesto, una no los repite cuando pueden oírlos los jóvenes.

—¿Qué? Ah… no, no, claro que no.

El capitán Blamey hacía una reverencia a su pareja.

—Hace calor aquí —dijo—. ¿Quizás un refresco?

Verity asintió, tan intimidada como él. Durante la danza ninguno de los dos había hablado. Ahora pasaron al salón donde se servían los refrescos y encontraron un rincón protegido por helechos. En ese lugar aislado ella sorbió su clarete francés, mientras miraba a la gente que pasaba. Él se limitó a beber limonada.

Tiene que ocurrírseme algo, pensó Verity; por qué no puedo hablar de cosas sin importancia, como esas muchachas; si pudiese ayudarle a hablar le agradaría más; es tímido como yo, y debería facilitarle las cosas, no dificultárselas. Está el tema del campo, pero sin duda no le interesan mis cerdos y mis aves de corral. La minería me interesa menos que a él. Del mar nada

sé, y solamente he visto guardacostas y pesqueros y otros navíos pequeños. El naufragio del lunes pasado… pero quizá no
sea delicado hablar de eso. Caramba, no puedo limitarme a decir bla, bla, bla, y lanzar risitas y coquetear. Podría elogiar su
modo de bailar pero no sería sincera, porque baila como ese oso
grande y bueno que vi la Navidad pasada.

—Aquí se está más fresco —dijo el capitán Blamey.

—Sí —dijo Verity con simpatía.

—Quizás hace demasiado calor para bailar allí. Me parece
que un poco de aire de la noche sería bueno en el salón.

—Por supuesto, el tiempo es bastante bueno —comentó
Verity—. Es extraño en esta estación.

—Usted baila con mucha elegancia —dijo el capitán Blamey,
transpirando—. Jamás conocí a nadie tan bien… este… hum.

—Me agrada mucho bailar —dijo ella—. Pero tengo pocas
oportunidades de hacerlo en Trenwith. Esta noche es un placer
especial para mí.

—Y para mí. Y para mí. No recuerdo haberlo pasado tan
bien…

En el silencio que siguió a este comentario brusco, oyeron
la risa de los jóvenes y los hombres que flirteaban en la alcoba
contigua. Sin duda, estaban pasándolo muy bien.

—Cuántas tonterías dicen esos jóvenes —barbotó Andrew
Blamey.

—Oh, ¿le parece? —respondió ella, aliviada.

Ahora la he ofendido, pensó él. No se había expresado bien;
no quería aludir a Verity. Qué hermosos hombros. Debí aprovechar la oportunidad para decírselo todo, pero ¿qué derecho
tengo a suponer que puedo interesarle? Además, lo diré con
tanta torpeza que se sentirá agraviada apenas oiga las primeras
palabras. Qué tersa parece su piel; es como la brisa que viene
del oeste al amanecer, suave y fresca, y buena para los pulmones y el corazón.

—¿Cuándo sale hacia Lisboa? —preguntó ella.

—El viernes, con la marea vespertina.

—Estuve tres veces en Falmouth —explicó Verity—. Un hermoso puerto.

—El mejor al norte del ecuador. Un gobierno previsor lo aprovecharía bien como gran base naval y centro de almacenamiento. Reúne todas las condiciones. Todavía necesitamos un puerto de esa clase.

—¿Para qué? —preguntó Verity, observando el rostro sereno y bronceado—. ¿No se ha concertado la paz?

—Por poco tiempo. Tal vez un año o dos; pero volveremos a tener dificultades con Francia. Nada se ha resuelto definitivamente. Y cuando llegue la guerra, el poder marítimo la decidirá.

—Ruth —dijo la señora Teague en la habitación contigua—. Veo que Fe no tiene pareja para esa pieza. ¿Por qué no vas a hacerle compañía?

—Muy bien, mamá. —La joven se puso de pie en actitud obediente.

—¿A qué clase de rumores se refiere? —preguntó la madre de Ruth cuando esta se alejó.

Lady Whitworth enarcó las cejas pintadas.

—¿Acerca de quién?

—Del capitán Blamey.

—¿Del capitán Blamey? Dios mío, no me parece que indique un corazón muy bondadoso atribuir mucho crédito a los rumores, ¿no lo cree?

—No, no, claro que no. Yo jamás presto oídos a esas cosas.

Le advierto que lo sé de buena tinta, porque de lo contrario jamás lo repetiría, ni siquiera a usted. —Lady Whitworth levantó el abanico, un objeto de pergamino de piel de pollo delicadamente pintado con querubes. Tras la protección del abanico comenzó a hablar en voz baja, la boca cerca del pendiente de perlas de la señora Teague.

Los ojos redondos y negros de la señora Teague se empequeñecieron y redondearon a medida que avanzaba el relato; las arrugas de los párpados descendieron como pequeñas persianas sesgadas.

—¡No! —exclamó—. ¡No me diga! Caramba, en tal caso no debería permitírsele el acceso a ese salón. ¡Qué vergüenza!, tendré que advertírselo a Verity.

—Querida, si decide hacerlo, le ruego que lo deje para otra ocasión. No deseo verme mezclada en la disputa que puede sobrevenir. Además, querida mía, quizás ella ya lo sabe. Usted no ignora cómo son las chicas modernas: se enloquecen por los hombres. Y, después de todo, tiene veinticinco años, la misma edad que su hija mayor, querida mía. No tendrá muchas más oportunidades.

Cuando iba a reunirse con su hermana, Ruth fue interceptada por Ross. Quería pedirle el baile que se iniciaría poco después, una gavota, la variación del minué que ahora rivalizaba con este. Uno levantaba los pies, así, y después así, en lugar de arrastrarlos…

Comprobó que ahora la jovencita sonreía con más desenvoltura, con menos embarazo. Después de sentirse un poco atemorizada por sus atenciones, no le había llevado mucho tiempo experimentar un sentimiento de halago. Una joven que tiene cuatro hermanas solteras no acude con demasiadas esperanzas a su primer baile. Verse distinguida por un hombre de cierta categoría era un vino que se subía a la cabeza, y Ross debió haber administrado con más precaución sus dosis. Pero con su natural franqueza, Ross simplemente sentía agrado en ese placer de alegrar la velada de otra persona.

Con cierta sorpresa comprobó que le agradaba la danza; alternar con la gente era un placer, pese a que él había tratado de menospreciar el asunto. Mientras se separaban y reunían, Ross mantuvo constantemente una conversación murmurada con la joven, y en cierto momento ella emitió una brusca carcajada, que mereció una mirada de reprobación de su hermana segunda, que estaba a pocos pasos de distancia y bailaba con dos caballeros de edad y una dama noble.

En la estancia de los refrescos, el capitán Blamey tenía un boceto en las manos.

—Bien, aquí está el trinquete, el palo mayor y el palo de mesana. Sobre el trinquete está la vela mayor, la…

—¿Usted dibujó esto? —preguntó Verity.

—Sí. Es un boceto del barco de mi padre. Era un navío de línea. Él murió hace seis años. Si…

—Es un dibujo notablemente bueno.

—Oh, no diga eso. Sencillamente, uno se acostumbra a manejar el lápiz. Vea, el trinquete y el palo mayor tienen aparejo de *cruzamen*; es decir, que sostienen vergas… hum… a lo largo de la nave. El palo de mesana tiene en parte aparejo de *cruzamen*, pero lleva una botavara y un botalón, y la vela se llama cangreja. En los viejos tiempos se la llamaba vela latina. Ahora bien, aquí está el bauprés. No aparece en el dibujo, pero debajo hay otra botavara, de modo que… señorita Verity, ¿cuándo puedo volver a verla después de esta noche?

Las dos cabezas estaban muy juntas; ella alzó la vista un instante para mirar los ojos castaños y fijos de su interlocutor.

—Capitán Blamey, no sé qué decirle.

—Es todo lo que deseo.

—Oh —dijo Verity.

—¡Hum!… Sobre el trinquete, aquí tiene la vela mayor. Después, la gavia inferior y luego la gavia superior. Este agregado al bauprés se llama asta de la bandera del bauprés, y… y…

—¿Para qué sirve esa asta? —preguntó Verity, sin aliento.

—Es la… este… Puedo atreverme a esperar que… si pudiese abrigar la esperanza de que mi interés se viera mínimamente retribuido… si tal cosa fuese posible…

—Capitán Blamey, creo que es posible.

Él le tocó los dedos un momento, mudo de emoción.

—Señorita Verity, usted me da una esperanza, una posibilidad que… puede inspirar a un hombre. Siento… siento… Pero antes de que hable con su padre debo explicarle algo que solo por su bondad tengo valor para poner en palabras…

Cinco personas entraron en el salón de los refrescos, y Verity se enderezó presurosa, porque advirtió que eran los Warleggan, con Francis y Elizabeth. Elizabeth la vio al instante, y sonrió; hizo un gesto y se acercó.

Llevaba un vestido de muselina color melocotón, con un turbante de crepé blanco bien ajustado sobre los rizos.

—Querida, no pensábamos venir —dijo Elizabeth, divertida ante la sorpresa de Verity—. Te veo muy bonita. Cómo le va, capitán Blamey.

—A sus pies, señora.

—En realidad, fue culpa de George —continuó diciendo Elizabeth, excitada, y por eso mismo exhibiendo una radiante belleza—. Estábamos cenando con él, y me parece que se vio en dificultades para entretener nuestra velada.

—Crueles palabras de tiernos labios —dijo amablemente George Warleggan—. La culpa es de su marido que quiso bailar esta bárbara *ecossaise*.* A mí no me gustan las cabriolas.

En ese momento se acercó Francis. Tenía el color subido a causa de la bebida, y en su caso el alcohol también tendía a conferirle un aire todavía más apuesto.

—Aún no nos hemos perdido nada —dijo—. Falta lo mejor de la diversión. Esta noche no podría tranquilizarme aunque toda Inglaterra dependiese de ello.

—Tampoco yo —dijo Elizabeth. Sonrió al capitán Blamey—. Confío en que nuestro espíritu bullicioso no le moleste, señor.

El marino respiró hondo.

* La escocesa (*ecossaise*) es una variedad de la contradanza en estilo escocés, especialmente popular en Francia e Inglaterra a fines del siglo XVIII e inicios del XIX. La *ecossaise* era usualmente bailada en compás de 2/4. *(N. del T.)*

—En lo más mínimo, señora. Yo también tengo buenas razones para sentirme feliz.

En el salón de baile, Ruth Teague había regresado, y lady Whitworth se había alejado.

—¡De modo que finalmente el capitán Poldark te abandonó, hija! —dijo la señora Teague—. ¿Qué explicación te dio de semejante conducta?

—Ninguna, mamá —dijo Ruth, abanicándose con gesto vivo. Sus ojos almendrados mostraban una expresión móvil y excitada.

—Bien, es satisfactorio que un hombre tan distinguido te dispense su atención, pero todo debe hacerse respetando las formas. Deberías tener buenos modales, si él no los demuestra. La gente ya está hablando.

—¿De veras? Oh, mamá. No puedo negarme a bailar con él, es muy cortés y amable.

—Sin duda, sin duda. Pero no conviene prestarse demasiado fácilmente a esas cosas. Y también debes pensar en tus hermanas.

—Me solicitó el próximo baile, después de este.

—¿Qué? ¿Y qué le dijiste?

—Se lo prometí.

—¡Uf! —La señora Teague se estremeció irritada, pero el asunto no le desagradaba tanto como ella quería dar a entender—. Bien, lo prometido es deuda; puedes bailar ahora. Pero no debes ir a comer con él, ni dejar sola a Joan.

—Él no me lo pidió.

—Niña, tus respuestas son demasiado libres. Creo que las atenciones de ese hombre se te subieron a la cabeza. Quizá le diga algo después de la comida.

—No, no, mamá, ¡no debes hacer eso!

—Bien, ya veremos —dijo la señora Teague, quien en realidad no tenía la más mínima intención de desalentar a un joven casadero. Había formulado una protesta simbólica para satisfacer su propio concepto de lo justo y formal, del modo en que ella se hubiera comportado de haber tenido una sola hija, dotada con una fortuna de diez mil libras. Tenía una hilera de cinco, y ni la más mínima dote para ninguna, lo cual ciertamente reducía su libertad de movimientos.

Pero en realidad no había mucho de que preocuparse. Cuando llegó el intervalo destinado a la comida, Ross había desaparecido, sin que nadie pudiese explicar su ausencia. Durante la última pieza con Ruth se había mostrado reservado e inquieto, y la joven se preguntaba ansiosamente si de un modo o de otro las críticas de su madre habían llegado a oídos del joven.

Apenas concluyó la danza, Ross abandonó el salón y salió a la noche suave, con su cielo cubierto de nubes. Ante la aparición inesperada de Elizabeth, su ficticio goce se había disipado en un instante. Deseaba sobre todo que ella no lo viese. Olvidó sus obligaciones como acompañante de Verity y como miembro del grupo de la señorita Pascoe.

104

Fuera había dos o tres carruajes con lacayos, y también un coche abierto. Las luces provenientes de las ventanas en arco de las casas que rodeaban la plaza iluminaban los adoquines desiguales y los árboles del camposanto de Santa María. Se volvió en esa dirección. La belleza de Elizabeth había vuelto a conmoverlo. El hecho de que otro hombre gozara plenamente de la joven representaban para Ross todas las torturas del infierno. Ya no podía continuar flirteando con una pequeña y agradable colegiala sin mayores encantos.

Cuando su mano se cerró sobre los fríos enrejados bajo los árboles, trató de dominar los celos y el sufrimiento, tal como uno intenta rechazar un desmayo inminente. Esta vez debía eliminar definitivamente ese sentimiento. O lo lograba, o se alejaba otra vez del condado. Tenía que vivir su propia vida, tenía que seguir su propio camino; en el mundo había otras mujeres, quizá más vulgares, pero en todo caso seductoras, con sus actitudes femeninas y sus cuerpos suaves. O destruía su amor a Elizabeth o se retiraba a alguna región del país en la cual no pudiera hacer comparaciones. La alternativa era clara.

Siguió caminando y rechazó a un mendigo que lo seguía con protestas de pobreza y necesidad. De pronto se encontró frente a la Posada del Oso. Empujó la puerta y bajó los tres peldaños que descendían hacia el salón atestado, con sus barriles de anillos de latón apilados hasta el cielorraso y las mesas y los bancos bajos. Como era lunes de Pascua, el lugar estaba abarrotado, y la luz parpadeante y humosa de las velas en sus apoyos de hierro al principio no le revelaron dónde podía encontrar un lugar. Se instaló en un rincón y pidió brandy. El tabernero se alisó los cabellos y tomó un vaso limpio en honor del inesperado cliente. Ross advirtió que su aparición había impuesto silencio. Su traje y su ropa blanca se destacaban en ese grupo de bebedores harapientos y mal alimentados.

—No te permitiré que continúes hablando así —dijo incómodo el tabernero—, de modo que, Jack Tripp, será mejor que bajes de tu percha.

—Me quedaré donde estoy —dijo un hombre alto y delgado, mejor vestido que la mayoría de los demás, con un traje andrajoso demasiado grande para su cuerpo.

—Déjelo estar —dijo un hombre instalado en una silla—. Ni siguiera a un cuervo se le prohíbe posarse en una chimenea.

Se oyeron risas, porque la analogía era bastante apropiada.

Se reanudó la conversación cuando fue evidente que el recién llegado estaba demasiado absorto en sus propios pensamientos y no prestaba atención a los de otra gente. El único signo de vida que ofrecía era, de tiempo en tiempo, la orden de volver a llenar su vaso dirigida al tabernero. Y así, Jack Tripp pudo continuar encaramado en su percha.

—Amigo, eso le parecerá muy divertido, pero ¿acaso todos los hombres no nacemos de mujer? ¿En qué cambia nuestra llegada al mundo o nuestra salida el que seamos comisionistas de granos o mendigos? Y que no me digan que Dios decidió que algunos se ahoguen en riquezas y otros padezcan el hambre más terrible. Recuérdenlo bien, todo eso es creación del hombre, idea de los ricos mercaderes y otros individuos por el estilo, porque desean conservar lo que tienen y que el resto de los humanos soporte sus cadenas. Es muy agradable hablar de religión y sobornar al clero con comida y vino...

—Deja en paz a Dios —dijo una voz que llegó del fondo.

—Nada digo contra Dios —graznó Jack Tripp—. Pero no acepto el dios que me ofrece el comisionista de granos. ¿Acaso Cristo no predicó la justicia para todos? ¿Cuál es la justicia de quien mata de hambre a las mujeres y los niños? El clero se sacia de comida, y nuestras mujeres viven de pan negro y hojas de haya, y los niños se encogen y mueren. ¡Y yo les digo, amigos, que en Penryn hay grano!

Se oyó un gruñido de asentimiento.

Una voz habló al oído de Ross.

—Pague una copa a una dama, ¿quiere, señor mío? Usted sabe que es triste beber solo. El demonio se mete en el brandy cuando uno bebe solo.

Ross miró los ojos atrevidos y oscuros de una mujer que se había acercado y ahora estaba sentada a su lado. Era alta, delgada, de unos veinticuatro o veinticinco años, vestida con un traje de montar azul, de corte masculino, que otrora había sido elegante, pero ahora estaba muy deteriorado; quizá lo había conseguido de segunda o tercera mano. El alzacuello estaba sucio, y el frente de encaje torcido. Tenía pómulos altos, la boca grande, los dientes muy blancos, y los ojos grandes mostraban una expresión atrevida y dura. Los cabellos negros estaban teñidos torpemente con un color cobrizo. A pesar de su actitud y su expresión un tanto masculina, había algo felino en ella.

Con gesto indiferente, Ross hizo una seña al tabernero.

—Gracias, señor mío —dijo la mujer estirándose y bostezando—. Bebo a su salud. Lo veo triste. Ya sabe, como desalentado. Un poco de compañía le vendría bien.

—¡Sí, hay grano en Penryn! —dijo ásperamente Jack Tripp—. ¿Y para quién? No para la gente como nosotros. No, no, ahora solo desean venderlo al extranjero. No les interesa si vivimos o morimos. ¿Por qué no hay trabajo en las minas? ¿Por qué los precios del estaño y el cobre son tan bajos? Pero, amigos, ¿por qué? Porque los comerciantes y los fundidores fijan entre ellos los precios que les acomodan. ¡Que los estañeros se pudran! ¿Qué importa eso a los comerciantes? ¡Y lo mismo a los molineros! ¡Y a todos!

Ross movió inquieto su cuerpo. Esos agitadores de taberna. Al público le gustaba que le hablaran así; de ese modo se expresaban agravios que ellos mismos apenas habían empezado a formular.

La mujer puso su mano sobre la de Ross. El joven apartó las suyas y terminó el brandy.

—La soledad, mi señor, ese es su mal. Permítame leer la palma de su mano. —Ella extendió de nuevo la mano y volvió la de Ross para examinarla—. Sí… sí. Desengañado en el amor, eso mismo. Una rubia lo traicionó. Pero aquí hay una morena. Mire. —Señaló con un largo índice—. Vea, está cerca. Muy cerca de usted. Mi señor, ella lo confortará. No como esas doncellas melindrosas que temen a un par de pantalones. Usted me gusta, si no le molesta que se lo diga. Apostaría a que usted puede contentar a una mujer. Pero cuídese de ciertas cosas. Cuídese de ser demasiado delicado, no sea que esas doncellas melindrosas lo lleven a creer que el amor es un juego de salón. El amor no es un juego de salón, mi señor, como usted bien sabe.

Ross pidió otra copa.

—Y bien, ¿qué pasó con la pobre Betsey Pydar? —dijo Jack Tripp, gritando para imponerse al murmullo de las conversaciones que comenzaba a generalizarse—. Yo les pregunto, amigos, ¿qué pasó? ¿Y qué oyeron decir de la viuda Pydar? Perseguida por los inspectores y muerta de hambre…

107

La mujer vació de un trago su vaso, pero no soltó la mano de Ross.

—Mi señor, alcanzo a ver una casita cómoda al lado del río. Limpia y arreglada, como a usted le gusta. Me agrada su aspecto, mi señor. Siento una extraña simpatía. Me parece que usted es el tipo de hombre que sabe hacer las cosas. Ya ve, conozco a la gente. Sé juzgar a un hombre… así me lo han dicho.

Ross la miró, y ella sostuvo audazmente la mirada. Aunque apenas acababan de conocerse, fue como si un tremendo deseo de él se hubiese encendido en la mujer. No era solo cuestión de dinero.

—¿Y qué respondió el párroco Halse cuando le hablaron? —preguntó Tripp—. Dijo que Betsey Pydar se lo había buscado, por desobedecer las leyes del país. ¡Esa fue toda la simpatía que le demostró! Dijo que los inspectores y la sabiduría de la providencia la habían obligado a regresar a su propia parroquia, y que solo suya era la culpa. ¡Así es nuestro clero!…

Ross se puso de pie, retiró la mano, dejó una moneda para el tabernero y se dirigió hacia la puerta.

Afuera, la noche estaba muy oscura y caía una ligera llovizna. Permaneció indeciso un momento. Cuando se volvió, oyó el movimiento de la mujer que salía de la taberna.

Se le acercó rápidamente y caminó al lado del joven, alta y fuerte. Entonces, volvió a tomarle la mano. El impulso de Ross fue rechazarla y acabar con esa solicitud. Pero en el último momento, su soledad y su desaliento lo envolvieron como una niebla que lo intoxicaba lentamente. ¿Qué haría después de desairarla? ¿Qué podía hacer para llenar el vacío? ¿Volver al salón de baile?

Giró sobre sí mismo y la acompañó.

6

*F*elizmente, Verity había decidido que pasaría la noche con Joan Pascoe, porque Ross desapareció del salón. Desde el *cottage* de la mujer, Margaret, Ross cabalgó directamente hasta su casa, y llegó a Nampara cuando las primeras luces del alba se filtraban en el cielo encapotado de la noche.

Era martes, el día de la feria de Redruth. Se desvistió, bajó a la playa y se metió en el agua. Las aguas agitadas y frías lo limpiaron en parte de los venenos nocturnos; experimentaba una sensación intensa, renovadora e impersonal. Cuando salió del agua, los acantilados que se levantaban en el extremo más alejado de la playa estaban perdiendo sus tonos oscuros y hacia oriente el cielo resplandecía con brillantes colores de amarillo cadmio. Se secó y vistió, y despertó a Jud, y ambos desayunaron cuando los primeros rayos de sol atravesaban las ventanas.

Llegaron a Redruth poco antes de las diez, descendieron por el camino empinado y resbaladizo que entraba en la ciudad, llegaron a la capilla, cruzaron el río y subieron la otra colina buscando los campos donde se celebraba la feria. Ya estaban desarollándose las actividades del día, con la compra y la venta de ganado en marcha, y productos agrícolas y lácteos.

Ross necesitó un tiempo para hallar lo que deseaba, porque

no le sobraba el dinero; cuando terminó de realizar las diferentes compras, ya había comenzado la tarde. En el segundo campo, todos los artesanos del distrito habían levantado sus puestos. Los mejores y más importantes, que ofrecían arreos de montar y prendas de vestir, botas y zapatos, se mantenían en el sector superior del campo; a medida que la pendiente se acentuaba, uno encontraba los puestos que ofrecían pan de jengibre y pasteles, y también estaban allí el fabricante de cuerdas, el reparador de sillas, el afilador de cuchillos, y un abigarrado conjunto de tiendas que ofrecían linternas y fósforos de azufre, cera para sellar y hebillas de plata, brazaletes de pelo trenzado, pelucas de segunda mano y cajas de rapé, colchones para la cama y escupideras.

Jud necesitaba varias horas para volver a Nampara con los bueyes recién comprados, y como disponía de tiempo, Ross decidió pasear un poco, para ver todo lo que merecía una ojeada. A partir del tercer campo ya no había artesanos importantes; era el sector de los cazadores profesionales de ratas, los buhoneros, los que ofrecían espectáculos a medio penique. Un rincón de ese campo estaba reservado a los farmacéuticos y los herbolarios. Los hombres estaban en cuclillas y voceaban al lado de anuncios mal escritos que publicitaban sus artículos, es decir, la curación más moderna e infalible de todas las enfermedades del cuerpo.

Ungüentos para el pecho, agua mágica, gotas para los nervios, espíritu de benjuí, pomada, polvo contra la fiebre, gotas de los jesuitas. Aquí uno podía comprar aceite de plátano y de mesa, agua de angélica, cicuta para los tumores escrofulosos, y castañas de bardana para el escorbuto.

En el último campo, que era también el más ruidoso, estaban los espectáculos y los organillos, y el puesto de los juegos donde uno tiraba los dados por una torta de Pascua. En una suerte de reacción después de la amargura y los excesos de la víspera, Ross se sintió un tanto aliviado alternando con sus semejantes y aceptando la sencillez de sus placeres. Pagó su medio penique y vio a la mujer más gorda de la tierra, que según se quejó el hombre que tenía al lado, no era tan gorda como la del año anterior. Por otro medio penique ella ofrecía llevarlo a uno detrás de una pantalla y aplicar la mano del visitante sobre un lugar suave; pero el interlocutor dijo a Ross que él sabía a qué atenerse, porque lo único que hacía era aplicar la mano sobre la frente del cliente.

Permaneció quince minutos en un puesto oscurecido mirando a un grupo de comediantes representar una pantomima acerca de san Jorge y el dragón. Pagó medio penique para ver a un hombre que en la infancia había perdido las manos y los pies, devorados por un cerdo, y que dibujaba con sorprendente habilidad con una tiza que sostenía con la boca. Pagó otro medio penique para ver a una loca encerrada en una jaula y atormentada por el público.

Después de ver todos esos espectáculos, se sentó en un puesto de bebidas y sorbió un vaso de ron con agua. Mientras miraba pasar a la gente recordó las palabras de Jack Tripp, el agitador. La mayor parte del público estaba formada por individuos de cuerpo débil, malolientes y raquíticos, desfigurados por la viruela, vestidos con harapos —en condiciones mucho peores que los animales de granja que se compraban y vendían en la feria—. ¿Podía sorprender a alguien que las clases superiores se considerasen una raza especial?

Pero los signos de un nuevo modo de vida que había visto en América determinaban que se impacientase frente a estas diferencias. Jack Tripp estaba en lo cierto. Todos los hombres nacían iguales: los privilegios eran siempre producto de la acción del hombre mismo.

Había elegido el último de los puestos de bebidas, en el extremo del campo. Aquí el ruido y el olor eran menos abrumadores; pero en el mismo instante que pedía otra copa estalló un escándalo detrás del puesto, y un grupo de personas se reunió

111

a ver qué ocurría. Varias comenzaron a reír, como si se les ofreciera un entretenimiento gratuito. El estrépito de chillidos y ladridos continuó. Con el ceño fruncido, Ross se puso de pie y observó sobre la cabeza de la gente que tenía más cerca.

Detrás del puesto de bebidas había un claro, donde horas antes esperaban algunas ovejas. Ahora estaba vacío, salvo por la presencia de un grupo de niños harapientos que miraban el confuso montón de pelambre que rodaba sobre el piso. En definitiva, se vio que eran un gato y un perro, de más o menos el mismo tamaño, y después de una pelea durante la cual ninguno de los dos aventajó al otro, ahora deseaban separarse. Primero el perro tiró y el gato salió arrastrado, bufando; después, el gato se afirmó con cierta dificultad, y con movimientos lentos y convulsivos, clavando las garras en la tierra, arrastró en dirección opuesta al perro.

Los espectadores rugían de alegría. Ross sonrió levemente, pero a decir verdad no le resultaba un espectáculo grato. Pensó volver a sentarse, pero de pronto un niño más pequeño se desprendió de otros dos que lo retenían, y corrió hacia los animales. Esquivó a uno de los chicos que intentó detenerlo y llegó adonde estaban las criaturas, se arrodilló y trató de aflojar la cuerda anudada que unía las colas, sin hacer caso de los arañazos del gato. Cuando todos comprendieron lo que deseaba hacer, partió un murmullo de la turba, que percibió que el entretenimiento gratuito estaba próximo a terminar. Pero ahogó el murmullo un alarido de furia de los restantes chicos, que inmediatamente se abalanzaron y cayeron sobre el aguafiestas. El niño trató de hacerles frente, pero pronto cayó bajo la avalancha.

Ross alzó su copa, pero permaneció de pie mientras bebía. Un hombre corpulento, tan alto como el propio Ross, se puso de pie y en parte le obstruyó la visión.

—Por Dios —dijo alguien—, matarán al chico si lo patean así. Lo que hacen esos canallitas ya pasa de broma.

—¿Y quién podrá oponerse? —preguntó un comerciante de

escasa estatura, que llevaba un parche en un ojo—. Son como gatos salvajes. Es una vergüenza, pero hacen lo que quieren en la ciudad.

—Si uno se queja le rompen las ventanas —dijo otro—. Y todavía agradecen la excusa. La tía Mary Treglown, la que tiene un *cottage* cerca del arroyo…

—Sí, la conocemos…

Ross concluyó su bebida y pidió otra. Después, cambió de idea y se introdujo en el grupo.

—¡Dios nos ampare! —dijo de pronto una mujer—. ¿No es una chica a quién están pegando? ¿O me equivoco? ¿Nadie los detendrá?

Ross retiró de la bota el látigo de montar, y se acercó al centro de la pelea. Tres de los vagabundos lo vieron acercarse; dos huyeron, pero el tercero se le enfrentó mostrando los dientes. Ross le cruzó la cara con el látigo y el niño lanzó un grito y huyó. Una piedra atravesó el aire.

Había otros tres niños, dos sentados sobre la figura en el suelo, y el tercero descargándole puntapiés en la espalda. Este último no advirtió que se acercaba el enemigo. Ross le pegó en el costado de la cabeza y lo apartó de su víctima. Levantó por el fondillo de los pantalones a uno de los dos restantes y lo dejó caer en un estanque de agua, a pocos pasos de distancia. El tercero huyó, abandonando al aguafiestas, caído en el suelo; sin duda vestía las ropas de un varón: una camisa suelta y chaqueta, pantalones demasiado anchos que colgaban flojamente bajo las rodillas. En medio del polvo, un gorro negro redondo; los cabellos oscuros y desgreñados caían demasiado largos. Una piedra golpeó a Ross en el hombro.

Con la punta de la bota volvió de espaldas a la figura. Podía ser una niña. Estaba consciente, pero no tenía aliento para hablar; cada vez que respiraba era casi un gemido.

Varios lugareños se habían acercado al claro, pero cuando las piedras se hicieron más frecuentes volvieron a alejarse.

113

—¿Te han hecho daño? —preguntó Ross. Con una contorsión convulsiva la niña se puso de rodillas, y finalmente consiguió sentarse.

—¡Condenado Dios! —pudo decir al fin—. Malditas sean sus entrañas…

La lluvia de piedras ahora había afinado su puntería, y dos más hicieron blanco en la espalda de Ross. Guardó el látigo y alzó a la niña; en realidad, casi no pesaba. Cuando la trasladó al puesto de bebidas vio que los lugareños se habían unido y, armados de varas, comenzaban a perseguir a los chicos.

La depositó al extremo de la mesa de caballetes que habían abandonado poco antes. La niña dejó caer la cabeza sobre la mesa. Ahora que había pasado el peligro de los proyectiles, la gente volvió a agruparse alrededor.

—¿Qué te hicieron, querida?

—Te pegaron en las costillas, ¿no?

—Pobrecita, la maltrataron.

—Yo los agarraría y…

Ross ordenó dos vasos de ron.

—Dejen respirar a la niña —dijo con impaciencia—. ¿Quién es, y cómo se llama?

—Nunca la había visto —dijo uno.

—Estoy seguro de que viene de Roskear —intervino otro.

—La conozco —afirmó una mujer, después de examinarla—. Es la hija de Tom Carne. Viven en Illuggan.

—¿Y dónde está el padre?

—Supongo que en la mina.

—Bebe esto. —Ross acercó el vaso al codo de la chica, y ella lo levantó y tragó el contenido. Era una mocosa flacucha, que podía tener once o doce años. Tenía la camisa sucia y desgarrada; el mechón de cabello oscuro le ocultaba el rostro.

—¿Estás con alguien? —preguntó Ross—. ¿Dónde está tu madre?

—No tiene —dijo la mujer, echando su aliento de gin

rancio sobre el hombro de Ross—. Murió hace más de seis años.

—Bueno, no tengo la culpa —dijo la chica, que había recuperado la voz.

—Nadie dijo que la tuvieras —replicó la mujer—. ¿Y qué estás haciendo vestida con la ropa de tu hermano? ¡Jovencita descarada! Te darán una buena paliza.

—Váyase, mujer —dijo Ross, irritado porque se había convertido en centro de la atención general—. Váyanse todos. ¿No tienen nada mejor en qué entretenerse? —Se volvió hacia la chica—. ¿No has venido con nadie? ¿Qué estabas haciendo?

La niña se enderezó.

—¿Dónde está *Garrick*? Estaban atormentándolo.

—¿*Garrick*?

—Mi perro. ¿Dónde está *Garrick*? ¡*Garrick*! ¡*Garrick*!

—Aquí está. —Un lugareño se abrió paso entre la gente—. Aquí te lo traigo. Y no fue fácil.

La niña se puso de pie para recibir un montón oscuro y agitado, y volvió a caer en el asiento, con el animal sobre el regazo. Se inclinó sobre el cachorro para comprobar si estaba herido, y de ese modo las manos volvieron a manchársele de sangre. De pronto alzó los ojos con expresión dolorida, ardientes entre la tierra y los cabellos.

—¡Condenado Dios! ¡Los sucios canallas! ¡Le cortaron la cola!

—Yo lo hice —dijo serenamente el lugareño—. ¿Crees que pensaba dejarme destrozar las manos por un mestizo? Además, ya la tenía casi cortada, y parecerá mejor sin ella.

—Termina esto —ordenó Ross a la chica—. Después, si puedes hablar, averigua si con los golpes te rompieron algún hueso. —Entregó una moneda de seis peniques al lugareño, y la gente, advertida de que el espectáculo había terminado, comenzó a dispersarse, si bien durante un rato varios curiosos permanecieron a respetuosa distancia, interesados en el caballero.

El perro era un cachorro mestizo y macilento, de un color oscuro grisáceo, con un cuello largo y delgado y rizos negros y cortos distribuidos sobre la cabeza y el cuerpo. Su linaje era totalmente indefinido.

—Usa esto —dijo Ross, ofreciendo su pañuelo a la chica—. Límpiate los brazos y mira si las raspaduras son muy profundas.

Ella apartó los ojos de su propio cuerpo y miró dubitativa el cuadrado de tela de hilo.

—Lo ensuciaré —dijo.

—Ya lo sé.

—Quizá después las manchas no salgan.

—Haz lo que te digo y no discutas.

La chica usó una esquina del pañuelo aplicándolo a un codo huesudo.

—¿Cómo has llegado hasta aquí? —preguntó él.

—Caminé.

—¿Con tu padre?

—Mi padre está en la mina.

—¿Has venido sola?

—Con *Garrick*.

—No puedes volver caminando. ¿Tienes amigos aquí?

—No. —Interrumpió bruscamente el superficial esfuerzo de limpieza—. Por Judas, me siento rara.

—Bebe un poco más.

—No… sin comer…

Se puso de pie y caminó con paso inseguro hasta el rincón del puesto de bebidas. Allí, para diversión y recompensa de los fieles espectadores, devolvió con doloroso esfuerzo el ron que había bebido. Después se desmayó, de modo que Ross la alzó y la devolvió al asiento. Cuando reaccionó, la llevó al puesto contiguo y ordenó que le diesen una buena comida.

II

La camisa que la chica usaba tenía desgarrones viejos y nuevos; los pantalones eran de pana parda descolorida; andaba descalza y había perdido el gorro redondo.

Tenía el rostro delgado y pálido, y los ojos, de un castaño muy oscuro, eran demasiado grandes para esa cara.

—¿Cómo te llamas? —preguntó Ross.

—Demelza.

—Quiero decir, tu nombre de pila.

—¿Cómo?

—Tu primer nombre.

—Demelza.

—Qué nombre tan extraño.

—También mamá se llamaba así.

—Demelza Carne. ¿Es eso?

La chica suspiró y asintió, porque ahora estaba muy satisfecha; y el perro, bajo la mesa, gruñó con ella.

—Yo vengo de Nampara. Después de Sawle. ¿Sabes dónde es?

—¿Pasando St Ann's?

—Niña, ahora vuelvo a casa. Si no puedes caminar, te llevaré primero a Illuggan, y te dejaré allí.

A la niña se le ensombrecieron los ojos y no dijo palabra. Ross pagó lo que debía y mandó decir que le ensillaran el caballo.

Diez minutos después estaban montados y en camino. La niña estaba silenciosa, a horcajadas frente a Ross. *Garrick* los seguía como al descuido, de tanto en tanto frotando los cuartos traseros en el polvo o mirando suspicaz alrededor para ver qué había sido de la cosa que él a veces perseguía y a menudo festejaba, pero a la cual ahora no podía encontrar.

Atravesaron los páramos siguiendo una huella de las minas, ahondada, afirmada y marcada por el paso de generaciones de mulas. Alrededor, el campo estaba consagrado totalmente a la explotación minera. Con excepción de algún pino escuálido, todos los árboles habían sido cortados para obtener madera, los arroyos aparecían decolorados, y las parcelas de tierra cultivada se esforzaban por sobrevivir entre hectáreas de desechos de las minas y montañas de piedras. Los depósitos de máquinas, los aparejos de madera, los molinos de ruedas, los malacates y las cabrias eran los adornos de la región. Había zanjas y socavones al fondo de los minúsculos *cottages* y las chozas; se cultivaban patatas, y las cabras pastaban entre el vapor y los desechos. No era un pueblo, apenas una aldea, y en realidad se trataba de una amplia y dispersa distribución de gente que trabajaba.

Era la primera vez que se acercaba por ese lado a Illuggan. Con el perfeccionamiento de la máquina de bombear y las nuevas vetas de estaño y cobre, la minería de Cornualles había progresado constantemente, hasta que se había iniciado la depresión de los últimos años. La gente había emigrado a los afortunados distritos en los cuales las vetas eran más generosas, y la población nativa había aumentado rápidamente. Ahora, con la crisis cada vez más acentuada de principios de la década de 1780, muchos obreros estaban sin trabajo, y comenzaba a dudarse de la posibilidad de mantener la población. El peligro no era inmediato, pero comenzaba a insinuarse.

La chica que cabalgaba con Ross se movió inquieta.

—Todavía falta la mitad del camino para llegar a Illuggan.

—Ya lo sé. Pero no creo que quiera ir ahora.

—¿Por qué no?

No hubo respuesta.

—¿Tu padre sabe que te fuiste?

—Sí, pero me llevé la camisa y los pantalones de mi hermano. Mi padre dijo que de todos modos tenía que ir a la feria, y que podía llevarme la ropa de domingo de Luke.

—¿Entonces?

—Entonces vuelvo y no traigo lo que fui a buscar. Y la ropa de Luke está toda rota. De modo que creo…

—¿Por qué no fuiste con tu propia ropa?

—Mi padre me la rompió anoche, cuando me dio una fuerte paliza.

Recorrieron otra parte del trecho. La chica se volvió y observó el camino para asegurarse de que *Garrick* los seguía.

—¿Tu padre te pega a menudo? —preguntó Ross.

—Solo cuando bebe demasiado.

—¿Y cuándo es eso?

—Ah… quizá dos veces por semana. Menos cuando no tiene dinero.

Se hizo el silencio. Era bastante entrada la tarde, y faltaban otras dos horas para que oscureciese. La chica comenzó a manipular el cuello de su camisa, y desató el cordón.

—Míreme —dijo—. Anoche usó el látigo. Quíteme la camisa.

Ross obedeció, y la prenda se deslizó por un hombro. Tenía la espalda marcada por verdugones. En algunos se había abierto la piel, en parte curada, y recubierta de tierra y piojos en los bordes. Ross volvió a acomodarle la camisa.

—¿Y esta noche?

—Bueno, esta noche me dará una buena. Pero me quedaré afuera, y volveré cuando baje a la mina.

Continuaron cabalgando. Ross no se mostraba demasiado sensible con los animales: eso no era propio de su generación, pese a que rara vez golpeaba a un animal; pero la crueldad absurda con los niños lo ofendía.

—¿Cuántos años tienes?

—Trece…, señor.

Era la primera vez que le daba ese tratamiento. Ross debía haberse imaginado que esos rapaces de escaso desarrollo y medio muertos de hambre siempre tenían más edad que la que aparentaban.

—¿Qué haces en tu casa?

—Cuido la casa, planto patatas y alimento al cerdo.

—¿Cuántos hermanos y hermanas tienes?

—Seis hermanos.

—¿Todos menores que tú?

—Sí. —Volvió la cabeza y emitió un silbido agudo, dirigido a *Garrick*.

—¿Quieres a tu padre?

Ella lo miró, sorprendida.

—Sí…

—¿Por qué?

La chica se movió inquieta.

—Porque la Biblia dice que así debe ser.

—¿Te gusta vivir en tu casa?

—Me escapé cuando tenía doce años.

—¿Y qué ocurrió?

—Me llevaron de vuelta.

Morena se desvió cuando una cabra se le cruzó en el camino, y Ross aseguró mejor las riendas.

—Si te alejas un tiempo de tu padre, seguramente olvidará tu falta.

La chica movió la cabeza.

—Lo recordará después.

—Entonces, ¿qué ganas evitándolo?

Ella sonrió con una extraña madurez.

—Me pega después y no antes.

Llegaron a una bifurcación. Enfrente estaba el camino hacia Illuggan; a la derecha, otra huella le permitiría bordear St Ann's, desde donde podía seguir el trayecto de costumbre en dirección a Sawle. Refrenó a la yegua.

—Bajaré aquí —dijo la niña.

Ross dijo:

—Necesito una chica que trabaje en mi casa. En Nampara, después de St Ann's. Tendrás comida y ropa mejor que la que ahora usas. Como eres menor, pagaré el salario a tu padre. —Agregó—: Necesito una chica fuerte, porque hay mucho trabajo.

Ella lo miraba con los ojos muy grandes y una expresión sorprendida, como si Ross le hubiera propuesto algo perverso. Después, el viento le arrojó los cabellos sobre los ojos, y la chica pestañeó.

—La casa está en Nampara —dijo Ross—. Pero quizá no quieras venir.

Ella se recogió los cabellos, pero nada dijo.

—Bien, en ese caso baja —continuó Ross, con un sentimiento de alivio—. O si lo prefieres, te llevo a Illuggan.

—¿Viviré en su casa? —dijo ella—. ¿Esta noche? Sí, por favor.

Por supuesto, el interés era evidente; el interés inmediato de evitar los latigazos.

—Necesito una doncella para la cocina —dijo Ross—. Que sepa trabajar y fregar, y que mantenga limpio su propio cuerpo. Te tomaré por un año. Tu casa está demasiado lejos, y no podrás volver todas las semanas.

—No quiero volver nunca —dijo ella.

—Habrá que hablar con tu padre y conseguir que acepte. Tal vez eso sea difícil.

—Sé fregar bien —dijo la chica—. Sé fregar… señor.

Morena estaba inquieta a causa de la detención demasiado prolongada.

—Hablaremos ahora con tu padre. Si él…

—Ahora no. Por favor, lléveme con usted. Puedo fregar. En eso soy buena.

—Estas cosas tienen que hacerse de acuerdo con la ley. Debo tener el acuerdo de tu padre.

—Mi padre vuelve del trabajo una hora después de anochecer. Y antes de regresar a casa se queda en la taberna.

Ross se preguntó si la chica estaría mintiendo. Había llega-

121

do tan lejos movido por un impulso. Necesitaba ayuda tanto en la casa como en los trabajos del campo, y le desagradaba la idea de devolver a la niña a un minero borracho. Pero tampoco le complacía aguardar varias horas en una covacha infestada de piojos, hasta el anochecer, rodeado de niños desnudos; y afrontar luego a un individuo prepotente y alcoholizado que rechazaría su propuesta. ¿La chica aceptaba realmente su ofrecimiento? Haría una última prueba.

—Hablando de *Garrick*. Tal vez no puedas venir con él.

Silencio. La observaba atentamente, y veía la lucha que se libraba tras los rasgos delgados y anémicos. La niña miró al perro, después a Ross, y su boca formó un rictus de desaliento.

—Él y yo somos amigos —dijo.

—¿Bien?

Durante un momento ella no habló.

—*Garrick* y yo lo hacemos todo juntos. No puedo abandonarlo para que se muera.

—¿Bien?

—No puedo, señor. No puedo…

Agobiada, comenzó a descender de la yegua.

Ross comprobó de pronto que lo que había querido descubrir había terminado en la demostración de algo muy distinto. La naturaleza humana lo había atrapado. Porque si ella no estaba dispuesta a abandonar un amigo, tampoco él lo haría.

III

Alcanzaron a Jud poco después de pasar el patíbulo de Bargus, donde confluían cuatro caminos y cuatro parroquias. Los bueyes estaban fatigados por el largo trayecto, y Jud estaba fatigado de llevarlos. No podía cabalgar con comodidad en *Ramoth*, que estaba ciego, porque llevaba cruzados sobre la montura cuatro grandes canastos llenos de gallinas vivas. Además, lo irritaba profundamente haberse visto obligado a abandonar la feria antes de emborracharse, una cosa que jamás le había ocurrido desde que cumpliera los diez años.

Con gesto hosco volvió la cabeza cuando oyó que se aproximaba otro caballo, y después apartó de la huella a *Ramoth* para dejar paso. Los bueyes, que marchaban detrás en una sola línea, lo imitaron con movimientos lentos.

Con tres frases Ross explicó la presencia de la niña, y dejó que Jud completase por sí mismo el cuadro.

Jud enarcó el ceño sin vello.

—Está muy bien dárselas de generoso con un caballo cojo —dijo en un rezongo—. Pero traer mocosos es muy distinto. Está muy mal andar recogiendo mocosos. Tendrá problemas con la justicia.

—Miren quién habla de justicia —dijo Ross.

Jud había apartado los ojos del camino, y *Ramoth* tropezó en un desnivel del camino.

Jud profirió un juramento.

—Maldito sea, otra vez lo mismo. Cómo quiere que un hombre monte un caballo ciego. Por Cristo crucificado, cómo pretende que un caballo vea por dónde camina, si no puede ver nada. No es lo natural, y menos lo natural en un caballo.

—Siempre me pareció un animal muy seguro —dijo Ross—. Hombre, usa tus ojos. *Ramoth* es muy sensible a las riendas. No lo apremies, ese es todo el secreto.

—¡Que yo lo apremio! Me encontraría de cabeza en el fondo de la zanja si lo obligara a ir más deprisa que un toro viejo después de una jornada de trabajo. No es seguro. Un resbalón, un tropezón, y lo tira a uno al camino, y uno se rompe el cuello y ¡*pif!* uno está muerto.

Ross espoleó a *Morena* y pasó al lado de Jud.

—Y además un sucio perro mestizo. —La voz escandalizada de Jud llegó a oídos de Ross y la chica cuando el hombre vio la escolta—. Dios todopoderoso, si no es para volverse

123

loco, dentro de poco adoptaremos a todos los malditos pobres del distrito.

Garrick lo miró con un ojo rodeado de pelos y pasó al trote. Percibía que el comentario se refería a él mismo, pero le pareció que el asunto se había resuelto amistosamente.

En determinado momento Ross llegó a una decisión: no haría concesiones en la lucha contra los piojos y los chinches. Seis meses antes, la casa, y sobre todo Prudie, abundaban en la mayoría de parásitos. Ross no era excesivamente delicado, pero se había negado a aceptar la condición de Prudie. Finalmente, la amenaza de ponerla bajo la bomba y obligarla personalmente a bañarse había dado resultado, y hoy la casa estaba casi limpia, y también la propia Prudie, excepto las colonias que periódicamente se formaban en sus cabellos lacios y negros. Si aceptaba en la casa a la niña en la situación en que ahora estaba, debilitaba toda la posición que había adoptado. Por lo tanto, era necesario que ella y el perro tomasen un baño, y que antes de entrar en la casa se le suministrase ropa limpia a la chica. En relación con esta tarea, la propia Prudie podía prestar una útil ayuda.

Llegaron a Nampara al atardecer —una media hora larga antes que Jud, según calculó Ross— y Jim Carter acudió corriendo para hacerse cargo de *Morena*. La salud y la condición física del chico habían mejorado mucho durante el invierno. Sus ojos negros se agrandaron al ver la carga que traía el amo. Pero, en una actitud que sugería una reconfortante diferencia con los Paynter, no dijo palabra, y se dispuso a guardar el caballo. La chica lo miró con ojos que mostraban un vivo interés, y después se volvió de nuevo y contempló la casa, el valle, los manzanos y el arroyo, un paisaje que al atardecer parecía una gran mancha bermellón que contrastaba con el mar sombrío.

—¿Dónde está Prudie? —dijo Ross—. Dile que quiero hablarle.

—Señor, no está —dijo Jim Carter—. Se fue apenas salió usted. Dijo que se dirigía a Marasanvose a ver a su prima.

Ross juró por lo bajo. Los Paynter tenían un talento particular para desaparecer cuando se los necesitaba.

—Deja a *Morena* —dijo—. Yo me ocuparé de ella. Jud está a unos tres kilómetros, con algunos bueyes que compré. Ve a ayudarle. Si te das prisa, lo encontrarás antes de que llegue al vado del Mellingey.

El chico soltó las riendas, volvió a mirar a la niña, y después partió con paso rápido valle arriba.

Ross miró un momento el fragmento de piltrafa que había traído a casa, y que esperaba rescatar. Estaba de pie, con su camisa rasgada y los pantalones sin tobillos, el pelo aplastado contra el rostro, y a sus pies el cachorro sucio y medio muerto de hambre. La chica estaba inmóvil, contraído un dedo de los pies, las manos flojamente entrelazadas en la espalda, los ojos vueltos en dirección a la biblioteca. Ross decidió mostrarse insensible. No serviría hacerlo al día siguiente.

—Ven por aquí —dijo.

Ella lo siguió, y el perro fue en pos de su dueña, hacia el fondo de la casa, donde estaba la bomba, entre la antecocina y el primer galpón.

—Ahora —dijo él—, si quieres trabajar para mí, primero tienes que lavarte. ¿Entiendes?

—Sí… señor.

—No puedo permitir que gente sucia entre en casa. No permito que trabaje conmigo quien no está limpio y no se lava. Así que desvístete y ponte bajo la bomba. Yo la manejaré.

—Sí… señor. —Obediente, la niña comenzó a desatarse el cordón que aseguraba el cuello de su camisa. Hecho esto, se detuvo y lentamente elevó los ojos hacia el hombre.

—Y no vuelvas a ponerte esas cosas —dijo Ross—. Te encontraré ropa limpia.

—Tal vez —dijo ella— yo misma pueda mover la bomba.

125

—¿Y al mismo tiempo recibir el agua? —dijo él brusca-mente—. Tonterías. Y date prisa. No dispongo de toda la noche para ocuparme de ti. —Se acercó al manubrio de la bomba e hizo un movimiento preliminar.

Ella lo miró fijamente un momento, y después empezó a quitarse la camisa. En ese momento, bajo la suciedad que le cubría el rostro, pudo verse un leve matiz rosado. Después, se quitó los pantalones y se puso bajo la bomba.

Ross accionó con energía el brazo de la bomba. El primer lavado no lo eliminaría todo, pero por lo menos sería un co-mienzo. Su posición se mantendría incólume. La niña tenía un cuerpecillo enflaquecido, en el que la feminidad apenas había comenzado a insinuar sus formas. Al mismo tiempo que las marcas del látigo, Ross alcanzó a ver moretones azules en la espalda y las costillas, donde esa tarde los niños habían descar-gado sus puntapiés. Felizmente, lo mismo que ella, los chicos iban descalzos.

La chica nunca se había lavado así. Jadeaba y se ahogaba, mientras el agua le caía en forma de chorros y descargas sobre la cabeza, recorría su cuerpo y se iba por la canaleta del de-sagüe. *Garrick* aullaba pero no se apartaba, de modo que reci-bió de rebote buena parte del agua.

Finalmente, temeroso de sofocarla, Ross interrumpió el baño, y mientras el flujo de agua se convenía en un hilo, entró en la antecocina y se apoderó del primer artículo de tela que pudo hallar.

—Sécate con esto —dijo—. Iré a buscar alguna prenda de vestir.

Mientras volvía a entrar en la casa, se preguntó qué podía ofrecerle. Aunque bastante limpias, las cosas de Prudie eran demasiado grandes para la niña. Jim Carter tenía un cuerpo parecido, pero en realidad no poseía más ropas que las que lle-vaba puestas.

Ross subió a su propio cuarto y revisó los cajones, sin dejar de maldecirse porque en general solo pensaba en lo inmediato. No podía dejar a la niña temblando en el patio. Finalmente, eligió una camisa de hilo de su propio guardarropa, un cinturón y una corta bata de su padre.

Cuando salió, descubrió que la chica trataba de cubrirse con el pedazo de tela que él le había entregado, mientras los cabellos todavía formaban mechones oscuros y húmedos que caían sobre su rostro y los hombros. No le entregó inmediatamente las cosas, y en cambio le ordenó que lo siguiese al interior de la cocina, donde el fuego estaba encendido. Después de que consiguió dejar a *Garrick* fuera de la casa, avivó el fuego y dijo a la chica que se quedase cerca de las llamas hasta secarse del todo, y que usara como mejor le pareciera las prendas improvisadas. Ella lo miró pestañeando, después desvió la vista y asintió para indicar que lo entendía.

Ross volvió a salir para desensillar a *Morena*.

127

7

*D*emelza Carne pasó la noche en el gran lecho encajonado donde Joshua Poldark había yacido los últimos meses de su vida. En la casa no había otro cuarto que ella pudiese ocupar inmediatamente; después podría alojarla en el dormitorio que quedaba entre el cuarto de la ropa blanca y la habitación de los Paynter, pero en ese momento el lugar se hallaba lleno de trastos.

Para ella, que toda su vida había dormido sobre paja, cubierta por unos pocos sacos en un *cottage* minúsculo y atestado de ocupantes, la habitación y el lecho representaban un lujo inconcebible, de proporciones desmesuradas. La cama misma era casi tan grande como el cuarto en el que dormía con sus cuatro hermanos. Cuando Prudie, gruñendo y arrastrando los pies, le mostró dónde tendría que pasar la noche, la chica imaginó que después vendrían tres o cuatro criados más a compartir la cama; y cuando no apareció nadie y se le ocurrió que la dejarían sola, transcurrió largo rato antes de que pudiera decidirse a probar.

No era una niña que se anticipase mucho a las cosas o razonara profundamente; las vicisitudes de su vida no le habían dado motivo para ninguna de las dos cosas. En un *cottage* lleno de niños nunca había tenido tiempo de sentarse y pensar, y casi nunca de trabajar y pensar. ¿Qué sentido tenía pensar en mañana cuando el momento presente ocupaba todo el tiempo y toda la energía disponible, y a veces todos los temores? Así, frente a ese súbito sesgo de su suerte, el instinto la inducía a aceptar las cosas tal como se presentaban, con bastante contento, pero con el mismo espíritu filosófico con que había afrontado la pelea en la feria.

Pero este súbito lujo la intimidaba. La mojadura bajo la bomba había sido un hecho inesperado, si bien la rudeza de la experiencia y la falta de consideración por sus sentimientos eran lo normal para ella; concordaba con todo lo que la chica había conocido. Si le hubieran entregado un par de sacos y le hubiesen dicho que durmiese en los establos, habría obedecido, en la conciencia de que todo era como debía ser. Pero lo que ahora estaba ocurriendo se parecía demasiado a los cuentos que solía contarle la vieja Meggy, la madre del pocero. Incluía algunos elementos temibles, como de pesadilla, de esos relatos; y también parte del atractivo esplendor de los cuentos de hadas de su propia madre, esas narraciones en las cuales todos dormían entre sábanas de satén y comían en platos de oro. Su imaginación lo aceptaba de buena gana en un cuento, pero su conocimiento de la vida lo rechazaba en la realidad. Su extraño atavío había sido un comienzo; no armonizaba con nada, y colgaba sobre su cuerpo enflaquecido formando ridículos pliegues que olían a lavanda; eran agradables pero sospechosos, exactamente como ese dormitorio era agradable pero sospechoso.

Cuando al fin reunió valor para probar la cama, experimentó sensaciones extrañas: temía que las grandes puertas de madera del lecho se moviesen silenciosas y la encerrasen para siempre; temía que el hombre que la había traído ahí, pese a su aire simpático y los ojos bondadosos, tuviese un propósito perverso, y que apenas ella se durmiera él se deslizase en el interior de la habitación con un cuchillo, o un látigo, o… o sencillamente entrase en el dormitorio. De tanto en tanto

129

distraían su atención de esos temores el dibujo de las raídas colgaduras de seda sobre la cama, la borla de oro del cordón de la campanilla, la sensación de las sábanas limpias bajo los dedos, las bellas curvas del candelabro de bronce sobre la mesa de mimbre de tres patas al lado de la cama, el candelabro en el cual ardía la única luz que se interponía entre ella y la sombra, una luz que ya debería haber apagado, y que muy pronto se extinguiría por sí misma.

Miró fijamente el oscuro vacío del hogar, y comenzó a imaginar que en cualquier momento algo horrible podía descender por la chimenea y desplomarse sobre el piso. Miró el par de viejos fuelles, los dos extraños adornos pintados sobre el reborde de la chimenea (uno se parecía a la Virgen María), y el alfanje grabado sobre la puerta. En el rincón oscuro, al lado de la cama, había un retrato, pero ella no lo había mirado mientras la Señora Gorda estaba en la habitación; y después que la Señora Gorda se fue, la niña no se atrevió a salir del círculo de la luz de la vela.

Pasó el tiempo, y la vela temblaba antes de apagarse, y se desprendían ondas humosas como mechones del cabello de una anciana, y ascendían en espiral hacia las vigas. Había dos puertas, y la que llevaba *ella-no-sabía-adónde* encerraba un peligro particular, pese a que permanecía bien cerrada siempre que ella estiraba el cuello para mirar.

Algo arañó la ventana. La niña escuchó con el corazón, latiéndole aceleradamente. Después, percibió repentinamente que el ruido le era conocido, y saltó de la cama y corrió hacia la ventana. Pasaron varios minutos antes de que descubriese el modo de abrirla. Luego, cuando consiguió abrirla de modo que quedaba un hueco de unos quince centímetros, una cosa negra y serpenteante se deslizó en la habitación, y ella cerró los brazos alrededor del cuello de *Garrick*, medio estrangulándolo, impulsada por el amor y por temor de que ladrase.

La aparición de *Garrick* cambió toda la situación para Demelza. Con su lengua larga y áspera el perro le lamió las mejillas y las orejas mientras ella lo llevaba a la cama.

La llama de la vela hizo un movimiento preliminar, y después se afirmó unos pocos segundos más. Con movimientos rápidos, la niña trajo la alfombra que estaba frente al hogar, y otra que encontró cerca de la puerta, y con ellas preparó sobre el suelo una cama improvisada para sí misma y el cachorro. Luego, mientras la luz se extinguía lentamente en el dormitorio y un objeto tras otro se sumergía en las sombras, se acostó y se acurrucó con el perro, y sintió que las nerviosas contorsiones del animal se suavizaban, mientras ella le murmuraba frases cariñosas al oído.

Sobrevino la oscuridad, y se hizo el silencio mientras Demelza y *Garrick* dormían.

131

II

Ross durmió profundamente, lo que no podía sorprender, pues no había pegado ojo la noche anterior; pero varios sueños extraños y extenuantes vinieron a perturbarlo. Despertó temprano, y permaneció un rato en la cama contemplando la mañana cálida y ventosa, y meditando sobre los hechos de los dos días anteriores. El baile y la alta e intrigante Margaret: el lugar de reunión de los aristócratas y el de la gente baja. Pero ninguna de las dos había sido una experiencia corriente para él. Elizabeth se había ocupado de ello. Y también Margaret.

Después, la feria y su resultado. Esa mañana lo asaltó el pensamiento de que la niña recogida el día anterior podía provocar situaciones difíciles. No tenía un conocimiento definido de las leyes, y su actitud hacia ellas era levemente despectiva, pero sí sabía que no era posible apartar de su hogar a una niña de trece años sin ni siquiera avisar al padre.

Pensó montar a caballo e ir a ver a su tío. Charles había sido magistrado más de treinta años, de modo que quizá pudiese decir algo que valiese la pena oír. Ross también meditó acerca del brusco galanteo practicado por el capitán Andrew Blamey con Verity. Después de la primera pieza, habían bailado casi ininterrumpidamente hasta el momento en que él había salido del salón. Muy pronto todos estarían comentando el asunto, y Ross se preguntaba por qué Blamey aún no había ido a hablar con Charles. El sol estaba alto cuando cabalgó hasta Trenwith. El aire tenía una reconfortante frescura esa mañana, y todos los colores del campo mostraban limpios tonos pasteles. Incluso el sector más desolado, alrededor de Grambler, ofrecía un aspecto grato después de la desolación aún mayor que había visto la víspera. *Morena*, tan susceptible como cualquiera a las variaciones del tiempo, agitaba la cabeza y brincaba, y, sin que la espolearan, adoptó un trote vivaz incluso para subir la colina que llevaba a los bosques de Trenwith.

132

Cuando vio la casa, Ross volvió a pensar en el fracaso inevitable de su padre cuando había intentado crear algo que rivalizara con la madura belleza Tudor de la vieja residencia. La construcción no era muy grande, pero suscitaba una impresión de amplitud, y de que se había construido en una época de bonanza y de fuerza de trabajo barata. Se levantaba formando un cuadrado alrededor de un patio compacto, y cuando uno entraba descubría el gran vestíbulo y su galería y las escaleras; el amplio salón y la biblioteca estaban dispuestos a la derecha, y a la izquierda se hallaban un saloncito y la pequeña sala de invierno. Las cocinas y la despensa estaban detrás, y formaban el cuarto lado del cuadrado. Considerando su antigüedad, la casa estaba en buenas condiciones; Jeffrey Trenwith la había construido en 1509.

No apareció ningún criado para hacerse cargo de la yegua, de modo que Ross la ató a un árbol y golpeó la puerta con su látigo de montar. Era la puerta principal, si bien la familia utilizaba con más frecuencia una lateral más pequeña; y Ross se disponía a caminar en esa dirección cuando apareció la señora Tabb y le dirigió una respetuosa inclinación de la cabeza.

—Buenos días, señor. Busca al señor Francis, ¿verdad?

—No, a mi tío.

—Bien, señor, lo siento, pero ambos fueron a Grambler. Esta mañana vino el señor Henshawe, y se fueron con él. ¿Quiere pasar, señor, mientras pregunto cuándo volverán?

Entró en el vestíbulo, y la señora Tabb se apresuró a buscar a Verity. Ross permaneció un minuto mirando los dibujos formados por el sol que atravesaba las ventanas divididas por columnas, y después se acercó a la escalera, donde había estado de pie el día de la boda de Elizabeth. Ahora no tenía ante sí a una multitud de gente engalanada, ni ruidosas peleas de gallos, ni clérigos que charlaban; y él lo prefería así. Excepto la hilera de candelabros, la larga mesa estaba vacía. Sobre la mesa, en la alcoba junto a la escalera, estaba la gran Biblia familiar con aplicaciones de bronce; ahora rara vez se usaba, como no fuera en los momentos piadosos de la tía Agatha. Se preguntó si ya habían anotado allí el matrimonio de Francis, como habían hecho con todas las bodas durante doscientos años.

Ross elevó los ojos hacia la hilera de retratos que colgaban de la pared, al lado de la escalera. Había otros en el vestíbulo, y muchos más en la galería superior. Difícilmente hubiera podido identificar por el nombre más de una docena; la mayoría de los más antiguos eran Trenwith, e incluso algunos retratos ulteriores carecían de nombre y fecha. Un cuadro pequeño y descolorido, en la alcoba de la Biblia, correspondía al fundador de la línea masculina de la familia, un tal Robert d'Arqué, que había llegado a Inglaterra en 1572. La pintura al óleo se había agrietado, y poco podía distinguirse fuera del rostro angosto y ascético, la nariz larga y los hombros encorvados. Luego, durante tres generaciones, sobrevenía un discreto silencio, hasta que se llegaba a un atractivo cuadro de Anna-Maria Trenwith

133

pintado por Kneller, y del mismo artista otro de Charles Vivian Raffe Poldark, con quien ella se había casado en 1696. Anna-Maria era la joya de la colección, con sus grandes ojos azul oscuro y sus finos cabellos dorados con matices rojizos.

Bien, Elizabeth sería un agregado meritorio, y honraría la colección si podía encontrarse al artista que le hiciera justicia. Opie tendía tal vez demasiado a los pigmentos oscuros...

Oyó cerrarse una puerta y ruido de pasos. Se volvió, esperando ver a Verity, y descubrió a Elizabeth.

—Buenos días, Ross —dijo la joven con una sonrisa—. Verity está en Sawle. Va todos los miércoles por la mañana. Francis y su padre están en la mina. Y tía Agatha guarda cama, a causa de la gota.

—Oh, sí —dijo él, impávido—. Lo había olvidado. No importa.

—Estoy en el saloncito —dijo Elizabeth—, si deseas hacerme unos minutos de compañía.

La siguió con paso lento en dirección a la puerta del saloncito; entraron y ella se sentó frente a la rueca, pero no reanudó la labor que la había ocupado.

Ross ocupó un asiento y la miró. Esa mañana estaba pálida, y el sencillo vestido de algodón rayado acentuaba su juventud. Era una niña pequeña con todo el atractivo de una mujer. Bella, frágil y segura, una mujer casada. En el fuero íntimo de Ross se avivó el deseo sombrío de destruir esa seguridad. Consiguió dominarlo.

—Nos agradó tanto que estuvieras allí —continuó ella—. Y sin embargo bailaste tan poco que apenas te vimos.

—Tuve que atender otros asuntos.

—No habíamos pensado ir —dijo ella, un tanto desconcertada por el tono sombrío de su interlocutor—. Llegamos obedeciendo a un impulso.

—¿Cuándo volverán Charles y Francis? —preguntó él.

—Me temo que todavía falta un buen rato. ¿Viste cómo le

agradó la *ecossaise* a George Warleggan? Había jurado que por nada del mundo bailaría esa danza.

—No recuerdo el episodio.

—¿Deseas ver a Francis por un asunto importante?

—No vine por Francis… sino por mi tío. No. Puede esperar.

Se hizo el silencio.

—Verity dijo que ayer pensabas ir a la feria de Redruth. ¿Conseguiste el ganado que necesitabas?

—Una parte. Deseaba ver a mi tío para hablarle de cierto ganado que me cayó imprevistamente en las manos.

Elizabeth miró la rueda de hilar.

—Ross… —dijo en voz baja.

—Mi visita te inquieta.

Ella no se movió.

—Los encontraré a medio camino —dijo él, mientras se ponía de pie.

Elizabeth no contestó. Entonces levantó los ojos, y los tenía cargados de lágrimas. Levantó el hilo de lana que había estado sosteniendo y las lágrimas cayeron sobre sus manos.

Ross volvió a sentarse, y en ese momento experimentó la sensación de que caía por un abismo. Jamás había visto llorar a Elizabeth.

Cuando habló, lo hizo para salir del aprieto.

—Ayer, en la feria… recogí a una niña; el padre la había maltratado. Necesito a alguien que ayude a Prudie en las tareas de la casa, y la chica temía volver a su casa, de modo que la llevé a Nampara. Trabajará en la cocina. Pero no conozco las leyes que se aplican en estos casos. Elizabeth, ¿por qué lloras?

—¿Qué edad tiene? —preguntó ella.

—Trece. Yo…

—En tu lugar, yo la devolvería. Incluso con el permiso del padre sería más sensato. Ya sabes cómo murmura la gente.

—No volveré aquí —afirmó Ross—. Te molesto… y eso no tiene sentido.

135

—No es el hecho de que vengas… —dijo ella.

—Entonces, ¿qué debo pensar?

—Me lastima pensar que me odias.

La mano de Ross retorció nerviosamente el látigo de montar.

—Sabes que no te odio. Dios santo, es imposible que no comprendas…

Elizabeth rompió el hilo.

—Desde que te conocí —dijo—, no he mirado a otra mujer, he pensado solo en ti. Cuando estaba lejos, quería regresar solo por ti. Si de algo estaba seguro, no era de lo que otro me había enseñado a creer, ni de lo que otros afirmaban que era la verdad, sino de la verdad que sentía en mí mismo… acerca de ti.

—No digas más —Elizabeth había palidecido intensamente. Pero ahora su fragilidad no contuvo a Ross. Tenía que hablar.

—No es muy agradable hacer el papel del tonto a causa de nuestros propios sentimientos —dijo—. Confiar en promesas infantiles y construir… un castillo sobre cimientos tan frágiles. Y sin embargo… aún ahora no puedo a veces creer que todo lo que nos dijimos era tan trivial o tan inmaduro. ¿Estás segura de que tus sentimientos hacia mí eran tan superficiales como afirmas? ¿Recuerdas ese día en el jardín de tu padre, cuando te apartaste de todos y te reuniste conmigo en el invernadero, y apoyaste la cabeza en mi hombro? Ese día dijiste…

—No sabes lo que dices —murmuró ella, hablando con esfuerzo.

—Oh, no, lo sé muy bien. Sé que siempre lo recuerdo.

Todos los sentimientos contradictorios que bullían en ella de pronto hallaron una válvula de escape. Los motivos de distinto carácter que la habían inducido a pedir a Ross que la acompañase; la simpatía, el afecto, la curiosidad femenina, el orgullo mortificado; todo eso de pronto se fusionó en un sentimiento de indignación… porque necesitaba rechazar algo más intenso. Elizabeth se sentía tan alarmada de sus propios sentimientos como indignada con él; pero de un modo o de otro era necesario evitar esa situación. Dijo:

—Fue un error pedirte que te quedaras —dijo—. Lo hice porque deseaba tu amistad, nada más.

—Creo que debes ejercer un excelente control sobre tus sentimientos. Los manipulas y los inviertes para que parezcan lo que tú quieres. Ojalá pudiese hacer lo mismo. ¿Cuál es el secreto?

Temblando, ella se apartó de la rueca y se dirigió a la puerta.

—Estoy casada —dijo—. No es justo para Francis hablar como tú… como ambos estamos haciendo. Confiaba en que aún podríamos ser buenos vecinos… y buenos amigos. Vivimos tan próximos… podríamos ayudarnos mutuamente. Pero tú no puedes olvidar ni perdonar nada. Quizá pretendo demasiado… no lo sé. Pero oye esto, Ross, lo nuestro fue un sentimiento entre adolescentes. Simpatizaba mucho contigo… y todavía lo hago. Pero te fuiste y conocí a Francis, y con él fue distinto. Lo *amé*. Yo había crecido. Ya no éramos niños, sino adultos. Después, se difundió la noticia de que habías muerto… cuando volviste me sentí tan feliz, y lamenté tanto no haber podido… mantenerme fiel a ti. Si hubiera existido un modo de compensarte, de buena gana lo habría aceptado. Pensé que de todos modos debíamos ser buenos amigos, y también pensé… hasta hoy pensé que todo eso era posible. Pero después de esto…

—Después de esto es mejor que no nos veamos.

Ross se acercó a la puerta y apoyó la mano sobre esta. Los ojos de Elizabeth ahora estaban secos, y parecían haberse ensombrecido.

—Por un tiempo, nos despediremos.

—En efecto, nos despedimos. —Ross se inclinó y le besó la mano. Ella rehuyó el contacto, como si el joven fuera un

137

ser impuro. Ross Poldark pensó que ahora él mismo le parecía repulsivo a Elizabeth.

Lo acompañó hasta la puerta principal, donde *Morena* relinchó al verlo.

—Trata de entender —dijo Elizabeth—. Amo a Francis y soy su esposa. Si pudieras olvidarme sería mejor. Y acerca de eso nada más puedo decir.

Ross montó la yegua y miró a Elizabeth.

—Sí —concordó—. Nada más hay que decir.

Saludó y comenzó a alejarse sobre *Morena*, dejando a Elizabeth de pie a la sombra del portal.

8

*B*ien, se dijo, asunto concluido. Se había cerrado el tema. Si ese tortuoso y perverso placer que extraía de castigar la serenidad de Elizabeth con su lengua afilada… si todo eso le aportaba satisfacción, algo había obtenido de la entrevista.

Pero lo único que sentía ahora era una muerta desolación, un vacío, un sentimiento de desprecio por sí mismo. Se había comportado mal. Era tan fácil representar el papel del amante desdeñado, el individuo grosero, acre y sarcástico.

Y aunque él la había conmovido con su ataque, la defensa de Elizabeth había compensado sobradamente la situación. Ciertamente, dadas las posiciones que ambos ocupaban, con una sola frase ella podía alcanzarle más certeramente que él a Elizabeth con todo el ingenio que su agravio podía desplegar.

Había dejado atrás Grambler y estaba cerca de su casa cuando advirtió que no había hablado con Charles o Verity, y que las preguntas que había llevado a Trenwith permanecían sin respuesta. Pero no tuvo ánimo para rehacer el camino.

Descendió por el valle, agobiado por una letal inercia espiritual que le impedía contemplar con satisfacción su propia tierra, la cual al fin comenzaba a mostrar signos de la atención que se le dispensaba. A lo lejos, cerca de la Wheal Grace, pudo ver a Jud y al joven Carter atareados con los seis bueyes uncidos. Todavía no estaban acostumbrados a trabajar en equipo, pero una semana o dos después, incluso un niño podría manejarlos.

Cuando llegó a su casa, desmontó con gesto fatigado y miró a Prudie, que lo esperaba.

—Bien, ¿qué pasa? —preguntó.

—Vinieron tres hombres a verlo. Se metieron en la casa sin decir ni buenos días. Están en la sala.

Poco interesado en el asunto, Ross asintió y entró en la sala. Encontró a tres trabajadores, altos, corpulentos y sólidos. Por las ropas comprendió que eran mineros.

—¿Señor Poldark? —preguntó el mayor. Su tono no era respetuoso. Tenía unos treinta y cinco años, y era un hombre corpulento, de ancho pecho, los ojos inyectados en sangre y una barba espesa.

—¿Qué desean? —preguntó Ross con impaciencia. No estaba de humor para recibir a una delegación.

—Me llamo Carne —dijo el hombre—. Tom Carne. Estos son mis dos hermanos.

—¿Bien? —dijo Ross. Y apenas pronunció el nombre, despertó un eco en su memoria. De modo que el asunto se resolvería sin el consejo de Charles.

—Oí decir que usted se llevó a mi hija.

—¿Quién se lo dijo?

—La viuda Richards dijo que usted se la llevó a su casa.

—No conozco a la mujer.

Carne se movía inquieto y pestañeó. No estaba dispuesto a permitir que lo esquivasen.

—¿Dónde está mi hija? —preguntó con expresión sombría.

—Ya revisaron la casa —dijo Prudie desde la puerta.

—Cállese la boca, mujer —dijo Carne.

—¿Con qué derecho entra aquí y habla así a mi criada? —preguntó Ross con perversa cortesía.

—¡Derecho, por Dios! Usted se llevó a mi hija. ¿Dónde está?

—No tengo la menor idea.

Carne avanzó el labio inferior.

—En ese caso, será mejor que la encuentre.

—¡Sí! —dijo uno de los hermanos.

—¿Para llevársela a su casa y pegarle?

—Hago lo que me parece con mis hijos —dijo Carne.

—Ya tiene la espalda señalada.

—¡Con qué derecho le miró la espalda! ¡Lo denunciaré a la justicia!

—La justicia dice que una chica puede elegir su casa después de cumplir catorce años.

—No tiene catorce años.

—¿Puede demostrarlo?

Carne se ajustó el cinturón.

—Amigo, no tengo que probar nada. Es mi hija, y no será juguete de un caballerito como usted, ni ahora ni cuando tenga cuarenta años, ¿entiende?

—Incluso eso —dijo Ross— quizá sea mejor que cuidar a sus cerdos.

Carne miró a sus hermanos.

—No quiere devolverla.

—Debemos obligarlo —dijo el segundo hermano, un hombre de unos treinta años con el rostro picado de viruela.

—Iré a buscar a Jud —dijo Prudie desde la puerta, y salió arrastrando las pantuflas.

—Bien, amigo —dijo Carne—. ¿Cómo arreglamos esto?

—De modo que por eso trajo a su familia —dijo Ross—. No tiene estómago para hacer solo el trabajo.

—Amigo, pude haber traído a doscientos hombres. —Carne adelantó la cara—. En Illuggan no aguantamos a los ladrones de niños. Adelante, muchachos.

Inmediatamente los otros dos se volvieron; de un puntapié uno derribó una silla, el otro volcó la mesa, sobre la cual había algunas tazas y platos. Carne se apoderó de un candelabro y lo arrojó al piso.

141

Ross atravesó la habitación y retiró de la pared una pistola francesa de duelo, que formaba parte de un par. Comenzó a amartillarla.

—Mataré al primero que toque los muebles de esta habitación —dijo.

Se hizo una pausa. Los tres hombres permanecieron inmóviles, visiblemente contrariados.

—¿Dónde está mi hija? —gritó Carne.

Ross se sentó sobre el brazo de una silla.

—Salgan de mi propiedad antes de que los acuse ante la justicia.

—Tom, será mejor que nos vayamos —dijo el hermano menor—. Podemos volver con los otros.

—Es asunto mío. —Carne se mesó la barba y miró oblicuamente a su antagonista—. ¿Está dispuesto a comprar a la chica?

—¿Cuánto quiere por ella?

Carne pensó un momento.

—Cincuenta guineas.

—¡Por Dios, cincuenta guineas! —gritó Ross—. Por ese precio puedo comprar a sus siete hijos.

—Entonces, ¿qué me da por ella?

—Una guinea anual, mientras esté conmigo.

Carne escupió en el piso. Ross miró el escupitajo.

—O una paliza, si eso desea.

Carne rezongó burlonamente.

—Es fácil hablar detrás de una pistola.

—Es fácil amenazar cuando son tres contra uno.

—No, ellos no se meterán si yo les digo que no lo hagan.

—Prefiero esperar a que lleguen mis hombres.

—Sí, seguro que eso prefiere. Vámonos, muchachos.

—Quédese —dijo Ross—. Con mucho placer le retorceré el pescuezo. Quítese la chaqueta, bastardo.

Carne lo miró de hito en hito, como tratando de determinar si hablaba en serio.

—Si es así, deje el arma.

Ross depositó la pistola sobre la mesa. Carne mostró las encías en una sonrisa de satisfacción. Se volvió a sus hermanos con un gruñido.

—No se metan, ¿entienden? Es asunto mío. Yo lo acabaré.

Ross se quitó la chaqueta y el chaleco, se desprendió del pañuelo y esperó. Comprendió que eso era lo que deseaba esa mañana; y lo deseaba más que a nada en la vida.

El hombre se le acercó, y por sus movimientos era evidente que se trataba de un luchador experto. Dio un paso a un costado, aferró la mano derecha de Ross y trató de derribarlo. Ross lo golpeó en el pecho y se inclinó a un costado. «Mantén la calma, primero estúdialo».

«No te amo», había dicho Elizabeth; bien, eso estaba claro; desechado como un adorno que se oxidó; abandonado; las mujeres; ahora vapuleado en su propia sala por un maldito matón insolente de ojos rojizos; mantén la calma. Carne volvió al ataque y ensayó el mismo golpe, esta vez metiendo rápidamente la cabeza bajo el brazo de Ross, el otro brazo bajo la pierna de Ross, y alzándolo. Un golpe famoso. Echa hacia atrás todo tu peso: justo a tiempo; un movimiento de costado y le levantas la cabeza con un golpe. Bien, eso estuvo bien; quiébrale el maldito cuello. Se aflojó el apretón, y volvió a afirmarse; los dos cayeron al suelo con gran estrépito. Carne trató de aplicar su rodilla en el estómago de Ross. Los nudillos sobre el rostro; otra vez; ahora estaba libre; rodar sobre el suelo e incorporarse.

El segundo hermano, que jadeaba, apartó del camino la mesa volcada. Después pelearía con él. Y con el tercero. Carne, de pie, como un gato salvaje, aferró el cuello de la camisa de Ross.

La tela aguantó; golpearon contra una alta alacena, que se balanceó peligrosamente. El buen algodón irlandés ya no era bueno. Dolorido cuando recordaba la noche del baile como un ternero enamorado; iba a bailar a la vista de su amada. Buscando la muerte… la tela no cedía. Una mano arriba que se cierra sobre la muñeca del hombre. El codo izquierdo se descarga violentamente hacia abajo, sobre el antebrazo de Carne. Se suelta el apretón, un gruñido de dolor. Ross apuntó al costado del hombre: el otro brazo aferrando el derecho para aumentar la fuerza. La cabeza agachada. Carne trató de contragolpear con su propio codo derecho, pero estaban demasiado cerca. Después, el minero le descargó varios puntapiés con las botas y, a pesar de todo, se vio levantado en el aire y recorrió un metro para caer sobre la pared recubierta de paneles de la habitación. Buscando la muerte había encontrado la muerte: copas y prostitutas. ¡Dios mío! ¡Qué solución! Eso era mejor. Carne había vuelto a incorporarse y se abalanzó sobre Ross. Dos puñetazos de pleno no lo detuvieron; aferró a Ross por la cintura.

—¡Ahora lo tiene! —gritó el segundo hermano.

La fuerza principal del hombre estaba en sus brazos. Ahora no intentó despedir a Ross, sino que, por el contrario, apretó cada vez más su abrazo y comenzó a doblar hacia atrás a su antagonista. De ese modo había lesionado a muchos hombres. Ross hizo una mueca de dolor, pero tenía la espalda fuerte, y después de un momento dejó de doblarse por la cintura, y en cambio flexionó las rodillas, las manos sobre el mentón de Carne, los dedos de los pies casi sobre el suelo, como si estuviera arrodillado sobre los muslos de Carne. La tensión de un arco de violín. En las paredes bailoteaban manchas oscuras. Carne perdió el equilibrio y de nuevo cayeron al suelo. Pero el apretón no se aflojó. Arrancar sangre de este matón borracho; golpeó a su propia hija hasta que le sangró la espalda; manchas y sangre; le daré una lección; destruir al cerdo; aniquilarlo. Ross alzó convulsivamente las rodillas; se volcó a un costado y quedó libre. Fue el primero en levantarse; cuando Carne se incorporó, Ross descargó todo el peso de su cuerpo en un golpe sobre la mandíbula de su enemigo. Carne retrocedió trastabillando y se derrumbó en el hogar, entre el estrépito de hierros y cacharros. Esta vez se incorporó con más lentitud.

Ross escupió sangre sobre el sueñlo.

—Vamos, hombre, todavía no terminé.

—¡Terminar conmigo! —dijo Carne—. Un jovencito maricón y quejicoso con una marquita en la cara. ¡Dijo terminar conmigo!

II

—Está bien —rezongó Jud—. No puedo caminar más rápido. ¿Y qué haremos cuando lleguemos allí? Son tres contra tres, y uno de nosotros es un chico flaco como una espiga de trigo y delicado como un lirio.

—Vamos, deje de gruñir —dijo Jim—. Haré lo que deba hacer.

—Y a mí no me cuentas, ¿eh? —dijo Prudie, frotándose la nariz grande y roja—. Si se me antoja, puedo manejar a cualquier hombre nacido de mujer. Muñecos llenos de aire, eso son los hombres. Les doy en la cabeza con un cucharón de sopa, ¿y qué ocurre? Salen corriendo como si los hubieran herido gravemente.

—Echaré a correr —dijo Jim Carter. Sostenía en la mano un látigo de cuero, e inició un trote para bajar la pendiente de la colina.

—¿Dónde está la mocosa? —preguntó Jud a su esposa.

—No sé. Revisaron la casa antes de que llegase el capitán Ross. Qué extraño que no los vieras y vinieses enseguida. Y también me llama la atención que no aparecieras cuando te llamé a gritos. A grito pelado, te lo aseguro.

—No puedo estar en todas partes al mismo tiempo —dijo Jud, cambiando de hombro la larga horquilla—. No puede pedirse eso a un mortal. Si hubiera cuarenta y seis Jud Paynter trabajando en la tierra, seguro que por lo menos uno no estaría en el lugar en que lo buscas. Pero hay un solo Jud, gracias a Dios…

145

—Amén —dijo Prudie.

—Está bien, está bien. Así que no puedes pretender que él te oiga cada vez que empiezas a gritar.

—No, pero tampoco pretendo que se ponga sordo a propósito, cuando estoy apenas a un campo de distancia. Solo alcanzaba a ver las rodillas de tus pantalones, pero sabía que eras tú por los parches, y por el humo de tu pipa, que parece la chimenea de una fábrica.

Vieron a Jim Carter que salía del bosquecillo de manzanos y atravesaba corriendo el jardín de la casa. El chico llegó a la puerta y entró.

Prudie perdió una de sus ruidosas pantuflas y tuvo que detenerse para recuperarla. Esta vez le tocó a Jud rezongar. Llegaron a la plantación de manzanos, pero antes de dejarla atrás vieron a Jim Carter que retornaba.

—Todo está en orden. Están… peleando limpio… Es agradable verlos…

146

—¿Qué? —explotó Jud—. ¿Luchan? Caray, ¿nos perdimos algo?

Soltó la horquilla, echó a correr y llegó a la casa antes que Prudie y Jim. El salón era una ruina, pero la mejor parte de la lucha había concluido. Ross trataba de sacar por la puerta a Tom Carne, y este, aunque demasiado agotado para seguir peleando, aún luchaba fanáticamente para evitar la ignominia de que lo echase. Se aferraba, en parte a Ross, y en parte al marco de la puerta, con una voluntad maligna y obstinada que no reconocía la derrota.

Ross vio a su criado y mostró los dientes.

—Jud, abre la ventana…

Jud intentó obedecer, pero el hermano menor se interpuso instantáneamente en su camino.

—No, no se mueva. Lo justo es justo. Déjenlos solos.

Gracias al respiro, Carne de pronto recuperó el espíritu de lucha, y aferró salvajemente el cuello de Ross. Ross soltó el cuerpo de su adversario y volvió a golpearlo dos veces. Las manos del minero se aflojaron, y Ross lo puso boca abajo, y lo aferró del cuello y el fondillo de los pantalones. Después, medio corriendo y medio arrastrándolo, atravesó la puerta del vestíbulo y salió por la puerta principal, empujando a un costado a Prudie, que miraba jadeante la escena. Los hermanos esperaban, inquietos, y Jud les dirigió una sonrisa de conocedor.

Se oyó un chapoteo, y después de unos momentos Ross volvió jadeante y limpiándose la sangre que manaba de un corte en la mejilla.

—Ahí se calmará. Y ahora —miró hostil a los otros dos—, ¿quién sigue?

Ninguno de los dos hombres se movió.

—Jud.

—Sí, señor.

—Saque de mi propiedad a estos caballeros. Después, vuelva y ayude a Prudie a arreglar el desorden.

—Sí, señor.

El segundo hermano aflojó lentamente su actitud tensa, y comenzó a retorcer el gorro. Parecía que deseaba decir algo.

—Bien —dijo al fin—. Amigo, mi hermano tiene razón y usted no. Eso para empezar. A pesar de todo, fue una buena pelea. La mejor que vi nunca fuera de un cuadrilátero.

—Maldita sea —dijo el menor, escupiendo—. O adentro. Muchas veces me golpeó. Pensé que nunca le darían una paliza. Gracias, amigo.

Los dos hombres salieron.

El cuerpo de Ross comenzaba a dolerle a causa de los golpes y el esfuerzo. Tenía los nudillos muy lastimados y doloridos dos dedos. Pese a todo, experimentaba un sentimiento general de vigorosa y fatigada satisfacción, como si la pelea lo hubiese limpiado de los humores malignos que lo dominaban. Lo habían sangrado, del mismo modo que un médico sangraba a un hombre afiebrado.

147

—¡Caramba, por Dios! —dijo Prudie que entró en ese momento—. ¡Vaya! Traeré vendas y trementina.

—Nada de medicinas —dijo Ross—. Ocúpese de los muebles. ¿Podrá reparar la silla? Y también rompieron algunos platos. Prudie, ¿dónde está la niña? Dígale que puede salir.

—Dios lo sabe. Apenas vio llegar al padre, desapareció de la vista. Aunque creo que debe haberse escondido en algún lugar de la casa.

Se dirigió a la puerta.

—¡Vamos, ya se fueron! Tu padre se marchó. Lo echamos ¡Sal de dónde estás!

Silencio.

El corte de la mejilla casi había dejado de sangrar. Ross se puso de nuevo el chaleco y la chaqueta sobre la camisa desgarrada y empapada de sudor, y se metió el pañuelo en un bolsillo. Bebería un trago, y cuando Jud regresara para confirmarle que los hombres se habían marchado, iría a bañarse en el mar. El agua salada haría que las raspaduras y los golpes no se enconasen.

Se dirigió a la gran alacena que se había balanceado tan peligrosamente durante la pelea, y se sirvió un buen vaso de brandy. Lo bebió de un trago, y cuando echó hacia atrás la cabeza sus ojos se encontraron con los de Demelza Carne, sombríos pero serenos, que lo miraban desde el estante más alto de la alacena.

Dejó escapar un rugido de alegría que indujo a Prudie a regresar apresuradamente a la habitación.

9

*E*sa noche, alrededor de las nueve, Jim Carter volvió de visitar a Jinny Martin. Antes de que el muchacho comenzara a trabajar con Ross, había existido cierta amistad entre los dos jóvenes, pero el asunto había madurado rápidamente durante el invierno.

Habitualmente Jim se dirigía al desván del establo para dormir hasta el alba, pero esta vez se acercó a la casa e insistió en ver a Ross. Jud, que ya estaba al tanto del asunto, lo siguió al salón sin ser invitado.

—Se trata de los mineros de Illuggan —dijo sin rodeos el muchacho—. Zacky Martin oyó decir a Will Nanfan que esta noche piensan venir a castigarlo por haber robado a la chica de Tom Carne.

Ross depositó el vaso sobre la mesa, pero mantuvo un dedo en el libro.

—Bien, si vienen, sabremos qué hacer.

—Yo no estaría tan seguro —dijo Jud—. Si se trata de uno o dos, podrá arreglarlo como hicimos hoy, pero cuando son centenares parecen un gran dragón que escupe fuego. Si se interpone lo aplastan como a una chinche.

Ross reflexionó. Al margen de su retórica, había cierta parte de verdad en lo que Jud decía. La ley y el orden desaparecían cuando una turba de mineros se descontrolaba. Pero era improbable que recorrieran un trecho tan largo por un asunto baladí. A menos que hubiesen estado bebiendo. Era la semana de Pascua.

—¿Cuántas armas tenemos en casa?

—Creo que tres.

—Con una bastaría. Cuida de que estén limpias y prontas. Fuera de eso, nada más podemos hacer.

Se retiraron, y Ross los oyó murmurar su insatisfacción del otro lado de la puerta. Bien, ¿qué más podía hacer? No había previsto que la adopción circunstancial de una niña para que realizara labores en la cocina produciría esos resultados; pero ahora lo había hecho, y estaba dispuesto a afrontar el infierno antes que retractarse. Dos años en el extranjero lo habían llevado a olvidar los prejuicios localistas de su propia gente. Para los estañeros y los pequeños propietarios del condado, quien vivía a cuatro o cinco kilómetros de distancia era un forastero. Retirar de su hogar a una niña para llevarla a una casa que estaba a quince kilómetros de distancia, y peor si se trataba de una chica menor de edad, por mucho que ella aceptara de buena gana el trato, era suficiente para incitar todas las formas de la pasión y el prejuicio. Había accedido a un impulso humano y se le consideraba un secuestrador. Bien, que los perros ladrasen.

Tocó la campanilla para llamar a Prudie. La mujer acudió arrastrando ruidosamente los pies.

—Prudie, acuéstese, y vea que la niña también se vaya a la cama. Y dígale a Jud que lo necesito.

—En este mismo momento acaba de salir. Se fue con Jim Carter; los dos se fueron juntos.

—Está bien, no importa. —Seguramente muy pronto regresaría, y era probable que se hubiese alejado solo para alumbrar el camino del muchacho, que debía acostarse. Ross se puso de pie y fue a buscar su arma. Era un fusil francés de chispa y retrocarga, traído de Cherburgo diez años antes por su padre, y que tenía mayor precisión y era más seguro que cualquiera de las armas que él había manejado.

Abrió el arma y examinó el mecanismo, y comprobó que el pedernal y el martillo funcionaban bien; llenó cuidadosamente con pólvora la cazoleta, introdujo la carga y finalmente dejó el arma sobre el alféizar de la ventana. Nada más podía hacer, de modo que se sentó de nuevo a leer y volvió a llenar su vaso.

Pasó el tiempo, y Ross se impacientó al ver que Jud no retornaba. Esa noche había poco viento y la casa estaba muy silenciosa. De tanto en tanto, una rata se movía detrás del revestimiento de madera, y a veces *Tabitha Bethia*, la gata sarnosa, maullaba y se estiraba delante del fuego, o se desprendía un pedazo de madera y se deshacía en cenizas.

A las diez y media se acercó a la puerta y escudriñó en dirección al valle. Era una noche nubosa, y a cierta distancia el río murmuraba y se agitaba; un búho se desprendió de un árbol impulsado por sus alas furtivas.

Dejó abierta la puerta y caminó rodeando la casa, en dirección a los establos. El mar estaba muy oscuro. Una onda larga y negra avanzaba silenciosa. De tanto en tanto, una ola se alzaba y se rompía en el silencio con un restallido semejante a un trueno, y su espuma blanca se destacaba vívida entre las sombras.

Tenía el tobillo muy dolorido después de las piruetas y cabriolas de la tarde; sentía rígido el cuerpo y la espalda lo torturaba como si le hubiesen roto una costilla. Entró en los establos y subió al desván. Jim Carter no estaba allí.

Descendió, acarició a *Morena*, oyó a *Garrick* moverse en la caja que le habían construido, y regresó sobre sus pasos. Que el diablo se llevase a Jud y las cosas que se le ocurrían. Seguramente tenía sensatez bastante para no abandonar la propiedad después de la advertencia del muchacho. Ross no creía que el hombre hubiese desertado.

Ross fue al dormitorio de la planta baja. Esa noche la cama

encajonada estaba vacía, porque habían trasladado a Demelza a su nueva habitación. Subió la escalera y abrió silenciosamente la puerta de la habitación de la chica. Reinaba una oscuridad total, pero alcanzó a oír una respiración áspera y nerviosa. Por lo menos ella estaba, pero no dormía. Ross no sabía cómo, pero lo cierto era que la niña estaba enterada del peligro. Ross no habló, y volvió a bajar.

De la habitación contigua llegaba un ruido semejante al de un hombre muy anciano cortando madera con una sierra oxidada, de modo que Ross no necesito localizar a Prudie. De nuevo en la planta baja, se esforzó por continuar la lectura del libro. No volvió a beber. Si Jud regresaba, harían guardias de dos horas toda la noche; si no lo hacía, tendría que continuar solo la vigilia.

A las once y media concluyó el capítulo, cerró el libro y se dirigió nuevamente hacia la puerta de la casa. El árbol de lila movía sus ramas impulsadas por una brisa caprichosa, y luego se inmovilizaba. *Tabitha Bethia* lo acompañó afuera, y en un gesto fraternal frotó su cabeza contra las botas de Ross. El río murmuraba su interminable letanía. Del bosquecillo de olmos llegó el áspero y agudo grito de un chotacabras. La luna estaba levantándose en la dirección de Grambler.

Pero Grambler estaba hacia el suroeste. Y el débil resplandor del cielo no era tan pálido que reflejase la salida o la puesta de la luna. Era fuego.

Comenzó a alejarse de la casa, y de pronto se detuvo. La desaparición de Jud y Carter significaba que era el único que podía defender la propiedad y la seguridad de las dos mujeres. Si en verdad los mineros de Illuggan estaban dispuestos a pelear, sería poco sensato dejar sin protección la casa. En el supuesto de que el fuego tuviese algo que ver con esos hechos, había muchas probabilidades de que se encontrase con los mineros si salía a mirar y ellos venían camino de la casa. Además, era posible que algunos realizaran un movimiento envolvente y lo sorprendiesen cayendo por detrás sobre la casa. Era mejor quedarse allí que arriesgarse a que incendiaran su propiedad.

Se mordió el labio inferior y maldijo a Jud, que era un canalla inútil. Ya le enseñaría a huir a la primera alarma. Por una razón o por otra, esa deserción le parecía mucho más grave que todo el descuido que había demostrado después de la muerte de Joshua.

Cojeando, llegó hasta el Campo Largo, detrás de la casa, y le pareció que alcanzaba a distinguir el parpadeo del fuego. Regresó, y pensó despertar a Prudie y decirle que debía cuidar de sí misma. Pero la casa parecía tan silenciosa como siempre y estaba a oscuras, excepto la luz amarilla de una vela detrás de las cortinas del salón; pensó que era una lástima agravar innecesariamente la alarma de nadie. Se preguntó cuáles serían los sentimientos de la niña, sentada en su cama, en la oscuridad.

La indecisión era una de las cosas que odiaba especialmente. Después de otros cinco minutos se maldijo y aferró el arma, y empuñándola inició apresuradamente el camino en dirección al valle.

La lluvia le golpeaba el rostro cuando llegó al bosquecillo de abetos, después de la Wheal Maiden. Del otro lado se detuvo y miró hacia Grambler. Alcanzó a distinguir tres fuegos. Por lo que alcanzaba a ver no eran muy grandes, y esa comprobación lo reconfortó. Después, distinguió a dos figuras que avanzaban por la pendiente, hacia donde estaba Ross; una de ellas llevaba una linterna.

Esperó. Eran Jim Carter y Jud.

Venían conversando, y Carter estaba excitado y sin aliento. Detrás de ellos, emergiendo de las sombras, aparecieron otros cuatro hombres: Zacky Martin, Nick Vigus, Mark y Paul Daniel, todos habitantes de los *cottages* de Mellin. Cuando estuvieron más cerca, Ross dio un paso al frente.

—Caramba —dijo Jud, mostrando sorprendido las encías—, que me cuelguen si no es el capitán Ross. Qué extraño que esté por aquí. Hace apenas veinte minutos me decía: bueno, creo que ahora el capitán Ross estará por acostarse; seguro que ya está estirando los pies en la cama. Y pensé también, ojalá yo estuviese en la cama, en lugar de caminar en la niebla, a varios kilómetros de un vaso de ponche caliente...

—¿Dónde estuvieron?

—Bueno, en Grambler. Pensamos ir a visitar a los parientes y pasar una noche agradable...

Los restantes hombres se acercaron y se detuvieron al ver a Ross. Nick Vigus parecía dispuesto a demorarse; su rostro astuto reflejaba la luz de la linterna y dibujaba una sonrisa. Pero Zacky Martin tiró de la manga de Vigus.

—Vamos, Nick. Mañana tienes que ir a trabajar. Buenas noches, señor.

—Buenas noches —dijo Ross, y los miró alejarse. Ahora alcanzaba a distinguir otras linternas alrededor de los fuegos, y figuras que se movían—. Bien, Jud.

—¿Esos fuegos? Bueno, si quiere saberlo todo, fue así...

—Yo le diré, señor —intervino Jim Carter, incapaz de contener la impaciencia—. Después de que Will Nanfan dijo que había oído hablar a los mineros de Illuggan, y que pensaban quemarle la casa porque usted se había llevado a la chica de Tom Carne, nos dijimos que sería bueno evitarlo. Will dice que hay como un centenar, armados de palos y hierros. Pues bien, los hombres de Grambler tienen algunas cuentas que ajustar con los hombres de Illuggan desde la feria de la Sanmiguelada, de modo que fui corriendo a Grambler y llamé a todo el mundo, y les dije...

—¿Quién tiene que contar todo esto? —dijo Jud con aire muy digno. Pero, a causa de la excitación, se había disipado la habitual timidez de Jim.

—... Y les dije «¿Qué les parece? Los hombres de Illuggan vienen dispuestos a dar guerra». Y no necesité decir más, ¿comprende? Todos los hombres de Grambler estaban en las tabernas, bebiendo una copa, y deseosos de pelea. Entretanto,

Jud corrió a Sawle y contó la misma historia. Allí no fue lo mismo, pero de todos modos volvió con veinte o treinta…

—Treinta y seis —dijo Jud—. Pero siete de esos pícaros se metieron en la taberna de la viuda Tregothnan, y por lo que sé todavía están allí, llenándose la tripa. Fue culpa de Bob Mitchell. Si él…

—Y llegaron justo a tiempo para ayudar a encender tres grandes fogatas…

—Tres fogatas —dijo Jud—. Y luego…

—Deja que el chico termine el cuento —dijo Ross.

—Pues bien, encendimos tres fogatas —dijo Carter—, y el fuego estaba avivándose bien cuando oímos llegar a los hombres de Illuggan, que serían ochenta o cien, dirigidos por Remfrey Flamank, borracho como una cuba. Cuando ya estaban acercándose, Mike Andrewartha trepa sobre el muro y les grita, «¿Qué quieren, hombres de Illuggan? ¿Qué tienen que hacer aquí, hombres de Illuggan?». Y Remfrey Flamank se abre la camisa para mostrar todo el pelo que tiene en el pecho y dice: «¿A ustedes qué mierda les importa?». Y entonces Paul Daniel dice: «Nos importa, nos importa muchísimo a todos, porque no queremos que los hombres de Illuggan anden moviendo los traseros en nuestro distrito». Y se oye un gran rezongo, como cuando se molesta a un oso.

Jim Carter se interrumpió un momento para recuperar el aliento.

—Y entonces un hombrecito con una verruga en la mejilla del tamaño de una ciruela, nos grita: «Amigos, con ustedes no tenemos nada. Venimos a rescatar a la doncella de Illuggan que robó el caballerito, y a enseñarle una lección que no olvidará. ¿Comprenden? No tenemos nada contra ustedes». Y entonces Jud grita: «¿Quién dijo que es pecado emplear a una doncella, como hace todo el mundo? Y además, bastardos, la consiguió en lucha limpia. Y eso es más de lo que ustedes podrían hacer para llevársela. Jamás hubo un hombre de Illuggan que…».

155

—Está bien, está bien —interrumpió Jud, irritado—. Sé lo que digo, ¿no te parece? ¿No crees que puedo decir lo que yo mismo hablé…? —Fastidiado, movió la cabeza y mostró un ojo que estaba ennegreciéndose.

—Dije: «Nadie ha conocido a un hombre de Illuggan que no fuese el sucio cruce de una perra soltera sin pecho y con patas de garza». Me sonó tan bonito como cuando habla el predicador. Y entonces alguien me dio un buen golpe en el ojo.

Aquí intervino Ross.

—Y supongo que entonces todos empezaron a pelear.

—Éramos casi doscientos. Señor, fue un buen trabajo. Jud, ¿viste a ese tipo grandote con un solo ojo? Mark Daniel se la estaba dando, cuando apareció Sam Roscollar. Y Remfrey Flamank…

—Tranquilo, muchacho —dijo Jud.

Jim se tranquilizó al fin. Llegaron a la casa, en un silencio interrumpido solo por la risita ahogada del muchacho y las palabras: ¡Remfrey Flamank estaba borracho como una cuba!

—Qué descarados —dijo Ross en la puerta—. Dejar la casa y mezclarse en una pelea y abandonarme para que cuide solo de las mujeres. ¿Quién se creen que soy?

Jud y Jim Carter callaron.

—Deben comprender que puedo resolver perfectamente mis propias peleas.

—Sí, señor.

—Bien, vayan a acostarse, eso ya no tiene remedio. Pero no crean que no recordaré lo que hicieron.

Ni Jud ni su compañero podían saber de cierto si esas palabras eran una amenaza de castigo o una promesa de recompensa, porque la noche estaba demasiado oscura y no podían ver el rostro de Ross. En su voz había un matiz especial que podía ser fruto de la cólera mal controlada.

O podía haber sido risa contenida, pero ellos no lo creyeron así.

10

Sobre el extremo este de la propiedad Poldark, a casi un kilómetro de la casa Nampara, el terreno lindaba con las tierras del señor Horace Treneglos, cuya casa se levantaba a unos tres kilómetros de distancia, detrás de las dunas de Hendrawna, y que tenía el nombre de Mingoose. En el lugar en que lindaban las dos propiedades, al borde del acantilado, había una tercera mina.

La Wheal Leisure había sido explotada en tiempos de Joshua para extraer el estaño superficial, pero sin buscar cobre. Ross la había examinado durante el invierno, y después de estudiar la situación de la Wheal Grace, el deseo de reanudar por lo menos una de las explotaciones de su propiedad había llegado a centrarse en la Wheal Leisure.

Las ventajas consistían en que podía obtenerse el drenaje mediante socavones que llegaban hasta el acantilado, y en que algunas de las últimas muestras extraídas de la mina y guardadas por Joshua mostraban signos definidos de la presencia de cobre.

Pero se necesitaba más capital del que él podía reunir; de modo que la mañana del martes, durante la semana de Pascua, fue a caballo hasta Mingoose. El señor Treneglos era un anciano viudo con tres hijos, el menor de los cuales estaba enrolado en la Marina, mientras los otros dos eran devotos de la cacería del zorro. El propio señor Treneglos era un erudito, y era poco probable que se interesara en la actividad minera; pero como parte de la mina estaba en su propiedad, una elemental cortesía imponía abordarlo en primer término.

—Me parece que allí se ha hecho muy poco; será casi como excavar suelo virgen. ¿Por qué no trabaja en la Wheal Grace, donde ya tienen tubos de ventilación? —gritó el señor Treneglos. Era un hombre alto y corpulento, cuya sordera le confería cierto aire de tosquedad. Ahora estaba sentado sobre el borde de un sillón, las gruesas rodillas dobladas, los pantalones tensos y lustrosos, los botones sometidos a un gran esfuerzo, una mano acariciando la rodilla y la otra detrás de la oreja.

Ross formuló las razones que lo inducían a preferir la Wheal Leisure.

—Bien, mi estimado muchacho —gritó el señor Treneglos—, todo eso parece muy convincente, y le creo. No me opongo a que cave algunos agujeros en mi tierra. Tenemos que ser buenos vecinos. —Alzó la voz—. Ahora, desde el punto de vista financiero, este mes ando un poco escaso; mis muchachos y sus cazadores. Quizás el mes próximo pueda prestarle cincuenta guineas. Sí, tenemos que ser buenos vecinos. ¿Qué le parece?

Ross se lo agradeció y dijo que si comenzaba a explotar la mina la trabajaría basándose en el sistema del libro de costos, en virtud del cual diferentes especuladores tomaban una o más acciones y participaban en los beneficios.

—Sí, excelente idea. —El señor Treneglos adelantó una oreja—. Bien, vuelva a verme, ¿eh? Muchacho, siempre me alegra estrechar una mano. Sí, tenemos que ser buenos vecinos, y no me opongo a que haya cierto movimiento. Quizás encontremos otro Grambler. Muchacho, ¿ha leído a los clásicos? Es el remedio a muchos males del mundo moderno. A menudo quise interesar en el asunto a su padre. A propósito, ¿cómo está?

Ross explicó la situación.

—Caramba, que me cuelguen, sí. Mal asunto. En realidad, estaba pensando en su tío. Sí, pensaba en su tío —agregó en voz baja.

Ross cabalgó por el camino de regreso a su casa, pensando que una media palabra del señor Treneglos era todo lo que podía pretender a esa altura del asunto; a él le tocaba conseguir el asesoramiento de un profesional. El hombre apropiado en ese sentido era el capataz Henshawe, de Grambler.

Jim Carter estaba trabajando en uno de los campos con los tres chicos Martin. Cuando vio pasar a Ross, Carter se acercó corriendo.

—Me pareció conveniente darle una noticia, señor —dijo serenamente—. Reuben Clemmow huyó.

Habían ocurrido tantas cosas desde la reunión del domingo último, que Ross había olvidado al último de los Clemmow. La entrevista no había sido agradable. El hombre había adoptado una actitud astuta, pero desafiante al mismo tiempo. Ross había razonado con él, tratando de llegar a un entendimiento a través de una especie de espeso muro de sospecha y resentimiento. Pero, incluso mientras hablaba, tenía conciencia de su fracaso y de la hostilidad que él mismo suscitaba, algo que no podía afrontarse ni modificarse mediante un buen consejo o una conversación amistosa. Era un sentimiento demasiado profundo, y no cabía modificarlo fácilmente.

—¿Adónde fue?

—No lo sé, señor. Seguramente se atemorizó porque usted dijo que lo expulsaría.

—¿Quieres decir que no está en la mina?

—Falta desde el martes. Desde ese día nadie lo ha visto.

—Oh, bien —dijo Ross—, habrá menos problemas. Ha estado molestando a Jinny.

Carter elevó los ojos hacia Ross. Su rostro juvenil, de pómulos salientes, estaba muy pálido esa mañana.

159

—Señor, ella cree que anda por aquí. Dice que no fue muy lejos.

—Alguien tiene que haberlo visto.

—Sí, señor, eso es lo que yo diría. Pero ella no me cree. Dice, si usted me disculpa, que usted debe cuidarse.

El rostro de Ross esbozó una sonrisa. Era evidente que Jim Carter se había convertido en su guardaespaldas permanente.

—Jim, no te inquietes por mí. Y tampoco por Jinny. ¿Estás enamorado de la chica?

Carter le miró a los ojos y tragó saliva.

—Bien —dijo Ross—, te sentirás mejor, ahora que tu rival desapareció. Aunque dudo de que haya sido una competencia muy grave.

—No de ese modo —dijo Jim—. Es solo que temíamos…

—Sé lo que temían. Si ves u oyes algo, házmelo saber. De lo contrario, no busques fantasmas en todos los rincones.

Espoleó a su yegua. Palabras muy bonitas, pensó Ross. Quizás el patán fue a reunirse con su hermano en Truro. O tal vez no. Imposible decirlo con un hombre así. Los Martin se sentirían más tranquilos si encerraban a ese individuo.

II

Aunque fue varias veces a Truro, Ross no volvió a ver a Margaret. Tampoco deseaba hacerlo. Si sus aventuras con la mujer la noche del baile no lo habían curado de su amor por Elizabeth, por lo menos le habían demostrado que en sí misma la sensualidad nada resolvía.

La pequeña Demelza se instaló en su nuevo hogar como un gatito extraviado a quien depositan sobre un almohadón cómodo. Como conocía la solidez de los vínculos familiares de los mineros, Ross había previsto que después de una semana la encontraría acurrucada en un rincón, lloriqueando por su padre y las palizas que él le daba. Si la chica hubiese mostrado el más mínimo indicio de añoranza, él la habría despachado inmediatamente; pero no fue ese el caso, y Prudie se había convertido en fiadora de la niña.

El hecho de que tres horas después de llegar Demelza ya hubiera conquistado a la terrible Prudie era otra sorpresa. Quizás excitaba cierto instinto maternal casi atrofiado, como hace un polluelo medio muerto de hambre con un gran alca.

Así, después de un mes de prueba, Ross envió a Jim Carter —Jud no estaba dispuesto a ir— y le ordenó que entregase a Tom Carne dos guineas por los servicios de la chica durante un año. Jim dijo que Carne había amenazado con romperle todos los huesos del cuerpo; pero no rechazó el oro, y ello sugería que estaba dispuesto a aceptar la pérdida de su hija.

Después del intento de invasión en gran escala, los mineros de Illuggan no reaparecieron. Siempre existía la posibilidad de choques el primer día festivo, pero entretanto, la distancia que separaba ambos lugares prevenía encuentros ocasionales. Durante cierto tiempo Ross sospechó que podían tratar de llevarse a la niña por la fuerza, y por lo tanto le ordenó que no se alejase de la casa. Una tarde, cuando cabalgaba de regreso desde St Ann's, recibió una andanada de piedras arrojadas desde detrás de un seto, pero ese fue el último signo de la antipatía pública. A decir verdad, la gente tenía que pensar en sus propios problemas.

Mientras revisaba los trastos amontonados en la biblioteca, Prudie encontró un retazo de sólido algodón estampado, y con ese material, después de lavarlo y cortarlo, confeccionó para la chica dos vestidos que parecían chaquetas. Después, un viejo cubrecama que tenía un ancho borde de encaje suministró el material de dos pares de combinaciones. Demelza jamás había visto nada semejante, y cuando los usaba siempre procuraba estirarlas de modo que el encaje se viese bajo el ruedo del vestido.

Muy contra su voluntad, Prudie se encontró abanderada en una campaña en la que personalmente no creía: la guerra contra los piojos. A intervalos frecuentes había que señalar a Demelza que el nuevo amo no estaba dispuesto a tolerar cuerpos o cabellos sucios.

—Pero ¿cómo lo sabe? —preguntó la chica un día en que la lluvia se deslizaba por el vidrio color verde botella de la ventana de la cocina—. ¿Cómo puede saberlo? Tengo los cabellos negros, y el color no cambia cuando los lavo.

Prudie frunció el ceño mientras condimentaba la carne, que se cocía sobre un asador puesto al fuego.

—Sí. Pero cambia mucho la cantidad de bichos que tiene.

—¿Bichos? —repitió Demelza, y se rascó la cabeza—. Caramba, todo el mundo tiene bichos.

—A él no le gustan.

—Bien —dijo Demelza con expresión grave—, usted tiene bichos. Usted tiene más bichos que yo.

—A él no le gustan —dijo Prudie con obstinación.

Demelza dedicó un momento a asimilar la frase.

—Entonces, ¿cómo los sacamos?

—Lavarse, lavarse y lavarse —dijo Prudie.

—Como un condenado pato —aclaró Jud, que acababa de entrar en la cocina.

Demelza volvió la cabeza y lo miró con sus ojos oscuros que manifestaban interés. Después, volvió a mirar a Prudie.

—Entonces, ¿por qué todavía tiene bichos? —preguntó la niña, deseosa de aprender.

—Porque no se lava bastante —replicó Jud sarcásticamente—. Los seres humanos no tienen derecho a su piel. Para complacer a cierta gente tienen que fregarse como un pedazo de carne de vaca. Además, depende de cómo se pegan los bichos. Los bichos son criaturas raras y caprichosas. A los bichos les gustan unas personas más que otras. Van muy bien con alguna gente, como si fueran hermano y hermana. A otra gente Dios la hace limpia naturalmente. Mírame. No encontrarás bichos en mi cabeza.

Demelza lo examinó.

—No —dijo—, pero usted no tiene cabello.

Jud depositó en el suelo la turba que había traído.

—Si le enseñases a frenar la lengua —dijo malignamente a su esposa—, sería mucho mejor que enseñarle esas cosas. Si le enseñases maneras, y a hablar con respeto a la gente, y a contestar con respeto, y a ser respetuosa con los mayores y los superiores, todo mejoraría muchísimo. Entonces podrías mirarla a la cara y decir: «Aquí estoy haciendo un buen trabajo, y le enseño a ser respetuosa». Pero ¿qué estás haciendo? Es difícil contestar. Es difícil saberlo. Le estás enseñando a ser descarada.

Esa noche Jim Carter estaba sentado en el *cottage* de los Martin y conversaba con Jinny. Durante el invierno que había pasado trabajando en Nampara había llegado a estrechar lazos de simpatía con los Martin. A medida que se afirmaba su relación con Jinny, veía cada vez menos a su propia familia. Lo lamentaba, porque su madre seguramente lo extrañaba, pero a decir verdad no podía estar en dos lugares al mismo tiempo, y por otra parte se sentía más cómodo, con más posibilidades de expresarse, charlar y pasarlo bien en el *cottage* acogedor de esa gente que no lo conocía de un modo tan íntimo.

Su padre, un experto minero tributario, había ganado bonitas sumas hasta que tuvo veintiséis años, y entonces la tisis, que venía amenazándolo desde hacía años, se impuso a su organismo, y seis meses después, la señora Carter enviudó con cinco pequeños a su cargo; de ellos el mayor, Jim, tenía entonces ocho años.

Fred Carter había llegado al extremo de pagar seis peniques semanales por la asistencia del niño a la escuela de la tía Alice Trevemper, y se había hablado de la posibilidad de que el niño concurriese un año más. Pero la necesidad anuló esos planes, del mismo modo que el viento disipa el humo, y Jim empezó a trabajar en Grambler cribando minerales. Era una tarea que se cumplía en la superficie, porque los mineros de Cornualles no mostraban con sus hijos la misma actitud implacable de los habitantes de la montaña. Pero el cribado no era una actividad ideal, porque implicaba pasar por agua el mineral de cobre y permanecer encorvado diez horas diarias. La madre se preocupaba porque el chico escupía sangre cuando volvía a casa. Pero muchos otros niños hacían lo mismo. El chelín y los tres peniques semanales eran importantes. A los once años bajó a la mina y comenzó trabajando con otro hombre y retirando el material cargado en carretillas; pero había heredado el talento de su padre, y a los dieciséis ya era tributario en su propia veta y ganaba lo suficiente para mantener la casa. Se sentía muy orgulloso; pero dos años después advirtió que perdía tiempo a causa de su mala salud y que estaba afectado por una tos espesa y persistente como la que su padre había tenido. A los veinte años, profundamente resentido contra el destino, aceptó que su madre lo obligase a abandonar la mina, lo cual implicaba renunciar a su nivel de ingresos; traspasó la veta a su hermano menor y buscó trabajo como peón de campo. Incluso teniendo en cuenta que el capitán Poldark pagaba un salario justo, en un trimestre ganaría menos que lo que solía obtener en un mes; pero no le molestaba solo la disminución de sus ingresos, y ni siquiera la pérdida de su puesto. Llevaba la minería en la sangre; le gustaba, y deseaba el trabajo.

Había renunciado a algo que le importaba mucho. Sin embargo, ya se sentía más fuerte y más tranquilo. Y ahora el futuro no le inspiraba tanto temor.

Estaba sentado en un rincón del *cottage* de los Martin, y hablaba en voz baja con Jinny mientras Zacky Martin fumaba en su pipa de arcilla a un costado del hogar leyendo un periódico; sobre el otro extremo, la señora Zacky sostenía con un brazo a Betsy María Martin, de tres años, que estaba sanando de un peligroso ataque de sarampión; con el otro brazo soste-

164

nía al más pequeño, un bebé de dos meses que berreaba con entusiasmo. El cuarto estaba débilmente iluminado por una frágil lámpara de barro, con dos mechas que emergían de las estrechas ranuras practicadas a los costados de la cazoleta. El depósito de la lámpara contenía aceite de sardina, y en el aire había olor a pescado. Jinny y Jim ocupaban un asiento de madera de fabricación casera y se alegraban de gozar de la protección dispensada por la semioscuridad. Jinny aún no quería salir de casa después de anochecer, ni siquiera acompañada de Jim —el único tema que ensombrecía la amistad de los dos jóvenes—, y aseguraba que no podía tener un minuto de tranquilidad si detrás de cada arbusto podía esconderse una figura agazapada. Era mejor estar allí, aunque tuvieran que soportar la baraúnda familiar.

En la media luz solo alcanzaban a verse algunas partes de la habitación, superficies y lados, curvas y extremos y perfiles. Poco antes se habían retirado de la mesa los restos de la comida de la noche, compuesta de té con pan de cebada y budín de guisantes: la luz amarillenta mostraba el círculo húmedo donde la vieja tetera de peltre se había goteado. En el otro extremo había migajas dejadas por las dos niñas menores. De Zacky solo alcanzaban a verse sus espesos cabellos rojizos, el ángulo saliente de su pipa, el pliegue de papel del *Mercurio de Sherborne* con sus apretadas columnas, sostenido por una mano velluda que parecía temer que la hoja saliera huyendo. Los lentes de marco de acero de la señora Zacky centelleaban, y cuando miraba primero a uno de sus inquietos niños y después al otro, cada lado de su rostro chato con labios apretados se iluminaba sucesivamente, como en las diferentes fases de la luna. De la pequeña Agnes Mary se veían únicamente un chal gris y un puñito regordete que se cerraba y se abría como si afirmara su frágil derecho a la existencia. Sobre el otro hombro de la señora Zacky descansaba inquieto un mechón de cabellos rojos y una nariz aplastada y pecosa.

165

Sobre el suelo, las piernas largas y desnudas de Matthew Mark Martin resplandecían como dos truchas plateadas: el resto de su cuerpo estaba oculto por el macizo parche de sombra proyectado por su madre. Sobre la pared, al lado de Jinny y Jim, se movía otra gran sombra, la del gato de pelaje tostado que había subido al estante, al lado de la lámpara, y miraba parpadeando a la familia.

Era la semana más agradable, cuando papá Zacky trabajaba en el turno de noche, porque en esas circunstancias permitía que sus hijos permanecieran levantados hasta cerca de las nueve. La experiencia había acostumbrado a Jim a esta rutina, y ahora anticipaba el momento en que debía marcharse. Inmediatamente se le ocurrió una docena de cosas que aún debía decir a Jinny, y estaba apresurándose a decirlas cuando se oyó un golpe en la puerta, y su mitad superior se abrió bruscamente para mostrar la figura alta y vigorosa de Mark Daniel.

Zacky bajó el diario, desvió los ojos y miró el agrietado reloj de arena para asegurarse de que no se le había pasado la hora.

—Muchacho, llegas temprano esta noche. Entra y acomódate, si así lo deseas. Todavía ni siquiera me calcé.

—Tampoco yo —dijo Daniel—. Amigo, quería conversar contigo unas palabras, digamos de vecino a vecino.

Zacky vació su pipa.

—Nada lo prohíbe. Entra y ponte cómodo.

—Quiero hablarte en privado —dijo Mark—. Con el perdón de la señora Zacky. Una palabra al oído acerca de un asuntito privado. ¿Podrías salir un momento?

Zacky lo miró fijamente, y dirigió palabras tranquilizadoras a sus inquietos hijos. Dejó el periódico, se alisó los cabellos y salió con Mark Daniel.

Jim aprovechó agradecido el respiro para insistir en sus murmullos: comunicaciones importantes acerca del lugar en que podían encontrarse al día siguiente, si ella había terminado sus tareas en la mina y sus labores domésticas antes de oscurecer, y si él había concluido el trabajo en el campo… Jinny inclinaba afectuosamente la cabeza mientras lo escuchaba. Jim observó que, incluso en la sombra, siempre se reflejaba un poco de luz sobre la piel lisa y pálida de la frente de la joven, o en la curva de sus mejillas. Y siempre había luz en los ojos de Jinny.

—Niños, es hora de que todos vayan a dormir —dijo la señora Zacky, aflojando los labios apretados—. Si no lo hacen, se dormirán cuando tengan que despertar. Vamos ya, Matthew Mark, y tú también Gabby. Y Thomas. Jinny querida, no querrás separarte de tu joven amigo siendo tan temprano, pero ya sabes lo que ocurre por la mañana.

—Sí, mamá —dijo Jinny con una sonrisa.

Zacky regresó a la habitación. Todos lo miraron con curiosidad, pero él fingió que no advertía el escrutinio de su familia. Volvió a su silla y comenzó a plegar el diario.

—No sé —dijo la señora Zacky— si me gusta que hombres adultos tengan charlas secretas. Que murmuren por ahí como si fueran bebés. ¿De qué se trata, Zachary?

—Discutimos de las manchas de la luna —dijo Zacky—. Mark dice que son noventa y ocho, y yo que son ciento dos, de modo que convinimos dejar tranquilo el asunto y consultar con el predicador.

—No toleraré tus blasfemias en esta casa —dijo la señora Zacky. Pero habló sin mayor convicción. Tenía una confianza muy firme en la sensatez de su marido, una actitud que se había consolidado a lo largo de veinte años, de modo que sus palabras no eran más que una protesta simbólica ante la conducta incorrecta del hombre. Además, por la mañana ya tendría tiempo de enterarse de todo.

Envalentonado por la oscuridad, Jim besó la muñeca de Jinny y se puso de pie.

—Creo que es hora de que me marche, señor y señora Zacky —dijo, apelando a lo que ya se había convertido en una fór-

167

mula de despedida—. Y les agradezco de nuevo que me reciban tan bien. Buenas noches, Jinny; buenas noches, señor y señora Zacky; buenas noches a todos.

Se acercó a la puerta, pero Zacky lo detuvo.

—Espera, muchacho. Deseo dar un paseo, y dispongo de mucho tiempo. Caminaré un poco contigo.

La protesta de la señora Zacky lo alcanzó cuando estaba sumergiéndose en las sombras cargadas de llovizna. Zacky cerró las puertas, y la noche los envolvió, húmeda y blanda con la lluvia fina y brumosa que caía como telarañas sobre los rostros y las manos de los dos hombres.

Echaron a andar, tropezando al principio en la oscuridad, pero pronto se acostumbraron y caminaron con la seguridad de los campesinos que recorren terreno conocido.

Jim estaba desconcertado ante la compañía de Zacky, y también un poco nervioso, porque el tono del hombre había tenido acentos sombríos. Por tratarse de una persona «educada», Zacky siempre había revestido cierta importancia a los ojos de Jim: cuando Zacky se apoderaba del maltratado *Mercurio de Sherborne*, la magnificencia del gesto renovaba la impresión de Jim; y ahora era además el padre de Jinny. Se preguntó si habría cometido alguna falta.

Alcanzaron la cumbre de la colina que se alzaba al lado de la Wheal Grace. Desde allí podían verse las luces de la casa Nampara, dos manchas opalinas en la oscuridad.

Zacky habló:

—Quería decirte esto. Vieron a Reuben Clemmow en Marasanvose.

Marasanvose estaba a kilómetro y medio, tierra adentro, de los *cottages* de Mellin. Jim Carter experimentó una ingrata sensación de tensión en la piel, como si le hubieran aplicado alfilerazos. Todo su sentimiento de satisfacción se disipó; de pronto se sintió irritado y tenso.

—¿Quién lo vio?

—El pequeño Charlie Baragwanath. No supo quién era, pero la descripción no permite dudar mucho.

—¿Le habló?

—Reuben habló al pequeño Charlie. Estaba en el camino que corre entre Marasanvose y la Wheal Pretty. Charlie dijo que se había dejado crecer una barba larga, y que tenía un par de chaquetas sobre los hombros.

Los dos hombres comenzaron a descender lentamente la colina, en dirección a Nampara.

—Y ahora que Jinny comenzaba a tranquilizarse —dijo Jim con voz colérica—. Si llega a saberlo, volverá a trastornarse.

—Por eso no dije ni una palabra a las mujeres. Quizá podamos hacer algo sin que se enteren.

A pesar de su nerviosismo, Jim experimentó un renovado impulso de gratitud y amistad hacia Zacky, que en esta ocasión le dispensaba tanta confianza, y lo trataba como a un igual, y no como a una persona sin importancia. En cierto modo, el hombre estaba reconociendo tácitamente el vínculo del joven con Jinny.

—Señor Martin, ¿qué haremos?

—Hay que ver al capitán Ross. Él sabrá qué debe hacerse.

—¿Voy con usted?

—No, muchacho. Prefiero hacerlo a mi modo.

—Lo esperaré fuera —dijo Jim.

—No, muchacho; vete a la cama. De lo contrario, no podrás levantarte por la mañana. Mañana te diré lo que él aconseje.

—Prefiero esperar —dijo Jim—. Es decir, si a usted no le importa. Ahora no tengo sueño.

Llegaron a Nampara, y se separaron en la puerta. Zacky caminó en silencio hacia la cocina. Prudie y Demelza ya estaban acostadas, y Jud aún estaba levantado y bostezaba ruidosamente. Zacky fue introducido a presencia de Ross.

Ross estaba entregado a su ocupación habitual, leer y beber antes de acostarse. Pero no tenía tanto sueño que no pudie-

169

se escuchar el relato de Zacky. Cuando este concluyó, Ross se puso de pie, caminó hasta el fuego y permaneció de espaldas al mismo, mirando fijamente al hombrecito.

—¿Charlie Baragwanath pudo conversar con él?

—No tuvieron lo que en justicia podría llamarse una conversación. Algunas palabras para pasar el momento, podría decirse, hasta que Reuben se apoderó de su pastel y huyó. ¡Mire que robar un pastel a un niño de diez años…!

—Los hombres hambrientos tienen distintas opiniones en ese punto.

—Charlie dice que huyó y se internó en el bosque, de este lado de Mingoose.

—Bien, habrá que hacer algo. Podemos organizar una cacería humana y expulsarlo de su madriguera. La dificultad moral es que todavía no ha hecho nada malo. No podemos encarcelar a un tipo porque es un idiota inofensivo. Pero tampoco podemos esperar que demuestre que es lo contrario.

—Seguramente está viviendo en una cueva, o quizás en una mina abandonada —dijo Zacky—. Y se alimenta de animales ajenos.

—Sí, es probable. Puedo convencer a mi tío de que colabore y nos dé una orden de arresto.

—Si a usted le parece bien —dijo Zacky—, creo que a la gente le gustaría ocuparse del problema.

Ross movió la cabeza.

—Dejemos eso como último recurso. Por la mañana veré a mi tío y conseguiré la orden. Será lo mejor. Entretanto, procure que Jinny no salga sola.

—Sí, señor. Gracias, señor. —Zacky comenzó a caminar hacia la puerta.

—Hay algo que podría facilitar la cosa en lo que se refiere a Jinny —dijo Ross—. Estuve pensando en el asunto. Jim Carter, el muchacho que trabaja para mí, parece muy interesado en ella. ¿Sabe si también ella simpatiza con el joven?

El rostro curtido de Zacky se iluminó con un leve destello de humor.

—Yo diría que el mismo bicho los picó a los dos.

—Bien, no sé qué opina del muchacho, pero creo que es un hombre asentado. Jinny tiene diecisiete años y el muchacho veinte. Si se casaran los dos mejorarían, y así es probable que Reuben renunciara a sus propósitos.

Zacky se frotó la pelambre que le cubría el mentón; su pulgar produjo un sonido áspero y raspante.

—El muchacho me gusta; es sensato. Pero en parte está el problema del dinero y la vivienda. Nosotros tenemos poco espacio para alojar a otra familia. Y como peón, él gana apenas lo suficiente para pagar la renta de una vivienda, sin hablar de la comida. Pensé construir un agregado a nuestro *cottage*, pero no hay terreno suficiente.

Ross se volvió y con la punta de la bota removió el fuego.

—No puedo pagar el salario de minero a un peón. Pero en Mellin hay dos *cottages* vacíos. Ahora de nada sirven, y Jim podría vivir en uno a cambio de la reparación. No le pediré alquiler, mientras trabaje para mí.

Zacky parpadeó.

—¿No cobraría alquiler? Eso sería distinto. ¿Mencionó el asunto al muchacho?

—No. No me toca ordenar su vida. Pero cuando llegue el momento háblelo con él, si le parece bien.

—Lo haré esta noche misma. Está esperando fuera… No, esperaré a mañana. Vendrá a casa, en eso es muy regular —Zacky se interrumpió—. Es muy amable de su parte. ¿No quiere verlos a los dos? Así podría explicarlo usted mismo.

—No, no. No quiero intervenir en eso. Fue una idea que se me ocurrió. Pero usted puede arreglar las cosas a su gusto.

Cuando el hombrecito se hubo marchado, Ross volvió a llenar la pipa, la encendió y volvió al libro. *Tabitha Bethia* trepó a su regazo, y él no la echó. En cambio, le tironeó de la oreja mientras leía. Pero después de volver un par de páginas advirtió que en realidad no estaba leyendo. Concluyó la copa, pero no se sirvió otra.

Se sentía justo y virtuoso. Decidió ir sobrio a la cama.

III

El tiempo lluvioso lo había desvinculado de la casa Trenwith durante las últimas semanas. Ross no había visto a Verity después de la noche del baile, y sospechaba que ella estaba evitándolo con el propósito de que no le hiciera bromas acerca de su amistad con el capitán Blamey.

A la mañana que siguió a la visita de Zacky, cabalgó bajo la lluvia para ir a ver a su tío, y le sorprendió encontrar allí al reverendo Johns. El primo William-Alfred, con su cuello alargado muy erecto, era el único ocupante del salón de invierno adonde lo llevó la señora Tabb.

—Tu tío está arriba —dijo el primo William-Alfred, mientras le daba un apretón frío pero firme—. Pronto bajará. ¿Cómo estás, Ross?

—Bien, gracias.

—Hum —dijo William-Alfred, con expresión ecuánime—. Si, así lo creo. Pareces mejor que la última vez que te vi. Menos ojeroso, si se me permite decirlo.

Ross prefirió no hacer caso de la observación. A pesar de su abstracta piedad, simpatizaba con William-Alfred, porque el hombre era tan sincero en sus creencias como en su modo de vivir. Valía por tres como el doctor Halse, que era el tipo de ministro dado a la política.

Preguntó por la esposa de su primo, y manifestó una cortés satisfacción porque la salud de Dorothy estaba mejorando. En diciembre Dios les había dado otra hija, la bendición de otra oveja. Después, Ross se interesó por la salud de los ocupantes de la casa Trenwith, preguntándose si la respuesta explicaría la presencia de William-Alfred. Pero no. Todos estaban bien, y no había ningún motivo especial que hubiera traído a William-Alfred desde Stithians. Francis y Elizabeth estaban pasando una semana con los Warleggan en la casa de campo que estos poseían en Cardew. La tía Agatha estaba en la cocina preparándose un té de hierbas. Verity… Verity estaba arriba.

—Has recorrido un buen trecho en una mañana tan desagradable —dijo Ross.

—Primo, vine anoche.

—Y bien, no hacía mejor tiempo.

—Confío en partir hoy si cesa la lluvia.

—La próxima vez que vengas, recorre cinco kilómetros más y visita Nampara. Puedo ofrecerte una cama, ya que no las comodidades de que gozas aquí.

William-Alfred pareció complacido. Rara vez era objeto de gestos de franca cordialidad.

—Gracias. Ciertamente lo haré.

Entró Charles Poldark, resoplando como una ballena por el esfuerzo de descender la escalera. Seguía aumentando de peso y tenía los pies hinchados por la gota.

—Hola, Ross; de modo que viniste, muchacho. ¿Qué pasa? ¿Tu casa está flotando en el mar?

—Corre peligro en ese sentido, si continúa la lluvia. ¿Interrumpo un asunto importante?

Los otros dos intercambiaron miradas.

—¿Nada le ha dicho? —preguntó Charles.

—No podía hacerlo si usted no me autorizaba.

—Pues bien, adelante, adelante. ¡Aj! Es un asunto de familia y Ross pertenece a la familia, aunque su relación con nosotros sea un tanto peculiar.

William-Alfred volvió hacia Ross sus ojos gris claro.

—Vine ayer, no tanto para hacer una visita social, como para ver al tío Charles por un asunto muy importante para

173

nuestra familia. Vacilé un tiempo antes de mezclarme en un asunto que era…

—Se trata de Verity y ese tipo, el capitán Blamey —dijo brevemente Charles—. Maldición, no podía creerlo. No es que la chica deba…

—¿Sabes —dijo William-Alfred— que tu prima se muestra muy cordial con un marino, cierto Andrew Blamey?

—Lo sé. He conocido al hombre.

—Lo mismo que nosotros —dijo Charles indignado—. ¡Estuvo aquí, en la boda de Francis!

—Entonces, yo nada sabía —dijo William-Alfred—. Era la primera vez que lo veía. Pero la semana pasada me enteré de su historia. Como sabía que estaba convirtiéndose en… que se hablaba mucho de él y la prima Verity, vine tan pronto tuve oportunidad. Por supuesto, al principio hice todo lo posible para comprobar la información que había llegado a mis oídos.

174

—Bien, ¿de qué se trata? —preguntó Ross.

—El hombre ya estuvo casado. Es viudo y tiene dos hijos pequeños. Quizás eso lo sabes. Pero además es un borracho conocido. Hace unos años, en un acceso de furia provocado por el alcohol, atacó a puntapiés a su esposa, que estaba embarazada, y ella murió. En ese momento él estaba en la marina real, y era comandante de una fragata. Perdió su grado y estuvo dos años en una prisión común. Cuando lo pusieron en libertad, vivió varios años de la caridad de sus parientes, hasta que obtuvo su cargo actual. Según entiendo, hay un movimiento encaminado a boicotear la nave que él manda, hasta que la compañía lo dé de baja.

William-Alfred concluyó la información, suministrada con voz neutra, y se pasó la lengua por los labios. En su tono no había manifestado animosidad, una característica que agravaba la severidad del relato. Charles escupió por la ventana abierta.

Ross dijo:

—¿Verity lo sabe?

—¡Sí, maldición! —exclamó Charles—. ¿Puedes creerlo? Lo sabe hace más de dos semanas. ¡Y dice que no le importa!

Ross se acercó a la ventana y se mordió los nudillos. Mientras él había estado enfrascado en sus propios asuntos cotidianos, se había incubado lo que ahora le revelaban.

—Pero seguramente le importa —dijo, medio para sí mismo.

—Dice —observó con voz neutra William-Alfred— que él no volverá a beber.

—Sí, bien… —Ross se interrumpió—. Oh, sí, pero…

Charles volvió a estallar.

—¡Por Dios, todos bebemos! Que un hombre no beba es antinatural. ¡Aj! Pero cuando estamos bebidos no asesinamos. Darle puntapiés a una mujer en esa condición es imperdonable. No sé cómo le aplicaron una condena tan leve. Tendrían que haberlo colgado de su propio palo mayor. Borracho o sobrio, poco importa.

—Sí —dijo Ross con voz pausada—. Me inclino a estar de acuerdo con tu opinión.

—Ignoro —dijo serenamente William-Alfred—, si el matrimonio entraba en sus planes; pero si así es, ¿podemos permitir que una dulce niña como Verity se case con un hombre semejante?

—¡Por Dios, no! —dijo Charles, el rostro púrpura—. ¡No mientras yo viva!

—¿Cuál es la actitud de Verity? —preguntó Ross—. ¿Insiste en casarse con él?

—¡Dice que se ha reformado! ¿Por cuánto tiempo? Borracho una vez, borracho siempre. ¡Es una situación imposible! Verity está en su cuarto, y allí se quedará hasta que razone.

—Hemos tenido muy buenas relaciones todo este invierno. Tal vez convenga que la vea y conversemos un poco.

Charles movió la cabeza.

—Ahora no, muchacho. Quizá después. Es tan obstinada como su madre. A decir verdad, aún más, y eso es mucho decir. Pero hay que terminar con esta relación. Compadezco terriblemente a Verity. No ha tenido muchos admiradores. Pero no permitiré que una bestia que golpea a su esposa se acueste con una hija de mi carne y mi sangre. Y eso es todo.

De modo que por segunda vez durante esa primavera Ross volvió a caballo desde Trenwith sin haber hecho nada de lo que se había propuesto. La vez anterior Elizabeth. Ahora Verity.

El pensamiento de que ella sufría lo inquietaba e incomodaba. Charles podía decir que eso era todo; pero Ross había llegado a conocer a Verity mejor que el padre y el hermano. Tardaba en dar su afecto, pero después no lo retiraba tan fácilmente. Ross ni siquiera estaba seguro de que el veto de Charles pudiese destruir ese vínculo. Bien podía ocurrir que la joven decidiese desafiar a todo el mundo y desposar a Blamey, y que solo después se disipase su sentimiento.

Y esa era la peor de todas las perspectivas.

11

—¿*T*odo está dispuesto, Jim?

Había transcurrido una semana, y los dos hombres se hallaban en el establo. Jim Carter había enmudecido a causa de la gratitud. En ocasiones anteriores, dos o tres veces, había tratado de hablar, pero su lengua no le obedecía. Ahora, consiguió al fin expresarse:

—Es el principal deseo de mi vida. Había creído que no tenía esperanza, y que no podía hacer nada. A usted debo agradecérselo todo.

—Oh, tonterías —dijo Ross—. No debas a nadie tu felicidad. Esta noche diré a Zacky que se ha impartido la orden de arresto contra Clemmow. Apenas lo encontremos podremos encerrarlo un tiempo para que se calme.

—Lo que quiero agradecerle es el *cottage* —insistió Jim, ahora que al fin había conseguido hablar—. Eso cambia toda la situación. Sabe, si no hubiéramos podido contar…

—¿Cuál elegiste? —preguntó Ross, para abreviar las muestras de agradecimiento—. ¿El de Reuben o el contiguo?

—El siguiente, el que está al lado de Joe y Betsy Triggs. Señor, pensamos que para usted era lo mismo, y preferimos no entrar en el *cottage* de Reuben. Si usted me entiende, no parece muy cómodo. Y el otro está bastante limpio después de cinco años. Hace mucho que no hay viruela.

Ross asintió.

—¿Y cuándo se casarán?

Jim se sonrojó.

—Las amonestaciones se leerán por primera vez el domingo próximo. Apenas puedo… Si el tiempo mejora, esta noche comenzaremos a arreglar el techo. No hay mucho que hacer. Jinny tiene muchas ganas de venir a darle las gracias.

—Oh, no es necesario —dijo Ross, alarmado—. Iré a visitarles cuando se hayan instalado.

—Y nos gustaría —continuó diciendo Jim—, si nos va bien, pagarle una renta… solo para demostrarle…

—No lo harás mientras trabajes para mí. Pero te agradezco la intención.

—Jinny piensa continuar en la mina, por lo menos al principio. Como mis dos hermanos trabajan bien, mi madre no necesita tanto… Por eso creo que todo andará bien…

178

Un estornudo atrajo la atención de Ross, y entonces vio a Demelza que cruzaba el patio con una pila de leños en el delantal. Llovía y la chica no llevaba sombrero. Detrás iba *Garrick*, que ahora era un perro joven, crecido y desmañado, negro y sin cola, rizado el pelaje escaso, corveteando como un perro de agua francés. Ross sintió deseos de echarse a reír.

—Demelza —dijo.

La chica se detuvo al instante y dejó caer uno de los leños. Durante un momento no supo de dónde venía la voz. Ross salió de la oscuridad del establo.

—¿No permitirás que *Garrick* entre en casa?

—No, señor. Llega solo hasta la puerta. Va hasta allí para hacerme compañía. Le duele mucho que no lo deje pasar.

Ross alzó el leño y lo devolvió al montón que ella sostenía en los brazos.

—Quizá —dijo la chica— pueda entrar en la cocina cuando ya no tenga bichos.

—¿Bichos?

—Sí, señor. Las cosas que se arrastran entre el pelo.

—Oh —dijo Ross—. Dudo que jamás lo consigas.

—Señor, lo baño todos los días.

Ross miró al perro, que estaba sentado sobre los cuartos traseros y que se rascaba la oreja caída flojamente con una pata trasera rígida. Miró de nuevo a Demelza, y esta a Ross.

—Me alegro de que Prudie te enseñe tan bien. Creo que el color del perro ya está aclarándose. ¿Le gusta que lo bañes?

—¡Demonios, no! Se retuerce como una sardina.

—Hum —dijo secamente Ross—. Bien, cuando creas que está limpio, tráemelo, y yo te diré si puedes.

—Sí, señor. —Prudie apareció en la puerta.

—¡Ah, aquí estás, gusano del infierno! —dijo a la niña, y entonces vio a Ross. En su rostro brillante y rojizo se dibujó una tímida sonrisa—. Señor, llegó la señorita Verity. Ahora venía a decírselo.

—¿La señorita Verity?

—Acaba de llegar. Venía corriendo a decírselo. A toda prisa, nadie puede decir lo contrario.

Encontró a Verity en la sala. La joven se había quitado el abrigo gris con la capucha revestida de piel, y se limpiaba la lluvia que le cubría el rostro. El ruedo de la falda estaba sucio de lluvia y barro.

—Bien, querida —dijo Ross—. Qué sorpresa. ¿Viniste andando con este tiempo?

El rostro de Verity había palidecido bajo el bronceado, y tenía profundas ojeras bajo los ojos. Parecía que hubiera estado enferma.

—Ross, tenía que verte. Tú eres más comprensivo que ellos. Tenía que verte a propósito de Andrew.

—Siéntate —dijo él—. Te traeré un poco de cerveza y una torta de almendras.

—No, no puedo permanecer mucho tiempo. Yo... me

179

escapé. Viniste… el jueves último, ¿verdad? Cuando estaba William-Alfred.

Ross asintió y esperó que su prima continuase. La joven estaba sin aliento, por la prisa con que había venido o por el agobio de sus sentimientos. Él deseaba decir algo que la ayudase, pero no podía hallar las palabras adecuadas. La vida había comenzado a golpear a su pequeña y bondadosa Verity.

—¿Ellos… te hablaron?

—Sí, querida.

—¿Qué te dijeron?

Con la mayor fidelidad posible repitió el relato de William-Alfred. Cuando concluyó, Verity se acercó a la ventana y comenzó a tironear de la piel húmeda de su manguito.

—No le dio puntapiés —dijo—. Es mentira. La derribó y… ella murió. El resto… es verdad.

Ross miró los hilos de agua que descendían por el vidrio de la ventana.

—Lo lamento más de lo que puedo explicar —dijo.

—Sí, pero… quieren que renuncie a él, y que prometa no volver a verle.

—¿No crees que sería lo mejor?

—Ross —dijo ella—. Le amo.

Él no habló.

—No soy una niña —dijo Verity—. Cuando él me habló… cuando me lo contó todo, al día siguiente del baile… Me sentí tan mal, tan asqueada, tan triste… por él. No podía dormir ni comer. Era terrible oírlo de sus propios labios, porque no podía abrigar la esperanza de que no fuese cierto. Mi padre no me comprende porque cree que todo eso no me repugnó. Por cierto, claro que me repugnó. Tanto que durante dos días guardé cama, con fiebre. Pero eso… eso no me impide amarle. ¿Cómo podría impedirlo? Uno se enamora para bien o para mal. Bien lo sabes.

—Sí —dijo él—. Bien lo sé.

—Conociéndolo, conociendo a Andrew, era casi imposible

creerlo. Era terrible. Pero uno no puede volver la espalda a la verdad. No puede desear que no exista, o rezar para que desaparezca, o no hacerle caso. Él hizo exactamente eso, y yo me lo decía y lo repetía, repetía eso que había hecho. Y la repetición, en lugar de destruir mi amor, disipó mi horror. Aventó mis temores. Me dije: hizo eso, y ya lo pagó. ¿No es bastante? ¿Un hombre merece que se lo condene para toda la vida? ¿Por qué voy a la iglesia y repito la oración, si no creo en ella, si en el mundo no existe perdón? ¿Acaso nuestra conducta es mejor que la del Fundador del Cristianismo, y tenemos derecho a imponer a otros una norma más alta?

Había hablado con voz premiosa y con fiereza. Tales eran los argumentos que su amor había elaborado en el silencio de su dormitorio.

—Ahora nunca bebe —concluyó con expresión patética.

—¿Crees que seguirá así?

—Estoy segura de ello.

—¿Qué pretendes hacer?

—Él quiere que nos casemos. Mi padre lo prohíbe. Solo me resta desafiarlo.

—Hay modos de obligarte —dijo Ross.

—Soy mayor de edad. No pueden impedírmelo.

Ross se acercó al hogar y arrojó al fuego otro leño.

—¿Blamey no habló con Charles? Si pudieran conversar…

—Mi padre no acepta verlo. Es… tan injusto. Mi padre bebe. Francis juega. No son santos. Pero cuando un hombre hace lo que ha hecho Andrew, lo condenan sin oírle.

—Querida, así es el mundo. Un caballero puede embriagarse mientras sepa conservar el equilibrio, o se deslice bajo la mesa a causa del alcohol. Pero cuando un hombre va a la cárcel por lo que hizo Blamey, el mundo no está dispuesto a perdonar y olvidar, pese a la religión que todos pregonan. Y no dudes de que otros hombres no estarán dispuestos a confiarle a sus hijas, porque es posible que las trate del mismo modo. —Se interrumpió, tratando de hallar las palabras adecuadas—. Y me inclino a estar de acuerdo con esa actitud.

Ella lo miró dolida un momento y después se encogió de hombros.

—De modo que te unes a ellos.

—En principio, sí. ¿Qué deseas que haga?

Verity recogió su manto húmedo, permaneció un momento inmóvil con la prenda entre las manos, mirándola.

—Nada puedo pedir si piensas así.

—Oh, sí, puedes pedirme. —Se acercó a Verity, le quitó el abrigo y permaneció de pie al lado de la joven, frente a la ventana. Le tocó el brazo—. Verity, mi invierno ha concluido. Eso, y mucho más. De no haber sido por ti, ignoro cómo habría terminado todo. No sería como es ahora. Si… se inicia tu invierno, ¿puedo negarte mi ayuda porque mis principios me imponen una condición diferente? Todavía no me agrada la idea de que te cases con Blamey; pero pienso así porque me importa mucho tu bienestar. Eso no significa que no te preste toda la ayuda posible.

Durante un momento ella no contestó. De pronto, él sintió desprecio por sí mismo precisamente a causa de lo que acababa de decir. Una ayuda condicionada era un gesto débil y tímido. Había que oponerse resueltamente a ese vínculo, o de lo contrario ofrecer una ayuda sin condiciones, y sin suscitar una impresión de renuencia y desaprobación.

Era muy difícil. En vista de la amistad especial que los unía, la primera actitud era imposible. La segunda contravenía su mejor opinión… porque Ross no alentaba un sentimiento personal o una creencia en los cuales pudiera apoyarse, al margen de su confianza en Verity.

Y al mismo tiempo, eso no bastaba. Era una decisión difícil, pero en todo caso él debía tener una visión más clara de todo el problema. ¿Qué habría hecho Verity si se hubiesen trocado las posiciones de ambos?

Soltó el brazo de la joven.

—Olvida lo que dije. No te preocupes por mi desaprobación. No la tengas en cuenta. Haré lo que quieras.

Verity suspiró.

—Mira, tengo que acudir a ti porque nadie más puede ayudarme. Elizabeth se muestra muy comprensiva, pero no puede
tomar partido por mí contra Francis. Y además, en realidad no
creo que lo desee. Me pareció… En fin, te lo agradezco.

—¿Dónde está ahora Andrew?

—En el mar. Pasarán por lo menos dos semanas antes de
que regrese. Cuando vuelva… pensé que tal vez podría escri-
birle diciéndole que nos encontráramos aquí…

—¿En Nampara?

Ella lo miró.

—Sí.

—Muy bien —dijo instantáneamente Ross—. Házmelo saber la víspera, y yo lo arreglaré todo.

Los labios de Verity temblaron, y pareció que estaba al borde de las lágrimas.

—Querido Ross, realmente lamento complicarte con esto.
Ya es bastante… Pero no se me ocurrió…

—Tonterías. No es la primera vez que conspiramos juntos.
Pero mira una cosa, debes dejar de preocuparte. De lo contrario, él no deseará volver a verte cuando regrese. Cuanto menos
te inquietes, mejor saldrá todo. Vuelve a tu casa, y haz tu vida
normal, como si nada ocurriese. Finge que no tienes motivos
de preocupación, y todo será más fácil. Dios sabe que no tengo
derecho a predicar, pero de todos modos te estoy ofreciendo un
buen consejo.

—Estoy segura de ello.

Verity volvió a suspirar, y se llevó una mano al costado del
rostro fatigado.

—Si pudiera venir aquí y conversar contigo, mejoraría in-
mensamente. Verme todo el día a solas con mis pensamientos,

183

y rodeada de gente hostil. Si solo pudiera hablar con alguien que demuestre comprensión…

—Ven cuando te plazca. Todas las veces que lo desees. Siempre estoy aquí. Me dirás todo lo que haya que saber. Haré que te sirvan una bebida caliente mientras Jud ensilla a *Morena*. Y luego te llevaré de vuelta.

12

*J*im Carter y Jinny Martin se casaron a la una de la tarde del último lunes de junio. La ceremonia estuvo a cargo del reverendo Clarence Odgers, cuyas uñas aún estaban negras por haber estado plantando cebollas. Después de mantener esperando unos minutos al grupo, mientras se revestía con el atuendo ceremonial, el reverendo Odgers consideró que era perfectamente apropiado reducir la ceremonia a lo rigurosamente necesario.

De modo que empezó:

«Bienamados feligreses, nos hemos reunido aquí a la vista de Dios, en presencia de esta congregación *mum-mum-mum* este hombre y esta mujer en sagrado matrimonio; lo cual es un *mum-mum-*estado*-mum-que* representa una unión mística *mum-mum-murch-mum* considerando debidamente las causas que ordenan el matrimonio. Primero, se ha establecido para la procreación de los hijos que deben criarse en él *mum-mum-mum*. Segundo, fue establecido como remedio contra el pecado *hum-mum* la fornicación *aj-altch-mum* que evita la degradación de los miembros del cuerpo de Cristo. Tercero, fue establecido para la asociación mutua, la ayuda, el confortamiento, *mum-mum* la pureza, *aj-mum-mum-hum-mum* y para que siempre vivamos en paz.

»Yo impongo y les encomiendo que ambos *mum-mum-mum*».

Los cabellos castaños rojizos de Jinny habían sido cepillados y peinados hasta que resplandecían bajo el bonete de muselina blanca confeccionado en casa, y asentado casi sobre la nuca de su pequeña cabeza.

Era con mucho la más serena de los dos. Jim estaba nervioso, y varias veces vaciló al responder. Se sentía intimidado por su propio esplendor, pues Jinny le había comprado un pañuelo azul oscuro adquirido a un buhonero, y el propio Jim había adquirido una chaqueta de segunda mano casi nueva, de un color ciruela intenso con botones lustrados. Era probable que esa chaqueta fuese su prenda de fiesta durante los veinte años siguientes.

186 «… y vivan de acuerdo con tus leyes; por Jesucristo nuestro Señor, amén. Lo que Dios ha unido ningún hombre separará. Pues si N…N…este…quiero decir James Henry y Jennifer May han consentido mutuamente en el sagrado matrimonio y en presencia de testigos… llamados…no…este…*mum-mum* y han intercambiado anillos… los declaro marido y mujer. En el nombre del Padre, del Hijo y del Espíritu Santo, amén».

El señor Odgers regresaría muy pronto a sus cebollas.

En el *cottage* de los Martin se sirvió una comida para todos los que pudieron asistir. Habían invitado a Ross, pero él rehusó alegando asuntos urgentes en Truro; entendía que la reunión se desenvolvería más libremente si él no estaba.

Como había once Martin sin la novia, y seis Carter sin el novio, las posibilidades de acomodar al resto eran limitadas. El viejo Greet balbuceaba y se movía en un rincón, al lado del hogar, y Joe y Betsy Triggs le hacían compañía. También estaban Mark y Paul Daniel, la señora Paul y Mary Daniel. Will Nanfan y la señora Will habían asistido, en su carácter de tío y tía de la novia; Jud Paynter se había tomado la tarde libre para venir —Prudie no podía caminar a causa de un juanete— y Nick Vigus y su esposa habían logrado filtrarse —como conseguían hacerlo siempre que podían obtener cualquier cosa gratis.

El cuarto estaba tan atestado que los niños tenían que sentarse en el suelo, y los adolescentes, de nueve a dieciséis años, estaban distribuidos de en dos en la escalera de madera que llevaba al dormitorio, «como los animales del arca», les dijo benévolo Jud. El banco de madera que Jim y Jinny habían usado casi todas las veladas sombrías y apacibles del invierno se había elevado a la jerarquía de trono conyugal, y allí se había instalado a la pareja casada como dos pájaros enamorados, de modo que todo el mundo podía verlos.

La comida fue una extraña mezcla de alimentos destinados a excitar el apetito y alterar la digestión, y el oporto y la cerveza de fabricación casera en cantidades generosas venían a regar los manjares y acentuaban el bullicio de los presentes.

Cuando concluyó la comida y Zacky hubo pronunciado un discurso y Jim agradeció a todos sus buenos deseos y Jinny se sonrojó y rehusó decir una palabra, cuando incluso con la puerta abierta la atmósfera del cuarto llegó a ser insoportablemente cálida y pegajosa y casi todos sentían retortijones, cuando ya los bebés comenzaban a irritarse y los niños se peleaban y los adultos estaban somnolientos a causa del exceso de comida y la falta de aire, las mujeres y los niños fueron a sentarse fuera, de manera que los hombres tuvieran espacio para estirar las piernas y encender sus pipas, o tomar rapé, y gozaran de libertad para beber su oporto y su gin, y charlar a gusto acerca de la humedad de la mina a 120 brazas de profundidad, o de la posibilidad de que la pesca de la sardina fuese buena esa temporada.

La señora Martin y la señora Daniel no veían con buenos ojos los preparativos de los hombres, que se disponían a rematar la celebración a su propio modo; pero Zacky, si bien afirmaba haber encontrado al Señor en una asamblea revi-

187

valista celebrada en St Ann's un par de años antes, todavía se negaba a renunciar en consecuencia a su ponche; y los restantes hombres lo imitaban.

El oporto era un licor barato por el cual Zacky había pagado tres chelines y seis peniques el galón, pero el gin era de buena calidad. Una noche serena de septiembre, ocho de ellos habían llevado hasta Roscoff una balandra de Sawle, y entre la carga que habían traído al regreso había dos barrilitos de excelente gin. El mismo día se dividieron entre todos uno de los barrilitos, pero habían decidido reservar el segundo para alguna celebración. De modo que Jud Paynter, que era uno de los ocho, había escondido el barrilito metiéndolo en el barril roto de agua de lluvia que tenía detrás del invernadero, en Nampara, donde se encontraría a salvo de los ojos inquisitivos de algún suspicaz recaudador de impuestos que quisiera curiosear. Allí había permanecido todo el invierno. El día de la boda, Jud Paynter y Nick Vigus se habían encargado de traer la bebida.

Mientras las mujeres, que en general no habían podido ver el nuevo hogar, se dedicaban ahora a visitarlo, seguidas de bandadas de niños, los hombres se disponían a beber y sumirse en un agradable estupor.

—La gente dice —se oyó la voz aguda de Nick Vigus, que estaba inclinado sobre el jarro— que antes de que pase mucho tiempo cerrarán todas las minas. Sí, dicen que un hombre llamado Raby compró todos los montones de escoria del condado, y que hay un proceso especial, y con eso puede conseguir todo el cobre que Inglaterra necesita en cien años.

—No puede ser —dijo Will Nanfan, encorvando sus anchas espaldas.

Zacky bebió un buen sorbo de gin de su jarra.

—No se necesita más para fastidiarnos si las cosas siguen como hasta ahora. Las Minas Unidas de *San Day* perdieron casi ocho mil libras el año pasado, y Dios sabe qué saldrá cuando se hagan las cuentas de Grambler. Bueno, esta no es la conversación más apropiada en una fiesta de boda. Podemos beber y comer, y aún ganamos nuestro dinero. Quizá no todo lo que deseamos, pero conozco mucha gente que de buena gana cambiaría su lugar por el nuestro…

—Zacky, qué gin tan raro —dijo Paul Daniel, mientras se limpiaba el bigote—. Nunca he probado un gin parecido. O quizá cierta vez…

—Ya que lo dices —observó Zacky, y se pasó la lengua por los labios—, si no me hubiera concentrado tanto en lo que decía, habría pensado precisamente lo mismo. Ahora que lo mencionas, sabe más bien a… más bien a…

—Más bien a trementina —concluyó Mark Daniel.

—Quema como el infierno —dijo el viejo Greet—. Quema como el diablo. Pero en mis tiempos todos consideraban que un trago de gin debía quemar así. Era lo que todos esperaban. En el 69, cuando estaba en el lago Superior y buscaba cobre, había una tienda que vendía un líquido que a uno le levantaba la piel, y que…

Joe Triggs, el más anciano del grupo, recibió una jarra llena de licor. Todos lo miraron mientras bebía un sorbo, y observaron la expresión de su rostro surcado por profundas arrugas, con las guías del bigote que apuntaban a los costados. Se lamió los labios y los abrió con un sonoro chasquido, y después volvió a beber. Depositó sobre la mesa la jarra vacía.

—No es ni de lejos tan bueno como el que trajimos de Roscoff en septiembre pasado —fue su áspero veredicto.

—Pero, entonces, ¿qué es? —preguntaron dos o tres.

Hubo un momento de silencio.

—Un barril distinto —dijo Jud—. Me parece bueno, pero no tan añejo. Eso le falta. Habrían tenido que dejarlo más tiempo. Como la vaca vieja del tío Nebby. —Comenzó a canturrear por lo bajo:

189

Eran dos viejecitos y eran muy pobres
Tuidle, tuidle, tuiiii…

Pareció que la misma terrible sospecha se había definido en la mente de todos. Miraron en silencio a Jud, y este continuó tarareando y tratando de mostrarse despreocupado.

Finalmente, la cancioncilla se extinguió.

Zacky miró el interior de su vaso.

—Es sumamente extraño —dijo con voz serena— que dos barrilitos de gin tengan sabores distintos.

—Poderosamente extraño —dijo Paul Daniel.

—Condenadamente extraño —dijo Mark Daniel.

—Tal vez nos engañaron —dijo Jud, y mostró sus dos grandes dientes en una sonrisa poco convincente—. Esos franchutes son tan astutos como un nido de ratas. No se puede confiar en ellos si te vas más lejos que un escupitajo. No le daría la espalda a ninguno. Uno los contraría y les da la espalda, y el tipo saca el cuchillo y *¡pif!* lo mata a uno.

Zacky movió la cabeza.

—¿Quién fue engañado jamás por Jean Lutté?

—Con nosotros siempre anduvo derecho —dijo Will Nanfan.

Zacky se frotó el mentón y pareció lamentar que esa mañana se hubiera afeitado.

—Me dijo que eran dos barrilitos de gin, y recuerden esto, los dos de la misma marca. Eso es lo que me parece muy extraño. Los dos de la misma marca. Me parece que alguien anduvo tocando este. ¿Quién habrá sido?

—Maldito sea, tengo una idea bastante cabal, bastante cabal —dijo Mark Daniel, que ya se había bebido tres litros de oporto y se preparaba para abordar la tarea importante de la noche.

—No hay por qué tomarla conmigo —dijo Jud, que estaba transpirando—. No tengo nada que ver. No hay pruebas de

Check Out Receipt

BPL- East Boston Branch Library
617-569-0271
http://www.bpl.org/branches/eastboston.htm

Monday, February 24, 2020 1:22:51 PM

Item: 39999094380878
Title: Ross Poldark
Material: Paperback Book
Due: 03/16/2020

Total Items: 1

Thank You!

nada. Nadie puede saber quién tiene la culpa. Cualquiera pudo haber metido la mano… quiero decir, si alguien lo hizo, lo cual dudo. Por mi parte, sospecho del franchute. Yo digo que nunca hay que confiar en un franchute. Ese Roscoff parecía bueno y hablaba bien, pero ¿actuaba bien? Tenía la mirada de un cristiano. Pero ¿eso qué significa? Solamente que tiene dos caras, como los demás, solo que peor.

—Cuando yo era carpintero en la mina —dijo perseverante el viejo Greet— tenían buen gin en la aldea Sawle, donde vivía la tía Tamsin Nanpusker. Murió en el 58, se cayó por un tubo de ventilación una noche que estaba borracha. Y no es sorprendente, porque…

—Sí, recuerdo bien a la vieja tía Tamsin —dijo imprudentemente Nick Vigus—. Un día recorrió la calle montada en su vieja cerda, con todos los cerditos detrás. Una procesión regular. La vieja tía Tamsin solía vender un licor…

—¡Maldita sea! —rugió Mark Daniel—. ¡Que me cuelguen si ahora lo entiendo todo! ¡Ya sé dónde probé este licor! Es cosa de Nick. Es todo cosa de Nick. Estamos sospechando del inocente. Recuerden ese veneno que Nick Vigus fabricó en su cocina, el demonio sabe con qué, para vender a los pobres idiotas que podían quemar su dinero en la última feria de la Sanmiguelada. Recuerden que lo llamaba gin. Bueno, el gusto era tan parecido a esto que puede decirse que son hermanos gemelos.

—Sí —dijo Will Nanfan—, sí, es la verdad. La pura verdad, porque yo bebí un poco y quise no haberlo acercado a los labios. Uno lo bebe y se le retuercen las tripas, como si le hicieran un nudo. ¡Nick Vigus nos engañó!

El rostro ladino y marcado de viruelas de Vigus enrojeció y palideció sucesivamente ante las miradas acusadoras que se concentraban en él. Mark Daniel bebió otro sorbo para asegurarse, y después se acercó a la ventana y volcó el líquido sobre el cantero de verduras.

—*Puaf*, el mismo asunto, o yo soy hereje. Nick Vigus, eres un maldito estafador, y ya es hora de que te demos una lección. —Comenzó a arremangarse, mostrando sus grandes y peludos antebrazos.

Nick retrocedió, pero Paul Daniel le impidió acercarse a la puerta. Hubo algunos manotazos, y luego Mark Daniel aferró firmemente a Vigus y lo puso cabeza abajo.

—No tuve nada que ver —gritó Nick—. Jud Paynter fue el culpable. Jud Paynter vino a verme la semana pasada y me dijo…

—¡No le crean! —gritó Jud—. Todos saben que soy honesto y que no me gusta decir una cosa por otra. Pero Nick es el peor mentiroso que el mundo conoció, y sería capaz de vender a su madre para salvar el pellejo. Y como… como todos saben…

—Sacúdelo un poco, Mark —dijo Zacky—. Poco a poco llegaremos a la verdad.

192

—… Jud vino a verme la semana pasada y me dijo: «Muchacho, ¿puedes fabricar un poco de tu gin? Porque lo que yo guardaba, todo el gin, se perdió…». Ponme en pie, Mark, o me ahogaré…

Mark aferró más firmemente por la cintura a su víctima, y tomando impulso le golpeó los pies en una de las vigas del cielorraso del *cottage*.

—Vamos, querido —dijo tiernamente—. Habla, porque de lo contrario morirás en pecado…

—Dijo que todo el gin había caído al suelo, por las ratas, que abrieron un agujero en el barrilito —ah, ah…—. Y como no quería disgustaros, preguntó si yo podía… si yo podía…

—¡Agárralo, Paul! —gritó Will Nanfan, porque Jud Paynter, como un bulldog tímido, trataba de desaparecer discretamente.

Lo atraparon en el umbral de la puerta, y hubo muchos manoteos y murmullos antes de que el mayor de los Daniel y Will Nanfan regresaran con él.

—¡No es verdad! —gritó Jud, con desaforada indignación—. Están acusando a un inocente. No sé por qué aceptan su palabra en lugar de la mía. No es justo. No es equitativo. No es británico. Me atrevo a afirmar que si se supiera la verdad se sabría que él se bebió la mitad del gin. Por qué acusan a un hombre que ustedes saben que no es capaz de robar…

—Si yo me bebí la mitad, tú te bebiste el resto —dijo Vigus, cabeza abajo.

—¡Déjenmelo! —gritó Jud, recordando su espíritu de lucha—. Le arrancaré los pantalones. Frente a frente. ¡Cobarde! ¡Dos contra uno! Déjenmelo. A ustedes, cobardes, les haré frente uno por uno. Quítenme las manos de encima y les daré una lección. Ya verán…

—Espera un momento y ya te arreglaré —dijo Mark Daniel—. Hombre a hombre, como tú quieres, ya verás. Ahora, muchachos, salgan del paso…

Llevó hasta la puerta a Nick Vigus, que continuaba cabeza abajo. Lamentablemente, en ese momento algunas de las mujeres, que habían oído el escándalo, salieron del otro *cottage* y llegaron a la puerta encabezadas por la señora Vigus. Al ver a su marido al que veía en un ángulo muy extraño, la mujer dejó escapar un grito agudo y corrió al rescate; pero Mark la apartó y llevando a Nick se acercó al *cottage* de Joe y Betsy Triggs. Detrás de este *cottage* había un estanque verde y legamoso que entre otras cosas incluía la mayor parte de las aguas residuales de la casa. Desde la desaparición de Reuben Clemmow, ese estanque era la fuente principal de los olores del vecindario.

Al borde del agua, Mark alzó en el aire al hombre semiasfixiado, lo agarró nuevamente de la parte trasera de los pantalones y lo arrojó de cara en mitad del estanque.

Mark respiró hondo y se escupió las manos.

—Ahora, el siguiente —dijo.

Y también Jud Paynter fue a parar en el medio del estanque.

193

II

Esa tarde, mientras Ross cabalgaba de regreso a su casa desde Truro, en la semipenumbra cada vez más ventosa, pensaba en los dos jóvenes que juntos iniciaban una nueva vida.

La simpatía que había llegado a sentir por el muchacho, y también por la chica, era la única excusa de la preocupación que demostraba por el futuro de ambos. Si comenzaba a explotar la mina, pensaba proponer a Jim un trabajo en la superficie, quizás alguna labor administrativa que le diese mayores posibilidades.

Su salida ese día había tenido que ver con la Wheal Leisure. Después de comprar algunos artículos para la casa, harina y azúcar, mostaza y velas, tela de toalla, un nuevo par de botas de montar para sí mismo, un cepillo y un peine, había ido a visitar al señor Nathaniel Pearce, el notario.

El señor Pearce, tan efusivo, tan púrpura y tan pomposo como siempre, sentado en un sillón y removiendo el fuego con una larga vara de hierro, escuchó interesado. El señor Pearce dijo que, en fin, era grato oír a Ross, y que le parecía una sugerencia que podía ser tema de conversación. El señor Pearce se rascó un piojo bajo la peluca mientras sus ojos adquirían una expresión reflexiva. ¿El capitán Henshawe pensaba invertir parte de su capital? Caramba, caramba, la reputación del capitán Henshawe era elevada en el distrito de Truro. Pues bien, querido señor, en mi condición de notario indigente, personalmente apenas dispongo de capital; pero como decía el propio capitán Poldark, algunos de sus clientes siempre andaban a la busca de una buena inversión especulativa. Estaba dispuesto a considerar más atentamente el asunto, y ver qué podía hacerse.

El asunto se desenvolvía lentamente, pero había movimiento, y el ritmo se aceleraría. Quizás en un par de meses pudiesen comenzar a excavar el primer tubo de ventilación.

194

Mientras llevaba la yegua al establo y la desensillaba, se preguntó si debía ofrecer una participación a Charles y a Francis.

Había apresurado la marcha en el camino de retorno porque deseaba llegar a casa antes de que oscureciera, y ahora *Morena* estaba agitada y sudorosa. También ella parecía inquieta y no quiso mantenerse inmóvil mientras Ross la cepillaba.

Por lo demás, los restantes caballos también estaban nerviosos. *Ramoth* movía constantemente su vieja cabeza y relinchaba. Ross se preguntó si habría una serpiente en el establo, o un zorro en el desván. El cuadrado descolorido de la puerta del establo todavía dejaba pasar un poco de luz, pero Ross no alcanzaba a ver nada en las sombras. Acarició el blando belfo de *Ramoth* y reanudó su tarea. Cuando concluyó, dio su ración a *Morena* y se volvió para salir.

Cerca de la puerta estaba la escalera que llevaba al desván donde antes dormía Carter. Cuando levantó los ojos, algo rozó su cabeza y le asestó un fuerte golpe en el hombro. Cayó de rodillas, y se oyó un ruido sordo sobre la paja del suelo. Ross se incorporó enseguida, caminó vacilante hacia la puerta, salió y apoyó la espalda en la pared, sosteniéndose el hombro.

Durante unos segundos el dolor le provocó náuseas, pero pronto comenzó a atenuarse. Se tocó el hombro, y le pareció que no tenía ningún hueso roto. El objeto que lo había golpeado aún estaba en el suelo, dentro del establo. Pero Ross había visto qué era, y por eso mismo había tratado de salir con la mayor rapidez posible. Era el taladro de hierro que había visto tiempo antes en manos de Reuben Clemmow.

195

III

Cuando Ross entró, los halló a todos reunidos en la cocina. Demelza, armada de un pedazo de tosco hilo y de una larga aguja curva, trataba de remendar un desgarrón de su falda; Jud estaba sentado en una silla, con una expresión de paciente sufrimiento en la parte del rostro que no se encontraba cubierta por un ancho vendaje; Prudie bebía té.

—Caramba, capitán Ross —dijo Jud con voz débil y temblorosa—, no le oímos entrar. ¿Quiere que vaya a cepillar el caballo?

—Ya lo hice. ¿Por qué regresaron tan temprano de la boda? ¿Qué te pasó en la cara? Prudie, espere diez minutos antes de servir. Tengo que atender un asunto.

—La boda terminó —dijo Jud—. Fue poco interesante, menos interesante que cualquiera de las bodas que he visto en mi vida. Solo los Martin y los Carter, toda la maldita tribu de las dos familias, y unos cuantos vagabundos de las minas. Creí que Zacky jamás invitaría a gente así. Me sentí fuera de mi elemento…

196

—¿Ocurre algo, señor? —preguntó Demelza.

Ross la miró.

—¿Si ocurre algo? No, ¿qué podría ocurrir?

—Y cuando volvíamos —dijo Jud—, cerca de la Wheal Grace choqué con una piedra y caí…

Pero Ross ya había salido de la cocina.

—Será mejor que frenes tu lengua cuando lo ves de ese humor —dijo Jud severamente a Demelza—, porque de lo contrario no solo tu padre te dará una tunda. Que interrumpas a tus mayores muestra lo mal que te educaron…

Demelza lo miró con los ojos muy abiertos, pero no contestó.

Ross no halló su escopeta en el salón, y fue a buscarla al dormitorio. Allí, la cargó cuidadosamente y la amartilló. Había echado el cerrojo a la puerta del establo, de modo que esta vez no se le escaparía. Tenía la sensación de haber acorralado a un animal, a un perro rabioso. El establo tenía una sola salida.

En la oscuridad cada vez más densa encendió un farol, y

esta vez salió de la casa por la puerta principal, y rodeó el edificio para llegar al establo. Era mejor no dejar solo demasiado tiempo a ese hombre, porque podía hacer daño a los caballos.

En silencio retiró el cerrojo de la puerta y esperó que cesara una ráfaga de viento antes de levantar la barra de hierro. Después, abrió la puerta y entró, depositó la linterna donde no le diera la corriente, y buscó refugio en las sombras de los boxes.

Morena relinchó ante la súbita entrada de Ross; llegó una ráfaga de viento, que movió la paja y las hojas; un murciélago se alejó de la luz; se hizo el silencio. La barra de hierro había desaparecido.

—Reuben —dijo Ross—. Sal de ahí. Quiero hablar contigo.

No hubo réplica. No la había esperado. Podía oírse el movimiento de las alas del murciélago que describía círculos en la oscuridad. Ross entró en el establo.

Cuando llegó al segundo caballo le pareció oír un movimiento detrás y se volvió prestamente, apuntando con la escopeta. Pero nada se movió. Ahora deseaba haber llevado consigo la linterna, porque su débil luz no disipaba las sombras más profundas.

Squire se movió de pronto, coceando el suelo. Todos los caballos sabían que estaba ocurriendo algo anormal. Ross esperó cinco minutos, en tensión al lado del box, consciente de que ahora era una prueba de paciencia que determinaría quién tenía los nervios más firmes. Estaba seguro de sus propios nervios, pero a medida que pasaba el tiempo comprobó que esa misma seguridad lo inducía a actuar. Quizás el hombre había regresado al desván con su arma. Tal vez estaba agazapado allí, preparado para pasar la noche.

Ross oyó a Jud que salió de la casa y atravesaba el patio de adoquines. Al principio pensó que se dirigía al establo, pero después lo oyó entrar en el retrete, a poca distancia. Poco después regresó a la casa y se cerró la puerta. En el establo, todo continuaba en silencio.

Ross se volvió para buscar la linterna, y en ese mismo instante el aire silbó detrás y se oyó un fuerte ruido cuando el taladro fue a golpear la división de madera, en el lugar que él había ocupado. Saltaron astillas de madera, y Ross se volvió y disparó a la figura que emergió de la oscuridad. Algo le golpeó la cabeza, y la figura corrió hacia la puerta. Cuando alcanzó a ver al hombre, volvió a apretar el gatillo. Pero esta vez la pólvora no se encendió; antes de que pudiese amartillar de nuevo el arma, Reuben Clemmow había desaparecido.

Corrió hacia la puerta y miró fuera. Una figura se movía cerca de los manzanos, y Ross descargó sobre ella el segundo cañón. Después, se limpió un hilo de sangre que le cubría la frente y se volvió hacia la casa, de la cual salieron alarmados Jud, Prudie y Demelza.

Se sentía colérico y frustrado ante la fuga del hombre, pese a que era muy probable que lo encontrasen por la mañana.

Sería muy difícil que no dejase un rastro.

13

Salió al alba y siguió la pista formada por las manchas de sangre dejadas por Clemmow; pero poco antes de llegar a Mellin las manchas viraron hacia el norte, en dirección a las dunas, y allí las perdió. Durante los días siguientes nada más se supo del hombre, y la conclusión más razonable era que había caído en algún punto de ese desierto de arena, para morir de debilidad y exposición a las inclemencias del tiempo. Más valía librarse definitivamente de él, y que nadie formulara preguntas. El hecho de que hubiera reaparecido se convirtió en un secreto guardado por los cuatro miembros de la casa Nampara y por Zacky, a quien Ross habló del asunto.

Durante todos los meses de ese verano, la casa de Nampara rara vez careció de flores. Era el resultado de la iniciativa de Demelza. Siempre se levantaba al alba, y ahora que ya no temía que la secuestrasen y la devolviesen a su casa, donde le esperaba una paliza, vagabundeaba a voluntad por los campos y los páramos, en compañía del inquieto *Garrick*, para regresar con un gran ramo de flores silvestres, que luego contribuían a adornar el salón.

Prudie había tratado de quitarle esa costumbre, porque no era tarea propia de una doncella de la cocina adornar la casa con flores, pero Demelza insistía en hacerlo, y su obstinación se impuso a la inercia de Prudie. A veces era un manojo de reinas del prado y margaritas, a veces un puñado de dedaleras o un ramillete de rosas silvestres.

Si alguna vez Ross advirtió la presencia de las flores, en todo caso no formuló comentarios.

La niña era como un animal joven que hubiera vivido catorce años con anteojeras, limitando su visión al círculo doméstico más estrecho y a los propósitos más primitivos; los primeros nueve años unida estrechamente a su madre en una cadena de enfermedades, malos tratos, pobreza y partos; los últimos cinco afrontando todo eso excepto los nacimientos. No era sorprendente que ahora se hubieran desarrollado su cuerpo y su espíritu. Creció tres centímetros en cuatro meses, y su interés en las flores era un símbolo de su visión más amplia del mundo.

Le gustaba peinarse los cabellos y atarlos en la nuca, y a veces conseguía mantenerlos así, de modo que podían vérsele los rasgos de la cara. No era una niña mal parecida, y tenía la piel limpia y clara y una expresión móvil; los ojos eran inteligentes y muy sinceros. Un par de años más, y algún minero joven como Jim Carter comenzaría a cortejarla.

Aprendía con mucha rapidez y tenía talento para imitar, de modo que empezó a incorporar palabras a su vocabulario y a conocer el modo de pronunciarlas. También comenzó a desechar algunas. Ross había consultado a Prudie —lo cual era siempre un modo halagador de abordar un asunto— y Prudie, que sabía jurar mejor que un carretero cuando así se le antojaba, se vio comprometida a colaborar en la eliminación de las malas palabras que enriquecían el vocabulario de Demelza.

A veces, obligada a escuchar las inquietas preguntas de Demelza, Prudie se sentía como en una trampa. Prudie sabía lo que estaba bien y era apropiado, y Demelza no. Y quizás era posible enseñar a algunas chicas a comportarse sin que la maestra pusiese cuidado en su propia conducta, pero ese no era el caso con Demelza. Llegaba muy rápidamente a sus propias conclusiones; sus pensamientos se adelantaban, y uno debía tenerlos en cuenta. De modo que el proceso se convirtió no solo en la educación adquirida de buena gana por Demelza, sino en la regeneración renuente de Prudie. Esta comprobó que en los tiempos que corrían ni siquiera era posible emborracharse decentemente.

Ross asistía divertido a todo el asunto. Ni siquiera Jud era inmune a esa influencia, aunque soportaba la situación con menos elegancia que su esposa. Parecía considerar un importante agravio que durante más de dos meses Prudie no lo hubiese golpeado con el mango de la escoba.

No se trataba de que ambos comenzaron a reformarse gracias al contacto con el espíritu puro y afectuoso de una niña, porque a decir verdad ella tenía tanto pecado original como los mayores.

Si Demelza creció y se desarrolló, *Garrick* lo hizo con mucha mayor rapidez. Al llegar era más pequeño de lo que nadie había pensado, y bien alimentado creció a tal velocidad que todos comenzaron a sospechar que tenía sangre de ovejero. Conservó los dispersos rizos negros de su pelaje, y la falta de cola le confería un aspecto extrañamente torpe y desequilibrado. Cobró mucho afecto a Jud, que no podía soportarlo, y el desmañado perro seguía por doquier al sinvergüenza viejo y calvo. En julio todos llegaron a la conclusión de que *Garrick* estaba libre de parásitos, de modo que se lo admitió en la cocina. Celebró su entrada saltando sobre Jud, que estaba sentado frente a la mesa, y derribándole sobre las rodillas una jarra de sidra. Jud se puso de pie, inundado de sidra y autocompasión, y arrojó la jarra al perro, que salió disparado de la cocina, mientras Demelza huía a refugiarse en el establo de las vacas, y se cubría la cabeza con las manos en un paroxismo de risa.

Cierto día, el sorprendido Ross recibió una visita de la señora Teague y su hija menor, Ruth.

201

La señora Teague explicó que habían ido a Mingoose, y que les había parecido apropiado visitar Nampara en el camino de retorno. Hacía casi diez años que la señora Teague no se detenía en Nampara, y según dijo le interesaba mucho ver cómo se las arreglaba Ross. El señor Teague siempre había afirmado que las actividades del campo eran una afición fascinante.

—En mi caso, señora, es más que una afición —dijo Ross. Había estado reparando la cerca que limitaba una parte de su propiedad, y estaba sucio y desgreñado, las manos lastimadas, manchadas y cubiertas de tierra. Cuando recibió a las mujeres en el salón, era imposible ignorar el contraste con las elegantes prendas de montar de la señora Teague. También Ruth se había vestido con suma elegancia ese día.

Contempló a la joven mientras ella y su madre bebían el cordial que Ross había mandado traer, y comprendió qué era lo que le había llamado su atención en el baile: la belleza latente de la boca apenas pintada, la original oblicuidad de los ojos verde grisáceos, el perfil del mentón pequeño y obstinado. En un último y desesperado esfuerzo, la señora Teague había conferido a su hija menor una vitalidad de la cual las otras carecían.

Conversaron amablemente de diferentes temas. En realidad, las dos mujeres habían acudido por invitación del señor John Treneglos, el hijo mayor del señor Horace Treneglos, de Mingoose. John desempeñaba un cargo en la Sociedad de Cazadores de Carnbarrow, y había expresado intensa admiración ante la técnica ecuestre de Ruth. Las había invitado con tanta frecuencia que finalmente se habían considerado obligadas a atender su petición. Qué residencia tan majestuosa era Mingoose, ¿verdad? De estilo gótico y muy espacioso, afirmó la señora Teague, mientras examinaba la habitación. El señor Treneglos era un anciano encantador; pero era imposible no advertir que su salud parecía muy frágil.

¡Lástima que el capitán Poldark no se interesara en la caza!

¿No sería muy provechoso para él alternar con otra gente de su propia clase y saborear las emociones de la caza? Ruth siempre montaba; era su principal pasión; por supuesto, eso no significaba que no supiera ejecutar cumplidamente otras artes más gentiles; bastaba preguntarle para comprobar cuánto sabía; la señora Teague aclaró que ella siempre había creído que era conveniente criar a sus hijas de modo que conocieran todas las tareas de la casa; ese trozo de encaje que ahora ella usaba como pañoleta, era fruto del trabajo exclusivo de Ruth y Joan, pese a que Joan no era tan industriosa como su hermana menor.

Durante toda esta conversación Ruth pareció sentirse incómoda, y curvaba los labios y miraba oblicuamente en dirección a los rincones de la habitación, y descargaba el látigo de montar contra uno de sus piececillos bien calzados. Pero cuando la madre estaba distraída, Ruth encontraba oportunidad para dirigir a Ross algunas sugestivas miradas de entendimiento. Ross pensaba en las pocas horas de luz diurna que aún restaban, y comprendió que ese día no podría terminar la reparación de la empalizada.

203

La señora Teague preguntó si se veía mucho con el resto de la familia. En el baile de Lemon no había visto a un solo Poldark. Por supuesto, no podía pretenderse que Elizabeth saliera tanto como de costumbre, ahora que se preparaba para vivir confinada en sus habitaciones. Ruth se sonrojó, y una llamarada de dolor atravesó el corazón de Ross.

¿Era cierto, preguntó la señora Teague, que Verity seguía viéndose con ese hombre, el capitán Blamey, a pesar de la prohibición de su padre? Corrían rumores. No, por supuesto, Ross no podía saberlo, puesto que vivía desvinculado de la gente.

A las cinco y media se pusieron de pie para salir. Se lo agradecieron, pero no aceptaron quedarse a cenar. Había sido grato volver a verle. ¿Estaba dispuesto a visitarlas si le escribían y fijaban un día? Muy bien, un día a principios del mes siguiente. Gracias a él, Nampara era otra vez un lugar cómodo. Quizá podía decirse que aún faltaba el toque de una mujer que agregase un elemento de elegancia y dulzura. ¿Él no pensaba lo mismo?

Se dirigieron a la puerta principal, la señora Teague charlando amistosamente, y Ruth sucesivamente hosca y dulce, deseosa de encontrar la mirada de Ross y restablecer la relación galante del baile. El criado de las señoras trajo los caballos. Ruth montó primero, con agilidad y desenvoltura. Tenía la gracia de la juventud y de una amazona nata; se sentaba en la montura como si hubiera nacido unida a ella. Después montó la señora Teague, satisfecha al ver la mirada aprobadora de Ross, y él las acompañó caminando hasta los límites de su propiedad.

En el camino se cruzaron con Demelza. La chica traía un canasto de sardinas obtenidas en Sawle, donde acababan de desembarcar la primera captura de la temporada. Lucía el mejor de sus dos vestidos de algodón rosado, y el sol se reflejaba sobre sus cabellos en desorden. Una chica, una jovencita, delgada y angular, de piernas largas. Inesperadamente, elevó los ojos.

Parpadeó una vez, hizo una torpe reverencia y siguió su camino.

La señora Teague extrajo un fino pañuelo de encaje y se quitó una mota de polvo del vestido.

—Oí decir que usted había… hum… adoptado a una niña, capitán Poldark. ¿Es ella?

—No he adoptado a nadie —dijo Ross—. Necesitaba una chica para la cocina. Ella tiene edad suficiente para saber lo que quiere. Vino, y eso es todo.

—Una bonita niña —dijo la señora Teague—. Sí, parece que sabe lo que quiere.

II

Los asuntos de Verity y el capitán Blamey culminaron a fines de agosto. Lamentablemente, ello ocurrió el día que Ross había aceptado la invitación de la señora Teague a devolver la visita.

Durante el verano, Verity se había encontrado cuatro veces con Andrew Blamey en Nampara, una por cada vez que él llegó a puerto.

A pesar de sus antecedentes, Ross no conseguía sentir desagrado hacia el marino. Era un hombre sereno, incapaz de sostener una charla intrascendente, un hombre de mirada firme compensada por una peculiar modestia en sus actitudes; la palabra que uno habría elegido instintivamente para describirlo era «sobrio». Y sin embargo, sobrio era lo último que él había sido otrora, si uno se limitaba a aceptar su propia confesión. A veces podía percibirse un conflicto. Ross sabía que tenía reputación de ser inflexible en su nave; y en la actitud deliberadamente controlada, en el equilibrio de todos sus movimientos, uno percibía el eco de antiguas luchas y calculaba la medida de la victoria obtenida. Su respeto y su ternura hacia Verity evidentemente eran sinceros.

Si alguien podía disgustarle era él mismo y el papel que estaba representando. Protegía el encuentro de dos personas que, de acuerdo con el sentido común, hubieran estado mejor separadas. Si el asunto tomaba mal sesgo, él sería el principal culpable. No se podía pretender que dos personas profundamente enamoradas fuesen modelos de lucidez.

Tampoco se sentía muy cómodo ante el desarrollo de los acontecimientos. No presenciaba las entrevistas, pero sabía que Blamey intentaba persuadir a Verity de que huyese con él, y que hasta ese momento ella no estaba decidida a aceptar, porque aún alentaba la esperanza de una posible reconciliación entre Andrew y Charles. Sin embargo, había consentido en acompañarlo más adelante a Falmouth, para conocer a sus hijos; y Ross sospechaba que si ella iba ya no volvería. No era posible alejarse tanto en poco tiempo y regresar sin que nadie se enterara. Ese sería el momento crucial de la desobediencia. Una vez en Falmouth, él la convencería de que se casara en lugar de regresar para afrontar la tormenta.

La semana anterior, la señora Teague había enviado una carta con uno de sus lacayos, invitándolo a una «pequeña reunión vespertina» que celebraban el viernes siguiente, a las cuatro. Censurándose por lo que hacía, escribió una nota de aceptación mientras el criado esperaba. Al día siguiente Verity fue a la casa a preguntar si podía reunirse con Andrew Blamey en Nampara el viernes a las tres.

No era necesario que Ross estuviese en su casa mientras ellos se veían, excepto para cumplir una convención que, conociendo a Verity, él consideraba innecesaria; de modo que no formuló ninguna objeción, y solo se demoró el tiempo necesario para recibirlos.

Después de introducirles en el salón, y de ordenar que no se les molestase, montó a caballo y comenzó a atravesar el valle, dirigiendo miradas de pesar por todo el trabajo que podía haber realizado en lugar de alejarse para hablar de tonterías con media docena de hombres y mujeres jóvenes poco juiciosos. Al final del valle, poco después de la Wheal Maiden, se encontró con Charles y Francis.

Durante un momento se sintió desconcertado.

Ambos guardaban silencio.

—Es un placer verte en mi propiedad, tío —dijo—. ¿Pensaban hacerme una visita? Cinco minutos más y no me habrían encontrado.

—Esa fue nuestra intención —dijo brevemente Francis.

Charles tiró de las riendas de su caballo. Los dos tenían una expresión de cólera en el rostro.

—Ross, corre el rumor de que Verity se encuentra en tu casa con ese Blamey. Vamos allí a comprobar la verdad de la afirmación.

—Me temo que esta tarde no puedo ofrecerles hospitalidad —dijo Ross—. Tengo un compromiso a las cuatro… a cierta distancia de aquí.

—Verity está ahora en tu casa —dijo Francis—. Nos

proponemos ver si Blamey está allí, con o sin tu autorización.

—¡Aj! —dijo Charles—. Francis, no es necesario mostrarse desagradable. Quizá nos equivocamos. Muchacho, danos tu palabra de honor, y volveremos sin necesidad de pelear.

—Y bien, ¿qué hace ella allí? —preguntó Francis, con voz altisonante.

Ross dijo:

—Como mi palabra de honor no apartará de la casa al capitán Blamey, no puedo darla.

Vio cambiar la expresión de Charles.

—Dios te maldiga, Ross, no tienes decencia, ni lealtad hacia tu familia. ¿Cómo la dejas allí con ese hijo de puta?

—¡Ya te dije que era así! —exclamó Francis y sin esperar más desvió su caballo y avanzó al trote en dirección a Nampara.

—Creo que juzgan mal a ese hombre —dijo Ross con voz pausada.

Charles resopló:

—¡Creo que a ti te hemos juzgado mal! —Siguió en pos de su hijo.

Ross los vio acercarse a la casa, y tuvo un desagradable presentimiento. Las palabras y las expresiones de ambos no dejaban lugar a dudas acerca de la actitud que adoptarían.

Movió las riendas para volver grupas y siguió en pos de los dos.

207

III

Cuando llegó a la casa, Francis ya estaba en el salón. Alcanzó a oír las voces airadas mientras Charles descendía laboriosamente de su caballo.

Cuando entraron, el capitán Blamey estaba de pie al lado del hogar, una mano sobre la manga de Verity, como para impedirle que se interpusiera entre él y Francis. Vestía la chaqueta de capitán de fina tela azul con encajes, el cuello blanco y la corbata negra. Su expresión exhibía una particular serenidad, como si hubiese desechado toda pasión; se le veía encerrado en sí mismo, accesible, protegido por todos los controles que él mismo había seleccionado y puesto a prueba. Parecía un hombre sólido maduro frente a la irritada y apuesta arrogancia de la juventud de Francis. Ross advirtió que Charles sostenía en la mano el látigo de montar.

—… no es modo de hablar a su hermana —decía Blamey—. Lo que deba decir, a mí puede decírmelo.

—¡Inmundo canalla! —dijo Charles—. Ocultándose de nuestras miradas. Mi única hija.

—Ocultándome —dijo Blamey—, porque usted no acepta que hablemos del asunto. Usted cree…

—¡Hablar! —dijo Charles—. No tengo nada que hablar con el asesino de su esposa. En este distrito no queremos gente así. Dejan mal olor en la nariz. Verity, monta tu caballo y vuelve a casa.

Verity respondió con voz serena:

—Tengo derecho a elegir mi vida.

—Ve, querida —dijo Blamey—. No conviene que estés aquí.

La joven hizo un gesto negativo con la mano.

—Me quedo.

—¡Pues quédate, y que el diablo te lleve! —dijo Francis—. Blamey, hay solo un modo de tratar a los individuos como usted. Las palabras y el honor no cuentan. Quizá el látigo sirva. —Comenzó a quitarse la chaqueta.

—No harán eso en mi propiedad —dijo Ross—. Comienza una pelea, y yo mismo te echo.

Hubo un momento de silencio hostil.

—¡Por Dios! —explotó Charles—. ¡Tienes el descaro de apoyarlo!

—No apoyo a nadie, pero una pelea a puñetazos no resolverá el problema.

—Dos buenos canallas —dijo Francis—. Eres apenas mejor que él.

—Ya oyó lo que dijo su hermana —observó tranquilamente el capitán Blamey—. Tiene derecho a elegir su vida. No deseo pelear, pero ella vendrá conmigo.

—Antes lo veré en el infierno —dijo Francis—. Usted no se limpiará las botas en nuestra familia.

El capitán Blamey palideció de pronto intensamente.

—¡Mocoso insolente!

—¡De modo que mocoso! —Francis se inclinó hacia delante y descargó una bofetada en el rostro del capitán Blamey.

El golpe dejó una marca roja, y entonces Blamey golpeó a Francis en la cara, y el joven cayó al suelo.

Hubo una breve pausa. Verity había retrocedido un paso, el rostro contraído y angustiado.

Francis se sentó, y con el dorso de la mano se limpió un hilo de sangre que le brotaba de la nariz. Se puso de pie.

—Capitán Blamey, ¿cuándo le vendrá bien enfrentarse conmigo? —preguntó.

Como había encontrado un modo de manifestarse, la cólera del marino se había calmado. Pero podía decirse que ya no tenía la misma compostura anterior. Aunque hubiera sido solo por un momento, los controles habían fallado.

—Salgo hacia Lisboa con la marea de mañana.

La expresión de Francis fue despectiva.

—Por supuesto, era lo que cabía esperar.

—Bien, aún tenemos el día de hoy.

Charles avanzó un paso.

—No, es absurdo usar esos malditos métodos franceses. Francis, le damos una paliza a este mendigo y nos vamos.

—Tampoco acepto eso —dijo Ross.

Francis se lamió los labios.

—Exijo satisfacción. No puede negármela. Este tipo afirmó antaño que era un caballero. Que salga de la casa y se enfrente a mí… si tiene coraje.

—Andrew —dijo Verity—. No aceptes nada…

El marino miró con aire distante a la joven, como si la hostilidad del hermano ya los hubiera separado.

—Pelea a puñetazos —dijo Charles con voz estentórea—. Francis, ese canalla no merece el riesgo de un duelo con pistolas.

—Otra cosa no lo desalentará —dijo Francis—. Ross, te molestaré para pedirte armas. Si te niegas, mandaré buscar las mías a Trenwith.

—En ese caso, búscalas —replicó secamente Ross—. Si hay derramamiento de sangre, no quiero tener nada que ver.

—Hombre, están en la pared, detrás de usted —dijo Blamey entre dientes.

Francis se volvió y bajó las pistolas plateadas de duelo con las cuales Ross había amenazado al padre de Demelza.

—¿Aún funcionan? —preguntó fríamente, dirigiéndose a Ross.

Ross no habló.

—Salga, Blamey —dijo Francis.

—Mira, muchacho —dijo Charles—, esto es una tontería. El problema es mío y…

—Nada de eso. Me golpeó…

—Ven, no tengas nada que ver con este sinvergüenza. Verity vendrá con nosotros, ¿verdad, Verity?

—Sí, padre.

Francis miró a Ross.

—Llama a tu criado y dile que verifique si las pistolas están en condiciones.

—Llámalo tú mismo.

—No hay padrinos —dijo Charles—. Nada se ha arreglado.

—¡Formalismos! Para liquidar a un sinvergüenza no se necesitan formalismos.

Salieron. Era fácil advertir que Francis estaba decidido a obtener satisfacción. Blamey, blancas las aletas de la nariz, se mantenía apartado, como si el asunto no le concerniera. Verity apeló por última vez a su hermano, pero él replicó agriamente que había que encontrar una solución a su encaprichamiento, y que él había elegido esa.

Jud estaba fuera, de modo que no fue necesario llamarle. Se le veía interesado e impresionado por la responsabilidad que se le asignaba. Solo una vez había presenciado algo semejante, treinta años atrás. Francis le dijo que actuase como árbitro, y que contase quince pasos para ellos; Jud miró a Ross, que se encogió de hombros.

—Sí, señor, quince —dijo usted.

Estaban en el espacio abierto cubierto de hierba, frente a la casa. Verity había rehusado entrar. Tenía las manos apoyadas en el respaldo de una silla de jardín.

Los hombres permanecieron espalda contra espalda, Francis dos o tres centímetros más alto, sus cabellos rubios resplandeciendo al sol.

—¿Listos, señores?

—Sí.

Ross se adelantó un paso, pero se detuvo. Ese tonto obstinado debía salirse con la suya.

—Entonces, ahora. Uno, dos, tres, cuatro, cinco, seis…

A medida que Jud iba contando, los dos hombres se alejaban uno del otro, y una golondrina se zambullía y planeaba sobre ellos.

Cuando oyeron contar quince, se volvieron. Francis disparó primero y la bala tocó a Blamey en la mano. Blamey soltó la pistola. Se inclinó, la recogió con la izquierda y disparó a su vez. Francis se llevó una mano al cuello y cayó al suelo.

IV

Mientras corría, Ross pensaba: debí haberlo impedido. ¿Qué pasará con Elizabeth si Francis...?

Volvió de espaldas a Francis y apartó los encajes de la camisa. La bala había entrado por el hombro en la base del cuello, pero no tenía salida. Ross lo alzó y lo llevó al interior de la casa.

—¡Dios mío! —dijo Charles, que lo siguió con expresión de impotencia, lo mismo que los demás—. Mi muchacho ha muerto... mi muchacho...

—Tonterías —dijo Ross—. Jud, monta el caballo del señor Francis y ve a buscar al doctor Choake. Dile que hubo un accidente de caza. Recuérdalo, no la verdad.

—¿Está... gravemente herido? —preguntó el capitán Blamey, con un pañuelo alrededor de la mano—. Yo...

—¡Salga de aquí! —dijo Charles, el rostro púrpura—. ¡Cómo se atreve a entrar de nuevo en la casa!

—No se inclinen sobre él —ordenó Ross, después de depositar a Francis en el sofá—. Prudie, tráeme trapos limpios y agua caliente.

—Déjame ayudar —dijo Verity—. Déjame ayudar. Puedo hacer algo. Puedo...

—No, no. Déjalo estar.

Hubo unos instantes de silencio hasta que Prudie regresó presurosa con el agua. Ross había evitado que la herida sangrase excesivamente apretando sobre ella su propio pañuelo de color. Ahora, retiró el pañuelo y en su lugar aplicó un trapo húmedo. Francis contrajo el rostro y gimió.

—Se repondrá —dijo Ross—. Pero no le quiten el aire.

El capitán Blamey recogió su sombrero y salió de la habitación. Afuera, se sentó un momento en la silla situada frente a la puerta principal, y hundió la cabeza entre las manos.

—Dios mío, qué susto me dio —dijo Charles, enjugándose

el rostro y el cuello, y bajo la peluca—. Pensé que el muchacho había muerto. Fue una suerte que el tipo no tirase con la derecha.

—Quizá en ese caso habría errado de un modo mucho más evidente —dijo Ross.

Francis se volvió, murmuró y abrió los ojos. Necesitó varios instantes antes de recuperar totalmente la conciencia. La expresión de rencor había desaparecido de sus ojos.

—¿Se fue ese tipo?

—Sí —dijo Ross.

Francis sonrió perversamente.

—Lo eché. Ross, la culpa es de tus malditas pistolas de duelo. Creo que las miras están desviadas. ¡Uf! Bien, ahora no necesitaré sanguijuelas durante una semana o dos.

En el jardín, Verity se había reunido con Andrew Blamey. El hombre parecía haberse encerrado totalmente en sí mismo. En el lapso de quince minutos había cambiado irrevocablemente la relación entre ambos.

213

—Debo ir —dijo él, y los dos advirtieron inmediatamente el pronombre implícito—. Es mejor que me marche antes de que él vuelva en sí.

—Oh, querido, si por lo menos hubieses... desviado el tiro... o no hubieras disparado...

Movió la cabeza, oprimido por las complicadas luchas que se originaban en su propio carácter, y por la inutilidad de intentar una explicación.

Verity dijo:

—Todo esto... era lo que él buscaba. Esta disputa. Pero es mi hermano. Para mí ahora es tan imposible...

Él trató de hallar esperanza para argumentar.

—Verity, con el tiempo todo esto se disipará. Nuestros sentimientos no pueden cambiar.

Ella no contestó, y permaneció con la cabeza inclinada.

La miró fijamente algunos segundos.

—Quizá Francis tenía razón. Solo he traído dificultades. Quizá nunca debí pensar en ti… ni siquiera mirarte.

Verity replicó:

—No, Francis no tenía razón. Pero después de esto… no puede haber reconciliación…

Después de un minuto, él se puso de pie.

—Tu mano —dijo ella—. Déjame vendarte.

—No es más que un rasguño. Lamento que no tuviese mejor puntería.

—¿Puedes montar? Los dedos…

—Sí, puedo montar.

Lo vio desaparecer detrás de la casa. Caminaba cargado de hombros, como un viejo.

Regresó a caballo.

—Adiós, amor mío. Si no queda otra cosa, por lo menos permíteme conservar el recuerdo.

214   Verity lo miró mientras cruzaba el arroyo, y subía lentamente por el valle, hasta que la imagen en sus ojos súbitamente se nubló y desdibujó.

14

*E*l grupo entero regresó a Trenwith. Francis, vendado temporalmente, había montado su propio caballo en el camino de retorno, y ahora Choake estaba con él, aplicándole un aparatoso vendaje. Charles, que eructaba gases y los restos de su cólera, se había retirado a su propio cuarto para vomitar y descansar hasta la cena.

Elizabeth casi se había desmayado al ver a su marido. Pero después reaccionó, y subió y bajó escaleras apremiando a la señora Tabb y a Bartle, que debían proveer las necesidades del doctor Choake y atender la comodidad del herido. Como ocurriría a lo largo de toda su vida, Elizabeth disponía de un caudal de energía nerviosa, que no utilizaba habitualmente, pero que le servía en caso de necesidad súbita. Era una suerte de reserva fundamental, que era raro hallar incluso en personas más fuertes.

Y Verity había subido a su cuarto…

Se sentía como separada de esa casa, de la que había sido parte durante veinticinco años. Estaba entre extraños. Más aún, eran extraños hostiles. Se habían separado de ella, y Verity de ellos, por incomprensión. En el curso de una tarde, ella había llegado a encerrarse en sí misma; y en su fuero interno estaba formándose un núcleo de frialdad y aislamiento.

Echó el cerrojo a la puerta y se sentó bruscamente en la primera silla que encontró. Su romance había concluido; aunque se rebelara contra ese hecho, sabía que así era. Se sentía débil y enferma, y desesperadamente cansada de la vida. Si la muerte hubiera podido sobrevenir serena y pacíficamente, la habría aceptado, se hubiera hundido en ella como uno se hunde en un lecho, porque solo deseaba dormir y olvidarse de sí misma.

Sus ojos recorrieron el cuarto. Todo lo que en él había le era familiar, con esa profunda y distraída intimidad de la asociación cotidiana.

A través de la larga ventana de guillotina y la estrecha ventana de la alcoba, Verity había mirado el mundo con los ojos cambiantes de la niñez y la juventud. Había mirado el jardín y el seto de tejos y los tres sicómoros inclinados, durante todas las estaciones del año, y en todos los estados de ánimo de su propio crecimiento. Había visto la escarcha que dibujaba sus pautas foliadas sobre el vidrio de las ventanas, las gotas de lluvia que caían como lágrimas sobre antiguas mejillas, el primer sol de primavera que brillaba polvoriento y se posaba en la alfombra, y sobre los ajados muebles de roble.

El viejo reloj francés sobre el reborde de madera tallada de la chimenea, con sus figuras pintadas y doradas, como una cortesana de los tiempos de Luis XIV, había estado en el cuarto toda la vida de Verity. Su campanilla fina y metálica había venido anunciando las horas durante más de cincuenta años. Cuando lo habían fabricado, Charles era apenas un niño delgado, no un viejo jadeante y purpúreo empecinado en destruir el romance de su hija. Habían existido juntos, la niña y el reloj, la joven y el reloj, la mujer y el reloj, en la enfermedad y la pesadilla, en los cuentos de hadas y la ensoñación, a través de toda la monotonía y el esplendor de la vida.

Sus ojos se posaron ahora sobre la mesa recubierta de vidrio de satén rosado, sobre la mecedora de mimbre, y los robustos candelabros de bronce con las velas que se elevaban en escalones, el alfiletero, el bordado canasto de labores, la jarra de agua de dos asas. Incluso la decoración del dormitorio, las largas cortinas de damasco, el aterciopelado papel de las paredes con sus descoloridas flores carmesí sobre un fondo marfileño, las rosas de yeso blanco de la cornisa y el cielorraso, habían llegado a ser peculiar y absolutamente algo suyo.

Sabía que allí, en la intimidad de su propio cuarto, donde los únicos hombres que entraban eran su hermano y su padre, podría aflojarse, yacer sobre el lecho, y llorar, abandonarse a la pena. Pero se sentó en la silla, sin hacer un solo gesto.

No podía llorar. La herida era demasiado profunda, o ella no sabía entregarse al dolor. El suyo sería el dolor perpetuo de la pérdida y la soledad, amortiguado lentamente por el tiempo hasta que se convirtiera en parte de su carácter, en una suave acritud teñida de raído orgullo.

Andrew seguramente ya había regresado a Falmouth y estaría en el alojamiento del cual había oído hablar, pero que nunca había visto. Gracias a las charlas que habían sostenido, ella había intuido la sordidez de su vida en tierra, de las dos habitaciones que ocupaba en la casa de pensión del puerto, de la mujer que lo atendía.

Verity se había propuesto cambiar todo eso. Habían planeado alquilar un *cottage* que dominase el puerto, un lugar que tuviese algunos árboles y un jardincito que se prolongaría hasta la playa de piedras. Aunque él casi nunca hablaba de su primer matrimonio, había comprendido lo suficiente para estar segura de que gran parte del fracaso era culpa de ella, por inexcusable que fuera el modo en que él había terminado el asunto. Y Verity creía que lograría compensar ese primer fracaso. Con su laboriosidad, sus dotes de administradora y el amor mutuo, podría ofrecerle el hogar que él nunca había tenido.

En cambio, esa habitación que la había visto crecer hasta llegar a la edad adulta sería testigo de su esterilidad y su agotamiento. El espejo dorado del rincón aportaría su testimonio objetivo. Todos esos adornos y esos muebles serían sus compañeros durante los años siguientes. Y Verity sabía que acabaría odiándolos, si es que no los odiaba ya, como uno odia a los testigos de su propia humillación y su futilidad.

Hizo un esfuerzo renuente por rechazar ese estado de ánimo. Su padre y su hermano habían procedido de buena fe, en concordancia con su educación y sus principios. Si el resultado era que ella permanecía al servicio de ambos hasta su propia vejez, no se les podía culpar del todo. En verdad, creían que «la habían salvado de sí misma». Su vida en Trenwith sería más pacífica, estaría más protegida que la existencia reservada a la esposa de un proscrito social. Estaba entre parientes y amigos. Durante los largos días del verano, las actividades del campo ofrecían muchas cosas interesantes: la siembra, la recolección del heno, la cosecha; la vigilancia de la producción de manteca y quesos, la elaboración de jarabes y conservas. También en invierno había actividad. Los trabajos de aguja durante la velada, la confección de cortinas, labores y medias, el hilado de la lana y el lino con la tía Agatha, la cocción de jarabes de plantas; el baile de la cuadrilla cuando había invitados, o ayudar al señor Odgers a enseñar al coro de la iglesia de Sawle, o dar revulsivos a los criados cuando estaban enfermos.

Además, ese invierno la casa tendría un nuevo habitante. Si ella se alejaba, Elizabeth se sentiría más perdida que nunca; Francis habría descubierto que de pronto se descalabraba la ordenada rutina de la casa. No habría quien arreglase los almohadones de Charles o vigilase que antes de cada comida le lustrasen el jarro de plata. La ejecución de estas y otras cien pequeñas tareas de la casa dependía de ella, y si no la recompensaban agradeciéndoselo explícitamente, en todo caso le demostraban una amistad y un afecto tácitos que ella no podía desdeñar. Y si esas tareas no le habían parecido irritantes otrora, ¿no era solo a causa del sentimiento inicial de decepción por lo que ahora pensaba que en el futuro le parecerían tales?

Todo eso podía decirse: pero Andrew lo rechazaba. Andrew,

sentado ahora con la cabeza entre las manos, en su sórdido alojamiento de Falmouth. Andrew, la semana próxima en la bahía de Vizcaya, Andrew caminando por las calles de Lisboa durante la noche; o el mes próximo de regreso a sus habitaciones; Andrew, que comía y bebía y dormía y se despertaba y era, decía que no. Él había ocupado un lugar en el corazón de Verity, o se había apoderado de una parte de su corazón, y ahora nada volvería a ser como antes.

El año anterior ella se había dejado llevar por la costumbre y el hábito. De ese modo podría haberse sumergido, sin protestar, en una edad madura satisfecha y sin ambiciones. Pero este año, desde ese momento en adelante, debía nadar contra corriente, sin hallar estímulo en la lucha; solamente acritud, pesar y frustración.

Permaneció sentada en el cuarto, sola, hasta que se hizo la oscuridad y las sombras la envolvieron como brazos reconfortantes.

219

15

*E*se verano no se iniciaron los trabajos en Wheal Leisure.

Después de algunas vacilaciones, Ross invitó a Francis a unírsele en la empresa. Francis rehusó con cierta brusquedad; pero un factor más imponderable paralizó el proyecto. El precio del cobre en el mercado abierto descendió a ochenta libras esterlinas la tonelada. Iniciar una nueva explotación en tales condiciones era buscar el fracaso.

Francis se recuperó prontamente de su herida en el cuello, pero el papel representado por Ross en el asunto amoroso de Verity continuaba irritando tanto al joven como a su padre. Se rumoreaba que Poldark y su joven esposa habían estado gastando de un modo extravagante, y ahora que Elizabeth no salía mucho, Francis iba a todas partes con George Warleggan.

Ross veía poco a Verity, porque durante el resto del verano la joven apenas salió de Trenwith. Escribió a la señora Teague disculpándose por su ausencia, «imputable a circunstancias imprevistas e inevitables». No podía decir mucho más. No recibió respuesta. Después supo que la «pequeña reunión» era la fiesta de cumpleaños de Ruth, de la cual estaba destinado a ser el huésped de honor. Pero entonces ya era demasiado tarde para disculparse, y el daño estaba hecho.

Después que se postergó la iniciación de los trabajos de la

Wheal Leisure, Jim Carter dejó su empleo. No era el tipo de joven de quien pudiera pretenderse que continuase trabajando como peón de campo toda su vida, y Grambler lo reclamaba.

Se presentó ante Ross una tarde de agosto, después que habían pasado todo el día segando un campo de cebada, y explicó que Jinny no podría trabajar en Grambler después de Navidad —por lo menos así sería durante un tiempo—, y ambos no podían prescindir de los ingresos de la joven. De modo que, como se sentía mejor que nunca, había decidido encargarse de una veta en la mina, a una profundidad de cuarenta brazas.

—Lamento mucho tener que marcharme, señor —dijo—. Pero es una buena veta. Lo sé. Con suerte podré ganar treinta o treinta y cinco chelines mensuales, y eso es lo que necesitamos.

Si nos permite continuar en el *cottage*, con mucho gusto le pagaremos alquiler.

—Lo harás —dijo Ross— cuando yo crea que estás en condiciones de afrontarlo. No te muestres tan generoso con tu dinero mientras no lo tengas en la mano.

—No, señor —dijo Jim, confundido—. No es precisamente eso…

—Lo sé, muchacho; no soy ciego. A propósito, tampoco soy sordo. Oí decir que la otra noche fuiste a cazar un venado con Nick Vigus.

Jim enrojeció. Balbuceó y pareció dispuesto a negarlo, y después dijo bruscamente:

—Sí.

—Es un pasatiempo peligroso —dijo Ross—. ¿Dónde anduvisteis?

—En las tierras de Treneglos.

Ross contuvo una sonrisa. En verdad estaba formulando una advertencia muy grave, y no tenía el menor deseo de que su efecto se debilitara.

—Jim, apártate de Nick Vigus. Sin que tú mismo lo adviertas te meterá en problemas.

221

—Sí, señor.

—¿Qué dice Jinny?

—Lo mismo que usted, señor… Prometí que no volvería a eso.

—En ese caso, cumple tu palabra.

—Lo hice por ella. Pensé que algo sabroso…

—¿Cómo está?

—Bien, señor, gracias. Los dos nos sentimos tan felices que no quise… en fin, es un modo de hablar… que no quise que hubiera un tercero. Bueno, también por eso Jinny se siente feliz. No es ella quien tiene miedo.

II

Sutiles cambios se producían constantemente en la relación de Demelza Carne y el resto de los habitantes de Nampara. Como su mente había dejado atrás a los Paynter, comenzó a buscar información en otras fuentes, y esa actitud estrechó su vínculo con Ross, que sentía cierto placer en ayudarla. Aunque no se permitía tales expansiones, muchas veces sentía deseos de reírse de las observaciones de la joven.

A fines de agosto, durante la semana en que estaban preparándose las gavillas de las mieses, Prudie resbaló y se lastimó la pierna, de modo que tuvo que guardar cama.

Durante cuatro días Demelza desarrolló una prodigiosa actividad en la casa, y aunque Ross no estaba allí para ver lo que hacía, la comida del mediodía siempre se servía a su hora, y la comida de la noche, más importante que la primera, siempre los esperaba cuando retornaban fatigados al hogar. Cuando Prudie se levantó, Demelza no se aferró a la autoridad conquistada recientemente, pero la relación entre ambas nunca volvió a ser la que existe entre un ama de llaves y una doncella de la cocina. El único comentario acerca del cambio provino de Jud, que le dijo a su esposa que estaba poniéndose tan sentimental como una yegua vieja.

Ross no hizo comentarios a Demelza acerca de los esfuerzos que había realizado durante esos cuatro días, pero la vez siguiente que fue a Truro le compró una de las capas color escarlata que estaban muy de moda en las aldeas mineras de Cornualles occidental. Cuando ella vio la prenda se quedó muda —un síntoma poco usual— y la llevó a su dormitorio para probársela. Más tarde, él la sorprendió mirándole de modo peculiar; era como si la chica sintiera que era justo y propio que ella conociese los gustos y las necesidades de Ross —para eso estaba allí; pero que él supiese lo que ella deseaba no era cosa natural.

Ross reemplazó a Jim por un hombre mayor llamado Jack Cobbledick. Era un individuo sombrío, de pensamiento y hablar lentos, los bigotes canosos con las guías caídas, entre las cuales metía todo su alimento; y un andar tardo y pesado, como si mentalmente siempre estuviera caminando entre hierbas altas. Demelza estuvo varias veces al borde de graves dificultades, después de atravesar el patio alzando sus propias piernas largas imitando el andar del nuevo peón.

En septiembre, cuando culminaba la temporada de la sardina, Ross cabalgaba de tanto en tanto hasta Sawle para presenciar la llegada del pescado, o para comprar medio tonel destinado a la salazón, si la calidad era buena. En esta actividad comprobó que, con su experiencia de atender las necesidades de una familia numerosa y pobre, Demelza sabía juzgar mejor que él mismo, de modo que a veces la chica cabalgaba detrás de Ross, en el mismo caballo, o iba caminando con media hora de anticipación. A veces Jud hacía el trayecto con un par de bueyes uncidos a una carreta destartalada, y por media guinea compraba una carga de pescado roto y deteriorado, que se utilizaba después como abono.

Desde la iglesia de Sawle se descendía por el camino de

Stippy-Stappy, y al final había un puente estrecho e irregular, y un cuadrado verde circundado por establos y *cottages* que era el núcleo de la aldea de Sawle. Desde aquí había pocos metros hasta la alta cerca de piedra y la caleta poco profunda de la bahía.

Inmediatamente después de la cerca se levantaban dos cobertizos destinados al procesado de la pesca, y en ambas construcciones se centraba la industria estival de la aldea. Aquí se seleccionaba el pescado, y se guardaba en sótanos más o menos durante un mes, hasta que perdían el aceite y la sangre, de modo que podían prepararse las conservas, exportadas en toneles al Mediterráneo.

III

224 El hijo de Elizabeth nació a fines de octubre. Fue un parto difícil y prolongado, pero ella soportó bien el esfuerzo y se habría recuperado con mayor rapidez si el doctor Choake no hubiese decidido sangrarla al día siguiente. El resultado fue que pasó veinticuatro horas desmayándose, lo cual alarmó a todos; y de ese trance pudo salir únicamente gracias a un buen número de plumas que quemaron bajo su nariz para revivirla.

Charles estaba encantado ante el nacimiento, y la noticia de que era varón lo arrancó de su estupor pospandrial.

—¡Espléndido! —dijo a Francis—. Bien hecho, muchacho. Estoy orgulloso de ti. De modo que tenemos un nieto, ¿eh? Demonios, exactamente lo que deseaba.

—Tienes que agradecérselo a Elizabeth, no a mí —dijo Francis con voz tenue.

—¿Eh? Bien, supongo que hiciste tu parte, ¿no? —Charles se estremeció de risa contenida—. No importa, muchacho, estoy orgulloso de ambos. No pensé que ya lo llevaba en su cuerpo.

—¿Cómo llamaréis al mocoso?

—Aún no lo hemos decidido —dijo Francis con expresión hosca.

Charles extrajo del sillón su cuerpo corpulento, y avanzó balanceándose hasta el vestíbulo, para examinar la galería de cuadros.

—Bien, en la familia tenemos una excelente colección de nombres, sin necesidad de ir muy lejos. Veamos, hay un Robert, y Claude… y Vivian… y Henry. Y dos o tres Charles. ¿Qué te parece Charles, muchacho?

—Elizabeth será quien decida.

—Sí, sí, ella se ocupará de eso, así lo espero. De todos modos, confío en que no elegirá Jonathan. Un nombre infernalmente estúpido. ¿Dónde está Verity?

—Ahora está arriba, ayudando.

—Bien, avísame cuando el mocoso esté en condiciones de recibir a su abuelo. Un varón, ¿eh? Bien por los dos.

La debilidad de Elizabeth demoró el bautizo hasta principios de diciembre, y entonces se realizó con más discreción que la que Charles hubiera deseado. Asistieron solamente dieciocho personas, incluida la familia inmediata.

Dorothy Johns, la esposa del primo William-Alfred, se había visto sorprendida entre dos embarazos, y esta vez lo acompañaba. Era una mujercita encogida y pulcra, de cuarenta años, con una sonrisa reservada y un tanto ácida, e inhibiciones que aún no se manifestaban en esa época tan expresiva. Jamás usaba la palabra intestinos ni siquiera en la conversación privada, y había temas que no mencionaba en absoluto, una actitud que asombraba a la mayoría de sus amigas. Los dos últimos embarazos la habían afectado profundamente, y Ross pensó que se la veía tensa y arrugada. ¿Quizás Elizabeth llegaría a tener el mismo aspecto? Sin embargo, el primer hijo incluso parecía haber mejorado su apariencia.

Yacía sobre el diván adonde la había llevado Francis. Ardía

225

un gran fuego de leños y las llamas se elevaban y lamían la chimenea como sabuesos encadenados. La amplia habitación estaba tibia y las miradas de la gente reflejaban la luz del fuego; afuera, el día grisáceo y frío formaba una leve niebla sobre las ventanas. Había flores en la habitación y Elizabeth yacía entre ellas como un lirio, mientras todos se movían alrededor. Su piel fina y clara tenía un tono cerúleo en los brazos y el cuello, pero las mejillas mostraban un color más intenso que de costumbre. Era el florecimiento de invernadero del lirio.

El niño fue llamado Geoffrey Charles. Era un montoncito de seda azul y encaje, con una cabecita redonda y esponjosa, ojos de color azul oscuro y las encías de la tía Agatha. Durante el bautizo no protestó, y después fue devuelto a su madre, sin una queja. Todos acordaron en que era un bebé modelo.

Durante la comida que se sirvió después, Charles y el señor Chynoweth hablaron de las peleas de gallos, y la señora Choake comentó, con quien se mostró dispuesto a escucharla, los rumores más recientes acerca del príncipe de Gales. Todo el país sabía que estaba tan aturdido por la negativa de la señora Fitzherbert a ser su amante que una mañana de ese mismo mes había intentado cortarse el cuello con una navaja. En medio del mayor secreto, la señora Fitzherbert había sido convocada inmediatamente a Carlton House; pero lo que allí había ocurrido era tema a lo sumo de conjeturas.

La señora Chynoweth charlaba con George Warleggan, y monopolizaba su atención, con gran fastidio de Patience Teague. La tía Agatha mordisqueaba migajas y hacía todo lo posible para oír lo que la señora Chynoweth decía. Verity permanecía en silencio, los ojos fijos en la mesa. El doctor Choake fruncía el ceño, y en esa actitud explicaba a Ross algunos de los cargos que debían formularse contra Hastings, el gobernador general de Bengala. Ruth Teague, en una molesta proximidad de Ross, trataba de conversar con su madre como si él no hubiera existido.

Ross estaba levemente divertido ante la actitud de Ruth, pero se sentía un poco desconcertado ante la reserva que le demostraban una o dos de las restantes damas —Dorothy Johns, la señora Chynoweth y la señora Choake—. No había hecho nada que pudiera ofenderlas. Elizabeth se esforzaba todo lo posible para mostrarse amable.

Luego, en mitad de la comida, Charles se puso de pie laboriosamente y propuso un brindis por su nieto, habló algunos minutos jadeando como un bulldog, y después se golpeó el pecho y exclamó impaciente:

—El aire, el aire —y se deslizó y cayó al suelo.

Con torpes cuidados, consiguieron levantar la montaña de carne, lo sentaron primero en una silla y después lo llevaron paso a paso al dormitorio del piso superior: Ross, Francis, George Warleggan y el doctor Choake.

Acostado en el macizo lecho de cuatro postes, con sus pesadas colgaduras pardas, pareció que respiraba mejor, pero no se movía ni hablaba. Verity, arrancada de su letargo, iba presurosa de un lado a otro cumpliendo las indicaciones del médico. Choake lo sangró, lo auscultó y después de enderezarse se rascó la calvicie de su propia coronilla, como si el gesto hubiera podido ser útil.

—Hum… sí —dijo—. Creo que ahora estará mejor. El corazón. Debemos estar perfectamente quietos y abrigados. Las ventanas cerradas, y las cortinas de la cama corridas, de modo que no haya peligro de enfriamiento. Aunque es tan grande que podemos esperar que salga bien.

Cuando Ross volvió al grupo silencioso que esperaba abajo, advirtió que todos se disponían a esperar. Era descortés retirarse mientras el médico no formulase una opinión más definida. Elizabeth estaba muy conmovida, dijo alguien, y había pedido que se la excusara.

La tía Agatha movía suavemente la cuna, y se tironeaba los pelos blancos del mentón.

227

—Un mal presagio —dijo—. El día del bautizo del pequeño Charles, el gran Charles cae así. Como un olmo golpeado por el rayo. Ojalá no traiga consecuencias.

Ross pasó al gran salón. Estaba desierto y se acercó a la ventana. El día nublado se había ensombrecido y aborrascado todavía más, y había gotas de lluvia sobre el vidrio.

Cambio y decadencia. ¿Quizá Charles se preparaba para seguir tan pronto el camino de Joshua? Hacía tiempo que su salud se deterioraba, que su piel cobraba un tono más púrpura, y que lo abandonaban las fuerzas. La vieja Agatha y sus presagios. ¿Cómo afectaría todo eso a Verity? A decir verdad, en muy escasa medida, si se exceptuaba el duelo. Francis sería el amo de la casa y de toda la tierra. Quedaría en libertad de acompañar las andanzas de Warleggan, si así se le antojaba. Quizá la responsabilidad lo serenara.

Ross salió del salón y pasó a la habitación siguiente, la biblioteca, un lugar pequeño y oscuro, que olía a moho y polvo. Charles no leía más que su hermano; el padre de ambos, Claude Henry, era quien había adquirido la mayoría de los libros.

Ross paseó los ojos sobre los estantes. Oyó a alguien que entraba hablando en el salón, pero no prestó mucha atención, porque había encontrado una nueva edición de la obra *Justicia de Paz* del doctor Burns. Estaba revisando el capítulo acerca de la locura, cuando atrajo su atención la voz de la señora Teague, que llegaba a través de la puerta abierta.

—Y bien, querida niña, ¿qué podía esperarse? De tal padre, tal hijo, yo siempre lo digo.

—Mi querida señora —ahora era la voz de Polly Choake—, ¡las cosas que uno oye del viejo Joshua! Sumamente cómicas. Ojalá yo hubiera vivido aquí en esa época.

—Un caballero —dijo la señora Teague— sabe dónde está el límite. Si se trata de una dama de su propia clase sus intenciones deben ser rigurosamente honorables. Su actitud hacia una mujer de clase inferior es distinta. Después de todo, los hombres son hombres. Sé que es muy desagradable; pero si las cosas se hacen bien y se proveen las necesidades de la moza, a nadie perjudica. Joshua nunca hacía esa diferencia. Por eso yo lo desaprobaba; y por eso todo el condado lo desaprobaba, y siempre estaba peleando con padres y maridos.

—Sus afectos eran excesivamente desordenados.

Polly emitió una risita.

—¡Diríamos que promiscuos!

La señora Teague se entusiasmó con su tema.

—¡Las cosas que podría contarle de los corazones que él destrozó! Un escándalo seguía a otro. Y siempre digo que de tal padre, tal hijo. Pero incluso Joshua no permitía que en su casa entraran rameras y trotonas. Incluso él no secuestraba a una mendiga hambrienta que no había llegado a la edad del consentimiento, para seducirla en su propia casa. Y además, la muestra sin tapujos como lo que es: ¡eso es lo peor! Sería distinto si la mantuviese en su lugar. No es bueno que el vulgo sepa que una de sus rameras vive en pie de igualdad con un hombre de la posición de Ross. Empiezan a tener ideas raras. A decir verdad, la última vez que lo visité —ya me entiende, una visita de pasada, y eso fue hace muchos meses— vi a esa criatura. Una buena pieza. Y ya comenzaba a darse aires. Una las conoce a primera vista.

—Apenas pasa un día —dijo Polly Choake— sin que él vaya a caballo a Sawle, y la chica detrás en el mismo animal, toda envuelta en una capa escarlata.

—Eso no está nada bien. No conviene a la familia. Me pregunto por qué no le dicen que debe terminar de una vez.

—Quizá no se atreven. —Polly emitió una risita—. Dicen que es un hombre de mal carácter. A mí no me gustaría decírselo, porque tal vez me diera un golpe.

—Charles ha sido demasiado tolerante —dijo la otra voz. De modo que ahora se les había reunido la señora Chynoweth. Parecía irritada—. Cuando Charles muera, Francis adoptará

229

una actitud distinta. Si Ross rehúsa escuchar, debe aceptar las consecuencias. —Se oyó el ruido de una puerta que se abría y se cerraba.

Polly Choake volvió a reír.

—Sin duda, le gustaría ser el ama de Trenwith, en lugar de Elizabeth. Quizás entonces trataría de reformar también a Francis. Mi marido, el doctor Choake, me dijo que anoche Francis perdió cien guineas a una sola carta.

—El juego es pasatiempo de caballeros, Polly —dijo la señora Teague—. Posiblemente…

La risa de Polly se hizo más estrepitosa.

—¡No me diga que la cama no lo es!

—Calle, niña; debe aprender a bajar la voz. No es…

—Eso es lo que el doctor dice siempre…

—Y tiene mucha razón. Sobre todo, es impropio elevar la voz y reír en una casa en la que hay enfermos. Dígame, niña, ¿oyó otros rumores acerca de él?

16

Charles tuvo la desconsideración de no recuperar el sentido a tiempo para satisfacer a los invitados al bautismo. Cuando Ross salió de la casa extrañamente tranquila, su última visión fue la figura de la tía Agatha que seguía acunando al bebé, con un delgado hilo de saliva que le corría por una de las arrugas del mentón, mientras murmuraba:

—Sí, seguro que es un presagio. Me gustaría saber qué ocurrirá.

Sin embargo, en el camino de regreso a su casa Ross no pensaba en la enfermedad de Charles o en el futuro de Geoffrey Charles…

En Nampara habían estado preparándose para el invierno, y con ese fin habían cortado algunas ramas de olmo, que después utilizarían como astillas. Habían decidido talar uno solo de los árboles; sus raíces, que se hundían en el suelo blando al lado del río, no estaban firmes después de los vendavales de otoño. Jud Paynter y Jack Cobbledick habían atado una cuerda a una de las ramas más altas, y estaban cortando el tronco con una sierra de dos mangos. Después de trabajar algunos minutos se apartaban y tiraban de la cuerda, para comprobar si el tronco caía. El resto de la casa había salido a mirar en la media luz del atardecer. Demelza corría de un lado para otro tratando de ayudar, y Prudie, con sus brazos musculosos cruzados como las nudosas raíces del árbol, estaba de pie cerca del puente, ofreciendo consejos que nadie solicitaba.

Prudie se volvió y, mirando a Ross, frunció el espeso ceño.

—Yo guardaré la yegua. Y cómo estuvo el bautizo, ¿eh? ¿Bebieron mucho? Y el mocoso, Dios me asista, se parece al señor Francis, ¿no?

—Bastante. ¿Qué le pasa a Demelza?

—Uno de sus caprichos. Ya le dije a Jud que esa chica se meterá en líos por sus caprichos. Está así desde que se marchó el padre.

—¿El padre? ¿Qué vino a hacer aquí?

—Apareció apenas media hora después que usted se fue. Esta vez vino solo, y con los pantalones del domingo. «Quiero ver a mi hija», dijo, tranquilo como un oso viejo; y ella salió de la casa corriendo para hablar con él.

—¿Y bien?

232

—Tienen que tirar del árbol desde el otro lado —aconsejó Prudie con voz resonante—. No caerá porque le den unos tironcitos.

La respuesta de Jud felizmente se disipó en el viento. Ross se acercó lentamente a los hombres, y Demelza vino corriendo a recibirlo, con el brinco ocasional que daba al tiempo que corría cuando estaba excitada.

De modo que la ausencia había curado las heridas, y al fin el padre y la hija se reconciliaban. Sin duda, la chica deseaba volver, y en ese caso, la murmuración tonta y maliciosa no tendría asidero.

—No caerá —dijo Demelza, volviéndose cuando llegó adonde estaba Ross, recogiéndose el mechón de cabellos para mirar el árbol—. Es más fuerte de lo que creímos.

Rumores tontos y maliciosos. Rumores sucios, perversos e injustificados. Hubiera podido retorcer el absurdo cuello de Polly Choake.

No había conseguido a Elizabeth, pero aún no había caído tan bajo que se dedicara a seducir a su propia criada. Nada menos que Demelza, la rústica moza cuyo cuerpecito sucio y flacucho él había rociado con agua fría el día que la trajo —un episodio del cual, según le parecía, no lo separaban tantos meses—. Después, la chica había crecido. Quizá las murmuraciones del distrito no admitían la posibilidad de que el hijo de Joshua viviese la vida de un célibe. Algunas mujeres tenían una cloaca en lugar de cerebro, y si no había mal olor necesitaban crearlo.

Demelza se movió y lo miró inquieta, como si hubiera advertido que él la escudriñaba. A Ross ella le recordaba una becerra inquieta, con las patas largas y los ojos desviados. Cuando estaba de ánimo caprichoso, como decía Prudie, era imposible prever lo que haría un momento después.

—Tu padre vino a verte —dijo Ross. El rostro de Demelza se iluminó.

—¡Sí! Me arreglé con él. ¡Y eso me hace muy feliz! —Su expresión cambió, y trató de leer el pensamiento de Ross—. ¿Hice mal?

—Claro que no. ¿Cuándo quiere que vuelvas?

—Si hubiese querido eso, yo no habría podido reconciliarme, ¿no? —Se rio complacida, con una risa contagiosa y burbujeante—. No quiere que vuelva, porque volvió a casarse. ¡El lunes pasado volvió a casarse! Así que ahora quiere ser amigo, y yo no necesito pensar todas las noches qué está haciendo el hermano Luke y si el hermano Jack me extraña. La viuda Chegwidden lo cuidará mejor que yo. La viuda Chegwidden es metodista, y cuidará muy bien de todos.

—Oh. —De modo que, en definitiva, no se vería libre de su pupila.

—Creo que quiere reformar a mi padre. Ella piensa que puede obligarlo a dejar la bebida. Creo que en eso se equivoca.

Después de seguir aserrando algunos minutos más, los dos hombres se acercaron solemnemente al extremo de la cuerda y comenzaron a tirar. Ross se unió a ellos y sumó su fuerza. Lo complacía la lealtad que le demostraba la chica, y también le agradaba el placer que ella sentía. En su fuero íntimo, un espíritu maligno se alegraba porque veía cerrado el camino fácil para acallar las lenguas viperinas. ¡Que todos hablasen hasta que se les gastase la lengua!

Pero estaba seguro de que Elizabeth no podía creer semejante historia. Debía aclarar todo el asunto con Elizabeth.

Dio un tirón más fuerte a la cuerda, y esta se rompió donde la habían atado a una rama del árbol. Cayó sentado al mismo tiempo que los dos hombres. *Garrick*, que se había dedicado por su cuenta a cazar un conejo y se había perdido el espectáculo, llegó corriendo desde el valle y se arrojó sobre los tres hombres, y lamió la cara de Jud mientras este se arrodillaba.

—¡Maldito sea ese perro infernal! —dijo Jud, y escupió en el suelo.

234

—Es una cuerda de mala calidad —dijo Ross—. ¿Dónde la encontraste?

—En la biblioteca…

—Estaba deshilachada en un extremo —dijo Demelza—. El resto está bien.

Recogió la cuerda y como un gato juguetón comenzó a trepar el árbol.

—¡Vuelve! —dijo Ross.

—Ella la ató la primera vez —dijo Jud, al mismo tiempo que trataba de alcanzar a *Garrick* con un puntapié.

—No tiene que hacerlo. Pero ahora… —Ross se acercó—. ¡Demelza! ¡Baja!

Esta vez ella lo oyó, y suspendió el ascenso para observarle entre las ramas.

—¿Qué pasa? Ya casi he llegado.

—Entonces, átala enseguida y baja.

—La ataré a la rama siguiente. —Levantó el pie y subió varios centímetros.

—¡Baja!

Se oyó un crujido ominoso.

—¡Cuidado! —gritó Jud.

Demelza se detuvo y miró hacia abajo, parecida más que nunca a un gato que comprueba que está mal apoyado. Emitió un grito cuando el árbol comenzó a caer. Ross se apartó del camino.

El árbol cayó con un ruido prolongado, como el desplome de una carga de tejas. Durante unos instantes el ruido lo dominó todo, y un momento después se hizo el silencio total. Ross corrió, pero no pudo llegar muy cerca a causa de las ramas más largas. En medio de la fronda apareció bruscamente Demelza, abriéndose paso con movimientos lentos entre las ramas. Prudie vino con su andar ruidoso desde los establos, gritando:

—¡Mis plantas! ¡Mis plantas!

Jack Cobbledick llegó primero hasta la chica, pero tuvieron que cortar algunas ramas para desprenderle las ropas. Salió gateando y riendo. Tenía las manos arañadas y le sangraban las rodillas, la pantorrilla de una pierna estaba surcada de raspaduras, pero por lo demás no había sufrido mayor daño.

Ross la miró con severidad.

—En el futuro harás lo que te diga. Aquí no quiero que nadie se rompa una pierna.

La risa de Demelza se esfumó ante la mirada de Ross.

—No. —Se lamió la sangre de una mano, y luego examinó su propio vestido—. Dios mío, me rompí el vestido. —Dobló el cuello en un ángulo imposible, para ver la espalda.

—Llévate a la niña y atiende sus heridas —dijo Ross a Prudie—. Esta chica es imposible.

II

En la casa Trenwith el día tocaba a su fin. Cuando se retiraron los invitados que no pensaban pasar la noche en la casa, una suerte de chatura y de letargia se difundió por toda la residencia. Gracias a la falta de viento y a las brasas resplandecientes del gran fuego de leños, reinaba en el salón una atmósfera desusadamente grata, y en cinco sillones bien acolchados, de respaldo alto, se habían instalado los parientes, formando un semicírculo y bebiendo oporto.

Arriba, en el gran lecho rodeado de cortinas, Charles Poldark, que llegaba al fin de su vida activa, emitía jadeos breves y ansiosos, para inhalar el aire viciado que era todo lo que la ciencia médica le permitía. En otro cuarto, a cierta distancia sobre el corredor que miraba hacia el oeste, Geoffrey Charles, que iniciaba su vida activa, estaba tomando el alimento que su madre podía ofrecerle, y que aún no había podido ser manipulado ni modificado por la ciencia médica.

Durante el mes anterior Elizabeth había conocido toda clase de sensaciones nuevas. El nacimiento de su hijo había sido la experiencia suprema de su vida, y ahora, mientras contemplaba la coronilla de la cabeza pálida y cubierta de vello de Geoffrey Charles, tan próxima a su propia piel blanca, la dominaba un inquietante sentimiento de orgullo, de poder y realización. Al nacer su hijo, la existencia de Elizabeth cambió; había aceptado, había incorporado a su propio ser una misión maternal vitalicia, una orgullosa y absorbente tarea, al lado de la cual las obligaciones corrientes parecían carecer de importancia.

Después de un prolongado período de acentuada debilidad, de pronto Elizabeth había comenzado a reaccionar, y durante la última semana se había sentido mejor que nunca. Pero también se sentía desganada, indolente, feliz porque podía descansar un poco más y pensar en su hijo, y mirarlo, y dejarlo dormir apoyado en su brazo. Le había inquietado mucho saber que cuando se quedaba en la cama descargaba más responsabilidades sobre Verity; pero aún no lograba decidirse a romper el encantamiento de la invalidez, y a trabajar como antes. No podía soportar la idea de separarse de su hijo.

236

Esa tarde Elizabeth yacía en el lecho y escuchaba el sonido de los movimientos en la vieja casa. Durante su enfermedad, con su oído muy aguzado, había llegado a identificar todos los ruidos; cada puerta tenía un sonido distinto cuando se abría: el crujido agudo y grave de los goznes sin aceitar, el chasquido y el raspado de los diferentes cerrojos, la tabla floja aquí y el rincón sin alfombras allá, de modo que ella podía seguir los movimientos de todos en el sector oeste de la casa.

La señora Tabb le trajo la cena —una loncha de pechuga de capón, un huevo cocido a fuego lento y un vaso de leche tibia—, y alrededor de las nueve Verity entró y se sentó unos diez minutos. Elizabeth pensó que Verity había reaccionado muy bien después de su desilusión. Parecía un poco más serena, un tanto más atenta a la vida de la casa. Tenía un carácter maravillosamente firme y seguro. Elizabeth le estaba agradecida por su coraje. Le parecía, aunque en eso se equivocaba de medio a medio, que ella misma poseía muy escaso valor, y admiraba esa cualidad en Verity.

Verity le explicó que su padre había abierto los ojos una o dos veces, y que habían logrado que tragase un sorbo de brandy. Parecía no reconocer a nadie, pero dormía más tranquilo, y ella tenía esperanza. Pensaba sentarse al lado de la cama, por si él necesitaba algo. Sin duda podría dormitar un poco en el sillón.

A las diez, la señora Chynoweth subió e insistió en dar las buenas noches a su hija. Habló del pobre Charles con voz tan firme que despertó a su nieto; después, continuó hablando mientras se alimentaba al niño, algo que Elizabeth odiaba. Pero al fin se marchó y el pequeño volvió a dormirse, y Elizabeth estiró las piernas en la cama, y escuchó feliz los movimientos de Francis en la habitación contigua. Poco después vendría a despedirse, y luego comenzaría un largo período de oscuridad y paz, hasta la mañana siguiente.

Francis entró, caminando con cuidado exagerado y de-

237

teniéndose un momento para observar al niño que dormía; después, se sentó en el borde de la cama y tomó la mano de Elizabeth.

—Mi pobre esposa, a quien descuido, como de costumbre —dijo—. Tu padre estuvo hablando varias horas sin descanso, y criticando a Fox y Sheridan, mientras tú estabas aquí y te perdías los placeres de la conversación.

En su ironía había cierto grado de sentimiento auténtico —lo había irritado un poco que ella hubiera ido a acostarse tan temprano— pero al verla su fastidio se disipó, y volvió a imponerse su amor.

Durante unos minutos conversaron en voz baja, y después él se inclinó hacia delante para besarla. Ella le ofreció los labios sin pensarlo, y solo cuando él la abrazó, comprendió que esa noche no bastaba el saludo breve y amistoso.

Después de un minuto Francis volvió a sentarse, y le dirigió una sonrisa un tanto desconcertada.

—¿Ocurre algo?

Ella esbozó un gesto en dirección a la cuna.

—Francis, seguramente lo despertarás.

—Oh, acaba de comer. Cuando está satisfecho duerme profundamente. Tú misma lo dijiste.

Elizabeth dijo:

—¿Cómo está tu padre? ¿Mejoró algo? Es difícil explicarlo, pero no creo que...

Francis se encogió de hombros, porque sentía que ella lo había colocado en una situación de culpabilidad. No le alegraba el ataque sufrido por su padre; no se mostraba indiferente al resultado, pero se trataba de un asunto completamente distinto. Las dos cosas existían simultáneamente. Hoy él la había bajado en brazos, complacido al sentir su peso, y lamentando que ella no fuera más pesada, pero feliz de sentir la firmeza del cuerpo bajo la aparente fragilidad. A partir de ese momento, el aroma del cuerpo de Elizabeth parecía habérsele pegado a la nariz. Aunque fingía que se ocupaba de los invitados, en realidad él no había tenido ojos para nadie más.

Elizabeth dijo:

—Esta noche no me siento bien. La enfermedad de tu padre me ha conmovido mucho.

Él luchó con sus sentimientos, tratando de mostrarse razonable. Como todos los hombres orgullosos, detestaba que lo desairasen así. Se sentía como un escolar lascivo.

—¿Llegará el día —preguntó— en que vuelvas a sentirte bien?

—Francis, eso no es justo. No tengo la culpa de no ser muy fuerte.

—Tampoco yo la tengo. —El recuerdo de la abstención que había tenido que soportar durante esos meses se le manifestó con vívidos perfiles. Eso y otras cosas—. Vi que no te mostrabas contrariada ni débil con Ross esta tarde.

Los ojos de Elizabeth centellearon indignados. Desde el comienzo mismo, las cosas que Ross le dijera le habían parecido excusables y justificadas. Había dejado de verle, y lo compadecía; durante los meses del embarazo había pensado mucho en Ross, en su soledad, en sus ojos claros y el rostro áspero y señalado. Como todos los seres humanos, no podía abstenerse de comparar ociosamente lo que tenía con lo que podía haber tenido.

—Por favor, no lo mezcles con esto —dijo.

—¿Por qué no? —replicó Francis—. Puesto que tú lo haces...

—¿Qué quieres decir? Ross nada significa para mí.

—Quizás estás comenzando a lamentarlo.

—Francis, debes estar borracho si me hablas así.

—Mira el escándalo que hiciste al verlo esta tarde. «Ross, siéntate aquí, a mi lado». «Ross, ¿te parece bonito mi bebé?». «Ross, prueba esta torta». Dios mío, cuánta agitación.

Elizabeth dijo, casi demasiado irritada para hablar:

239

—Eres absolutamente infantil.

Francis se puso de pie.

—Estoy seguro de que Ross no sería infantil.

Ella contestó, tratando de herirlo intencionadamente:

—No, estoy segura de que no lo sería.

Se miraron hostiles.

—Bien, ahora te muestras bastante franca, ¿verdad? —dijo, y se apartó de ella.

Francis entró bruscamente en su propio cuarto, y cerró la puerta con un fuerte golpe, sin consideración por el enfermo o por el niño que dormía. Después, alcanzó a desvestirse, dejó caer la ropa sobre el suelo y se metió en la cama.

Durante una hora o más permaneció con la cabeza apoyada en las manos, los ojos abiertos; y finalmente se durmió. Ardía de decepción y celos. El amor y el deseo se le habían convertido en amargura, aridez y desolación.

240 Nadie podía decirle que se equivocaba cuando sentía celos de Ross. Nadie podía explicarle que poco antes había aparecido otro rival más poderoso. Nadie podía prevenirlo acerca de Geoffrey Charles.

*E*n el desarrollo de la inteligencia de Demelza, una habitación de Nampara representó un papel particular. Esa habitación era la biblioteca.

Demelza necesitó mucho tiempo para dominar su desconfianza frente a la escuálida y polvorienta habitación llena de trastos; era una desconfianza que provenía de la noche que había pasado en la gran cama encajonada, o mejor dicho, al lado de la misma. Después, había descubierto que la segunda puerta de ese dormitorio llevaba a la biblioteca; y parte del miedo de ese primer momento se vinculó con la habitación contigua.

Pero el miedo y la fascinación caminan tomados de la mano, como bueyes de paso desacorde pero que tiran en la misma dirección; y una vez que entró en ese cuarto, nunca se cansó de volver. Después de su regreso, Ross había evitado ese lugar, porque todo lo que allí había evocaba recuerdos de su niñez, de la madre y el padre, de sus voces y sus pensamientos, y sus propias esperanzas olvidadas. Para Demelza no había recuerdos, solo descubrimientos.

Nunca había visto siquiera la mitad de las cosas que ahí se guardaban. En algunos casos ni su ingenioso cerebro podía discernir su posible aplicación; y como no sabía leer, de nada le servían las pilas de papeles amarillentos y los pequeños signos y rótulos garabateados y adheridos a ciertos objetos.

Estaba el mascarón de proa de la *Mary Buckingham*, que según le explicó Jud había encallado en la costa en 1760, tres días después del nacimiento de Ross. A Demelza le gustaba seguir con el dedo las líneas de la talla. Estaba el arcón marino grabado de la pequeña goleta que se había partido sobre Punta Damsel, y después había varado sobre la playa Hendrawna, y que durante varias semanas había oscurecido las arenas y las dunas con polvo de carbón. Había muestras de mineral de estaño, cobre, muchas ya sin rótulos, y de cualquier modo todas inútiles. Había retazos de lienzo para emparchar velas, y cuatro cofres con aplicaciones de hierro, cuyo contenido ella a lo sumo podía conjeturar. Había un gran reloj de pie al que faltaba parte del mecanismo. Demelza dedicó horas a manosear las pesas y las ruedas, tratando de descubrir cómo funcionaba.

Había una armadura de cota de malla, terriblemente oxidada y antigua, dos muñecas de trapo y un caballito con balancín de fabricación casera, seis o siete mosquetes inutilizados, una espineta que otrora había pertenecido a Grace, dos cajas de rapé francesas, y una cajita de música, un rollo de tela de tapiz comida por las polillas que provenía de algún barco, un pico y una pala de minero, una linterna sorda, medio barrilito de pólvora para explosiones, y un mapa colgado de la pared que mostraban la extensión de las galerías de Grambler en 1765.

Los descubrimientos que más la excitaron fueron la espineta y la cajita de música. Cierto día, después de trabajar una hora, logró que la cajita funcionase, y pudo oír dos minués agudos y temblorosos. Excitada y triunfante, bailó sobre una pierna alrededor del instrumento, y *Garrick*, creyendo que era un juego, también brincó y le mordió la falda. Después, una vez concluida la música, se apresuró a esconder la caja en un rincón, no fuese que alguien la hubiera oído y viniera a ver qué pasaba. La espineta fue un descubrimiento más importante, pero tenía el inconveniente de que ella no sabía ni lograba tocarla. Una o dos veces, segura de que no había nadie cerca, se atrevió a intentarlo, y los sonidos la fascinaron, pese a su discordancia. Se sintió perversamente seducida por ellos, y quiso oírlos una y otra vez. Cierto día descubrió que cuanto más se desplazaban hacia la derecha sus dedos, más agudo era el sonido, y le pareció que había resuelto el misterio. Llegó a la conclusión de que era mucho más sencillo extraer melodías de ese artefacto que hallar sentido a esas horribles patas de mosca que la gente llamaba escritura.

II

Charles Poldark hizo un esfuerzo obstinado para recuperarse del ataque cardíaco, pero se vio confinado en la casa el resto del invierno. Su peso continuó aumentando. Muy pronto, lo único que pudo hacer fue descender penosamente la escalera por la tarde, y permanecer sentado, jadeante, eructando y rojo frente al fuego del salón. Allí permanecía horas casi sin hablar, mientras la tía Agatha manejaba la rueca o leía para sí la Biblia en voz baja pero audible. A veces, por las noches, Charles hablaba con Francis, y le formulaba preguntas acerca de la mina, o acompañaba en sordina, con golpecitos sobre el brazo del sillón, cuando Elizabeth tocaba una melodía en el arpa. Rara vez hablaba a Verity, salvo para quejarse de que algo no era de su agrado, y generalmente dormitaba y roncaba en su sillón antes de permitir que lo llevaran a la cama.

243

El hijo de Jinny Carter nació en marzo. Como el niño de Elizabeth, fue un varón; y con la debida autorización, se le bautizó Benjamin Ross.

Quince días después del bautizo, Ross recibió una visita inesperada; Eli Clemmow había caminado bajo la lluvia todo el trayecto desde Truro. Hacía diez años que Ross no lo veía, pero reconoció instantáneamente su andar desgarbado.

A diferencia de su hermano mayor, Eli tenía un cuerpo delgado y enjuto, y sus rasgos exhibían un lejano aire mongólico. Cuando hablaba, farfullaba entre dientes, como si sus labios hubieran sido olas que golpeaban contra las rocas medio sumergidas por la marea.

Al principio se mostró amable, y preguntó acerca de la desaparición de su hermano, interesado en saber si no se había hallado ningún rastro. Después pareció complacido, y mencionó satisfecho la buena situación que había alcanzado. Era el servidor personal de un abogado; ganaba una libra mensual y estaba cómodo; un cuartito agradable, el trabajo liviano y una ración de ponche todos los sábados por la noche. Después, cuando sacó a colación el asunto de las pertenencias de su hermano, y Ross le dijo sin rodeos que podía llevarse todo lo que hubiera en el *cottage*, aunque dudaba de que encontrara algo que valiese la pena transportar, los ojos de Eli traicionaron la malicia que desde el primer momento había venido disimulando a cubierto de sus actitudes obsequiosas.

—Sin duda —dijo chupándose los labios—, todos los vecinos se habrán llevado cosas de valor.

—No protegemos a los ladrones —observó Ross—. Si desea formular observaciones de esa clase, hágalas a los propios acusados.

—Bien —dijo Eli parpadeando—, no diré más que lo justo si afirmo que a mi hermano lo echaron de su casa como resultado de las lenguas maliciosas.

—Su hermano abandonó la casa porque no pudo aprender a controlar sus apetitos.

—¿E hizo algo?

—¿Cómo?

—Algo malo.

—Pudimos impedirlo.

—Sí, pero lo echaron de su casa sin que hubiera hecho nada, y quizá murió de hambre. Ni siquiera la ley dice que se pueda castigar a un hombre antes de que cometa un delito.

—Hombre, nadie lo echó de su casa. —Eli manoseó su gorro.

—Naturalmente, todos saben que usted siempre nos quiso mal. Usted y su padre. Su padre casi manda detener a Reuben, y por nada. Es difícil no recordarlo.

—Felizmente para usted —dijo Ross—, no ha recibido algo que recordaría mejor. Le doy cinco minutos para salir de mi propiedad.

Eli tragó saliva y volvió a chuparse los labios.

—Caramba, señor, usted acaba de decir que podía ir a buscar las cosas de mi hermano que valiesen la pena. Acaba de decirlo. Es justicia elemental.

—No interfiero en la vida de mis inquilinos, a menos que interfieran en la mía. Vaya al *cottage* y retire lo que le parezca. Después, vuelva a Truro y quédese allí, porque usted no es bienvenido en este distrito.

Los ojos de Eli Clemmow centellearon, y pareció dispuesto a decir algo, pero cambió de idea y salió de la casa sin pronunciar palabra.

Y así ocurrió que Jinny Carter, que estaba amamantando a su bebé junto a la ventana del primer piso, vio al hombre subir la colina bajo la lluvia, con su paso lento y largo, y entrar en el *cottage* contiguo. Permaneció dentro una media hora, y después la joven lo vio salir con una o dos cosas bajo el brazo.

Lo que ella no vio fue la expresión pensativa en el astuto rostro mongólico. Para la aguda percepción de Eli, era evidente que el *cottage* había sido habitado por alguien días atrás.

III

Esa noche el viento sopló con violencia, y continuó así todo el día siguiente. A la noche siguiente, alrededor de las nueve, llegó la noticia de que había un barco en la bahía, y estaba derivando hacia la costa entre Nampara y Sawle.

Demelza había pasado la mayor parte de la tarde como habría de hacer muchas veces en que la lluvia intensa impedía el trabajo al aire libre, exceptuadas, claro está, las tareas más urgentes. Si Prudie hubiera sido una mujer industriosa, habría enseñado a la joven no solo la costura bien hecha, aunque primitiva, que Demelza ya conocía; hubiera podido aprender además a hilar y tejer, y a retorcer y empapar mechas para las candelas. Pero todo eso excedía el concepto de Prudie acerca de las tareas domésticas. Cuando el trabajo era inevitable, lo aceptaba, pero cualquier excusa era buena para sentarse, quitarse las pantuflas y beber una taza de té. De modo que poco después de la comida, Demelza se deslizó en la biblioteca.

Y esa tarde, absolutamente por casualidad, realizó el principal de sus descubrimientos. En el mismo instante en que se iniciaba el prematuro atardecer, descubrió que uno de los grandes arcones no estaba en realidad cerrado con llave, y solo estaba asegurado con un cierre. Alzó la tapa y encontró el interior lleno de ropa. Había vestidos y pañuelos, sombreros tricornes, guantes forrados de piel, una peluca y medias rojas y azules, y un par de pantuflas verdes de encaje para dama con tacones azules. Había también un pañuelo de muselina y una pluma de avestruz. Halló además una botella con líquido que olía a gin, la única bebida alcohólica que ella conocía, y otra medio llena de perfume.

Aunque ya se había quedado más tiempo que de costumbre, no podía decidirse a salir, y continuaba revolviendo los terciopelos, los encajes y las sedas, acariciándolos y sacudiendo los restos de lavanda seca. No podía dejar las chinelas de encaje y tacones azules, eran demasiado exquisitos para ser reales. Olió la pluma de avestruz y la apretó contra su mejilla. Después, se la puso alrededor del cuello y se probó un

Check Out Receipt

BPL- East Boston Branch Library
617-569-0271
http://www.bpl.org/branches/eastboston.htm

Friday, December 20, 2019 4:29:41 PM

Item: 39999094380878
Title: Ross Poldark
Material: Paperback Book
Due: 01/10/2020

Total items: 1

Thank You!

sombrero de piel y bailoteó sobre las puntas de los dedos e hizo reverencias, fingiendo ser una gran dama, con *Garrick*, que arrastrándose trataba de acercarse a sus talones.

Caía la noche y ella vivía en un sueño, hasta que despertó y advirtió que ya no podía ver y que estaba sola en la oscuridad, y que soplaba un viento frío y la lluvia se filtraba a través de las persianas.

Atemorizada, corrió hacia el arcón, metió todo lo que pudo encontrar y se deslizó a través del gran dormitorio, y de allí pasó a la cocina.

Prudie había tenido que encender las velas, y dirigió a Demelza un discurso malhumorado; pero la chica, que no tenía muchos deseos de acostarse, hábilmente esquivó la reprimenda hasta que el discurso se convirtió en una continuación de la historia de la vida de Prudie. De modo que hacía pocos minutos que Demelza había subido a su cuarto, y aún no dormía, cuando Jim Carter y Nick Vigus aparecieron para decir que había una nave en dificultades. Cuando Ross, que había interrumpido la lectura de su libro, se preparó para acompañarlos, descubrió que Demelza, con un pañuelo sobre la cabeza y dos viejas chaquetas sobre los hombros, lo esperaba para pedirle que le permitiera ir.

—Sería mejor que te acostaras —dijo Ross—. Pero si quieres mojarte, date el gusto.

Partieron hacia la playa, y Jud llevaba una fuerte cuerda por si se presentaba la oportunidad de prestar socorro.

La noche era tan oscura que no se veía nada. Tan pronto salieron del resguardo de la casa, el viento comenzó a asestarles golpes en una sucesión casi ininterrumpida. Trataron de contrarrestarlo avanzando paso a paso. Uno de los fanales se apagó, el otro tembló y parpadeó, emitiendo un hilo de luz que los acompañaba brincando, e iluminaba apenas las botas que chapoteaban en la hierba mojada. Varias veces el viento sopló con tal fuerza que todos interrumpieron la marcha, y Demelza, que pugnaba en silencio junto al grupo, tuvo que aferrarse del brazo de Jim Carter para no perder terreno.

Cuando estaban acercándose al acantilado se reanudó la lluvia, los empapó en pocos segundos y se descargó sobre la boca y los ojos de todos. Tuvieron que volver la espalda y acurrucarse detrás de un seto hasta que escampó.

Había gente sobre el borde del acantilado. Las linternas centelleaban aquí y allá como luciérnagas. Descendieron por un estrecho sendero hasta que llegaron a un grupo de gente instalado sobre una ancha cornisa. Todos miraban hacia el mar.

Antes de que hubieran podido ver mucho, apareció una figura que subió por el sendero que llegaba de la playa, y que emergió de la oscuridad como un demonio que sale de un pozo. Era Pally Rogers de Sawle, desnudo, el cuerpo hirsuto y la barba cuadrada chorreando agua.

—Es inútil —gritó—. Hace apenas quince minutos que… —El viento borró su voz—. Si estuvieran más lejos podríamos arrojarles una cuerda. —Comenzó a ponerse los pantalones.

—¿Intentaron llegar a ellos? —gritó Ross.

—Tres de los nuestros quisieron nadar. Pero el Señor no nos ayudó. No durará mucho. Se tumbó de costado y hace agua. Al amanecer no quedará nada.

—¿Algún tripulante llegó a la playa?

—Dos. Pero el Señor se llevó sus almas. Y habrá cinco más antes de que salga el sol.

Nick Vigus estaba entre ellos, y un movimiento de la linterna reveló su rostro sonrosado y brillante, con su inocencia desdentada y picada de viruelas.

—¿Qué carga trae?

—Ninguna para ti, porque es contra la ley. —Pally Rogers se exprimió el agua de la barba y frunció el ceño—. Dicen que papel y lana de Padstow.

Ross se apartó del grupo, y acompañado de Jud descendió

entre las rocas. Cuando ya estaba cerca de la playa advirtió que Demelza los había seguido.

Aquí estaban protegidos del viento, pero con pocos segundos de intervalo las olas rompían sobre la defensa de rocas y los rociaban de espuma. La marea estaba subiendo. Debajo, sobre los últimos metros cuadrados de arena, había un racimo de linternas donde los hombres todavía esperaban que el mar se calmara un poco para arriesgar la vida y llegar nadando al barco naufragado. Desde allí podía distinguirse una masa oscura que podía haber sido una roca; pero ellos sabían que no era tal. No había luces a bordo, ni signos de vida.

Ross perdió pie sobre el sendero resbaladizo, y Jim Carter le aferró el brazo.

Ross se lo agradeció.

—Aquí no hay nada que hacer —murmuró.

—¿Cómo dice, señor?

—No hay nada que hacer aquí.

—No, señor, creo que regresaré. Tal vez Jinny está poniéndose nerviosa.

—Ahí viene otro —gritó muy cerca una vieja—. Miren, flotando como un corcho, primero la cabeza y después los pies. ¡Vaya con lo que nos encontraremos por la mañana! ¡Buena resaca tendremos!

Como un enjambre de insectos, una lluvia de espuma cayó sobre el grupo.

—Llévate contigo a la muchacha —dijo Ross.

Demelza abrió la boca para protestar, pero llegó un golpe de viento y espuma y le quitó el aliento.

Ross los miró mientras subían hasta que desaparecieron de la vista, y luego bajó a reunirse con el pequeño grupo con linternas sobre la arena.

*J*inny Carter se agitó en su cama. Había estado soñando, un semisueño en el que ella cocinaba al horno un pastel de pescado y de pronto todos los peces parpadeaban y se convertían en bebés y empezaban a llorar. Ahora estaba completamente despierta, pero el llanto le seguía resonando en los oídos. Se sentó en la cama y prestó atención a su bebé, acostado en la cuna de madera que Jim había construido, pero no oyó nada. Seguramente había sido su imaginación incitada por el repiqueteo de la lluvia sobre las persianas bien cerradas, y por el aullido del vendaval que se abalanzaba entre los *cottages* y rugía adentrándose en la región.

¿Por qué Jim había dejado su cómoda cama y había salido en esa noche de borrasca impulsado solo por la esperanza de recoger restos del naufragio? Ella le había rogado que no saliera, pero él no le había hecho caso. Así era siempre: ella le pedía que no fuera, y él siempre encontraba una excusa y salía. Se ausentaba dos o tres noches por semana… y en la madrugada regresaba con un faisán o una perdiz bajo el brazo.

Había cambiado bastante durante los últimos meses. A decir verdad, todo había comenzado en enero. Una semana había debido faltar a su trabajo en la mina y permanecer acostado, tosiendo sin cesar. La semana siguiente había salido con Nick Vigus dos noches seguidas, y había regresado trayéndole alimentos que en vista de la pérdida de sus salarios no hubiera podido comprar. Era inútil explicarle que ella prefería mil veces renunciar a los alimentos antes que correr el riesgo de que lo sorprendieran infringiendo la ley. Jim no pensaba lo mismo, y se mostraba ofendido y decepcionado porque ella no se sentía complacida.

Con un estremecimiento, Jinny bajó de la cama y se acercó a las persianas. No intentó abrirlas, porque la lluvia hubiera inundado el cuarto; pero mirando a través de una rendija por la cual se filtraba el agua, comprobó que la noche estaba tan oscura como antes.

Le pareció oír un ruido en el cuarto de la planta baja. Todas las maderas del *cottage* crujían y se movían bajo los golpes del viento. Jinny pensó que se sentiría más tranquila si Jim regresaba.

Volvió a la cama y se tapó hasta la nariz. Las malas costumbres de Jim en realidad eran culpa de Nick Vigus. Era una mala influencia, con su perverso rostro de bebé. Le metía en la cabeza ideas que Jim jamás hubiera concebido, ideas acerca de la propiedad y el derecho de apoderarse del alimento ajeno. Por supuesto, Nick usaba esos argumentos solo para justificar las fechorías que lo ponían al margen de la ley. Pero Jim los aceptaba muy seriamente; ahí estaba el problema. Jamás se le habría ocurrido robar para comer, pero empezaba a creer que tenía derecho a robar para alimentar a su familia.

Un fuerte chubasco golpeaba la persiana; era como si un gigante se apoyara sobre la casa y tratara de derribarla. Dormitó un minuto, y soñó con una vida feliz en la cual abundaba la comida y los niños crecían alegres, porque no necesitaban trabajar apenas comenzaban a caminar. De pronto se despertó del todo, y advirtió que en alguna parte había luz. Vio tres o cuatro puntos de luz que se filtraban por las tablas del suelo, y experimentó un cálido sentimiento de placer porque Jim había retornado. Pensó bajar para ver qué lo había inducido a volver tan temprano, pero la calidez de la cama y las corrientes de aire del cuarto hicieron que renunciara a su propósito. Volvió a dormitar y de pronto la despertó el ruido de un objeto que cayó al suelo de la planta baja.

Tal vez Jim había traído algo interesante, y estaba depositándolo en un rincón. Por eso había regresado tan pronto. Era extraño que hubiese venido solo; no se oían las voces de Nick o del padre de la propia Jinny. Quizá los demás se habían quedado en la playa. Pero al amanecer eran mayores las posibilidades de aprovechar los restos del naufragio. Abrigaba la esperanza de que todos hubieran procedido con prudencia. Hacía menos de dos años que Bob Tregea se había ahogado mientras intentaba arrojar una cuerda a un barco, y había dejado una viuda e hijos pequeños.

Jim no la llamó. Naturalmente, creía que estaba dormida. Jinny abrió la boca para hablarle, y en el mismo instante se preguntó con una ingrata sensación de angustia en el corazón, si el hombre que estaba abajo en realidad era Jim.

Un movimiento torpe había engendrado la duda. Jim era tan ágil y cuidadoso. Ahora se sentó en la cama y aguzó el oído.

Si era Jim, estaba buscando algo, y lo hacía con torpeza, como si estuviera bebido. Pero el día del casamiento Jim había bebido a lo sumo una jarra de cerveza. Esperó, y una idea que la había asaltado de pronto germinó y creció…

Se le ocurrió que solamente un hombre podía entrar así en el *cottage* mientras Jim estaba ausente, moviéndose con la misma torpeza, y de un momento a otro comenzaría a ascender por la escalera —y ese hombre había desaparecido varios meses antes, y todos lo creían muerto—. Hacía tanto tiempo que nadie lo veía, que la nube que oscurecía la mente de Jinny había terminado por disiparse.

Se agazapó junto a la cama y escuchó el sonido del viento y los movimientos del visitante. No hizo el menor ademán, por miedo de llamar la atención. Le parecía que el estómago y los

252

pulmones se le helaban lentamente. Esperó. Tal vez si no oía el menor ruido se marcharía. Tal vez no subiría, y no la hallaría sola. Tal vez Jim regresara muy pronto.

… O quizás aún estaba junto a las rocas, observando los esfuerzos que se hacían para salvar a hombres a quienes jamás había visto, mientras en el *cottage* su esposa yacía petrificada en la cama y un loco lascivo y medio muerto de hambre se movía en el cuarto del piso bajo.

… Y entonces el niño comenzó a llorar.

Abajo cesaron los movimientos. Jinny trató de bajar de la cama, pero parecía que ya no tenía huesos; estaban paralizados, no podía tragar. El niño calló, y volvió a llorar, ahora con más intensidad; un llanto agudo que competía con el rugido del viento.

Al fin consiguió bajar de la cama, alzó al pequeño, y casi lo dejó caer a causa de la prisa y la torpeza de sus manos.

Abajo, la luz se estremeció y parpadeó. Se oyó un crujido en la escalera.

Jinny ya no tenía palabras para rezar, ni modo de huir y ocultarse. Permaneció de pie al lado de la cama, la espalda contra la pared, el niño agitándose débilmente en sus brazos rígidos, mientras se elevaba lentamente la trampilla.

Apenas vio la mano que sostenía la madera nudosa de la trampilla comprendió que su instinto no la había engañado, que ahora tenía que afrontar algo diferente de lo que había conocido antes.

253

II

A la luz de la vela que él sostenía en la mano, podían verse los cambios provocados por meses de vivir en cuevas solitarias. Se le había encogido la carne del rostro y los brazos. Vestía harapos e iba descalzo, tenía la barba y los cabellos revueltos y húmedos, como si acabara de salir de una caverna sumergida. Y sin embargo, era el mismo Reuben Clemmow que ella había conocido siempre, con los ojos claros abstraídos, la boca insegura y las arrugas blancas en el rostro curtido por el sol.

Jinny trató de dominar un sentimiento de náusea, y lo miró fijamente.

—¿Dónde está mi sartén? —preguntó él—. Robaron mi sartén.

El niño que Jinny sostenía en los brazos se contorsionó, tratando de respirar, y volvió a llorar.

Reuben subió los últimos peldaños y la trampilla se cerró nuevamente. Por primera vez vio el bulto que ella sostenía. Tardó en reconocerla. Cuando lo hizo, reapareció todo lo demás, el recuerdo del agravio que se le había inferido, por qué debía huir de la gente y frecuentar su *cottage* solo por la noche, la herida recibida diez meses atrás que continuaba torturándolo, su deseo de ella, el odio a Ross Poldark, al hombre que había dado a Jinny ese niño que ahora lloraba.

—Lirio —murmuró—. Lirio blanco… pecado…

Tanto tiempo había vivido separado de la gente que había perdido la facultad de hacerse entender. Hablaba un idioma que solo él comprendía.

Se enderezó con dificultad, porque los músculos se habían contraído alrededor de la herida.

Jinny había recomenzado sus rezos.

El hombre avanzó un paso.

—Lirio puro… —dijo, y entonces algo en la actitud de la joven evocó en su cerebro un antiguo y olvidado canturreo de su niñez. «Por qué estás tan lejos y ocultas tu rostro en la necesidad y el dolor. El impío por su propia lascivia nos persigue; que él caiga en la astuta trampa que ellos imaginaron. Pues el impío se vanaglorió del deseo de su corazón, y exaltó la hipocresía». Desenfundó el cuchillo, un viejo cuchillo trampero, la hoja reducida a unos diez centímetros por años de afilarlo y usarlo. Durante todos esos meses de aislamiento, el deseo de poseerla se había confundido con la venganza. En la sensualidad siempre hay elementos de conquista y destrucción.

La vela comenzó a temblar, y Reuben la depositó en el suelo, donde la corriente de aire agitaba la llama y la inclinaba hacia las tablas del suelo. «Se acurrucó acechando en los rincones más oscuros de las calles, y entre las sombras asesinó al inocente».

Jinny perdió la cabeza y empezó a gritar. Su voz se elevó cada vez más en sucesivos alaridos.

Cuando él avanzó otro paso, con un esfuerzo supremo ella obligó a sus piernas a moverse; estaba a medio camino de la cama cuando Reuben la aferró y lanzó una puñalada al chico; ella paró parcialmente el golpe, pero el cuchillo salió manchado de rojo.

El grito de la muchacha cambió de tono, cobró un acento más animal. Reuben miró el cuchillo con apasionado interés, y reaccionó al ver que ella se acercaba a la trampilla. Jinny se volvió cuando él se abalanzó. Esta vez él dirigió la cuchillada a la joven, y ella sintió la penetración de la hoja. Luego, todo lo que en el interior de Reuben había sido como un foco duro, tenso y ardiente, se disolvió repentinamente y comenzó a circular por sus venas; soltó el cuchillo y la vio caer.

Una ráfaga más intensa apagó la vela.

Reuben gritó y quiso abrir la trampilla. Su pie resbaló sobre una sustancia grasienta, y su mano tocó el cabello de una mujer. Retrocedió y gritó, y golpeó las tablas del cuarto; pero allí estaba encerrado definitivamente con el horror que él mismo había creado.

Se enderezó al lado de la cama, dio algunos pasos vacilantes y encontró las persianas de la ventana. Manipuló desesperadamente, pero no pudo encontrar el cierre. Entonces, volcó todo el peso de su cuerpo, y los goznes cedieron. Con la sensación del que escapa de una cárcel, se arrojó por la ventana y huyó de la cárcel, huyó de la vida, hacia los adoquines que lo esperaban abajo.

SEGUNDA PARTE

Abril-Mayo de 1787

1

Una ventosa tarde de abril de 1787, seis caballeros estaban sentados alrededor de la mesa del salón de Nampara.

Habían cenado y bebido bien, y el menú había incluido parte de un gran bacalao, un lomo de cordero, un pastel de pollo, algunas palomas, filete de ternera con mollejas asadas, tarta de damascos, una fuente de crema, y almendras y pasas de uva. Estaban reunidos el señor Horace Treneglos, de Mingoose; el señor Renfrew, de St Ann's; el doctor Choake, de Sawle; el capataz Henshawe, de Grambler; el señor Nathaniel Pearce, notario de Truro; y el anfitrión, que era el capitán Poldark.

Se habían reunido para aprobar las labores preliminares ejecutadas en la Wheal Leisure, y para decidir si convenía que todos arriesgaran oro para extraer cobre. Era una ocasión importante, y había logrado que el señor Treneglos se apartase de su griego, el doctor Choake de las excursiones de caza y el señor Pearce del fuego que aliviaba su gota.

—Bien —dijo el señor Treneglos, que por su posición y edad ocupaba la cabecera de la mesa—, bien, no intentaré refutar la opinión de un experto. Hemos venido hablando y demorándolo dos años, y si el capataz Henshawe dice que deberíamos empezar, caramba, él arriesga su dinero tanto como yo el mío, y sin duda sabe lo que dice.

Se oyeron murmullos de asentimiento, y algunos comentarios reticentes. El señor Treneglos aplicó una mano tras la oreja para tratar de entender fragmentos de los comentarios.

El doctor Choake tosió.

—Por supuesto, todos respetamos la experiencia minera del capataz Henshawe. Pero el éxito de esta empresa no depende de la explotación de la veta, porque si así fuera habríamos comenzado hace doce meses. Debemos determinar nuestro curso de acuerdo con las condiciones de la industria. Pues bien, hace apenas una semana atendimos a un paciente de Redruth que tenía un absceso. En realidad, no era nuestro paciente, sino del doctor Pryce, que nos llamó a consulta. El pobre hombre estaba muy mal cuando llegó a su lujosa casa, que tenía un hermoso camino de acceso, una escalera de mármol y otras demostraciones de buen gusto y de los medios necesarios para satisfacerlo; pero entre los dos pudimos aliviar su condición. Este caballero era accionista de la mina Dolly Koath, y dejó deslizar la información de que se había decidido cerrar todos los niveles inferiores.

Se hizo el silencio.

El señor Pearce, rojo y sonriente, acotó:

—Pues bien, yo oí algo muy parecido. Fue la semana pasada. —Se interrumpió un momento para rascarse bajo la peluca, y el doctor Choake agregó:

—Si la mina más grande del mundo reduce su actividad, ¿qué posibilidades tiene nuestra pequeña empresa?

—Esa conclusión no es forzosa si los gastos generales son reducidos —dijo Ross, que estaba en el extremo opuesto de la mesa, el rostro huesudo y distinguido un poco congestionado por la comida y la bebida. Se había dejado crecer las patillas, y así ocultaba parcialmente la cicatriz, pero aún podía verse un extremo de la misma, que formaba una línea parda más clara sobre la mejilla.

—El precio del cobre puede descender aún más —dijo el doctor Choake.

—¿Qué dice usted? ¿Cómo es eso? —preguntó el señor Treneglos—. No pude oírlo —dijo para sí—. Deseo que hable más alto.

Choake alzó la voz.

—O también puede subir —fue la respuesta.

—Les diré mi opinión, caballeros —dijo Ross. Aspiró una bocanada de su larga pipa—. De acuerdo con las apariencias, el momento es malo para todas las empresas, grandes o pequeñas. Pero hay algunos aspectos favorables que deben tenerse en cuenta. La oferta y la demanda rigen los precios del mineral. Ahora bien, este año suspendieron los trabajos dos minas importantes y varias pequeñas. Es posible que muy pronto la Dolly Koath haga lo mismo que la Wheal Reath y la Wheal Fortune. La producción de la industria de Cornualles se reducirá a la mitad, de modo que disminuirá la oferta en los mercados, y es probable que aumente el precio del cobre.

—Eso mismo —dijo el capataz Henshawe.

261

—Concuerdo con el capitán Poldark —dijo el señor Renfrew, que hablaba por primera vez. El señor Renfrew, de St Ann's, era abastecedor de las minas, y por lo tanto estaba doblemente interesado en la empresa; pero hasta ese momento se había sentido un tanto intimidado por la presencia de tantos caballeros en la reunión.

Henshawe, un hombre de ojos azules, no padecía ese género de timidez.

—Tonelada por tonelada, nuestros costos no llegarán a la mitad de los que tiene la Wheal Reath.

—Lo que desearía saber —dijo el señor Pearce, con expresión desaprobadora—, y por supuesto hablo en nombre de las personas a quienes represento, la señora Jacqueline Trenwith y el señor Aukett, así como en mi propio nombre, es qué cifra debemos alcanzar si deseamos que nuestro mineral crudo nos dé ganancias. ¿Qué dice usted?

El capataz Henshawe se escarbó los dientes.

—El rendimiento es una verdadera lotería. Todos sabemos que las compañías refinadoras están dispuestas a conseguir el producto muy barato.

Ross dijo:

—Si obtenemos nueve libras por tonelada en nada nos perjudicaremos.

—Bien —dijo el señor Treneglos—, veamos el plan sobre el papel. ¿Dónde está el mapa de las viejas galerías? Así todo se aclarará mejor.

Henshawe se puso de pie y trajo un gran rollo de pergamino, pero Ross lo detuvo.

—Antes levantaremos la mesa. —Tocó una campanilla de mano, y apareció Prudie seguida de Demelza.

Era la primera aparición de Demelza, y fue objeto de una serie de miradas curiosas. Excepto el señor Treneglos, que vivía en su propio mundo, todos sabían algo de su historia y de los rumores que corrían a propósito de su presencia en la casa. Se trataba de viejos chismes, pero era difícil que el escándalo se acallara del todo cuando no se eliminaba la causa.

Vieron a una joven de apenas diecisiete años, alta, los cabellos oscuros desordenados y grandes ojos negros que despedían un centelleo desconcertante cuando su mirada se cruzaba con la de otra persona. Ese resplandor sugería una vitalidad particular y cierta latente fogosidad; por lo demás, no había nada especial que observar en ella.

El señor Renfrew la miró con sus ojos astigmáticos entrecerrados y el señor Pearce, al mismo tiempo que mantenía ostentosamente fuera de peligro los pies gotosos, se atrevió a levantar sus impertinentes cuando creyó que Ross no miraba. Después, el señor Treneglos se desabrochó el botón superior de los pantalones, y todos se inclinaron para examinar el mapa que el capataz Henshawe estaba desenrollando sobre la mesa.

—Bien —dijo Ross—. Aquí tenemos las antiguas gale-

rías de la Wheal Leisure, y la dirección de la veta estannífera.
—Continuó explicando la situación, el ángulo de los tubos de
ventilación, y las aberturas que se abrirían a partir de la ladera
del monte Leisure con el fin de desaguar la mina.

—¿Qué es esto? —El señor Treneglos apoyó un dedo manchado de rapé en un rincón del mapa.

—Es el límite de los trabajos de la mina Trevorgie, o por lo
menos eso se cree —dijo Ross—. Todos los mapas exactos se
han perdido. Esas galerías ya eran viejas cuando mi bisabuelo
llegó a Trenwith.

—Hum —dijo el señor Treneglos—. En los viejos tiempos
sabían lo que hacían. Sí —repitió *sotto voce*—, sabían lo que
hacían.

—¿Qué quiere decir, señor? —preguntó el señor Renfrew.

—¿Qué quiero decir? Demonios, si nuestros antecesores
estuvieron sacando estaño aquí y aquí, quiere decir que ya ex-
plotaban las estribaciones de la veta Leisure antes de que se la
descubriera en mi propiedad. Eso quiere decir.

—Creo que está en lo cierto —dijo Henshawe, su interés
súbitamente avivado.

—¿Y eso, de qué nos sirve? —preguntó el señor Pearce,
rascándose.

—Significa únicamente —aclaró Ross— que los antiguos
no habrían llegado tan lejos por nada. Acostumbraban a evitar
el trabajo a mucha profundidad. No podían proceder de otro
modo. Si llegaron hasta ahí seguramente fue porque obtenían
un buen rendimiento a medida que avanzaban.

—Usted cree que todo forma una gran veta, ¿no? —dijo el
señor Treneglos—. Henshawe, ¿pudo haber llegado tan lejos?
¿A veces se extiende tanto?

—Señor, no lo sabemos ni lo sabremos. A mi juicio, bus-
caban estaño y encontraron cobre. Esa es mi opinión. Es muy
posible.

—Siento un gran respeto por los antiguos —dijo el señor

263

Treneglos, mientras abría su caja de rapé—. Recuerden a Jenófanes. Y a Plotino. O a Demócrito. Eran más sabios que nosotros. No me avergüenza seguir sus pasos. ¿Cuánto nos costará, estimado muchacho?

Ross y Henshawe se miraron.

—Estoy dispuesto a desempeñar las funciones de administrador y tesorero inicialmente sin pago; y el capataz Henshawe supervisará las primeras tareas por un sueldo nominal. El señor Renfrew nos suministrará la mayor parte de las máquinas y los implementos con el mínimo margen de ganancia. He llegado a un acuerdo con el Banco de Pascoe en el sentido de que pague, hasta un máximo de trescientas guineas, las facturas de compra de cabrias y otros equipos pesados. Cincuenta guineas por cabeza cubrirán los gastos de los tres primeros meses.

Hubo un momento de silencio, y Ross miró los rostros de los presentes con una leve expresión de cinismo en su propio ceño. Había reducido al mínimo posible la cifra inicial, pues sabía que una pedición más elevada podía acabar en otro *impasse*.

—Ocho de cincuenta —dijo el señor Treneglos—. Y trescientos de Pascoe, hacen un total de setecientos. Un capital de setecientos con un desembolso de cincuenta me parece muy razonable, ¿eh? Esperaba por lo menos cien —agregó para sí—. Sí, esperaba por lo menos cien.

—Es solamente el primer desembolso —dijo Choake—. Por los tres primeros meses.

—De todos modos, es muy razonable, caballeros —dijo el señor Renfrew—. Todo está muy caro en estos tiempos. Sería imposible participar con menos en una empresa comercial.

—Muy cierto —dijo el señor Treneglos—. En ese caso, propongo que se inicie inmediatamente. Votemos levantando la mano, ¿eh?

—Ese préstamo del banco de Pascoe —preguntó con

aspereza el doctor Choake—, ¿significa que trabajaremos siempre con ellos? ¿Por qué no con Warleggan? ¿No puede ofrecernos mejores condiciones? George Warleggan es nuestro amigo personal.

El señor Pearce dijo:

—Yo también, señor, me proponía preguntar eso. Ahora bien, si…

—George Warleggan también es mi amigo —dijo Ross—. Pero no creo que la amistad tenga nada que ver con los negocios.

—No, si perjudica los negocios —dijo el médico—. Pero Warleggan es el principal banco del condado. Y el más moderno. Pascoe tiene ideas anticuadas. Pascoe no ha progresado desde hace cuarenta años. Conocí a Pascoe cuando era un chico. Es un individuo retrógrado, y siempre lo fue.

El señor Pearce dijo:

—Creo que mis clientes suponían que se trataba del banco Warleggan.

Ross llenó su pipa.

El señor Treneglos se aflojó otro botón de los pantalones.

—No —dijo—, para mí tanto da un banco como otro, con tal de que sea solvente, ¿eh? Ese es el asunto, ¿no les parece? Supongo, Ross, que usted tenía un motivo para ir al banco de Pascoe. ¿Cuál fue?

—No hay desacuerdos entre los Warleggan, padre o hijo, y yo. Pero ese banco ya es dueño de muchas minas. No deseo que lleguen a apoderarse de la Wheal Leisure.

Choake frunció sus espesas cejas.

—Será mejor que los Warleggan no se enteren de que usted dijo eso.

—Tonterías. No digo nada que no sepan todos. Entre ellos y sus testaferros poseen directamente una docena de minas, y tienen importantes participaciones en una docena más, entre ellas la Grambler y la Wheal Plenty. Si mañana deciden clausurar la Grambler pueden hacerlo, como ya cerraron la Wheal Reath. No hay ningún misterio en esto. Pero si se empieza a trabajar en la Wheal Leisure, prefiero que los asociados conserven su poder de decisión. Las grandes empresas son amigos peligrosos para el pequeño patrón.

—Coincido del todo, caballeros —afirmó nerviosamente el señor Renfrew—. La clausura de la Wheal Reath provocó resentimiento en St Ann's. Sabemos que no era económico mantener la mina, pero ello no impidió que los accionistas perdieran su dinero, y que los doscientos mineros carezcan hoy de trabajo. ¡Pero permite que la Wheal Plenty pague salarios de hambre y ofrece al joven Warleggan la posibilidad de obtener una bonita ganancia!

El tema había avivado un recuerdo doloroso en la memoria del señor Renfrew. Se generalizó la discusión, y todos hablaron al mismo tiempo.

266

El señor Treneglos golpeó la mesa con su vaso.

—Que se vote —gritó—. Es el único modo razonable. Pero ante todo el asunto de la mina. Que los vacilantes den la cara antes de que sigamos adelante.

Se votó, y todos apoyaron la iniciación de los trabajos.

—¡Magnífico! ¡Espléndido! —dijo el señor Treneglos. «Marte odia al que se demora…» Parece que al fin empezamos. Ahora, el problema del banco, ¿eh? Los que están en favor de Pascoe…

Renfrew, Henshawe, Treneglos y Ross votaron por Pascoe.

Choake y Pearce lo hicieron por Warleggan. Como Pearce sumaba al suyo los votos de sus representados, el resultado fue un empate.

—¡Maldición! —masculló el señor Treneglos—. Sabía que ese abogaducho volvería a embrollarnos. —El señor Pearce no pudo dejar de oír la observación y se esforzó todo lo posible por mostrarse ofendido.

Pero secretamente trataba de conseguir que se le encomendaran los asuntos legales del señor Treneglos; y cuando advirtió que el señor Treneglos se mantenía firme, consagró los diez minutos siguientes a virar hacia la posición del anciano.

Choake había quedado solo y cedió, y los ausentes Warleggan fueron derrotados. Ross sabía que su empresa era tan pequeña que difícilmente podía merecer la atención de una gran firma bancaria; pero no le cabía la menor duda de que su iniciativa había llamado la atención. George debía sentirse molesto…

Una vez resueltas las principales dificultades, el resto del asunto se despachó con bastante rapidez. El capataz Henshawe estiró sus largas piernas, se puso de pie, y con la aprobación de Ross pasó el jarrón de vino alrededor de la mesa.

—Caballeros, estoy seguro de que disculparán la libertad que me tomo. Nos hemos sentado a esta mesa como iguales, y somos socios iguales en esta empresa. No, porque si bien soy el más pobre, mi parte es mayor proporcionalmente en el conjunto, ya que arriesgo mi reputación además de las cincuenta guineas. De modo que brindo. Por la Wheal Leisure.

Los demás se pusieron de pie y entrechocaron los vasos.

—¡Por la Wheal Leisure!

—¡Por la Wheal Leisure!

—¡Por la Wheal Leisure!

Vaciaron los vasos.

En la cocina, Jud, que había estado recortando un pedazo de madera y tarareando su tonada favorita, alzó la cabeza y por encima de la mesa envió al fuego un certero escupitajo.

—Parece que al fin el asunto se mueve. Que me cuelguen si no parece que finalmente van a abrir la maldita mina.

—Gusano negro y sucio —dijo Prudie—. Esta vez casi escupiste dentro del caldero.

2

$\mathcal{D}$espués que sus nuevos socios hubieran salido, Ross abandonó la casa y atravesó sus tierras en dirección al asiento de la mina. No bajó a la playa ni caminó sobre las altas dunas, sino que siguió un desvío semicircular que le permitió no apartarse de las tierras altas. La Wheal Leisure estaba en el primer promontorio, a medio camino sobre la playa Hendrawna, donde las dunas limitaban con las rocas.

Aún había poco que ver. Dos túneles poco profundos, que se hundían en la tierra, y una serie de zanjas, todo ello fruto del trabajo de los antiguos; un nuevo túnel con una escala, y unos pocos panes de turba cortados para indicar dónde debían iniciarse los nuevos trabajos. Los conejos zigzagueaban y movían la cola mientras Ross avanzaba; un chorlito emitió su grito; el viento intenso murmuraba entre los gruesos pastos. Había poco que ver, pero hacia fines del verano la situación cambiaría.

Durante los años de planeamiento y frustración, la idea se había afirmado en su espíritu, hasta que finalmente se había convertido en su principal interés. La empresa se habría inaugurado dieciocho meses antes, de no haber sido por el señor Pearce, quien naturalmente se mostraba muy prudente cuando se trataba del dinero de sus representados, y por las vacilaciones y el pesimismo de Choake, a quien Ross lamentaba ahora haber invitado. Todos los demás eran jugadores, y podían y querían afrontar riesgos. A pesar de los excelentes argumentos esgrimidos ese día, de hecho las perspectivas no eran mejores que un año antes; pero el anciano señor Treneglos se había sentido animoso y había arrastrado al resto. De modo que en definitiva, los jugadores se habían salido con la suya. El futuro decidiría el resto.

Volvió los ojos en dirección a las chimeneas de los *cottages* de Mellin, apenas visibles al fondo del valle.

Ahora podría ayudar a Jim Carter, y hacerlo sin que se sospechara que practicaba la beneficencia, algo que el muchacho jamás aceptaría. Como subcontador de la mina, podía descargar a Ross una parte de las tareas de supervisión; y después, cuando hubiera aprendido a leer y a escribir, nada impediría que se le pagaran cuarenta chelines mensuales o más. De ese modo, Jim y Jinny olvidarían la tragedia ocurrida dos años antes.

Ross comenzó a recorrer otra vez el lugar donde debía abrirse el primer conducto. El resultado de aquella tragedia en los *cottages* de Mellin era que en realidad hubiera podido acarrear consecuencias físicas mucho más graves. En definitiva se había perdido una sola vida, la de Reuben Clemmow. El bebé Benjamin Ross había sufrido un corte en la cabeza y la mejilla, que a lo sumo lo desfiguraba un poco, y Jinny había salido del trance con una puñalada que había errado por poco el corazón. Había permanecido acostada varias semanas, con hemorragias internas; y su madre, que por el momento había olvidado sus escrúpulos metodistas, juraba que la había curado con un mechón de cabellos de su abuela. Pero hacía mucho tiempo de eso, y Jinny había sanado, y después había tenido una niña a la que habían llamado Mary.

Podía haber sido mucho peor. Pero así como el pequeño Benjamin mostraría siempre en su rostro las señales del ataque, parecía que Jinny las conservaría en su espíritu. Se había convertido en una muchacha indiferente, silenciosa, de humor

269

imprevisible. El propio Jim a menudo no estaba seguro de lo que ella pensaba. Cuando Jim estaba en la mina, la madre de Jinny llegaba al *cottage* y permanecía allí una hora charlando amistosamente acerca de los acontecimientos del día. Después, besaba a su hija y repetía el recorrido en dirección contraria, hacia su propia cocina, con la incómoda sensación de que Jinny no la había escuchado.

También Jim había perdido su buen ánimo a causa de la sensación de culpa de la cual no podía desembarazarse. Nunca olvidaría el momento en que, al regresar, encontró a Reuben Clemmow moribundo en el umbral del *cottage*, y cómo había entrado en su propio dormitorio, con el niño que lloraba en la oscuridad y el peso que tuvo que apartar de la trampilla. No podía esquivar el hecho de que si él no se hubiera alejado no habría sobrevenido la tragedia. Renunció a su relación con Nick Vigus, y en su cocina no volvieron a aparecer faisanes.

270 A decir verdad, ya no eran necesarios, porque todo el vecindario se interesó por ellos. Se hizo una colecta pública y recibieron toda clase de regalos, de modo que mientras Jinny guardó cama, y todavía cierto tiempo después, gozaron de una prosperidad que nunca habían conocido. Pero era un bienestar que disgustaba íntimamente a Jim; y se sintió aliviado cuando cesaron los regalos. Su veta en Grambler estaba rindiendo bien, y no necesitaba de la caridad. Lo que hubieran necesitado era algo que borrase el recuerdo de esa noche.

Ross terminó su inspección y miró la tierra arenosa. Afrontaba el enigma eterno del buscador de minerales: a saber, si esa hectárea de terreno encerraba riquezas o frustración. Se necesitaban tiempo, paciencia y trabajo…

Emitió un gruñido y elevó los ojos al cielo, que anunciaba lluvia. Bien, incluso si fracasaban totalmente, ofrecerían a algunos mineros la posibilidad de alimentar a sus familias. Todos concordaban en que la situación no podía ser peor en el condado, o para el caso en el país.

II

Todos decían que las condiciones no podían ser peores, con los títulos del tres por ciento a cincuenta y seis.

Toda la nación estaba descalabrada después de la lucha desigual contra Francia, Holanda y España, la perversa guerra fratricida con América, y la amenaza de que aparecieran nuevos enemigos en el norte. Era una crisis espiritual tanto como material. Veinticinco años antes estaba a la cabeza del mundo, y por eso mismo la caída había sido más dolorosa. Al fin se había concertado la paz, pero el país estaba demasiado cansado y no lograba superar los efectos de la guerra.

Un tenaz primer ministro de veintisiete años sostenía precariamente sus posiciones frente a todas las coaliciones formadas para derribarlo; pero las coaliciones tenían esperanzas. Había encontrado dinero, incluso para sostener la paz y acometer reformas; los impuestos habían aumentado un veinte por ciento en cinco años, y los más recientes eran peligrosamente impopulares. El impuesto sobre la propiedad, el impuesto sobre las casas, el impuesto sobre los criados, el impuesto sobre las vidrieras. Caballos y sombreros, ladrillos y tejas, tejidos de hilo y algodón. Otro impuesto sobre las velas afectó directamente a los pobres. El invierno anterior, los pescadores de Fowey habían salvado del hambre a sus familias alimentándolas con lapas.

Algunos afirmaban que se necesitarían cincuenta años antes de que las cosas se arreglaran…

Según había oído decir Ross, incluso en América prevalecía el sentimiento de desilusión. Los Estados Unidos se habían unificado solo en su desagrado por el dominio inglés, y una vez desaparecido este y enfrentados a los problemas de la posguerra, parecían dispuestos a querellarse interminablemente, como las ciudades de la Italia medieval. Se decía que Federico de Prusia, mientras tocaba con sus dedos gotosos el piano del palacio Sans Souci de Potsdam, había afirmado que ese país era tan díscolo que ahora que se había desembarazado de Jorge III la única solución era entronizar a su propio rey. La observación se difundió y llegó a los recovecos de la sociedad de Cornualles.

Los pobladores de Cornualles sabían o intuían otras cosas, gracias al constante tráfico ilícito entre sus puertos y los franceses. Inglaterra estaba deprimida, pero la situación era peor aún en Europa. De tanto en tanto llegaban desde la orilla opuesta del canal, extraños indicios de inquietud volcánica. La antipatía por un antiguo enemigo, tanto como el idealismo suscitado por uno nuevo, había tentado a Francia a volcar su oro y sus hombres en auxilio de la libertad americana. Ahora descubría que tenía una deuda especial de guerra de mil cuatrocientos millones de libras y un caudal de conocimientos acerca de la teoría y la práctica de la revolución acumulados en la mente y la sangre de sus pensadores y sus soldados. La lápida del despotismo europeo comenzaba a resquebrajarse por su punto más débil.

272

Durante los dos últimos años, Ross apenas había visto a miembros de su propia familia y su clase. Lo que había alcanzado a oír en la biblioteca el día del bautizo de Geoffrey Charles lo había colmado de desprecio por esa gente; y aunque no podía aceptar la idea de que las murmuraciones de Polly Choake pudieran ejercer sobre él ningún género de influencia, el conocimiento de que no daban paz a sus lenguas venenosas lo movía a mirar con desagrado la idea de frecuentarlos. Por mera cortesía acudía una vez por mes a preguntar por la salud del inválido Charles, quien rehusaba morir o sanar; pero cuando se encontraba allí con otras personas su conversación no abordaba los temas populares. No le interesaba, como a ellos, el regreso del continente de María Fitzherbert, o el escándalo del collar de la reina de Francia. En el distrito había familias que no tenían pan y patatas suficientes para vivir, y él deseaba que esas familias recibieran regalos en especie, de modo que las epidemias de diciembre y enero no hicieran tan fácil presa en ellas. Sus oyentes se sentían incómodos cuando hablaba y lo miraban hostiles cuando terminaba. Muchos de ellos también sufrían las consecuencias de la crisis de la minería y del aumento de los impuestos. Muchos estaban ayudando a los casos más penosos que llegaban a conocer, y si con esa actitud apenas rozaban la periferia del problema, no veían que Ross hiciera mucho más. No estaban dispuestos a aceptar que tenían una suerte de responsabilidad por los padecimientos del momento, o que pudieran sancionarse leyes gracias a las cuales se creasen formas de ayuda menos humillantes que el asilo de pobres y el carro de la parroquia. Ni siquiera Francis lo comprendía. Ross se sentía como otro Jack Tripp que predicaba la reforma encaramado en un barril vacío.

En el camino de regreso alcanzó la cima de la colina y vio a Demelza que salía a su encuentro. *Garrick* trotaba tras ella como un pequeño *pony* Shetland.

Mientras se acercaba, de tanto en tanto la joven pegaba un brinco.

—Jud me contó —dijo— que al fin abrirán la mina.

—Tan pronto podamos contratar a los hombres y comprar el equipo.

—¡Hurra! *Garrick*, fuera. Eso me gusta mucho. Señor, nos dio mucha tristeza el año pasado, cuando creíamos que todo estaba listo. *Garrick*, quieto. ¿Será grande como Grambler?

—Todavía no. —Le divertía la excitación de la joven—. Al principio será una mina pequeña.

—Estoy segura de que pronto será grande, con una chimenea alta y todas esas cosas.

Descendieron juntos por el valle. Generalmente él no le prestaba mucha atención, pero el interés que otros manifestaban lo indujo a observarla disimuladamente. Era una muchacha crecida y bien formada, en la cual apenas habría podi-

273

do reconocerse a la vagabunda esmirriada y medio muerta de hambre que él había metido bajo la bomba.

Durante el último año habían sobrevenido otros cambios. Ahora Demelza era una suerte de ama de llaves general. Prudie era demasiado indolente y no deseaba afrontar nada si había un modo de evitarlo. La pierna le había molestado dos o tres veces más, y cuando reanudaba sus actividades le parecía más fácil haraganear en la cocina preparándose té y realizando algunas tareas livianas que idear las comidas y cocinarlas, una actividad que parecía agradar mucho a Demelza. Le quitaban un peso de encima; Demelza nunca se imponía, y se mostraba muy dispuesta a realizar además su propio trabajo, de modo que Prudie no veía razón para oponerse.

Fuera de una pelea violenta, la vida en la cocina se desarrollaba más serenamente que cuando Jud y Prudie estaban solos; entre los tres se había establecido una tosca camaradería, y parecía que a los Paynter no les molestaba la amistad de Ross con la chica. Muchas veces él se sentía solo y necesitaba compañía. Verity ya no se atrevía a venir, y Demelza ocupó su lugar.

A veces incluso se sentaba con Ross por las tardes. Había empezado yendo a pedirle órdenes acerca de tareas en la granja, y se quedaba charlando; y después, sin saber muy bien cómo había empezado todo, se encontró sentada en el salón, charlando con Ross dos o tres tardes por semana.

Por supuesto, era una compañía muy adaptable, pues se mostraba dispuesta a conversar si él lo deseaba, o a continuar su propia lectura si él quería leer, o a retirarse inmediatamente si su presencia no era oportuna. Ross seguía bebiendo mucho.

Demelza no era una perfecta ama de casa. Aunque estaba bastante cerca de serlo desde el punto de vista de las necesidades normales, en ciertas ocasiones su temperamento representaba un problema. Todavía se manifestaban los «humores» de los cuales Prudie había hablado. Entonces podía jurar más vigorosamente que Jud, y cierta vez casi se le impuso físicamente. Era ciega a lo que podía significar un peligro personal; y en tales ocasiones incluso su laboriosidad estaba mal orientada.

Una sombría y lluviosa mañana de octubre, Demelza había decidido limpiar parte del establo de las vacas, y empezó a empujar de un lado para el otro a los animales que la molestaban. Poco después uno de ellos se ofendió, y Demelza salió hirviendo de indignación y lastimada de un modo que le impidió sentarse durante una semana entera. Otra vez resolvió mover todos los muebles de la cocina mientras Jud y Prudie estaban ausentes. Pero a pesar de su energía, no pudo controlar el movimiento de una alacena que se le vino encima. Cuando Prudie regresó la encontró aprisionada bajo el mueble, mientras *Garrick* ladraba su opinión desde la puerta.

El asunto de la pelea con Jud tuvo perfiles más graves, y ahora todos trataban de olvidarlo discretamente. Demelza había probado el contenido de la botella de licor hallada en el viejo arcón de hierro de la biblioteca, y como el sabor le había agradado, había terminado la botella. Después, se acercó brincando a Jud, quien desafortunadamente también se había entregado a libaciones privadas. Tanto fastidió al viejo que se abalanzó sobre ella, movido por el confuso deseo de retorcerle el pescuezo. Pero Demelza se defendió como un gato salvaje, y cuando Prudie llegó los encontró luchando en el suelo. Prudie llegó instantáneamente a una conclusión errada, y atacó a Jud con la pala que se usaba para echar carbón al hogar. A su vez, Ross llegó a tiempo para impedir que la mayoría de su personal quedase fuera de combate con heridas graves.

Después, y durante varias semanas, en la cocina prevaleció una atmósfera de tensión contenida. Por primera vez Demelza soportó el ácido aguijón de la lengua de Ross, y mientras lo oía se encogía y sentía deseos de morir.

Pero eso había sido doce meses antes. Era un espectro sombrío enterrado en el pasado.

En silencio, caminaron entre los manzanos y se acercaron

a la casa, atravesando el jardín al que Demelza había dedicado tantas horas el verano anterior. Todas las malezas habían desaparecido, y había mucha tierra libre y unos pocos restos de plantas que la madre de Ross había cultivado.

Había tres matas de lavanda, altas y desgarbadas a causa de la presión de las malezas; y también una mata de romero, liberada de la maraña y que prometía florecer. También había conseguido salvar una rosa de Damasco con sus flores anchas y luminosas, rosadas y blancas, una rosa musgosa y dos rosas de China; y en su búsqueda por el campo había comenzado a traer semillas y raíces de los setos. No era fácil criar esas plantas: mostraban el espíritu caprichoso de las cosas salvajes, y así parecían dispuestas a prosperar en los lugares desolados que ellas mismas elegían, pero tendían a amustiarse y morir en la abundancia de un jardín. Pero el año anterior había conseguido dos hermosas plantas de lengua de buey, un cantero de claveles de los pantanos y una hilera de dedaleras carmesíes.

Allí se detuvieron, y Demelza comenzó a explicar lo que se proponía hacer aquí y allá, y dijo que pensaba usar esquejes del arbusto de lavanda y procurar que arraigaran para obtener un seto. Ross miró alrededor con expresión tolerante. No le interesaban mucho las flores, pero apreciaba el orden y el color, y las hierbas que podían cocerse o prepararse en infusión eran útiles.

Poco tiempo antes había entregado a Demelza una pequeña suma para su uso personal, y ella se había comprado un pañuelo de colores vivos que llevaba atado sobre la cabeza, un lápiz para aprender a escribir, dos cuadernos, un par de zapatos con hebillas de pasta, un gran jarrón de arcilla para poner flores, una cofia para Prudie y una caja de rapé para Jud. Dos veces él le había permitido montar a *Ramoth* y acompañarlo a Truro; una de esas veces él había prometido visitar la gallera y ver al gallo *Duque Real* que peleaba por una bolsa de cincuenta guineas. Sorprendido y al mismo tiempo divertido, Ross comprobó que ese entretenimiento repugnaba a Demelza.

—Caramba —dijo ella—, es lo mismo que hace mi padre.
—La joven había esperado que una pelea de gallos que merecía
el favor de los nobles y los caballeros fuese un espectáculo más
refinado.

De regreso a Nampara, Demelza se mostró extrañamente
silenciosa.

—¿Usted no cree que los animales sufren como nosotros?
—preguntó al fin.

Ross meditó la respuesta. Algunas veces se había metido en
aprietos a causa de sus respuestas irreflexivas a las preguntas
de Demelza.

—No lo sé —replicó brevemente.

—Entonces, ¿por qué los verracos chillan así cuando uno
les atraviesa el hocico con un anillo?

—Los gallos no son cerdos. Dios los hizo peleadores.

Durante un momento ella no habló.

—Sí, pero Dios no quiso que pelearan con púas de acero.

—Demelza, deberías haber sido abogado —comentó él, y
ella volvió a callar.

Ross pensaba en todas estas cosas mientras conversaban en
el jardín. Se preguntaba si Demelza sabía lo que Nat Pearce y
los demás habían estado pensando mientras la miraban en el
salón, un par de horas antes, y si Demelza coincidía con él en
que la idea era absolutamente ridícula. Cuando él deseara esa
clase de placer iría a buscar a Margaret, en Truro, o a cualquier
otra de su clase.

A veces pensaba que si el placer estaba en el tosco entretenimiento que le ofrecía una prostituta, él mismo no tenía los apetitos normales de un hombre normal. Bien, había cierta extraña
satisfacción en el ascetismo, un creciente conocimiento de sí mismo y una confianza cada vez más firme en sus propios recursos.

En ese período de su vida pensaba muy poco en el asunto.
Tenía otros intereses y otras preocupaciones.

277

3

Antes de separarse de Ross, Demelza le comunicó que un rato antes había visto a Jinny Carter, y que Jim estaba enfermo de pleuresía. Pero a causa de su salud maltrecha era frecuente que Jim debiese guardar cama varios días, y Ross no prestó atención al asunto. Toda la semana siguiente estuvo ocupado en asuntos vinculados con la iniciación de los trabajos en la mina, y postergó la visita a Jim porque deseaba hallarse en condiciones de ofrecerle una tarea bien definida. No deseaba que pareciese un puesto inventado especialmente para él.

La biblioteca de Nampara serviría como despacho, y la vida doméstica de la casa se vio perturbada mientras se limpiaba y reparaba aquel sector. La noticia de que se abría y no se clausuraba una mina se difundió velozmente, y así se vieron asediados por mineros que venían desde treinta kilómetros de distancia, y que ansiaban trabajar a cualquier precio. Emplearon a cuarenta hombres, incluso un capataz «de superficie» y otro para las galerías; ambos estaban subordinados a Henshawe.

Al cabo de quince días, Ross vio a Zacky Martin y preguntó por Jim. Zacky le informó que Jim se había levantado, pero todavía no había regresado a la mina, pues la tos seguía molestándolo.

Ross pensó en las disposiciones que había adoptado hasta ese momento. El lunes siguiente, ocho hombres debían comenzar a excavar el socavón, partiendo de la superficie del arrecife, y otros veinte empezarían a trabajar en el primer conducto. Era el momento de incorporar al subcontador.

—Dígale que venga a verme mañana por la mañana, ¿quiere? —pidió Ross.

—Sí —dijo Zacky—. Esta noche veré a Jinny. Le diré que le pase el mensaje. Ella no lo olvidará.

II

Jim Carter no dormía, y oyó casi inmediatamente los débiles golpes en la puerta.

Con la mayor precaución, para no despertar a Jinny o a los niños, bajó de la cama y empezó a reunir sus ropas. Pisó una tabla floja del suelo y permaneció inmóvil varios segundos, conteniendo un acceso de tos, hasta que la respiración regular de la joven lo tranquilizó. Después, se puso los pantalones y recogió las botas y la chaqueta.

Los goznes de la trampilla solían chirriar cuando se movían, pero él los había engrasado ese mismo día, de modo que pudo abrirla en absoluto silencio. Casi había terminado de pasar cuando una voz dijo:

—Jim.

Se mordió el labio, irritado, pero no contestó; quizás ella se limitaba a hablar en sueños. De nuevo el silencio. Después, Jimmy continuó:

—Jim. Te vas a ir de nuevo con Nick Vigus. ¿Por qué no me lo dijiste?

—Porque sabía que me armarías un escándalo.

—Bien, no necesitas ir.

—Sí, es necesario. Ayer se lo prometí a Nick.

—Dile que cambiaste de idea.

—Pero no es así.

279

—Jim, el capitán Poldark quiere verte mañana. ¿Ya lo olvidaste?

—Regresaré mucho antes de la mañana.

—Quizá quiere darte una veta en la nueva mina.

Jim replicó:

—No puedo aceptar, Jinny. No saben lo que hay allí, eso es todo. No puedo renunciar a una buena veta y arriesgarme.

—Una buena veta no es buena si tienes que meterte en el agua hasta el cuello tanto al ir como al regresar. No es de extrañar que tosas.

—Bueno, cuando salgo a buscar algo, lo único que haces es quejarte.

—Jim, podemos arreglarnos. Cálmate. No deseo nada más, si lo consigues así. Se me atraganta la comida cuando pienso cómo la conseguiste.

—Yo no soy tan metodista.

—Ni yo. Hablo del peligro que corres para conseguirla.

—No hay peligro, Jinny —dijo él, con acento más suave—. No hay nada que temer. En serio, no tienes que preocuparte.

Otra vez se oyeron golpes suaves en la puerta.

—Lo hago solo cuando no puedo trabajar —dijo él—. Bien lo sabes. Cuando retorne a la veta no saldré de noche. Hasta luego.

—Jim —dijo ella con voz premiosa—. Quisiera que no salieses esta noche. Esta noche no.

—Calla, despertarás a los niños. Piensa en ellos, y en el que nacerá. Querida, tienes que comer bien.

—Prefiero morir de hambre…

Las cuatro palabras parecieron filtrarse en el interior de la cocina mientras él descendía, pero Jim no oyó nada más. Corrió el cerrojo de la puerta y Nick Vigus se deslizó adentro, como un pedazo de goma.

—Tardaste mucho. ¿Tienes las redes?

—Aquí están… *Brrr*, hace frío.

Jim se puso las botas y la chaqueta y los dos hombres salieron, mientras Nick murmuraba a su perro. Tenían que recorrer un trecho bastante largo, unos ocho kilómetros, y durante un rato caminaron en silencio.

Era una noche perfecta, estrellada y clara pero fría, con una brisa noroeste que venía del mar. Jim se estremeció y tosió una o dos veces mientras caminaba.

Se dirigieron hacia el sureste, evitaron la aldea de Marasanvose, subieron al principal camino de carruajes y luego descendieron al fértil valle que se abría más allá. Estaban entrando en las tierras de Bodrugan, una región de abundante caza pero peligrosa, y ahora comenzaron a moverse con la mayor cautela. Nick Vigus marchaba delante, y el perro flaco era otra sombra en sus talones. Jim caminaba a pocos pasos de distancia, armado de una vara de unos tres metros de longitud y una red de fabricación casera.

Evitaron un camino de carruajes y entraron en un bosquecillo. En la sombra, Nick se detuvo.

—Esas malditas estrellas iluminan como la luna. No sé si conseguiremos algo.

—Bueno, no podemos regresar sin probar. Me parece…

—*Sshh*… Calla.

Se agazaparon entre los matorrales y escucharon. Después, continuaron caminando. El bosque clareaba, y a unos cien metros de distancia los árboles terminaban en una zona despejada de casi un kilómetro cuadrado. Sobre un costado había un arroyo bordeado de una espesura de matorrales y árboles jóvenes. Allí anidaban los faisanes. Los que ocupaban las ramas bajas eran presa fácil para un hombre ágil armado de una red. El peligro era que en el extremo del claro se levantaba la casa Werry, hogar de los Bodrugan.

Nick se detuvo nuevamente.

—¿Qué oíste? —preguntó Jim.

—Algo —murmuró Vigus. La luz de las estrellas se reflejaba en su cabeza calva y sonrosada, y formaba pequeñas som-

281

bras en los hoyos de viruela de su rostro. Tenía la expresión de un querube corrompido—. Los guardianes. Están buscando.

Esperaron varios minutos en silencio. Jim contuvo un acceso de tos y apoyó su mano sobre la cabeza del perro. El animal se movió un instante y luego se aquietó.

—El perro está bien —dijo Nick—. Creo que fue una falsa alarma.

Reanudaron la marcha a través de la espesura. Cuando se acercaron al borde del claro, el problema no era tanto la posibilidad de atraer a los guardianes, que quizá no estaban allí, sino de no alarmar a los faisanes hasta que fuera demasiado tarde para ellos y no pudiesen volar. La claridad de la noche dificultaba el intento.

Se hablaron en murmullos y decidieron separarse; cada uno llevó una red, y se acercaron al nidal desde distintos ángulos. Vigus, que tenía más experiencia, hizo el rodeo más amplio.

282 Jim tenía el don de moverse sin hacer ruido, y se acercó muy lentamente hasta que pudo ver las formas oscuras de las aves, distribuidas en las ramas y las horquetas bajas del árbol que tenía delante. Desplegó la red que llevaba en el brazo, pero decidió dar otros dos minutos a Nick, no fuese que al actuar antes de tiempo arruinase el plan que habían trazado.

Desde allí podía oír el viento que movía las ramas sobre su cabeza. A lo lejos, la casa Werry era una masa oscura y extraña entre los contornos nocturnos más suaves. Aún estaba encendida una luz. Era más de la una, y Jim pensó en la gente que vivía allí, y por qué estaba despierta tan tarde.

También pensó en lo que el capitán Poldark quería decirle. Le debía mucho, pero por eso mismo creía que no podía aceptar más favores. Es decir, si conseguía recuperar la salud.

Ningún bien haría a Jinny que él imitara el ejemplo de su padre y muriese a los veintiséis años. Jinny insistía mucho en que él tenía que mojarse para llegar todos los días a la veta, pero no comprendía que los mineros soportaban esa situación la mayor parte del tiempo. Si un hombre no podía aguantar eso, más le valía no ser minero. Por el momento no tenía que respirar el humo de la pólvora usada en las explosiones, y bien podía sentirse agradecido por ello.

Un animal se movió en la espesura, a poca distancia. Volvió la cabeza y trató de ver, pero no lo consiguió. El árbol que tenía delante tenía una forma retorcida y deformada. Un roble joven, según podía suponerse por las hojas muertas sobre las ramas. Colgaban allí, movidas por la brisa durante todo el invierno. Una forma extrañamente ensanchada.

Y entonces la forma varió ligeramente.

Jim aguzó la vista y miró fijamente. Un hombre estaba de pie, contra el árbol.

De modo que la visita que habían hecho el sábado no había pasado inadvertida. Tal vez todas las noches siguientes los guardianes habían acechado pacientemente, esperando la próxima visita. Quizá ya lo habían visto. No. Pero si daba un paso lo apresarían. ¿Y Nick, que se acercaba viniendo desde el norte?

La mente de Jim estaba como paralizada por la necesidad de adoptar una decisión instantánea. Comenzó a alejarse lentamente.

Había dado apenas dos pasos cuando detrás se oyó el ruido de una rama rota. Se volvió a tiempo para evitar la mano que quería agarrarle el hombro, y se abalanzó en dirección a los faisanes, soltando la red mientras corría. En el mismo instante se oyó un movimiento del otro lado y la descarga de un mosquete: de pronto, el bosque cobró vida; los gritos de los faisanes machos y el golpeteo de las alas sobresaltadas mientras se elevaban, los movimientos de otros animales asustados, y las voces de los hombres que trataban de capturarlo.

Llegó a campo abierto y corrió, evitando la orilla del arroyo y manteniéndose todo lo posible bajo la protección de las sombras. Oyó ruido de pasos detrás, y comprendió que no estaba distanciándose; el corazón le latía fuertemente, y comenzaba a faltarle el aliento.

283

En un lugar en que los árboles raleaban dobló y se metió entre ellos. Ahora no estaba lejos de la casa, y advirtió que avanzaba por un sendero. Allí la oscuridad era más densa, y la espesura entre los árboles era tal que sería difícil abrirse paso sin darles tiempo para apresarlo.

Llegó a un pequeño claro; en el centro había un pabellón circular de mármol y un reloj de sol. El sendero no continuaba después del claro. Corrió hacia el pabellón, después cambió de idea y se acercó al borde del claro, donde se levantaba aislado un alto olmo. Trepó sobre el tronco, arañándose las manos y rompiéndose las uñas con la corteza. Acababa de subir a la segunda rama cuando dos guardianes irrumpieron en el espacio abierto. Permaneció inmóvil, tratando de recuperar el aliento.

Los dos hombres vacilaron y examinaron el lugar, uno con la cabeza inclinada, atento al menor ruido.

—… no está lejos… Se esconde… —Los fragmentos llegaron flotando hasta el árbol.

Se internaron furtivamente en el claro. Uno subió los peldaños y probó la puerta del pabellón. Estaba cerrada con llave. El otro retrocedió un paso y elevó los ojos hacia el techo circular en forma de cúpula. Después se dividieron y revisaron todo el espacio abierto.

Cuando uno de los hombres se acercaba al olmo, Jim sintió de pronto esa agitación peculiar del pulmón que, bien lo sabía, significaba un acceso de tos. La frente se le cubrió de sudor.

El guardián pasó caminando lentamente. Jim vio que llevaba un arma de fuego. Unos pasos después del olmo, el hombre se detuvo frente a un árbol que parecía más accesible que el resto, y comenzó a espiar entre las ramas.

Jim aspiró, se ahogó, y luego consiguió llenar de aire los pulmones y contuvo la respiración. El segundo guardián había terminado su inspección y ahora venía a reunirse con su compañero.

—¿Lo viste?

—No. El bastardo se nos escapó.

—¿Detuvieron al otro?

—No. Pensé que agarraríamos a este.

—Sí.

Los pulmones de Jim se expandían y contraían por sí mismos. La comezón se agravaba irresistible en la garganta, y de pronto sintió que se ahogaba.

—¿Qué es eso? —preguntó uno de los hombres.

—No sé. Por ahí.

Se acercaron rápidamente al olmo, pero equivocaron la dirección por varios metros y fijaron los ojos en la espesura enmarañada.

—Quédate aquí —dijo uno—. Voy a ver qué pasa. —Se abrió paso entre los arbustos y desapareció. El otro se apoyó sobre el tronco de un árbol, con el arma en el brazo.

Jim aferró la rama que tenía encima, en un frenético esfuerzo por contener la tos. Ahora estaba empapado de sudor, e incluso la captura parecía menos temible que esa tensión convulsiva. Le estallaba la cabeza. Hubiera dado el resto de su vida por toser.

Se oyó ruido de pasos y el crujido de ramas rotas, y el segundo guardián reapareció, mascullando su decepción.

—Creo que huyó. Veamos qué consiguió Johnson.

—¿Y si traemos los perros?

—No podemos mostrarles nada. Tal vez los atrapemos la semana próxima.

Los dos hombres echaron a andar. Pero no habían caminado diez pasos cuando los detuvo una explosión de tos exactamente encima y detrás de ellos.

Durante un momento, el ruido hueco y sonoro entre los árboles los alarmó. Después, uno de ellos reaccionó y retornó corriendo al olmo.

—¡Baja! —gritó—. Baja enseguida, o te mato.

4

Ross no se enteró del arresto hasta las diez de la mañana, cuando uno de los chicos Martin le llevó la noticia a la mina. Volvió inmediatamente a su casa, ensilló a *Morena* y cabalgó hasta la casa Werry.

Los Bodrugan eran una de las familias venidas a menos de Cornualles. El tronco principal, después de haber protagonizado una crónica no muy escrupulosa de la historia local durante casi doscientos años, se había extinguido a mediados del siglo. Los Bodrugan de Werry estaban imitando el ejemplo. Sir Hugh, el actual baronet, tenía cincuenta años y era un solterón de escasa estatura, vigoroso y macizo. Afirmaba que en el cuerpo tenía más vello que cualquier hombre viviente, y cuando estaba bebido se mostraba dispuesto, mediante una apuesta de cincuenta guineas, a poner a prueba su aserto. Vivía con su madrastra viuda, lady Bodrugan, una amazona tenaz y mal hablada de veintinueve años que tenía la casa llena de perros y olía ella misma a perro.

Ross conocía de vista a ambos, pero hubiera deseado que Jim encontrase otro lugar donde practicar la caza furtiva.

Y lo deseó con mayor fervor aún cuando llegó a la casa y vio que había una reunión de la Sociedad de Cazadores de Carnbarrow. Consciente de las miradas y los murmullos de la gente de chaquetas rojas y lustrosas botas, desmontó y se abrió paso entre los caballos y los perros que bostezaban, y subió los peldaños que conducían a la puerta principal de la casa.

Cuando terminó de subir, un criado le cortó el paso.

—¿Qué desea? —preguntó, los ojos puestos en las ásperas ropas de trabajo de Ross.

Ross lo miró a su vez.

—Ver a sir Hugh Bodrugan, y no soportar su maldita insolencia.

El criado salió del aprieto lo mejor que pudo.

—Discúlpeme, señor. Sir Hugh está en la biblioteca. ¿A quién debo anunciar?

Ross fue conducido a una sala atestada de gente que bebía oporto y vino generoso de Canarias. La ocasión difícilmente hubiera podido ser menos propicia para lo que deseaba pedir. Conocía a muchos de los presentes. Allí estaba el joven Whitworth, y también George Warleggan, el doctor Choake, Paciencia Teague y Joan Pascoe. Además, Ruth Teague con John Treneglos, el hijo mayor del señor Horace Treneglos. Miró por encima de la cabeza de la mayoría de los presentes, y vio la figura rechoncha de sir Hugh al lado del hogar, las piernas separadas y una copa en la mano. El criado se acercó y murmuró al oído de sir Hugh, y Ross oyó a sir Bodrugan preguntar impaciente:

—¿Quién? ¿Qué? ¿Qué? —Alcanzó a oír eso porque las conversaciones se habían acallado momentáneamente. Llegaría el tiempo en que aceptaría esa reacción como un hecho natural cada vez que entrase en un salón.

Saludó a algunos de los huéspedes con un gesto de la cabeza y una semisonrisa, mientras se acercaba a sir Hugh. Se oyó un súbito coro de ladridos y vio que lady Constance Bodrugan estaba arrodillada sobre la alfombrilla del hogar, vendando la pata de un perro, mientras seis spaniel negros jadeaban y se agazapaban alrededor.

—Demonios, creí que era Francis —dijo sir Hugh—. A sus órdenes, señor. La cacería comienza dentro de diez minutos.

—Solo necesito cinco —dijo amablemente Ross—. Pero quisiera que habláramos a solas.

—Salvo el retrete, esta mañana no hay lugares privados en la casa. Hable, porque hay tanto ruido que nadie podrá enterarse de sus asuntos privados.

—El hombre que dejó en el suelo ese maldito vidrio —dijo la madrastra de sir Hugh—, por Dios que lo azotaría.

Ross aceptó el vino que le ofrecieron, y explicó el propósito de su visita. La noche anterior habían apresado a un cazador furtivo en la propiedad de los Bodrugan. Conocía personalmente al muchacho. Puesto que sir Hugh era magistrado, sin duda tendría algo que ver con el tratamiento del caso. Era el primer delito del muchacho, y había razones suficientes para creer que un delincuente más veterano y endurecido lo había llevado por mal camino. Ross se consideraba dispuesto a compensar cualquier daño si se soltaba al muchacho con una severa advertencia. Más aún, estaba dispuesto a considerarse responsable personalmente…

Aquí sir Hugh estalló en una carcajada. Ross se interrumpió.

—Condenación, señor, llega demasiado tarde. Sí, demasiado tarde. Ordené que compareciera ante mí a las ocho de la mañana. Ahora va camino de Truro. Lo juzgarán en la audiencia del próximo trimestre.

Ross bebió un sorbo de su vino.

—Trabajó deprisa, sir Hugh.

—Bien, no quería demorarme el día de la reunión de los cazadores. Sabía que a las nueve la casa se convertiría en un pandemonio.

—El cazador furtivo —dijo lady Bodrugan, a quien se le ocurrió la idea mientras soltaba al perro—, sospecho que él dejó caer el vidrio. ¡Por Dios, hubiera mandado atarlo a la rueda del carro, y luego lo habría azotado! Las leyes son muy benignas con esos granujas.

—Bien, durante una semana o dos no molestará a mis faisanes —dijo sir Hugh, riendo de buena gana—. No, estarán a salvo una semana o dos. Convendrá conmigo, capitán Poldark, en que es una vergüenza el número de animales que perdemos durante el año.

—Lamento haberlo molestado cuando se preparaba para la caza.

—Siento que su misión no haya tenido mejor resultado. Puedo prestarle un caballo si desea unirse a nosotros.

Ross se lo agradeció, pero rehusó. Después de un momento se excusó y salió. Nada más podía hacer allí. Cuando se retiraba, oyó decir a lady Bodrugan:

—Hughie, no hubieras dejado en libertad al granuja, ¿verdad?

No alcanzó a oír la respuesta del hijastro de la dama, pero de quienes la oyeron partió una salva de carcajadas.

Ross sabía que la actitud de los Bodrugan ante la idea de dejar en libertad a un cazador furtivo con solo una advertencia, era la misma actitud que adoptaría toda la sociedad, si bien era posible que otros la explicaran con frases más corteses. Era también el caso de la sociedad de Cornualles, que demostraba tanta tolerancia con el contrabandista. El contrabandista era un individuo astuto que se las arreglaba para privar de ingresos al gobierno y suministrar a todo el mundo brandy a mitad de precio. El cazador furtivo no solo era literalmente un intruso en la propiedad ajena, sino que metafóricamente era un intruso que infringía los derechos inalienables de la propiedad personal. Era un delincuente y un criminal. Ahorcarlo era apenas un castigo suficiente.

Ross encontró la misma actitud pocos días después, cuando habló con el doctor Choake. No era probable que juzgaran a Jim antes de la última semana de mayo. Ross sabía que, en su

289

carácter de médico de la mina, Choake había tratado a Jim en febrero, de modo que le preguntó su opinión acerca del muchacho. Choake respondió que, en fin, ¿qué podía pretenderse en vista de que era una familia afectada por la tisis? La auscultación le había permitido descubrir cierta condición mórbida en un pulmón, pero no podía decir cuánto se había desarrollado. Por supuesto, la dolencia tenía distintas formas; antes o después podía manifestarse la mortificación del pulmón; también era posible que el muchacho viviese hasta los cuarenta años, lo cual era una edad razonable por tratarse de un minero. No era posible pronosticar la evolución.

Ross sugirió que la información podía ser útil en las audiencias trimestrales. La prueba de que el muchacho estaba gravemente enfermo, unida a un ruego del propio Ross, tal vez determinase que se desechara la acusación. Si Choake estaba dispuesto a atestiguar en el proceso…

Choake frunció el ceño, en una expresión de perplejidad. ¿Ross quería decir que…?

En efecto, Ross quería decir eso. Choake movió incrédulo la cabeza.

—Mi estimado señor, haríamos muchas cosas por un amigo, pero no nos pida que atestigüemos en favor de un joven granuja descubierto cuando cazaba en un vedado. No podríamos hacerlo. Sería una cosa antinatural, como proteger a un franchute.

Ross presionó, pero Choake no quiso ceder.

—A decir verdad, no siento la menor simpatía por su propósito —explicó—. No tiene sentido mostrarse sentimental con esa gente, pero le redactaré una nota explicando lo que le dije acerca del muchacho. Firmada por mí, y sellada como un documento legal. Será tan eficaz como asistir y sentarme en el banquillo, como si fuera un delincuente. Eso no podríamos hacerlo.

Ross aceptó de mala gana.

Al día siguiente el señor Treneglos realizó su primera visita oficial a la Wheal Leisure. Llegó desde Mingoose con un volumen de Tito Livio bajo el brazo y un polvoriento sombrero de tres picos encasquetado sobre la peluca. Había sangre de mineros en la familia Treneglos.

Vio lo que podía verse. Estaban excavándose tres tubos de ventilación, pero la tarea era dura. Casi inmediatamente encontraron piedra ferrosa. En ciertos lugares la presencia de este mineral obligaba a trabajar con taladros de acero, y después a provocar explosiones con pólvora. La veta corría de este a oeste, y parecía tener cierta importancia, de modo que era probable que las próximas semanas fueran tediosas para todos.

El señor Treneglos comentó que, en fin, ello significaría más gastos, pero la circunstancia no era desalentadora. A menudo la piedra ferrosa encerraba ricas vetas de cobre.

—La caja fuerte de la Naturaleza —dijo—. Guarda sus tesoros con llave y candado.

291

Se acercaron al borde del arrecife y miraron abajo; a media altura entre el lugar que ocupaban y la playa se había armado una endeble plataforma de madera; desde allí, ocho hombres en dos turnos de doce horas, cada uno a cargo de cuatro operarios, habían comenzado a practicar un socavón en el arrecife. Hacía mucho que había desaparecido de la vista, de modo que desde arriba lo único que alcanzaba a verse era a un chico de doce años que de tanto en tanto aparecía con una carretilla, cuyo contenido, el mineral arrancado por los cuatro escarabajos humanos, vaciaba sobre la arena de la playa. Ross explicó que también ellos habían encontrado una pared de piedra ferrosa, y que estaban tratando de salvar el obstáculo.

El señor Treneglos emitió un gruñido y dijo que confiaba en que esas dos viejas quisquillosas, Choake y Pearce, no empezaran a quejarse de los gastos en la reunión siguiente. ¿Cuánto calculaban que les llevaría conectar el socavón con la mina?

—Tres meses —dijo Ross.

—Necesitarán seis —dijo para sí el señor Treneglos—. Necesitarán seis meses enteros —aseguró a Ross—. A propósito, ¿conoce la noticia?

—¿Qué noticia?

—Mi hijo John y Ruth Teague han decidido formalizar sus relaciones. Piensan casarse.

Ross no estaba enterado. Sin duda, la señora Teague debía sentirse muy feliz.

—Ella contrae un matrimonio ventajoso —dijo el anciano, como si por una vez hubiera expresado los pensamientos de Ross, en lugar de los propios—. John será un buen esposo, pese a que no es muy digno de confianza cuando bebe. Yo habría deseado una doncella que tuviese fortuna, porque nuestra posición no es demasiado cómoda. Aún así, en fin, la joven monta muy bien, y es bastante hábil en otras cosas. El otro día me hablaron de un tipo que tiene un asunto con una criada de su cocina. No recuerdo quién era. Quiero decir, un asunto serio, no una cana al aire. Todo depende de cómo se trate una cosa así. Recuerdo bien que John anduvo con una de las criadas y todavía no tenía dieciocho años. Me costó bastante dinero.

—Confío en que serán felices.

—¿Eh? Oh, sí. Bien, me alegrará verlo establecido. No viviré eternamente, y durante ochenta años ningún señor de Mingoose se quedó soltero.

—Usted es magistrado —dijo Ross—. ¿Qué sentencia suele aplicarse al cazador furtivo?

—¿Eh? ¿Eh? —El señor Treneglos aferró su viejo sombrero a tiempo para evitar que se lo llevase el viento—. ¿Cazador furtivo? Todo depende, estimado muchacho. Todo depende. Si descubren a un hombre con un lazo o una red, y si es la primera vez, pueden darle tres o seis meses. Si ya tiene una condena anterior, o lo sorprendieron con las manos en la masa, como suele decirse, sin duda lo deportarán. Hay que mostrarse firmes con esos bandidos, porque de lo contrario nos roban toda la caza. ¿Cómo está su tío, muchacho?

—Este mes no lo he visto.

—Dudo que vuelva a cumplir con sus deberes de magistrado. ¿Toma las cosas con calma? Quizá presta demasiada atención a la profesión médica. Por mi parte, yo desconfío de ellos. Me curo con ruibarbo. Y con respecto a los médicos: *timeo danaos et dona ferentes*. Ese es mi lema. Sí, ese es mi lema —agregó para sí mismo—. Y debería ser el de Charles.

II

Se realizó el proceso el día 30 de mayo.

Había sido una primavera fría e inestable, con vientos intensos y días de lluvia helada, pero a mediados de mes el tiempo comenzó a mejorar, y la última semana se estabilizó y de pronto aumentó la temperatura. La primavera y el verano se condensaron en una semana. En el curso de seis días de sol ardiente, toda la región prosperó y mostró el verde más intenso. De la noche a la mañana se abrieron las retrasadas flores de primavera, más o menos como podrían haberlo hecho en un invernadero, y poco después desaparecieron.

El día que debía celebrarse el juicio hizo mucho calor. Montado en su caballo, Ross fue temprano a Truro, acompañado todo el camino por el canto de los pájaros. La sala del tribunal habría tenido un aspecto sombrío y decrépito incluso el más luminoso de los días. Hoy los rayos del sol que atravesaban las sucias ventanas caían sobre los bancos viejos y astillados y destacaban las grandes telarañas que cubrían los rincones de la sala y colgaban de las vigas. Se posaban sobre la figura del maciliento empleado del tribunal, inclinado sobre sus papeles con la gota trémula que pendía de su nariz, e iluminaba frag-

293

mentos de los miserables espectadores que estaban reunidos al fondo de la sala, y que murmuraban y tosían.

Había cinco magistrados, y Ross vio complacido que conocía un poco a dos de ellos. El presidente de la sala era el señor Nicholas Warleggan, padre de George. El otro era el reverendo doctor Edmund Halse, a quien Ross había encontrado en la diligencia. Conocía de vista a un tercero: un hombre anciano y corpulento llamado Hick, un caballero de la localidad, alcohólico empedernido. Durante la mayor parte de la mañana el doctor Halse mantuvo un fino pañuelo de batista aplicado a su nariz delgada y curva. Sin duda, había empapado el pañuelo en extracto de bergamota y romero, una precaución no desdeñable en vista de la abundancia de casos de fiebre.

Dos o tres casos fueron despachados con bastante rapidez en la atmósfera densa y viciada, y finalmente compareció James Carter. En el sector destinado al público, Jinny Carter, que había caminado los quince kilómetros con su padre, trataba de sonreír mientras su marido la miraba. Durante el período de detención, la piel de Jim había perdido su bronceado, y bajo sus ojos oscuros se destacaban claramente unas ojeras profundas.

Cuando comenzó el caso, el ujier volvió los ojos hacia el gran reloj sobre la pared, y Ross comprendió que el hombre estaba pensando que tenían el tiempo indispensable para despachar ese caso antes de la pausa del mediodía.

Los magistrados eran de la misma opinión. El guardián de sir Hugh Bodrugan tenía cierta tendencia a alargar su declaración, y dos veces el señor Warleggan le ordenó secamente que se atuviese al asunto. El incidente atemorizó al testigo, y concluyó su declaración en un murmullo apresurado. El segundo guardián confirmó el relato, con lo cual se completó la prueba. El señor Warleggan alzó la vista.

—¿Hay defensa en este caso?

Jim Carter no habló.

El empleado se puso de pie, y con la mano se limpió una gota que pendía de su nariz.

—Su Señoría, no hay defensa. El acusado no tiene condenas anteriores. Aquí tengo una carta de sir Hugh Bodrugan que se queja de haber perdido muchos animales este año, y dice que es el primer cazador furtivo que han podido apresar desde enero.

Los magistrados conferenciaron en voz baja. Ross maldijo en silencio a sir Hugh.

El señor Warleggan miró a Carter.

—¿Tiene algo que decir antes de que se dicte sentencia?

Jim se humedeció los labios.

—No, señor.

—En ese caso…

Ross se puso de pie.

—Si puedo solicitar la indulgencia del tribunal…

Hubo cierto movimiento y un murmullo, y todos se volvieron para ver quién estaba perturbando el ejercicio de la magistratura.

El señor Warleggan espió a través de la sala, y Ross asintió levemente, en un gesto de reconocimiento.

—¿Tiene pruebas que apoyen la defensa de este hombre?

—Deseo ofrecer pruebas de su buen carácter —dijo Ross—. Ha sido mi criado.

Warleggan se volvió y sostuvo una conversación en voz baja con el doctor Halse. Ahora los dos lo habían reconocido. Ross continuó de pie, mientras la gente se movía y miraba por encima del hombro de los restantes espectadores, tratando de verlo. Entre los que estaban a su izquierda vio un rostro conocido, por cierto, inconfundible: la boca húmeda y carnosa y los ojos oblicuos de Eli Clemmow. Tal vez había venido a regodearse con la caída de Carter. Que Ross hubiese acudido a enredarse en el asunto era algo que sin duda aquel hombre no esperaba.

—Señor, acérquese al banco de los testigos —dijo Warleggan con su voz profunda y bien modulada—. Así podrá decir lo que le parezca oportuno.

Ross abandonó su asiento y atravesó la sala en dirección al banco de los testigos. Prestó juramento, y esbozó el gesto de besar la vieja y grasienta Biblia. Después, apoyó las manos sobre el borde de la baranda, y miró a los cinco magistrados. Hick resoplaba, como si estuviera dormido; el doctor Halse jugaba distraídamente con su pañuelo, y en sus ojos no había el menor signo de reconocimiento; y el señor Warleggan examinaba algunos papeles.

Esperó a que Warleggan hubiese concluido, y entonces empezó.

—Seguramente, caballeros, sobre la base de las pruebas escuchadas ustedes no hallarán motivo para pensar que este caso es excepcional. En la larga experiencia de los miembros del tribunal sin duda hubo muchos casos, sobre todo en tiempos de necesidad como este, en que las circunstancias —el hambre, la pobreza o la enfermedad— atenuaron hasta cierto punto la gravedad del delito. Por supuesto, hay que aplicar las leyes, y yo soy el último en pedirles que el cazador furtivo, que es una molestia y motivo de gastos para todos, no reciba el castigo merecido. Pero conozco bien las circunstancias de este caso, y deseo explicarlas a ustedes. —Ross dio un resumen de las vicisitudes de Jim, destacando sobre todo su mala salud y el brutal ataque de Reuben Clemmow a su esposa y al hijo—. Tengo motivos para creer que en vista de su pobreza, el detenido comenzó a frecuentar malas compañías, y se vio llevado a olvidar ciertas promesas que me había hecho. Personalmente estoy seguro de la honestidad de este muchacho. No es él quien debería comparecer ante el tribunal, sino el hombre que lo llevó por mal camino.

Se interrumpió, y sintió que había atraído el interés de sus oyentes. Se disponía a continuar cuando alguien lanzó una risotada en medio de la sala. Varios magistrados se volvieron para mirar, y el doctor Halse frunció severamente el ceño. Ross no dudaba de la identidad del individuo que lo había interrumpido.

—El hombre que lo llevó por mal camino —repitió, tratando de reconquistar la distraída atención de sus oyentes—. Repito que Carter fue inducido por un hombre mucho mayor que él, un hombre que hasta ahora ha evitado el castigo. A él le corresponde la culpa. Con respecto a la salud actual del detenido, basta mirarlo para comprender su situación. Como confirmación de lo que digo tengo aquí una declaración del doctor Thomas Choake, de Sawle, el distinguido médico de la mina, que ha examinado a James Carter y comprobó que padece una inflamación crónica y pútrida del pulmón, probablemente fatal. Ahora bien, estoy dispuesto a tomarlo nuevamente a mi servicio y a garantizar su buena conducta futura. Pido la consideración de estos hechos por el tribunal, y que se los tenga muy en cuenta antes de dictar sentencia.

Entregó al empleado la hoja de anotador en la cual, con tinta muy aguada, Choake había garabateado su diagnóstico. Vacilante, el empleado la sostuvo en la mano, hasta que el señor Warleggan le ordenó impaciente que la entregara al tribunal. Se leyó la nota, y hubo una breve consulta.

—¿Usted afirma que el detenido se encuentra en un estado de salud que no permite enviarlo a la cárcel? —preguntó Warleggan.

—Está enfermo de mucha gravedad.

—¿Cuándo se realizó este examen? —preguntó fríamente el doctor Halse.

—Hace unos tres meses.

—¿De modo que ya estaba así cuando fue a cazar en el vedado?

Ross vaciló, consciente ahora del carácter hostil de la pregunta.

—Hace tiempo que está enfermo.

El doctor Halse volvió a su pañuelo.

—Bien, por lo que a mí respecta, creo que si un hombre está… hum… bastante bien para robar faisanes, está… hum… bastante bien para afrontar las consecuencias.

—Sí, claro que sí —se oyó una voz.

El señor Warleggan descargó un golpe sobre el escritorio.

—Otra interrupción y… —se volvió—. Vea, señor Poldark, me inclino a concordar con mi amigo el doctor Halse. Sin duda es lamentable que el detenido padezca esa dolencia, pero la ley no nos permite tener en cuenta esos detalles. El grado de necesidad de un hombre no debe determinar el grado de su honestidad. Si no fuera así, todos los mendigos serían ladrones. Y si un hombre goza de salud suficiente para errar, sin duda también tiene salud suficiente para recibir el castigo.

—Sin embargo —dijo Ross—, teniendo en cuenta el hecho de que ya ha sufrido casi cuatro semanas de cárcel… y considerando su buen carácter y su grave pobreza, no pude dejar de pensar que en este caso la clemencia serviría mejor a la justicia.

Warleggan avanzó el prominente labio superior.

—Tal vez usted piense así, señor Poldark, pero la decisión corresponde al tribunal. Durante los últimos dos años los casos de incumplimiento de la ley se han agravado mucho. Esta es también una forma de delincuencia, cuya represión es difícil y costosa, y los que son aprehendidos deben estar dispuestos a recibir el castigo que corresponde a su culpa. Tampoco podemos reducir la culpa; solo podemos tomar conocimiento de los hechos. —Hizo una pausa—. Sin embargo, en vista del testimonio médico y del testimonio que usted mismo ha ofrecido acerca del carácter anterior de Carter, estamos dispuestos a mirar el delito con mayor clemencia que lo que habríamos hecho de otro modo. Sentenciamos al detenido a dos años de cárcel.

Se oyó un murmullo en la sala del tribunal, y alguien profirió una palabra de disgusto.

Ross dijo:

—Confío en que jamás sufra la desgracia de ser objeto de la clemencia del tribunal.

El doctor Halse bajó el pañuelo:

—Tenga cuidado, señor Poldark. Tales observaciones no escapan del todo a nuestra jurisdicción.

Ross dijo:

—Solo la compasión goza de ese privilegio.

El señor Warleggan agitó la mano.

—El caso siguiente.

—Un momento —dijo el doctor Halse.

Se inclinó hacia delante, uniendo las yemas de los dedos y pasándose la lengua por los finos labios. Cada vez que se encontraban sentía crecer su antipatía por este joven y arrogante caballerete: así le había pasado en la escuela, en la diligencia y ahora en el tribunal. Le agradaba sobremanera haber podido introducir esa preguntita aguda acerca de las fechas, gracias a la cual había inclinado a los restantes magistrados hacia su propio modo de pensar. Y pese a todo el joven advenedizo trataba de quedarse con la última palabra. Pero no se lo permitiría.

—Un momento, señor. Si venimos aquí y administramos justicia de acuerdo con el código, lo hacemos con un sentido muy claro de nuestros privilegios y responsabilidades. Señor, como miembro de la Iglesia, tengo una conciencia particularmente clara de esa responsabilidad. Dios ha asignado a sus ministros que son magistrados la tarea de atemperar la justicia con la clemencia. Afronto esta obligación apelando a toda mi capacidad, sin duda escasa, y creo que así la he afrontado ahora. Sus insinuaciones en contrario me parecen ofensivas. No creo que usted tenga la menor idea de lo que está diciendo.

—Estas leyes bestiales —dijo Ross, controlando apenas su cólera—; estas leyes bestiales que ustedes interpretan sin compasión envían a un hombre a la cárcel por alimentar a sus hijos cuando tienen hambre, por buscar alimento donde puede cuan-

299

do se le niega la posibilidad de ganarlo con su trabajo. El libro donde usted aprendió, doctor Halse, dice que el hombre vive no solo de pan. En estos tiempos, ustedes exigen a los hombres que vivan incluso sin pan.

Un murmullo de aprobación creció repentinamente en el fondo de la sala.

El señor Warleggan golpeó irritado con su martillo.

—Señor Poldark, el caso está cerrado. Le ruego que abandone el estrado.

—De lo contrario —dijo el doctor Halse—, lo acusaremos de menosprecio al tribunal.

Ross se inclinó levemente.

—Señor, puedo asegurarle que tal acusación sería lo mismo que leer mis pensamientos más íntimos.

Ross abandonó el estrado y salió del tribunal en medio del ruido y los gritos del ujier reclamando silencio. Afuera, en la estrecha calle, respiró el cálido aire estival. Aquí, el profundo albañal estaba colmado de desechos y el hedor era repulsivo, pero parecía agradable después del olor del tribunal. Extrajo un pañuelo y se enjugó la frente. Le temblaba la mano a causa de la cólera que intentaba controlar. Se sentía enfermo de asco y decepción.

Por la calle bajaba una larga fila de mulas con los pesados canastos de estaño colgados uno a cada lado de los animales, y un grupo de mineros cubiertos de polvo del camino y marchando con paso tardo al costado de los animales. Habían andado varios kilómetros desde el alba y venían de algún distrito lejano con el estaño destinado a la casa de la moneda; después, volverían a sus chozas sobre los lomos de las fatigadas mulas.

Esperó a que pasara la caravana y se dispuso a cruzar la estrecha calle. Una mano le tocó el brazo.

Era Jinny, y detrás estaba el padre de la joven, Zacky Martin. En las mejillas de Jinny había pequeños puntos rosados, que se destacaban sobre la piel pecosa y pálida.

—Señor, quiero agradecerle lo que dijo. Fue muy amable de su parte defender así a Jim. Siempre lo recordaremos. Siempre. Y lo que usted dijo…

—De nada sirvió —dijo Ross—. Zacky, llévela a casa. Estará mejor con usted.

—Sí, señor.

Se separó bruscamente de ellos, y subió por la calle de la Casa de la Moneda. Que le agradecieran el fracaso era la gota de agua que desbordaba el vaso. En parte, se sentía irritado consigo mismo porque había perdido el control. Uno podía hacer gala de independencia cuando estaba en juego su propia libertad, pero se requería mayor dominio cuando se trataba de la ajena. Se dijo que toda su actitud había sido un error. Había comenzado bien, y después se había descarriado. En tales circunstancias, era la persona menos indicada y debía fracasar. Tenía que haberse mostrado obsequioso, y derramado lisonjas sobre el tribunal. Tenía que haber ratificado y exaltado la autoridad de los jueces, como había comenzado a hacer, sugiriéndoles simultáneamente que una sentencia más benigna era el fruto natural de la benevolencia de sus corazones.

En lo más profundo de su corazón se preguntaba si incluso el verbo áureo de Sheridan les hubiese arrebatado la presa. Una técnica incluso mejor, pensó ahora, habría sido abordar a los magistrados antes del comienzo de la sesión, y haberles sugerido que al propio Ross le incomodaba mucho verse privado de su criado. Tal era el modo de liberar a un hombre; de nada servía el testimonio de los médicos o las apelaciones sentimentales a la clemencia.

Ahora estaba en la calle del Príncipe, y decidió entrar en la posada del Gallo de Pelea. Allí pidió media botella de brandy, y comenzó a beber.

5

*B*ajo el cálido sol de esa tarde de principios del verano, Demelza y Prudie estaban escardando alrededor de las jóvenes plantas de nabos sembradas en la parte inferior del Campo Largo.

Prudie se quejaba a cada momento, pero si Demelza la oía, en todo caso no le prestaba atención. Se movía rítmicamente con su azada y arrancaba las malezas jóvenes al mismo tiempo que dejaba espacio para que las plantas crecieran. De tanto en tanto se detenía, las manos en las caderas, para mirar en dirección a la playa Hendrawna. El mar estaba muy tranquilo bajo el sol cálido.

A veces también ella canturreaba por lo bajo, porque le agradaba el calor, y sobre todo la calidez del sol. Con gran desaprobación de Prudie, se había quitado el bonete azul, y ahora trabajaba cubierta solo por una combinación azul, con las mangas arrolladas, las piernas desnudas y calzada con zuecos de madera.

Con un gemido y apretándose el cuerpo con las manos, como si se tratase de un movimiento que no hacía a menudo, Prudie se enderezó y permaneció inmóvil un momento. Con un dedo sucio se quitó el bonete y se desprendió un mechón de cabellos negros.

—Mañana no podré moverme. Hoy ya no puedo hacer más. ¡Mi cintura! No podré dormir en toda la noche. —Limpió la suela de una pantufla, que estaba llena de tierra—. Será mejor que tú termines. Tengo que alimentar a las terneras, y no puedo hacerlo todo… ¿qué es eso?

Demelza se volvió, y entrecerró los ojos para ver mejor.

—Caramba, es… ¿qué habrá venido a buscar?

Soltó la azada, y corriendo atravesó el campo en dirección a la casa.

—¡Padre! —llamó.

Tom Carne la vio y se detuvo. La joven corrió hacia él. Desde la última visita del hombre, cuando le había anunciado su futuro matrimonio, los sentimientos de Demelza habían variado. Se había disipado el recuerdo de los malos tratos, y ahora que ya no eran tema de disputa entre ambos, ella estaba dispuesta a olvidar el pasado y a brindarle afecto.

El hombre permaneció de pie, el sombrero redondo encasquetado en la cabeza, los pies bien afirmados en la tierra, y permitió que Demelza le besara los pelos de la negra barba. Ella advirtió enseguida que tenía los ojos menos sanguinolentos, y que estaba vestido con ropas respetables: una chaqueta de áspera tela gris, un chaleco gris, con gruesos pantalones doblados en las perneras, que revelaban los calcetines pardos de lana, y los pesados zapatos con brillantes hebillas de bronce. Había olvidado que la viuda Chegwidden tenía un buen temple.

—Bien, hija —dijo él—, de modo que aún estás aquí.

Ella asintió.

—Y soy feliz. Espero que puedas decir lo mismo.

Él se mojó los labios.

—Así, así. Muchacha, ¿hay algún sitio donde podamos hablar?

—Aquí nadie puede oírnos —respondió ella—. Excepto los cuervos, y a ellos no les interesa.

Al oír esto, él frunció el ceño y miró en dirección a la casa, cercana e iluminada por el sol.

303

—No sé si este es un lugar para que viva mi hija —dijo
ásperamente—. Realmente no lo sé. Me preocupas mucho.

Ella se echó a reír.

—¿Qué tiene que ver la casa con que sea hija tuya?
—Comenzaba a recuperar el acento que ya estaba perdien-
do—. ¿Y cómo están Luke, y Samuel, y William y John y
Bobbie y Drake?

—Bastante bien. No es en ellos en quienes pienso. —Tom
Carne movió los pies y se afirmó mejor. La suave brisa le rozó
los bigotes—. Mira, Demelza. Hice todo el camino para verte,
y pedirte que vuelvas a casa. Vine a ver al capitán Poldark para
explicarle la razón.

Mientras él hablaba, Demelza tuvo la sensación de que algo
se helaba en su interior. El reciente afecto filial sería una de las
primeras víctimas si había que volver a lo mismo. Seguramente no sería necesario. Pero ese hombre era un padre diferente,
más razonable que el que había conocido. No fanfarroneaba,
no gritaba, y ni siquiera bebía como todos. Se acercó más para
comprobar olía a alcohol. Sería más peligroso si no podía demostrar fácilmente que defendía una mala causa.

—El capitán Poldark está en Truro. Pero ya te dije antes
que deseaba quedarme aquí. ¿Y cómo está… cómo está la… la
viuda… tu…?

—Está bien. En parte ella es la que cree que estarás mejor
con nosotros que aquí en esta casa, con todas las tentaciones
del mundo y la carne, y el demonio. Tienes apenas dieciséis
años y…

—Diecisiete.

—No importa. Eres demasiado joven para vivir sin una
guía. —Carne avanzó el labio inferior—. ¿Siempre vas a la
iglesia o a la capilla?

—No con mucha frecuencia.

—Quizá si regresas con nosotros podamos salvarte. Bauti-
zarte en el Espíritu Santo.

Demelza abrió sorprendida los ojos.

—¿Qué pasa? ¿Cómo es posible que hayas cambiado así, padre?

Tom Carne miró desafiante a su hija.

—Cuando me dejaste yo estaba en la oscuridad y la sombra de la muerte. Era el esclavo del demonio, y estaba poseído por la iniquidad y el alcohol. El año pasado me convencí de que pecaba, gracias al señor Dimmick. Ahora soy otro hombre.

—Oh —dijo Demelza. De modo que finalmente la viuda Chegwidden había logrado su propósito. Había subestimado a la viuda. Pero quizás en efecto había algo más que la viuda. Se habría necesitado «Algo Terrible» para cambiar al hombre que ella conocía...

—El Señor —dijo Tom Carne— me ha arrancado de un horrible pozo de arcilla y barro, y afirmó mis pies sobre una roca, y puso una nueva canción en mis labios. Ya no bebo, ni vivo en pecado, hija. Vivimos una vida buena, y estamos dispuestos a darte la bienvenida. Es tu lugar natural en el mundo.

Demelza miró un momento el rostro congestionado de su padre, y luego clavó los ojos en sus propios zapatos. Tom Carne esperó.

—¿Y bien, muchacha?

—Es muy amable de tu parte, padre. Me alegro mucho del cambio. Pero hace tanto tiempo que estoy aquí que ahora esta es mi casa. Si vuelvo con vosotros sería como abandonar mi casa. Aquí aprendí muchas cosas del campo y otras tareas. Soy parte de la casa. No podrían arreglarse sin mí. Ellos me necesitan, no tú. Uno de estos días iré a verte... a ti, y a los chicos. Pero vosotros no me necesitáis. Ella te cuida. Nada puedo hacer, como no sea gastar tu comida.

—Oh, sí puedes. —Carne volvió los ojos hacia el horizonte—. El Señor ha bendecido nuestra unión. Nellie ya lleva seis meses, y dará a luz en agosto. Nuestra casa es el sitio que te corresponde, y tu deber es volver y cuidarnos.

305

Demelza comenzó a sentir que se había metido en una trampa que apenas comenzaba a mostrar los dientes afilados.

Los dos callaron. Un chorlito había descendido en el campo, y avanzaba dando cortas carreras, la cabeza inclinada, y emitiendo su sonido agudo y triste. Demelza miró a Prudie, que había recogido sus herramientas y caminaba desmañadamente hacia la casa. Contempló el campo de nabos, en parte limpio, una mitad aún sin trabajar. Después miró la arena y las dunas hasta el arrecife, donde se habían levantado dos chozas y los hombres se movían como hormigas bajo el cielo estival. La Wheal Leisure.

No podía abandonar esto. Por nada del mundo. Había llegado a considerar ese rincón del mundo, con los seres vivos y las cosas inanimadas, todo por igual, como el centro de su existencia y su ambiente natural. Se sentía profundamente unida a ello. Y por supuesto, a Ross. Si se hubiera tratado de algo que se le pedía hacer por él, habría sido distinto; en cambio, se pretendía que lo abandonase. En verdad, ella había comenzado a vivir después de llegar a esa casa. Y aunque Demelza no razonaba conscientemente, la primera parte de su vida había sido como una sombría pesadilla prenatal, pensada e imaginada y temida más que vivida.

—¿Dónde está el capitán Poldark? —dijo Tom Carne, con una voz que había recuperado su dureza a causa del silencio de la hija—. Vine a verlo. Tengo que explicarle el asunto y él comprenderá. Esta vez no habrá motivo para pelear.

Era cierto. Ross no impediría que ella se marchase. Quizás incluso esperaba que lo hiciera.

—No está en casa —dijo ásperamente Demelza—. No volverá hasta el oscurecer.

Carne se movió en círculo para encontrar la mirada de la joven, como otrora lo había hecho para atacar a un antagonista.

—No puedes impedirlo. Tienes que venir.

Ella lo miró. Por primera vez comprendió qué tosco y vulgar era en realidad. Las mejillas le colgaban flojamente y tenía la nariz surcada por minúsculas venas rojas. Pero por lo demás, no todos los caballeros eran como el hombre a quien ella servía.

—No puedes pretender que después de todos estos años diga «sí», sin más, y me marche. Tengo que ver al capitán Ross. Él me empleó por todo el año. Veré lo que dice y te lo comunicaré. —Así tenía que hacer. Alejarlo de la granja antes de que Ross regresara, apartarlo y darse tiempo para pensar.

Tom Carne miraba de hito en hito a su hija, y en su actitud había un matiz de sospecha. Solo ahora empezaba a comprender todo el cambio sobrevenido en ella, el modo en que había progresado y madurado, hasta convertirse en una mujer. No era hombre que esquivase los problemas.

—¿Hay pecado entre tú y Poldark? —preguntó con voz grave y dura, con la antigua voz del antiguo Tom Carne.

—¿Pecado? —preguntó Demelza.

—Sí. No te hagas la inocente.

Demelza apretó los labios. El instinto derivado de un antiguo temor, salvó al hombre de una réplica que él no podía esperar de los labios de una hija… pese a que Demelza había aprendido de él las palabras que hubiera utilizado en ese caso.

—Entre nosotros hay solo lo que debe haber entre amo y criada. Pero tú bien sabes que estoy empleada por todo el año. No puedo irme así como así.

—Se habla de ti —dijo él—. Y los rumores llegan hasta Illuggan. Mentira o verdad, no es justo que se hable así de una joven.

—Lo que la gente dice nada tiene que ver conmigo.

—Tal vez. Pero no deseo que el nombre de mi hija se mencione cuando la gente habla. ¿Cuándo regresará?

—Ya te dije que no antes de la noche. Fue a Truro.

—Bien, para mí es mucha distancia. Dile lo que te dije, y luego ven a Illuggan. Si no te veo antes del fin de semana

307

regresaré aquí. Si este capitán Poldark pone obstáculos, conversaré con él.

Tom Carne se levantó los pantalones y manipuló la hebilla de su cinturón. Demelza se volvió y caminó lentamente hacia la casa, y él la siguió.

—Después de todo —dijo él en un tono más conciliador—, no te pido sino lo que hay derecho a pedir de una hija.

—No —dijo ella. (¡El extremo del cinturón donde está la hebilla, llagas en la espalda, las costillas tan visibles que podían contarse, suciedad y piojos, nada más que lo que puede pedirse de una hija!).

Cuando llegaron a la casa, Jud Paynter apareció con un cubo de agua. Enarcó el ceño lampiño cuando vio al viejo Carne. Tom Carne preguntó:

—¿Dónde está su amo?

Jud se detuvo, dejó el cubo, miró a Carne y escupió.

—Fue a Truro.

—¿A qué hora volverá?

Demelza contuvo la respiración. Jud movió la cabeza.

—Tal vez esta noche. O mañana.

Carne gruñó y siguió caminando. Frente a la casa, ocupó el asiento y se quitó la bota. Al mismo tiempo que se quejaba de sus callos, comenzó a apretar la bota para darle una forma más cómoda. Demelza sintió deseos de gritar. Jud había dicho la verdad, según él la conocía, pero Ross había explicado a la joven que esperaba estar de regreso para tomar la cena a las seis. Y ya eran las cinco pasadas.

Tom Carne comenzó a hablarle de sus hermanos. Los cinco mayores trabajaban en las minas —o por lo menos lo habían hecho hasta que la Wheal Virgin cerró—. El menor, Drake, comenzaría a trabajar la semana siguiente, como ayudante de forja de un carpintero de carretas. John y Bobbie habían escogido el camino de la salvación y se habían incorporado a la sociedad, e incluso Drake asistía casi siempre a las reuniones, aunque era demasiado joven y aún no podían aceptarlo. Solamente Samuel se había desviado. Su convicción se había debilitado, y el Señor no había creído conveniente compadecerlo. Cabía esperar que cuando ella, Demelza, se reintegrase a la familia, pronto merecería la bendición.

En otra ocasión, ella se habría regocijado silenciosamente con ese nuevo estilo verbal, que pese a toda su facundia le sentaba tan mal como un traje de domingo. Escuchó las noticias de sus hermanos, a quienes tenía tanto afecto como ellos le habían permitido tener. Pero sobre todo sentía la necesidad de que se marchase. Hubiera deseado darle de puntapiés para que moviese ese cuerpo grande y lento, y caer sobre él con sus uñas y trazar marcas rojas en el rostro tosco y complacido. Incluso cuando él se marchara, Demelza no sabría qué hacer. Pero por lo menos dispondría de tiempo para pensar. Tendría tiempo. Pero si continuaba hablando hasta que Ross volviera, este lo escucharía esa misma noche, y sería el fin de todo. Ross invitaría a Tom Carne a dormir allí, y los dos tendrían que partir juntos por la mañana.

Permaneció de pie, temblando, y lo miró mientras se inclinaba para calzarse la bota; irritada, le ofreció abrocharla, dio un tirón a la bota y de nuevo se apartó, silenciosa, mirando mientras él recogía su bastón y se preparaba para partir.

Lo acompañó, marchando dos pasos por delante, hasta el puente, y allí él volvió a detenerse.

—No has dicho mucho —observó el hombre, mirándola de nuevo—. No es propio de ti mostrarte tan silenciosa. ¿Aún anida en tu corazón la enemistad y la falta de compasión?

—No, padre —se apresuró a decir Demelza—. No, padre. No.

Él tragó saliva y volvió a resoplar. Quizá también él sentía que era un tanto extraño hablar en un lenguaje tan florido con la niña a quien solía ordenar y mangonear. Antaño, un gruñido y una maldición habían bastado.

Dijo con voz pausada, haciendo un esfuerzo:

—Te perdono completamente por haberme abandonado cuando te fuiste, y pido perdón, el perdón de Dios, por el mal que te hice con el cinturón cuando estaba bebido. Hija, eso no se repetirá. Te acogeremos como a la oveja descarriada que vuelve al redil. También Nellie. Nellie será una madre para ti... lo que te faltó tantos años. Ha sido una madre para mis hijos. Y ahora Dios le da un hijo.

Se volvió y empezó a cruzar el puente. Apoyándose primero en un pie y después en el otro, ella lo miró subir lentamente entre los verdes pastos del valle, y rezó con voz premiosa e irritada —¿al mismo Dios?— que en el camino no se cruzara con Ross.

II

—Hay que alimentar a los terneros —dijo Prudie—. Y mis pobres pies me duelen mucho. A veces me gustaría cortarme los dedos uno por uno. Sí, me los cortaría con esa vieja sierra del jardín.

—Aquí tienes —dijo Demelza.

—¿Qué es esto?

—El cuchillo de trinchar. Córtate los dedos y te sentirás mejor. ¿Dónde está el potaje?

—Te gusta bromear —dijo Prudie, limpiándose la nariz con la mano—. La ignorancia siempre se burla. No te burlarías cuando el cuchillo comenzara a rascar el hueso. Y yo lo haría si no tuviese en cuenta al pobre Jud. En la cama dice que mis pies son como un calentador: no, mejores, porque no se enfrían a medida que avanza la noche.

Si tenía que irse, pensó Demelza, no necesitaba apresurarse. Él había hablado de agosto. El día siguiente era el último de mayo. Bastaba que se quedase un mes; y después podía regresar a sus tareas acostumbradas.

Movió la cabeza. Las cosas no se harían así. Cuando volviese a su familia tendría que quedarse allí. Y aunque la fuerza dominante fuese el cinturón de cuero o el fervor religioso, ella sospechaba que su tarea sería la misma. Trató de recordar qué aspecto tenía la viuda Chegwidden, detrás del mostrador de su tienda. Una mujer morena, pequeña y gruesa, los cabellos esponjosos bajo un gorro de encaje. Como una de esas gallinitas negras de cresta roja que nunca ponían los huevos en el nido, y siempre los ocultaban, y después, antes de que uno se enterase dónde los escondían, estaban empollando una docena. Había sido una buena esposa para Tom Carne; ¿sería una buena madrastra? Quizá mucho peor… quizá.

Demelza no deseaba una madrastra, y tampoco recuperar a su padre, o incluso a su colección de hermanos. No temía al trabajo, pero volver allí significaba trabajar en un hogar donde jamás se le había mostrado bondad. Aquí, pese a todas sus obligaciones, era libre; y trabajaba con gente con la cual había llegado a simpatizar, y para un hombre a quien adoraba. Su modo de ver las cosas había cambiado; en su vida había formas de felicidad que ella había llegado a comprender solo cuando pudo experimentarlas. Al calor de esa nueva realidad su alma había florecido. La capacidad para razonar, pensar y hablar era algo nuevo en su caso… o se había desarrollado de un modo que equivalía a la novedad, desde los tanteos de un animalito preocupado solo por su alimento, su seguridad y algunas necesidades esenciales. Todo eso se frustraría. Esos nuevos focos de luz se apagarían; los capuchones sofocarían las llamas de las velas, y ella ya no volvería a ver más.

Sin prestar atención a Prudie, volcó el potaje en un cubo y salió en busca de los seis terneros. La recibieron ruidosamente, y le empujaron las piernas con sus hocicos húmedos y blandos. Demelza permaneció allí, mirándolos mientras comían.

Al preguntarle si había pecado entre ella y Ross, por supuesto su padre aludía exactamente a lo mismo que pensaban las mujeres de Grambler y Sawle, que a veces se volvían y la miraban con ojos codiciosos y extraños. Todos pensaban que Ross...

El rostro enrojecido, se encogió levemente de hombros, desdeñosa, en las sombras.

La gente siempre estaba pensando cosas; lástima que no se le ocurriera pensar algo más probable. Era tan imposible como convertir el cobre en oro. ¿Creían acaso que si ella... que si Ross... ella hubiera vivido y trabajado como una criada común? No. Eso la habría enorgullecido tanto que todos habrían sabido la verdad sin necesidad de murmurar, espiar y entrometerse.

El cobre en oro. Ross Poldark enredado con la niña a quien había protegido y bañado bajo la bomba, y reprendido, y enseñado, y con quien había bromeado en Sawle a propósito de las sardinas. Era hombre, y quizá necesitaba sus placeres como cualquier otro hombre, y tal vez los obtenía en sus visitas a la ciudad. Pero ella sería la última persona a quien él acudiría; ella, a quien Ross conocía tan bien, que no tenía misterios, ni bonitos vestidos, ni polvos, ni pintura, ni tímidos secretos que él no pudiese ver. Era tonta la gente que se imaginaba idioteces y absurdos de esa clase.

Los seis terneros se movían alrededor de Demelza, frotando la cabeza contra el cuerpo de la joven, buscando sus brazos y el vestido con las bocas húmedas y carnosas. Ella los apartó, y los animales volvieron a la carga. Se parecían a los pensamientos, los ajenos y los propios, que presionaban sobre ella, inquietándola sin descanso, astutos, imposibles y sugestivos, inoportunos y cordiales y esperanzados.

¡Qué tonto era su padre! Con la súbita lucidez de una sabiduría cada vez más amplia, lo comprendía así por primera vez. Si hubiera existido algo entre ella misma y Ross, como él daba a entender, ¿habría considerado siquiera por un instante la posibilidad de regresar? Habría dicho: «¿Regresar? ¡Jamás volveré! ¡Este es el lugar que me corresponde!».

Quizás así era. Tal vez Ross no le permitiera partir. Pero él no tenía sentimientos profundos hacia la joven, a lo sumo un interés bondadoso. Muy pronto se acostumbraría a su ausencia, como se había acostumbrado a que ella estuviera allí. No era suficiente, ciertamente no lo era...

Uno de los terneros tropezó con el cubo y lo envió rodando hasta el fondo del establo. Demelza fue a buscarlo, lo recogió, y en la oscuridad del lugar, en el rincón más alejado de la luz, concibió el pensamiento más terrible de su vida. Tanto la sorprendió que volvió a soltar el cubo.

El cubo golpeó el suelo, rodó y se detuvo. Durante varios minutos ella permaneció allí, aferrada al tabique, con un sentimiento de helado temor.

Absurdo. Pensaría que ella estaba borracha, y la echaría de la casa, como había amenazado hacer después de la pelea con Jud.

Y entonces tendría que irse; ya no habría remedio... Ya nada serviría.

Pero tendría que irse abrumada por el desprecio de Ross. Sería un precio muy alto. Y aunque tuviese éxito, merecería su desprecio. Pero *ella no quería irse*. Volvió a recoger el cubo y lo aferró con los nudillos blancos por el esfuerzo.

Los terneros volvieron sobre ella, presionando sobre su vestido y sus manos... Se sintió agobiada. Lo que le inquietaba no era el acierto o el error de su actitud. Era el temor de que él la despreciara. La idea misma era mala. Había que desecharla. Olvidarse. Enterrarla.

Con un gesto impaciente apartó los animales, salió del establo y caminó en dirección a la cocina. Prudie seguía allí, y se frotaba los pies chatos y deformes con una toalla sucia. La cocina olía a pies. La mujer continuaba gruñendo y quizá ni siquiera había advertido la ausencia de Demelza.

—Uno de estos días me moriré de pronto. Y *entonces* la gente lamentará haberme maltratado. Todos se compadecerán.

313

Pero ¿de qué me servirá, eh? ¿De qué servirá derramar amargas lágrimas sobre un cadáver frío? Lo que necesito ahora, mientras todavía respiro, es un poco más de bondad. —Levantó la vista—. Ahora no vengas a decirme que tienes fiebre. No me vengas con esa.

—Estoy perfectamente.

—Sí, eso debe ser. Estás transpirando terriblemente.

—Hace calor —dijo Demelza.

—¿Y por qué entras en la cocina con ese cubo?

—Oh —dijo la joven—. Lo había olvidado. Lo dejaré afuera.

6

*R*oss no había regresado. Demelza no sabía muy bien si deseaba verlo. El reloj indicaba las ocho. Muy pronto Jud y Prudie se
acostarían a dormir. Era lógico que ella permaneciera levantada
y le sirviera la cena. Pero si Ross no llegaba pronto significaba
que había decidido pasar la noche en Truro. Zacky y Jinny habían
regresado. Jack Cobbledick los había visto, y la noticia se había
difundido. Pobre Jim. Todos lo compadecían, y reinaba un sentimiento de hostilidad contra Nick Vigus. Todos compadecían a Jinny y los dos chicos. Los hombres cambiaban mucho en la cárcel.

Demelza se miró el vestido, se mordió el labio y volvió a
mirarse. Después, se puso rápidamente un delantal, mientras
Prudie ascendía laboriosamente la escalera.

—Querida, voy a acostarme —dijo Prudie, con una botella
de gin en la mano—. Si no me acuesto, seguro que me desmayo. Muchas veces, cuando era más joven, perdía el sentido, así,
repentinamente. Si mi madre supiera lo que tengo que soportar ahora, se revolvería en la tumba. Saldría caminando. Muchas veces pensé que la veía caminar. Puedes atender la cena
del amo, ¿verdad?

—Sí, yo me ocuparé de ello.

—No creo que venga esta noche. Eso le dije a Jud, pero la
vieja mula me contradice. Quiere esperar veinticinco minutos
más. Y no puedo convencerlo.

—Buenas noches —dijo Demelza.

—¿Buenas noches? No creo que pueda pegar los ojos.

Demelza la vio subir la escalera, y después se quitó el delantal y examinó de nuevo el vestido. Unos instantes más tarde lo cubrió nuevamente y bajó.

En la cocina había un agradable olor a pastel. Jud estaba sentado frente al fuego, tallando un pedazo de madera dura para obtener un nuevo atizador destinado a eliminar la carbonilla adherida al horno de barro. Mientras tallaba canturreaba la melodía:

«Eran dos viejos, y los dos eran pobres twidle, twidle, twii».

—Jud, ha sido un hermoso día —dijo Demelza. Él la miró con sospecha.

—Demasiado calor. No está bien en esta época del año. Ahora empezará a llover. Las golondrinas vuelan bajo.

—No deberías sentarte tan cerca del horno.

—¿Qué dijo tu padre?

—Quería que fuera a pasar unas semanas con ellos.

Jud gruñó:

—¿Y quién hará tu trabajo?

—Le dije que no podía.

—Lo mismo creo. Empieza el verano. —Levantó el cuchillo—. ¿No es un caballo? Creo que es el señor Ross, y justo cuando ya no lo esperaba.

Demelza sintió un sobresalto. Jud dejó el pedazo de madera y salió para llevar a *Morena* al establo. Después de unos segundos, Demelza fue detrás del viejo y atravesó el vestíbulo. Ross acababa de desmontar, y estaba desatando de la silla los paquetes y los artículos que había comprado. Sus ropas estaban cubiertas de polvo. Parecía muy cansado, y tenía el rostro enrojecido, como si hubiese estado bebiendo. Alzó los ojos cuando ella apareció en la puerta, y sonrió levemente pero sin interés. El sol acababa de ponerse sobre el borde occidental del valle, y la línea del horizonte estaba iluminada por un vivo resplandor anaranjado. Alrededor de la casa cantaban los pájaros.

—… más comida —decía—. Le dieron muy poco. Uf, no corre aire esta noche. —Se quitó el sombrero.

—¿Todavía me necesita? —preguntó Jud.

—No. Acuéstate si quieres. —Se acercó lentamente a la puerta, y Demelza se apartó para dejarle paso—. Tú también. Sírveme la cena y vete.

Sí, había bebido; para Demelza eso era evidente. Pero no podía decir cuánto. Ross entró en la habitación donde le habían preparado la mesa. Ella oyó que trataba de quitarse las botas, y entró silenciosamente con las pantuflas de su amo, y le ayudó a realizar la operación. Él levantó los ojos y se lo agradeció con un gesto.

—Como sabes, todavía no soy viejo.

Demelza se sonrojó y fue a retirar el pastel del horno. Cuando regresó, Ross estaba sirviéndose una copa. Depositó el pastel sobre la mesa, cortó un pedazo, lo puso sobre el plato de su amo, le cortó varias rebanadas de pan, y esperó sin hablar mientras él se sentaba y empezaba a comer. Todas las ventanas estaban abiertas. El resplandor rojizo sobre la colina se había diluido. En el cielo, a gran altura, un fleco de nubes tenía matices azafranes y rosados. Los colores en la casa y el valle se destacaban vívidamente.

—¿Enciendo las velas?

Él levantó los ojos, como si la hubiera olvidado.

—No, todavía no. Yo lo haré más tarde.

—Volveré para encenderlas —dijo Demelza—. Todavía no me acostaré.

La joven se deslizó fuera de la habitación, atravesó el vestíbulo bajo y cuadrado y entró en la cocina. Había arreglado las cosas de modo que podía volver. No sabía qué hacer. Deseaba rezar para conseguir algo que, bien lo sabía, merecía la desaprobación del Dios de la viuda Chegwidden. Se arrodilló y

317

acarició a *Tabitha Bethia*, y se acercó a la ventana, y miró en dirección a los establos. Recogió algunos restos para *Garrick*, y de ese modo consiguió convencerlo de que entrara en una caseta, donde lo encerró. Regresó a la cocina y avivó el fuego. Se apoderó del atizador de madera de Jud, y con el cuchillo del hombre cortó una astilla. Sentía débiles las rodillas, y tenía las manos heladas. Llevó el cubo a la bomba y lo llenó de agua fresca. Uno de los terneros se quejaba. Un grupo de gaviotas volaba lentamente hacia el mar.

Esta vez Jud la acompañó de regreso a la cocina, silbando entre sus dos grandes dientes. *Morena* tenía alimento y agua. El viejo dejó el cuchillo y la estaca.

—Por la mañana no querrás levantarte.

Demelza sabía muy bien quién tenía mayores posibilidades de no levantarse por la mañana, pero por esta vez decidió no contestarle. Jud salió, y ella lo oyó subir la escalera. Lo siguió. En su habitación volvió a mirarse el vestido. Hubiera dado cualquier cosa por una copa de brandy, pero no había nada que hacer. Si él olía algo en su aliento, sería el fin. Ross se limitaría a mostrarle un rostro de expresión dura y fría, y ella tendría que huir como un topo en busca de su madriguera. La cama tenía un aire acogedor. Demelza solo necesitaba cambiar de idea al mismo tiempo que de ropa, y meterse en su lecho. Pero el día siguiente estaba cerca. El mañana no ofrecía esperanza.

Buscó su fragmento de peine, y se acercó al pedazo de espejo que había encontrado en la biblioteca, y comenzó a arreglarse los cabellos.

II

Había encontrado el vestido en el fondo del segundo baúl de hojalata, y desde el comienzo le había seducido, exactamente como la manzana había seducido a Eva. Era una prenda de satén celeste, con la pechera baja y cuadrada. Bajo la estrecha cintura, el vestido se ensanchaba detrás como un hermoso repollo azul. Demelza creía que era un traje de noche, pero en realidad era una prenda que Grace Poldark había comprado para una reunión vespertina formal. Tenía el largo apropiado para Demelza, y en las tardes lluviosas ella había realizado algunas reformas. Era emocionante probárselo, pese a que nadie la vería con el vestido puesto. Pero ahora…

Se miró a la media luz y trató de ver. Se había peinado hacia arriba los cabellos, dividiéndolos al costado y separándolos de las orejas para reunirlos sobre la coronilla. En cualquier otra ocasión su aspecto la habría complacido, y ella se hubiese pavoneado caminando de aquí para allí, gozando con el fru-frú de la seda. Pero ahora contempló su imagen, cavilosa y tensa. A diferencia de una auténtica dama, no se había empolvado, ni rouge, ni perfume. Se mordió los labios para enrojecerlos. Y esa pechera. Quizá la madre de Ross era distinta, o tal vez usaba un chal de muselina. Demelza sabía que si la viuda Chegwidden llegaba a verla, al instante abriría su boquita de labios tensos para proferir la palabra: «¡Babilonia!».

Demelza se preguntaba qué diría Ross.

Se irguió. Había decidido ir. No tenía alternativa, no podía retroceder.

Manipuló torpemente el pedernal y el acero, y con dificultad logró encender la vela. Finalmente ardió una llama, y el vívido color del vestido se destacó con mayor intensidad. Oyó el roce de la seda mientras se acercaba a la puerta, y luego, lentamente, con la palmatoria en la mano, bajó la escalera.

A la puerta de la sala se detuvo, tragó saliva dificultosamente, se mojó los labios y entró.

Ross había concluido la comida, y estaba sentado en semipenumbra, frente al hogar vacío. Tenía las manos en los bolsillos y la cabeza inclinada. Se movió apenas cuando ella entró, pero no la miró.

—Traje la luz —dijo Demelza, con una voz distinta de la normal; pero él no advirtió nada.

Demelza se acercó lentamente, consciente del sonido de su falda, y encendió las dos velas. Con cada vela que encendía la habitación se iluminaba mejor, y los cuadrados de las ventanas se oscurecían un poco. Sobre la colina, el cielo tenía un tono azulino, brillante, claro y vacío como un estanque helado.

Ross volvió a moverse y se enderezó en la silla. Su voz golpeó los oídos de Demelza.

—¿Sabes que Jim Carter fue condenado a dos años?

La joven encendió la última vela.

—Sí.

—Dudo que sobreviva.

—Usted hizo todo lo posible.

—No estoy muy seguro de ello. —Habló como si pensara en voz alta, en lugar de dirigirse a ella.

Demelza comenzó a correr las cortinas sobre las ventanas abiertas.

—¿Qué más hubiera podido hacer?

—No sé argumentar muy bien —dijo Ross—, porque tengo demasiada conciencia de mi propia dignidad. Demelza, el tonto digno no puede competir con el sinvergüenza suave y conciliador. Hubiera tenido que apelar a cumplidos gentiles y obsequiosos, y en cambio traté de enseñarles su oficio. Fue una lección de táctica. Pero quizá Carter lo pague con su vida.

La joven cerró la última cortina. Una polilla entró volando, y sus alas rozaron el damasco verde.

—Nadie habría hecho lo que usted hizo —dijo ella—. Otro caballero no habría hecho lo mismo. Usted no tiene la culpa de que él haya ido a cazar y lo detuvieran.

Ross gruñó.

—En verdad, no creo que mi intervención haya cambiado nada. Pero eso no es lo que… —Se interrumpió. La miró fijamente. Había llegado el momento.

—No traje las otras velas —atinó a decir Demelza—. No tenemos muchas, y usted dijo que hoy compraría algunas.

—¿Volviste a beber?

Ella habló con desesperación:

—No bebí una gota desde que usted me habló. Lo juro por Dios.

—¿Dónde conseguiste ese vestido?

—De la biblioteca… —Olvidó las mentiras que había preparado.

—¿De modo que ahora usas las ropas de mi madre?

Ella balbuceó:

—Usted nunca me dijo nada. Dijo que no debía beber, y no volví a probar una gota. ¡Nunca me dijo que no tocara esta ropa!

—Te lo digo ahora. Ve a quitarte eso.

La situación no podía haber tenido peor desenlace. Pero en las profundidades del horror y la desesperación se alcanza una renovada serenidad. Ya no es posible caer más bajo.

Avanzó un paso o dos hacia la luz amarillenta de la vela.

—Bien, ¿no le agrada?

Él volvió a mirarla.

—Ya te dije lo que pienso.

Ella se acercó al extremo de la mesa, y la polilla pasó volando frente a las velas y el azul de su vestido, y agitó sus alas inquietas sobre la alacena, contra la pared.

—¿No puedo… sentarme y conversar un momento?

El cambio era asombroso. Los cabellos peinados hacia arriba conferían al rostro una forma distinta, más oval. Los rasgos juveniles estaban bien definidos; tenía la expresión de una adulta. Ross se sentía como la persona que ha adoptado un ca-

321

chorro de tigre e ignora en qué se convertirá. La sospecha de que en todo eso había una actitud de obstinada falta de respeto hacia su propia posición le daba ganas de reír.

Pero el incidente no era divertido. Si lo hubiera sido, Ross habría reído de buena gana. Ignoraba por qué no era divertido.

Dijo con voz tensa:

—Entraste en esta casa para ser doncella, y has trabajado bien. Por eso se te permitieron ciertas libertades. Pero eso no incluye la libertad de vestirte con la ropa que ahora estás usando.

La silla en la cual él había estado sentado frente a la mesa estaba a pocos centímetros de Demelza, y esta se acomodó sobre el borde. Sonrió nerviosamente, pero con más espíritu que lo que ella misma pensaba.

—Por favor, Ross, ¿puedo quedarme? Nadie lo sabrá. Por favor… —Las palabras burbujearon en sus labios, afluyeron en un murmullo—. No hago nada malo. Es lo mismo que ya hice muchas noches. Me he puesto estas ropas sin mala intención. Estaban estropeándose en el viejo arcón. Me pareció que era una vergüenza dejar que tantas cosas bonitas se echaran a perder. Lo único que quería era complacerlo. Pensé que quizá le agradaría. Si puedo quedarme aquí hasta la hora de acostarme…

Ross dijo:

—Vete inmediatamente a la cama y no hablaremos más del asunto.

—Tengo diecisiete años —dijo ella, en actitud de rebeldía—. Hace varias semanas que tengo diecisiete años. ¿Y siempre me tratará como a una niña? No aceptaré que me trate como a una niña. Ahora soy una mujer. ¿No puedo hacer lo que quiero cuando termino mi trabajo?

—No puedes hacer todo lo que quieres cuando se trata de tu conducta.

—Creí que usted me tenía simpatía.

—Así es. Pero no para permitirte que dirijas la casa.

—Ross, no deseo dirigir la casa. Solo quiero sentarme aquí y conversar con usted. Tengo solamente ropas viejas, mi ropa de trabajo. Esto es tan… tener algo como esto para…

—Obedece, o mañana regresas a la casa de tu padre.

A partir de un comienzo desesperadamente tímido, ella había logrado desarrollar un sentimiento de agravio contra él; por lo menos ahora creía realmente que se trataba de saber si se le otorgarían ciertos privilegios.

—Muy bien —dijo—, ¡écheme!, ¡écheme ahora mismo! No me importa. Péegueme si quiere. Como hacía mi padre. Voy a emborracharme y con mis gritos despertaré a toda la casa, ¡y entonces tendrá motivos para pegarme!

Se levantó y recogió el vaso que Ross había dejado sobre la mesa. Se sirvió un poco de brandy y bebió un trago. Después, esperó a ver qué efecto había producido en él.

Ross se inclinó rápidamente hacia delante, levantó el atizador de madera y le aplicó un fuerte golpe en los nudillos, de modo que la copa se rompió y volcó su contenido sobre el vestido que era motivo de la disputa.

Durante un momento ella pareció más sorprendida que lastimada, y después se llevó los nudillos a la boca. La joven adulta y desafiante de diecisiete años se convirtió en una niña abrumada y reprendida injustamente. Miró el vestido, cuya falda estaba manchada con brandy. Los ojos se le llenaron de lágrimas, y formaron cuentas sobre las pestañas oscuras y espesas hasta que, parpadeando, consiguió liberarse de ellas, y volvieron a formarse y temblaron sobre el borde sin caer. Su intento de coquetería había sido un lamentable fracaso, pero la naturaleza venía en su ayuda.

—No debí hacer eso —dijo él.

Ross no sabía por qué había hablado, o por qué debía disculparse después de una represión justa y necesaria. Le parecía que estaba sobre arenas movedizas.

323

—El vestido —dijo ella—. No debió estropear el vestido. Era tan bonito. Me iré mañana. Me iré apenas amanezca.

Demelza se puso de pie, trató de decir algo, y de pronto se arrodilló al lado de la silla, la cabeza junto a las rodillas de Ross, sollozando.

Él la miró, contempló la cabeza con los espesos cabellos negros que comenzaban a desordenarse, y el brillo del cuello. Tocó los cabellos con sus sombras claras y oscuras.

—Tontita… —dijo—. Quédate si lo deseas.

Ella intentó secarse los ojos, pero volvían a llenarse de lágrimas. Por primera vez él la sujetó, y la obligó a ponerse de pie. Un día antes el contacto nada hubiera significado.

Sin una intención directa, ella acabó sentándose en las rodillas de Ross.

—Vamos. —Extrajo su pañuelo y le limpió los ojos. Después, la besó en la mejilla y le palmeó el brazo, tratando de sentir que su gesto tenía un carácter paternal. Su autoridad se había esfumado. Eso poco importaba.

—Eso me gusta —dijo Demelza.

—Quizás. Ahora vete y olvida todo esto.

La joven suspiró y tragó saliva.

—Tengo mojadas las piernas. —Se levantó toda la enagua rosada y comenzó a limpiarse las rodillas. Ross observó irritado:

—Demelza, ¿sabes lo que la gente dice de ti?

Ella movió la cabeza.

—¿Qué?

—Si te comportas así, lo que dicen de ti llegará a ser cierto.

Ella lo miró, ahora ingenuamente, sin coquetería y sin temor.

—Ross, yo vivo solo para usted.

Un movimiento de la brisa alzó la cortina de una de las ventanas abiertas. Afuera, los pájaros se habían callado al fin, y estaba oscuro. Él la besó de nuevo, ahora en la boca.

Demelza sonrió insegura entre los restos de sus lágrimas, y la luz de la vela confirió una magia áurea a su piel.

Entonces, en un gesto casual, ella alzó una mano para recogerse los cabellos, y el gesto evocó en Ross el recuerdo de su madre.

Ross se puso de pie, y la soltó tan bruscamente que ella casi cayó, se acercó a la ventana, y permaneció de espaldas a la joven.

No era el gesto, sino el vestido. Quizás el olor, algo que le traía el gusto y los sabores del ayer. Su madre había vivido y respirado en ese vestido, en la misma habitación, en esa silla. El espíritu de aquella mujer se movía y agitaba entre ellos.

Espectros y fantasmas de otra vida.

—¿Qué pasa? —preguntó ella.

Ross se volvió. La joven estaba de pie al lado de la mesa, aferrando el borde, la copa rota a sus pies. Trató de recordarla como una mocosita delgada que recorría los campos, seguida por *Garrick*. Pero era inútil. La niña abandonada había desaparecido para siempre. De la noche a la mañana había florecido, no la belleza, sino el encanto de la juventud, que era una forma de belleza por derecho propio.

—Demelza —dijo, e incluso su nombre le pareció extraño—. Yo no te quité a tu padre… para… para…

—¿Qué importa para qué me llevó?

—Tú me entiendes —dijo él—. Vete. Vete.

Ross sintió la necesidad de suavizar lo que había dicho, la necesidad de explicar. Pero el más mínimo movimiento de su parte destruiría todas las barreras.

La miró, y ella no habló. Quizás admitía el silencio de la derrota, pero él no lo sabía, no podía interpretar su actitud. Los ojos de Demelza eran los ojos de una extraña que había usurpado un terreno conocido. Lo miraban con un desafío que ahora había llegado a ser levemente hostil, como agraviado.

325

Ross dijo:

—Ahora voy a acostarme. Tú también acuéstate, y trata de entender.

Ross alzó uno de los candelabros y, dejando una vela encendida, apagó todas las demás. La miró un instante, y esbozó una semisonrisa.

—Buenas noches, querida.

Tampoco ahora ella habló ni se movió. Cuando la puerta se cerró tras él, permaneció sola en la habitación silenciosa, con la única compañía de la polilla frustrada; se volvió, y también ella levantó un candelabro, y una por una comenzó a soplar las velas que él había dejado encendidas.

III

326 En su dormitorio, Ross sintió que lo dominaba una oleada de cinismo y de sorprendente violencia. ¿Acaso estaba convirtiéndose en un monje, en un anacoreta? El espectro de su propio padre parecía elevarse y murmurar: «¡Joven melindroso!».

Ahogó una exclamación. ¿Se había trazado un código moral especial para él, y por eso tenía que hacer tan delicadas distinciones? Uno podía malgastar toda su juventud analizando las minúsculas diferencias entre una obligación moral y otra. La esbelta y refinada Elizabeth, la alta y lasciva Margaret, Demelza con su doncellez floreciente. Una niña apasionada rodando en el polvo con su monstruoso perro; una joven en pos de los bueyes; una mujer… ¿acaso importaba otra cosa? Nada debía a nadie, y ciertamente no a Elizabeth. Ella ya no significaba nada para Ross. Aquí no se trataba de buscar ciegamente una sensación para calmar el dolor, como había ocurrido la noche del baile. Dios mío, jamás había estado tan borracho y con tan poco brandy. Ese antiguo y almidonado vestido de seda, parte de un amor más antiguo…

Se sentó inseguro en la cama y trató de pensar. Procuró reflexionar acerca de los incidentes del día. Frustración al principio, y también al final. «Francamente, señor Poldark, me inclino a concordar con mi amigo, el doctor Halse. Sin duda es lamentable que el detenido padezca esa enfermedad...». Solo un estúpido podía haber esperado que los magistrados no concordasen entre sí. «Hay que respaldarse mutuamente, espíritu de cuerpo, el bien de la comunidad, el bien de la clase». Eso es lo que él había ignorado. No era posible ocupar el estrado de los testigos y criticar a la propia clase en público, y menos frente a una turba de vagabundos de los tribunales. No, eso era imposible. Bien, él tenía sus propias normas de conducta, aunque nadie lo creyera así. No era de extrañar que los jóvenes caballeros de la zona tumbaran sobre la paja a las criadas de la cocina. Claro que no las secuestraban cuando eran menores de edad. En fin, ahora ella era mayor, y tenía edad suficiente para saber a qué atenerse, e inteligencia bastante para comprender lo que él pensaba, incluso antes de saberlo él mismo. ¿Qué le pasaba? ¿No tenía sentido del humor que avivase su vida? ¿Debía mostrarse siempre mortalmente serio, como quien lleva un peso sobre la cabeza y en las manos? El amor era una recreación; todos los poetas hablaban de su alegría, de su brevedad; solo un insufrible aguafiestas podía alzar obstáculos de credo o de conciencia.

327

Esa noche la atmósfera estaba irrespirable. No era muy frecuente que se mantuviese esa temperatura incluso después de anochecer.

Por lo menos, en cierto modo había merecido la creciente gratitud de Jinny. Para ella esos años serían más largos que para Jim. ¿Conseguiría soportarlos? «Por Dios, siempre el mismo tonto sentimental. Y renegado. Amigo de los indios y enemigo de los blancos. Traidor a su propia posición en la vida...». «Ven, ven y bésame, dulce y tierna...». «La belleza es solo una flor devorada por las arrugas...». «Preocupado por un vulgar peón que tose sin descanso. Sí, debe de estar mal de la cabeza. Después de todo, uno tiene que aceptar lo bueno con lo malo. El año pasado, cuando mi mejor yegua se infectó...». «El hombre que está en sus cabales sabe a qué atenerse».

Se puso de pie y se acercó a la ventana que daba al norte para comprobar si estaba abierta. Los sofismas de los poetas. Esa noche no entendía nada. ¿Acaso los dulces cantores eran los mejores consejeros? Sí, la ventana estaba abierta de par en par. Corrió la cortina y contempló la noche. A lo largo de veintisiete años él había conseguido idear una especie de filosofía de la conducta: ¿era lógico desecharla a la primera dificultad? Se oyó un golpe en la puerta.

—Adelante —dijo.

Se volvió. Era Demelza, que traía una vela en la mano. La joven no habló. La puerta se cerró detrás de ella. No se había cambiado, y los ojos oscuros eran como dos puntos de fuego.

—¿Qué pasa? —preguntó Ross.

—Este vestido.

—¿Sí?

—La pechera se abre en la espalda.

—¿Y?

—Yo... no consigo soltar los ganchos.

Él la miró un momento con el ceño fruncido. Demelza se acercó lentamente, se volvió, y con gesto vacilante depositó la palmatoria sobre una mesa.

—Lo siento.

Él comenzó a desabrochar el vestido. La joven sintió el aliento de Ross en el cuello.

Aún quedaba una cicatriz de las que él había visto en el camino de regreso desde la feria de Redruth.

Las manos de Ross rozaron la piel fría de la espalda femenina. Bruscamente se deslizaron bajo la tela y se cerraron sobre la cintura. Ella inclinó la cabeza contra el hombro de Ross, y él la besó hasta que la habitación se oscureció ante sus ojos.

Pero incluso en ese momento final, cuando ya todo estaba decidido, ella tuvo que confesar su engaño. No podía morir en pecado.

—Mentí —murmuró y ahora estaba llorando de nuevo—. Mentí cuando hablé de los ganchos. Oh, Ross, no me tomes si me odias. Yo mentí… yo mentí…

Él nada dijo, porque ahora nada importaba, ni mentiras, ni poetas, ni principios, ni escapatorias espirituales o sentimentales.

La soltó y encendió otra vela.

*D*emelza despertó al alba. Extendió los brazos y bostezó, y al principio no tuvo conciencia del cambio. Después, vio las vigas del techo, dispuestas de distinto modo…

La pipa y la caja de rapé de plata sobre el borde de la chimenea, el manchado espejo oval encima. El dormitorio de Ross. Se volvió y miró incrédula la cabeza del hombre, con los cabellos oscuros y cobrizos sobre la almohada.

Ella permaneció inmóvil, los ojos cerrados, mientras su mente repasaba todo lo que había ocurrido en ese cuarto; y solo su respiración agitada y dolorosa demostraba que no dormía. Las aves estaban despertando. Otro día cálido. Bajo los aleros, los pinzones emitían sonidos líquidos como el agua que gotea en un estanque.

Demelza se acercó silenciosa al borde de la cama, y se deslizó al suelo, temerosa de despertarlo. En la ventana miró las casillas que se extendían hasta el mar.

El mar casi había terminado de crecer. La bruma formaba un chal grisáceo sobre la línea de los arrecifes. Las olas que rompían sobre las rocas formaban líneas oscuras en el agua gris plata.

Su vestido —ese vestido— formaba un confuso montón en el suelo. Lo alzó y lo arrolló alrededor de su cuerpo, como si de ese modo pudiera ocultarse de sí misma. Caminó de puntillas hasta su propio dormitorio. Se vistió mientras se iluminaba lentamente el rectángulo de la ventana.

En la casa no se oía ningún movimiento. Demelza era siempre la primera en levantarse, y a menudo llegaba al extremo del valle, buscando flores, antes de que Jud y Prudie contemplasen renuentes la luz del nuevo día. Hoy necesitaba ser la primera en salir de la casa.

Bajó descalza los cortos peldaños y cruzó el vestíbulo. Abrió la puerta principal. Detrás de la casa se extendía el mar antiguo y gris, pero en el valle estaba todo el calor y la fragancia que la tierra había acumulado durante la breve noche estival. Salió y el aire tibio la envolvió. Llenó sus pulmones de aire. Aquí y allá, en el cielo, las nubes formaban flecos finos, inmóviles y abandonados como si los hubiera dispersado el movimiento de una escoba caprichosa.

Sus pies desnudos no sintieron frío sobre la hierba húmeda. Atravesó el jardín, en dirección al arroyo, se sentó en el puente de madera, de espalda a la baranda, y hundió los dedos en el hilo de agua. Los espinos que crecían a orillas del arroyo estaban florecidos, pero las flores habían perdido su blancura, y habían virado al rosa y se desprendían, de modo que el arroyo estaba colmado de minúsculos pétalos móviles, como los restos de una boda. Allí donde ella estaba sentada, la dulce fragancia de la flor del espino perfumaba la respiración.

Le dolían la cintura y la espalda; pero los temibles recuerdos de la noche comenzaron a desdibujarse ante la rememoración de sus triunfos. No tenía remordimientos de conciencia por el modo en que había alcanzado su propósito, porque vivir y cumplir el propósito de la vida parecía absolverlo todo. Ayer parecía imposible. Hoy, ya había ocurrido. Nada podía cambiarlo; nada.

Pocos minutos más tarde saldría el sol, iluminando los bordes del valle, detrás de los cuales se había puesto pocas horas antes. Levantó las piernas y permaneció un momento sentada

331

sobre el puente; después se arrodilló, recogió agua en las manos y se lavó la cara y el cuello. Un instante más tarde se puso de pie, y en un súbito desborde de sentimiento brincó y saltó corriendo en dirección a los manzanos. Un zorzal y un tordo estaban compitiendo desde ramas vecinas. Bajo los árboles, algunas hojas le rozaron el cabello y le mojaron con rocío la oreja y el cuello. Demelza se inclinó y comenzó a recoger algunas de las campanillas que formaban una alfombra irregular bajo los árboles. Pero apenas había recogido una docena cuando renunció a su propósito, y se sentó apoyada en un tronco revestido de líquenes, la cabeza echada hacia atrás, los tallos finos y jugosos de las campanillas apretados contra el pecho.

Tal era su inmovilidad —el cuello curvado en un gesto laxo, la falda recogida, las piernas desnudas en contacto sensual con la hierba y las hojas—, que un pinzón se posó cerca y comenzó a emitir su grito al lado de la mano de Demelza. Sintió un vivísimo deseo de acompañarlo, pero sabía que solo podía producir una suerte de graznido.

332

También descendió un gran moscardón y se posó en una hoja cerca del rostro de la joven; tenía dos nudos redondos y pardos sobre la cabeza, y a tan corta distancia parecía enorme, un animal prehistórico que habitase la jungla de un mundo olvidado. Primero se apoyó en las cuatro patas delanteras y con sinuosa desenvoltura frotó las dos traseras, arriba y abajo, sobre las alas; después se apoyó en las cuatro patas traseras y frotó las dos delanteras como un tendero obsequioso.

—¡Buzz, buzz! —dijo Demelza. Se alejó con un súbito zumbido, pero regresó casi inmediatamente a la misma posición, y esta vez comenzó a frotarse la cabeza como si estuviera lavándosela sobre un cubo.

Sobre la cabeza de Demelza, la tela de una araña se destacaba con finas cuentas de humedad. El tordo que estaba cantando interrumpió su concierto, se balanceó un momento con una cola parecida al abanico de una dama y salió volando. Dos últimos pétalos de una flor de azahar pardo rosada, perturbados por el movimiento, descendieron indolentes hasta el suelo. El pinzón comenzó a picotear uno de ellos.

Demelza extendió la mano y emitió un sonido seductor, pero el pájaro no se dejó engañar, y voló de costado hasta una distancia más segura. En los campos, una vaca mugió. Todavía era esa hora temprana que separaba al mundo de los hombres. Y en el trasfondo, el murmullo de los pájaros era la serenidad de un mundo que aún no había despertado.

Una corneja voló bajo, su deslucido plumaje con reflejos dorados, las alas que emitían un sonido áspero al batir el aire. El sol se elevó e inundó el valle, y creó sombras silenciosas y húmedas, y rayos de luz pálida entre los árboles.

333

8

*R*oss despertó tarde. Dieron las siete antes de que comenzara a moverse en el lecho.

Cuando se levantó tenía un sabor desagradable en la boca. El licor que vendían en la posada del Gallo de Pelea era mediocre.

Demelza… La seda vieja y tiesa del vestido… —los ganchos—. ¿Qué espíritu maligno la había impulsado? Él estaba embriagado, pero ¿era con el licor? El despliegue del espíritu en un universo de vergüenza es la lascivia en acción… más allá de la odiada razón… ¿cómo seguía? No había pensado en ese soneto la noche anterior. Los poetas le habían jugado una mala pasada. Extraño asunto.

Por lo menos había existido un despliegue del espíritu…

Y las viejas chismosas de tres aldeas a lo sumo habían anticipado la verdad. No era que eso importara. Importaban Demelza y él mismo. ¿Cómo la encontraría esa mañana? ¿Sería la cordial muchacha que trabajaba durante el día, o la extraña de tiernos labios que él había imaginado a través de la noche estival?

Ella se había salido con la suya, y en definitiva había parecido que temía.

El colmo de la futilidad era lamentar un placer ya vivido, y él no tenía la menor intención de seguir ese camino.

Lo hecho, hecho estaba. La experiencia modificaría la esencia misma de sus costumbres personales; sería como un intruso en la amistad cada vez más firme de ambos, un acto capaz de deformar todos los gestos y las imágenes, y de introducir falsos valores.

Rechazarla como lo había hecho en el salón había sido la única actitud sensata. Pudibunda si uno quería, pero ¿hasta dónde la pudibundez y los límites se confundían en la mente del cínico?

Esa mañana su razonamiento era una sucesión de preguntas sin respuesta.

Por donde mirase el asunto, había algo desagradable en el recuerdo de la noche anterior: no la culpa de Demelza, ni la suya, sino algo que provenía de la historia de la relación entre ambos. ¿Podía decirse que todo eso era una tontería? ¿Qué habría dicho su padre? «Palabras altisonantes para explicar una estupidez».

335

Se vistió con esfuerzo. Durante un rato dejó que su mente se demorase en el desenlace. Bajó la escalera y metió la cabeza bajo el agua de la bomba, y de tanto en tanto volvía los ojos hacia el arrecife lejano, donde podían verse los trabajos de la Wheal Leisure.

Volvió a vestirse y desayunó, atendido por Prudie, cargada de espaldas y murmurando sin cesar. La mujer parecía un pescador a la pesca de simpatía. Pero esa mañana nadie mordía su anzuelo. Cuando Ross terminó, mandó llamar a Jud.

—¿Dónde está Demelza?

—No sé. Debe de estar por ahí. La vi salir de la casa hace una hora.

—¿Vinieron los Martin?

—En el campo de nabos.

—Bien, Prudie y Demelza pueden reunirse con ellos cuando ella esté lista. Esta mañana no iré a la mina. Trabajaré contigo y Jack en el heno. Ya es hora de empezar.

Jud gruñó y se alejó con paso tardo. Después de permanecer sentado unos minutos, Ross pasó a la biblioteca y trabajó media hora en los asuntos de la mina. Luego tomó una hoz del cobertizo y comenzó a afilarla en la piedra. El trabajo como disolvente de los pesares de la noche. El despliegue del espíritu en un universo de vergüenza… La noche anterior, cuando aún no se había desencadenado el episodio final, Ross pensó que el día había comenzado con una frustración, y concluido con otra. Esa mañana todos sus controles revivían para persuadirlo de que su juicio aún era válido. La vida parecía enseñarle que la satisfacción de la mayoría de los apetitos llevaba en sí misma la simiente de la frustración, y que todos los hombres solían engañarse cuando imaginaban otra cosa.

Los primeros principios de esa lección habían echado raíces diez años atrás. Pero en aquel momento Ross no era un sensualista, de modo que quizá no podía juzgar. Su padre había sido un sensualista y un cínico; su padre aceptaba el amor como una cosa inmediata, por lo que pudiera valer. La diferencia sin duda no consistía tanto en que él era frígido por naturaleza (lejos de ello), sino en que pretendía demasiado.

El sentimiento de que estaba distanciado del resto de los seres humanos, el sentimiento de la soledad, pocas veces había sido tan intenso como esta mañana. Se preguntaba si en realidad existía verdadera satisfacción en la vida, si el sentimiento de desilusión inquietaba a todos los hombres tanto como a él mismo. No siempre había sido así. Su niñez había sido bastante feliz, en la forma irreflexiva que suele caracterizar a esa etapa de la vida. Hasta cierto punto le habían agradado la aspereza y los peligros del servicio activo. Pero desde el momento de su regreso, la veta maligna del descontento se había insinuado en él, y había frustrado sus intentos de hallar una filosofía propia, y convertido en cenizas todo lo que él deseaba aferrar.

Apoyó la hoz en su hombro y se encaminó al campo de

heno, que se extendía sobre el lado noreste del valle, después
de los manzanos, y se prolongaba hasta la Wheal Grace. Cubría una superficie considerable que no estaba delimitada por
muros o setos, y su heno constituía una buena cosecha, mejor
que la del año anterior, amarilla y seca por la última semana
de sol. Se quitó la chaqueta y la colgó sobre una piedra en un
rincón del campo. Tenía la cabeza descubierta, y sentía el calor
del sol sobre los cabellos y el cuello abierto. Le parecía natural
que antaño los hombres fueran adoradores del sol; sobre todo
en Inglaterra, un país de brumas y nubes y lluvias irregulares
donde el sol se mostraba esquivo y caprichoso, y siempre era
bien acogido.

Comenzó a cortar, ligeramente inclinado hacia delante y
usando el cuerpo como pivote, describiendo con el brazo un
amplio semicírculo. El heno caía de mala gana, y las altas plantas se inclinaban y se hundían lentamente en la tierra. Al mismo tiempo que el heno, caían ramilletes de escabiosas púrpuras
y margaritas, perifollos y ranúnculos amarillos, que florecían
clandestinamente y padecían el destino común.

Llegó Jack Cobbledick, que subió al campo con largos pasos, y después vino Jud, y los tres trabajaron toda la mañana,
mientras el sol ascendía en el firmamento y los bañaba con sus
rayos. De tanto en tanto, uno de ellos interrumpía el trabajo
para afilar la hoz en una piedra. Hablaron poco, porque todos
preferían reservarse sus pensamientos, a salvo de cualquier interferencia. Dos alondras los acompañaron la mayor parte de la
mañana, como puntos canoros en el alto firmamento, cantando, planeando y cantando.

A mediodía interrumpieron la labor y se sentaron juntos entre el heno cortado, y bebieron largos tragos de suero
de manteca y comieron tortas de carne de conejo, y pasteles de cebada; y mientras comían, Jack Cobbledick observó,
con una voz tan lenta y arrastrada como su andar, que ese
tiempo lo secaba tanto a uno que necesitaba beber más de lo

337

que podía contener con justicia, y que había oído decir que el casamiento del mes siguiente en Mingoose sería la fiesta más importante en muchos años: toda la gente distinguida; y había encontrado al viejo Joe Triggs la tarde anterior, y había dicho que era una gran vergüenza que Jim Carter se pudriese en la cárcel mientras Nick Vigus estaba completamente libre, y mucha gente pensaba lo mismo; y se decía que mandaban a Carter a la cárcel de Bodmin, que según afirmaban era una de las mejores de la región occidental, porque allí no había tanta fiebre como en Launceston o en los buques prisión de Plymouth. ¿Era verdad? ¿El capitán Poldark sabía algo? Ross dijo que sí, que era cierto.

Jack Cobbledick afirmó que, según todos decían, si el capitán Poldark no hubiese comparecido ante el tribunal y exhortado a los magistrados, Carter habría recibido destierro de siete años, y la gente decía que los jueces estaban muy irritados por el asunto.

Jud dijo que había conocido a un hombre enviado a Bodmin por casi nada, y el primer día que estuvo allí enfermó de fiebre, y al segundo murió.

Cobbledick sostuvo que la gente decía que si ciertos caballeros hubieran sido como «alguien que todos conocían», no hubiera existido tanta hambre, ni tantas minas cerradas, ni tanta necesidad de pan.

Jud afirmó que la fiebre había sido tan grave en Launceston en el 83 que el carcelero y su esposa enfermaron la misma noche, y antes de amanecer los dos estaban muertos.

Cobbledick informó que los Greet y los Nanfan querían reunir a los hombres para echar del distrito a Nick Vigus, pero que Zacky Martin había dicho que eso no era posible; dos males no hacían un bien, y nunca lo harían.

Jud sostuvo su firme creencia de que el tercer hijo de Jim Carter nacería póstumamente.

Poco después se pusieron de pie y reanudaron el trabajo.

Ross se adelantó a sus compañeros, impulsado por la necesidad íntima de aislarse. Cuando el sol comenzó a declinar, se detuvo de nuevo algunos minutos y advirtió que casi habían terminado la tarea. Le dolían los antebrazos y la espalda a causa del ejercicio, pero había conseguido eliminar cierto sentimiento de insatisfacción. La regularidad del movimiento de la hoz, el desplazamiento circular del cuerpo, el progreso constante alrededor del borde del campo, abriendo avenidas en el heno y acercándose gradualmente al centro, habían contribuido a alejar los incómodos espectros del descontento. Soplaba una leve brisa del norte, y el calor del sol se había convertido en suave tibieza. Respiró hondo varias veces, se enjugó la frente y miró a los hombres que venían detrás. Después, volvió los ojos hacia la figura empequeñecida de uno de los Martin que se acercaba desde la casa.

Era Maggie Martin, de seis años, una alegre niña que tenía los mismos cabellos rojos de la familia.

—Por favor, señor —canturreó con su fina vocecita—, hay una dama que vino a verle.

Ross puso un índice bajo el mentón de la niña.

—¿Cómo es la dama, querida?

—La señorita Poldark, señor. De Trenwith.

Hacía meses que Verity no lo visitaba. Quizás era la reanudación de la antigua amistad. Nunca la había necesitado tanto.

—Gracias, Mag. Iré enseguida.

Recogió su chaqueta, y con ella y la hoz sobre el hombro bajó la colina en dirección a la casa. Según parecía, esta vez Verity había venido a caballo.

Dejó la hoz junto a la puerta, y con la chaqueta colgando del brazo entró en la sala. Una joven estaba sentada en una silla. Sintió que se le oprimía el corazón.

Elizabeth llevaba un largo vestido de montar de paño pardo oscuro, con botones de plata y fino encaje en los puños y el cuello. Calzaba pequeñas botas pardas de montar, y un sombrero de tres picos con reborde de encaje, que destacaba el óvalo de su rostro y coronaba la pátina brillante de sus cabellos.

Le ofreció la mano con una sonrisa que reavivó en Ross el recuerdo del pasado. Era una dama, y muy bella.

—Caramba, Ross, recordé que hacía un mes que no te veíamos, y como pasaba por aquí…

—No te disculpes por venir —dijo él—. Solo por no haber venido antes.

Ella se sonrojó levemente, y sus ojos trasuntaron un atisbo de placer. La maternidad no había cambiado su fragilidad y su encanto. Cada vez que la veía, él volvía a sorprenderse.

—Es un día caluroso para montar —dijo Ross—. Ordenaré que te traigan una bebida.

—No, gracias, estoy bien. —Y en efecto, así lo parecía—. Primero dime cómo estás, qué estuviste haciendo. Te vemos tan poco.

340 Consciente de su camisa empapada y los cabellos en desorden, él le explicó lo que había estado haciendo. Elizabeth parecía un tanto inquieta. Ross vio que su mirada recorría una o dos veces la habitación como si intuyera una presencia extraña, o como si se sintiera sorprendida ante el aire cómodo, aunque un poco sórdido, de los muebles. Los ojos de la joven se posaron en un vaso de anémonas y helechos sobre el borde de la ventana.

—Verity me dijo —explicó Elizabeth— que no pudiste conseguir una sentencia más leve para tu peón. Lo siento.

Ross asintió.

—Sí, fue una lástima. El padre de George Warleggan era el presidente del tribunal. Nos separamos con sentimientos de mutua antipatía.

Ella lo miró brevemente bajo las pestañas.

—George lo lamentará. Quizá si le hubieses hablado habría podido arreglarse el asunto. Aunque tengo entendido que el muchacho fue sorprendido robando, ¿verdad?

—¿Cómo está mi tío? —Ross cambió de tema, porque pensó que sus opiniones acerca del episodio de Carter podían ofenderla.

—No mejora. Tom Choake lo sangra regularmente, pero lo único que consigue es un alivio temporal. Todos habíamos abrigado la esperanza de que el buen tiempo lo ayudase a sanar.

—¿Y Geoffrey Charles?

—Está espléndido, gracias. El mes pasado temimos que hubiera enfermado de sarampión, después de evitar la epidemia; pero fue únicamente un sarpullido a causa de la dentición. —El tono de Elizabeth era mesurado, pero en él había algo que sorprendía un poco a Ross. Antes, nunca había percibido en ella esa inflexión reservada y al mismo tiempo posesiva.

Conversaron varios minutos en una atmósfera que era una suerte de ansiosa simpatía mutua. Elizabeth inquirió acerca de los progresos de la mina, y Ross le explicó detalles técnicos que seguramente ella no entendía; en todo caso, estaba seguro de que la joven no sentía el interés que demostraba. Elizabeth habló de la próxima boda, dando por entendido que él había sido invitado, y Ross no tuvo valor para rectificarla. Francis deseaba que ella fuese a Londres ese otoño, pero Elizabeth pensaba que Geoffrey Charles no podía quedarse solo. Francis pensaba, etc… Francis creía…

El rostro pequeño y regular de Elizabeth se ensombreció, y mientras se quitaba los guantes dijo:

—Ross, quisiera que vieses con más frecuencia a Francis.

Ross amablemente explicó que era una lástima que él no tuviese más tiempo para visitar a su primo.

—No, no me refiero a una visita común. En realidad me gustaría que trabajaseis juntos. Tu influencia sobre él…

—¿Mi influencia? —preguntó Ross, sorprendido.

—Le habría ayudado a sentar cabeza. Sí, creo que le habría inducido a mostrarse más sensato. —Lo miró con expresión dolorida, y luego desvió los ojos—. Te parecerá extraño que

341

hable así. Pero estoy preocupada. Somos tan amigos de George Warleggan, hemos vivido en su casa de Truro, y también en Cardew. George es muy amable. Pero tiene mucho dinero, y para él jugar no es más que un pasatiempo agradable. No es nuestro caso ahora; no es así para Francis. Cuando uno apuesta más de lo que puede… Es como si Francis no pudiese evitarlo. Como si fuese el aire que respira. Gana un poco y después pierde tanto. Charles está demasiado enfermo y no puede impedirlo; y Francis lo controla todo. No podemos seguir así. Como sabrás, Grambler está perdiendo dinero.

—No olvides —observó Ross— que yo también perdía dinero antes de ir a América. Quizá mi influencia no sea tan positiva como tú crees.

—No debía hablarte de esto. No era mi intención. No tengo derecho a descargar mis dificultades sobre tus espaldas.

—Considero que tu actitud es un verdadero cumplido.

—Pero cuando mencionaste a Francis… Y nuestra antigua amistad… Siempre fuiste muy comprensivo.

Ross advirtió que Elizabeth estaba realmente turbada, y se volvió hacia la ventana para darle tiempo a reaccionar. Deseaba justificar la fe que ella le demostraba; hubiera dado cualquier cosa con tal de poder formular una sugerencia que calmase la angustia reflejada en el rostro de la joven. El resentimiento provocado por el matrimonio de Elizabeth se había esfumado. Ella había ido a pedirle ayuda.

—A veces me pregunto si debería hablar con Charles —dijo Elizabeth—. Pero temo mucho que se agrave… y eso de nada serviría.

Ross movió la cabeza.

—No lo hagas. Primero hablaré con Francis. Dios sabe que no tengo muchas posibilidades de éxito donde… donde otros fracasaron. En realidad, no alcanzo a comprender…

—¿Qué?

Pero ella intuyó algo de lo que él no quería decir.

—Se muestra razonable en muchas cosas, pero en esto no logro influir sobre él. Yo diría que interpreta mi consejo como una interferencia.

—En tal caso, seguramente adoptará la misma actitud frente al mío. Pero lo intentaré.

Ella lo miró un momento.

—Ross, tienes un carácter fuerte. Así lo comprobé hace un tiempo. Lo que un hombre rechaza en su… en su esposa, quizá lo acepte de un primo. Sabes explicar tus ideas. Creo que si quieres puedes influir mucho sobre Francis.

—En tal caso, quiero.

Elizabeth se puso de pie.

—Perdóname, no había querido decir tanto. No sabes cuánto aprecio el modo en que me has recibido.

Ross sonrió.

—Quizá prometas venir con más frecuencia.

—De buena gana. Yo… habría deseado visitarte antes, pero pensé que no tenía derecho.

—No vuelvas a pensar lo mismo.

Se oyeron pasos en el vestíbulo, y Demelza apareció trayendo un gran ramo de campanillas recién cortadas.

Se detuvo bruscamente cuando vio que interrumpía una conversación. Vestía un sencillo vestido de lino azul, de confección casera, con el cuello abierto y un bordado que adornaba la cintura. Tenía un aire salvaje y desaliñado, porque olvidada desvergonzadamente de Prudie y los nabos, había pasado toda la tarde echada en otro campo de heno, en las tierras altas que se extendían al oeste de la casa, mirando a Ross y a los hombres que trabajaban en la colina opuesta. Había estado allí, oliendo la tierra y mirando entre las plantas como un perro joven, y finalmente se había acostado de espaldas y se había dormido en la dulce calidez de la tarde. Tenía desordenados los cabellos oscuros, y sobre el vestido de lino azul había briznas de hierba y agujas.

Miró a Ross, y contempló asombrada a Elizabeth. Después murmuró una disculpa y se volvió para salir.

—Esta es Demelza, de quien me has oído hablar —dijo Ross—. La señora Elizabeth Poldark. —Dos mujeres, pensó. ¿De la misma sustancia? Barro y porcelana.

Elizabeth pensó: «Dios mío, de modo que realmente hay algo entre los dos».

—Querida —dijo—, Ross me habló muchas veces de ti.

Demelza pensó: «Llega un día tarde, solo un día. Qué hermosa es; y cómo la odio». Después, volvió a mirar a Ross, y por primera vez, como si hubiera sido el golpe de un cuchillo clavado a traición, se le ocurrió que el deseo de Ross la noche anterior no era más que el gesto de una pasión inconsecuente. A lo largo de todo el día se había sentido demasiado absorta en sus propios sentimientos, y no había tenido tiempo de considerar esa idea. Y ahora leía ese sentimiento en los ojos de Ross.

344

—Gracias, señora —dijo, esforzándose por dominar el horror y el odio que pugnaban por manifestarse—. ¿Puedo traerle algo, señor?

Ross miró a Elizabeth.

—Puedes cambiar de idea y beber una taza de té. Estará preparada en pocos minutos.

—Debo irme. De todos modos, gracias. Qué hermosas campanillas recogiste.

—¿Las quiere? —dijo Demelza—. Puede llevárselas, si es que le agradan.

—¡Eres muy amable! —Los ojos grises de Elizabeth recorrieron una vez más la habitación. «Es obra de esta muchacha, pensó; esas cortinas. Ya me parecía que a Prudie no podía ocurrírsele colgarlas así; y el terciopelo plegado sobre el escaño. Ross nunca lo hubiera pensado»—. Pero vine a caballo, y lamentablemente no puedo llevarlas. Consérvalas, querida, aunque de todos modos te agradezco la amabilidad.

—Le ataré un ramito, y puede sujetarlo a la silla —dijo Demelza.

—Creo que se deshojarán. Mira, ya están deshaciéndose. Las campanillas son así. —Elizabeth recogió su guante y el látigo. Pensó: No puedo volver aquí. Después de tanto tiempo, y ahora ya es demasiado tarde. Demasiado tarde para que yo venga *aquí*—. Ross, debes visitar al tío Charles. A menudo pregunta por ti. Casi todos los días.

—Iré la semana próxima —dijo él.

Se acercaron a la puerta y Ross la ayudó a montar el caballo, y ella ejecutó la maniobra con su peculiar elegancia. Demelza no los había seguido, pero desde la ventana los miraba disimuladamente.

Es más delgada que yo, pensó, a pesar de que ya ha tenido un hijo. Tiene la piel de marfil; no trabajó un solo día en toda su vida. Es una dama y Ross es un caballero, y yo soy una perra. Pero anoche no; anoche no. (El recuerdo se avivó en ella). No puedo ser una perra: soy la mujer de Ross. Ojalá engorde. Lo deseo con todo mi corazón, ojalá engorde y enferme de viruela, y le gotee la nariz y se le caigan los dientes.

—¿Piensas cumplir lo que dijiste acerca de Francis? —dijo Elizabeth a Ross.

—Por supuesto. Haré todo lo que pueda… que probablemente no es mucho.

—Ven a ver a Charles. Y podrás quedarte a comer. El día que prefieras. Adiós.

—Adiós —dijo Ross.

Era la primera reconciliación total desde el regreso de Ross; y ambos sabían, aunque ignoraban que el otro lo sabía, que esa reconciliación había llegado demasiado tarde, y ahora no importaba mucho.

Ross la vio subir lentamente por el valle. Una vez distinguió el resplandor de sus cabellos iluminados por los rayos oblicuos del sol. En ese valle sobre el cual comenzaban a posarse las

345

sombras, las aves iniciaban sus cantos vespertinos, como coristas que ensayan sus notas en una catedral grande y silenciosa cerrada por una bóveda azul.

Ross se sentía cansado, muy cansado, y quería reposar. Pero su paz mental, adquirida con gran esfuerzo durante el día, se había esfumado con la visita de Elizabeth.

Volvió sobre sus pasos, entró en la casa y pasó a la cocina. Prudie estaba preparando la cena. Ross gruñó ante una queja de la mujer, y se dirigió a los establos.

Durante algunos minutos se ocupó de las pequeñas tareas de la granja; después, regresó a la casa y a la sala.

Demelza continuaba allí, de pie al lado de la ventana. Tenía las campanillas en los brazos. Pareció que él no advertía su presencia; con paso lento se dirigió a su sillón favorito, se quitó la chaqueta y permaneció un rato sentado, mirando la pared con expresión levemente preocupada. Después, se recostó en el respaldo del sillón.

—Estoy cansado —dijo.

Demelza se volvió, y con movimientos discretos, como si él estuviera dormido, se acercó al sillón. Se sentó en la alfombrilla, a los pies de Ross. Con movimientos distraídos, en el rostro una expresión de indefinida alegría, comenzó a componer y recomponer las campanillas en montones sobre el suelo.

TERCERA PARTE

Junio-Diciembre 1787

1

Ross y Demelza se casaron el 24 de junio de 1787. El reverendo Odgers estuvo a cargo de la ceremonia, que fue muy discreta y contó con la presencia de tan solo el número necesario de testigos. Las actas revelan que la novia declaró la edad de dieciocho años, lo cual equivalía a anticiparse a los hechos en nueve meses. Ross tenía veintisiete años.

Ross adoptó la decisión de desposar a Demelza dos días después de la primera vez que durmieron juntos. No era que la amase, sino que dicha actitud representaba la solución obvia. Si uno no hacía caso de sus orígenes, Demelza era una esposa por cierto bastante apropiada para un caballero rural empobrecido. Ya había demostrado su capacidad en la casa y en la granja, donde trabajaba eficazmente, y había llegado a participar de la vida de Ross en un grado del cual él era apenas consciente.

Con su nombre patricio, sin duda él podría haber frecuentado la sociedad y cortejado enérgicamente a la hija de un nuevo rico, para iniciar después una vida de cómodo hastío gracias a la dote matrimonial. Pero Ross no podía contemplar con seriedad una aventura de esa clase. Advertía, con un sentimiento de acre burla, que ese matrimonio en definitiva debía condenarlo a los ojos de su propia clase, pues si el hombre que se acostaba con su criada a lo sumo provocaba murmuraciones adversas, el que la desposaba se convertía en una persona inaceptable a los ojos de todos.

Pese a su promesa, no fue a cenar a Trenwith. Intencionadamente se encontró con Francis en Grambler la semana antes de la boda, y le comunicó la noticia. Francis parecía aliviado más que sorprendido. Quizá siempre había alimentado el temor profundo de que un día su primo renunciara a las formas civilizadas y decidiese arrebatarle por la fuerza a Elizabeth. Ross se sintió un tanto recompensado por esa reacción desprovista de hostilidad, y casi hasta el momento de separarse de Francis olvidó la promesa hecha a Elizabeth. De todos modos, cumplió su palabra, y los dos hombres se despidieron en una atmósfera menos cordial que la que hubiera podido preverse.

Movido por su antigua amistad con Verity, Ross habría deseado mucho que ella asistiera a la boda, pero por Francis supo que el médico le había ordenado guardar cama quince días. De modo que Ross no le envió su invitación, y en cambio le remitió una carta más extensa en la cual le explicaba las circunstancias del caso y la invitaba a pasar unos días en Nampara cuando se sintiera mejor. Verity conocía de vista a Demelza, pero apenas se había cruzado con ella los dos últimos años; y Ross suponía que la joven difícilmente podría explicarse qué dolencia senil había comenzado a afectar el cerebro de su primo.

En todo caso, Verity no dijo nada parecido en su respuesta:

Querido Ross:

Gracias por haberme escrito una carta tan detallada para explicar tu matrimonio. Soy la última persona en el mundo capaz de criticar tus sentimientos. Pero me gustaría ser la primera que te desee la felicidad que mereces. Cuando me reponga y papá mejore iré a veros a ambos.

Con cariño
VERITY

La visita a la iglesia de Sawle modificó no solo el nombre de la antigua criada de la cocina. Al principio Jud y Prudie tendieron a reaccionar mal, por lo menos en la medida en que se atrevieron a demostrarlo, porque la niña que había llegado a la casa en condición de huérfana desvalida, infinitamente inferior a ellos mismos, ahora se convertía en el ama de ambos. Podían haber mantenido mucho tiempo la actitud de hosco resentimiento, si se hubiera tratado de una persona distinta de Demelza. Pero finalmente ella los persuadió o los hipnotizó, llevándolos a creer que ella misma había sido en parte la protegida de los dos, de modo que su ascenso social contribuía a realzar el mérito de Jud y Prudie. Y después de todo, como Prudie lo señaló en privado a Jud, eso era mejor que verse obligados a recibir órdenes de una jovenzuela de rostro bonito y cabellos rizados.

Ese año Demelza no volvió a ver a su padre. Pocos días después de publicadas las amonestaciones, convenció a Ross de que enviase a Jud a Illuggan con un mensaje verbal en el sentido de que el matrimonio debía celebrarse quince días después. Carne estaba en la mina cuando Jud llegó, de modo que solo pudo entregar el mensaje a una mujercita gruesa vestida de negro. Después no hubo noticias. Demelza temía que su padre apareciera y provocase una escena en la boda, pero todo se desarrolló sin tropiezos. Tom Carne había aceptado su derrota.

El diez de julio un hombre llamado Jope Ishbel, uno de los mineros más veteranos y astutos del distrito, descubrió una veta de cobre rojo en la Wheal Leisure. Al mismo tiempo que se descubrió la veta, apareció un caudal considerable de agua, y los trabajos se suspendieron mientras se traían equipos de bombeo. El socavón practicado desde la pared del acantilado progresaba regularmente, pero aún debía pasar un tiempo antes de que sirviera para desaguar la galería. La masa de agua que se había acumulado allí era un buen signo a juicio de quienes afirmaban saber.

351

Cuando Ross se enteró de la noticia, abrió un barril de brandy y ordenó llevar a la mina grandes jarras de licor. Toda la gente estaba muy excitada, y desde la mina podía verse a los pobladores que subían a la colina detrás de los *cottages* de Mellin, a un kilómetro y medio de distancia, y miraban para descubrir la causa del ruido.

El descubrimiento no podía haber sido más oportuno, porque una semana después se realizaba la segunda reunión de los accionistas, y Ross sabía que tendría que pedir cincuenta libras más a cada uno. El golpe de pico de Jope Ishbel le aportaba resultados concretos, porque incluso juzgando por la mediocre calidad del mineral que Ishbel había llevado a la superficie, podían presumir que conseguirían por tonelada varias libras más que con el mineral de cobre común. Se había ampliado el margen de utilidad. Si la veta tenía proporciones más o menos razonables, podían estar seguros de obtener un buen rendimiento.

Ross no dejó de destacar este punto cuando se realizó la reunión en la sobrecalentada oficina del señor Pearce, en Truro, y el efecto general fue de tal naturaleza que las nuevas contribuciones se aprobaron sin vacilar.

Era la primera vez que Ross había visto al señor Treneglos desde el gran día en Mingoose, en que el hijo del anciano desposó a Ruth Teague: y ahora el viejo estaba haciendo todo lo posible para mostrarse amable y cortés. Después de la cena se sentaron juntos y Ross temió verse obligado a escuchar una disculpa por la falta de cortesía entre antiguos vecinos, implícita en el hecho de que no lo habían invitado a la boda. Ross sabía que la culpa no era de Treneglos, de modo que procuró que la conversación se apartase del tema.

El señor Renfrew provocó un momento incómodo cuando, ya un poco achispado, y después de un brindis en honor de la feliz pareja, propuso que no olvidaran al recién casado allí presente. Hubo un silencio embarazoso, y después el señor Pearce dijo:

—En efecto, así es. Sin duda, no debemos olvidarlo.

Y el doctor Choake agregó:

—Sería una falta imperdonable.

Y el señor Treneglos, que afortunadamente había percibido el sesgo de la conversación, en el acto se puso de pie y dijo:

—Es mi privilegio, caballeros. Mi placer y mi privilegio. Caramba, nuestro buen amigo contrajo matrimonio hace poco. Propongo el brindis: Por el capitán Poldark y su joven esposa. Que sean muy felices.

Todos se pusieron de pie y bebieron.

—Hubiera sido muy desagradable que nadie lo mencionara —dijo el señor Treneglos mientras todos se sentaban; y no hablaba exclusivamente para sí mismo.

Ross pareció el menos embarazado de todos.

II

Demelza ya se había adaptado a la vida de su esposo. Eso era lo que Ross pensaba. Quería decir que ella se había adaptado a la vida de la casa, que atendía a las necesidades de Ross con entusiasmo pero ordenadamente, y que era una mujer atenta y una compañera agradable.

En la nueva situación, todo esto no cambió mucho. Aunque legalmente estaba en el mismo plano que Ross, de hecho continuaba siendo su inferior. Hacía lo que él decía, con el mismo entusiasmo, sin discutir jamás, y con una radiante buena voluntad que todo lo iluminaba. Si Ross no hubiese querido desposarla, ella no habría anhelado otra cosa; pero su decisión de dar carácter legal y permanente a la unión, el hecho de que la honrase con su nombre, era una especie de corona de oro que venía a rematar su felicidad. Esos pocos instantes de angustia, el día de la visita de Elizabeth, estaban casi olvidados, relegados a un lugar muy secundario.

Y ahora ella estaba incorporándose de distinto modo a la vida de Ross. Él no podía retroceder, aunque lo deseara; y en verdad, no lo quería. Ahora era indudable que la consideraba deseable: los hechos habían demostrado que no era el engaño de una sola noche de verano. Pero Ross todavía no podía determinar con absoluta certeza hasta qué punto la deseaba personalmente, y en qué medida todo eso era la necesidad natural de un hombre, la necesidad que ella satisfacía en su condición de mujer.

Por su parte, no parecía que ella se viese afectada por problemas sentimentales. Si antes había crecido y se había desarrollado rápidamente, ahora su personalidad floreció de la noche a la mañana.

Cuando una persona se siente tan feliz como ella lo era ese verano, es difícil que no sufran todos su influencia; y así, después de un tiempo, la atmósfera que ella creaba comenzó a manifestarse en toda la casa.

Poco a poco comenzó a ejercer las libertades propias del matrimonio. Su primer intento en ese sentido fue una discreta sugerencia a Ross en el sentido de que convenía trasladar a otro sitio el despacho de la mina, instalado en la biblioteca, porque los hombres pisoteaban los canteros de flores con sus pesadas botas. Ella fue la más sorprendida cuando una semana después vio una fila de hombres que transportaban los papeles de la mina hasta una de las cabañas de madera levantadas sobre el acantilado.

Aun así, transcurrieron varias semanas antes de que Demelza pudiese entrar en la biblioteca sin experimentar el antiguo sentimiento de culpa. Y necesitó mucha fuerza de carácter para sentarse allí, tratando de arrancar melodías a la deteriorada espineta cuando nadie la oía.

Pero tenía tanta vitalidad, que poco a poco superó los obstáculos levantados por la costumbre y el sometimiento. Con más audacia que antes comenzó a desgranar acordes y a entonar en voz baja cantos que ella misma había compuesto. Cierto día salió a caballo con Ross y de regreso trajo algunos cuadernos de versos, que aprendió de memoria y luego acompañó con sus propias melodías en la espineta, cuyos sonidos trataba de ordenar de modo que conformaran una melodía apropiada.

Como si desease colaborar con la felicidad de Demelza, el verano fue el más cálido en muchos años, e incluyó largas semanas de tiempo luminoso y sereno, y pocos días de lluvia. Después de las epidemias del invierno, el tiempo grato y tibio fue bien acogido por todos, y el nivel en que muchas familias pasaron el verano parecía de abundancia comparado con lo que había sido antes.

En la Wheal Leisure, el trabajo se desarrollaba lentamente pero sin tropiezos. El socavón avanzaba hacia las galerías, y se hacía todo lo posible por evitar el elevado costo de un motor de bombeo. Se instalaron cabrias, una al lado de la otra, y el agua elevada por este medio se depositó ingeniosamente en una gruta; de allí descendía por un canal y movía una rueda, la cual a su vez accionaba una bomba que extraía más agua. Ya estaban obteniendo cobre. Pronto habría cantidad suficiente para enviar una carga a una de las subastas de Truro.

355

III

Ross pensaba que ella ya se había adaptado a la vida que él hacía.

Ahora, a menudo hubiera deseado poder separar a las dos Demelza que habían llegado a convertirse en parte de él mismo. Había una Demelza del día, una mujer práctica con la cual él trabajaba, y que desde hacía un año o más era la causa de ciertos placeres definidos derivados del compañerismo. Había llegado a simpatizar con esa mujer, a confiar en ella, y ella a su vez le dispensaba simpatía y confianza. Medio servidora, medio hermana, fraternal y obediente, la prolongación directa y calculable del año anterior, y del pendiente. Demelza, que aprendía a leer, que recogía leña para el fuego, que hacía compras con él y cultivaba el jardín, y se esforzaba constantemente.

Pero la segunda Demelza era aún una extraña. Aunque Ross era el marido y el amo de ambas, la segunda era imprevisible, con el enigma de su rostro bonito y luminoso y el cuerpo fresco y juvenil —todo lo que contribuía a la satisfacción carnal y el placer cada vez más intenso de Ross—. Al principio, esta Demelza le había merecido cierto desdén. Pero los acontecimientos habían desbordado esos límites. Hacía mucho que el desdén se había disipado… pero aún estaba allí la desconocida.

Dos personas no muy bien diferenciadas, la desconocida y la amiga. Durante el día, en los momentos creados por la rutina y el encuentro casual, le inquietaba cierto súbito recordatorio de la joven, que en cierto modo podía reaparecer con un mero acto de la voluntad, a la que él tomaba y sin embargo nunca poseía verdaderamente. Y aún más extraño era ver a veces, en la noche, mirándolo con los ojos oscuros y somnolientos de la desconocida, a la joven cordial y desaliñada que le había ayudado a atender a los caballos, y le había servido la cena. En ocasiones así, Ross se sentía inquieto, y no muy feliz, como si él mismo hubiera estado mancillando algo que era bueno por derecho propio.

Hubiera querido separar a estas dos mujeres. Le parecía que sería más feliz si lograba separarlas del todo. Pero a medida que pasaban las semanas le parecía que estaba ocurriendo exactamente lo contrario. Las dos entidades comenzaban a diferenciarse cada vez menos.

Solo alrededor de la primera semana de agosto se realizó la fusión total de las dos imágenes.

2

*E*se año la sardina llegó tarde a la costa. El retraso había provocado ansiedad, porque en los tiempos que corrían la llegada de los peces representaba no solo un importante medio de vida de mucha gente, sino prácticamente la posibilidad de sobrevivir. En las islas Scilly y el extremo sur, ya se estaba trabajando a tope, y siempre había sabelotodos y pesimistas dispuestos a predecir que ese año los cardúmenes evitarían las costas más septentrionales del condado para enfilar directamente hacia Irlanda.

Un suspiro de alivio saludó la noticia de que se había realizado una captura en Saint Ives, pero el primer cardumen fue avistado frente a Halse en la tarde del seis de agosto.

Un vigía, apostado en el arrecife, y que montaba guardia desde hacía varias semanas, vio la conocida mancha rojo oscuro a gran distancia mar adentro, y el aviso que emitió con su vieja trompeta de latón conmocionó a la aldea. Los botes provistos de redes salieron instantáneamente, con siete hombres en cada uno de los botes que iban a la cabeza y cuatro en el acompañante.

Hacia la tarde se supo que ambos equipos habían obtenido capturas muy superiores al promedio, y la noticia se difundió velozmente. Los hombres que trabajaban en la cosecha dejaron enseguida las herramientas y marcharon presurosos hacia la aldea, seguidos por todas las personas libres de Grambler y muchos de los mineros a medida que terminaban su turno.

Jud había estado en Grambler esa tarde, y regresó para comunicar la noticia a Demelza, quien la trasmitió a Ross durante la cena.

—Estoy muy contenta —dijo ella—. Toda la gente de Sawle tenía la cara muy larga. Se sentirán muy aliviados; y oí decir que se pesca mucho.

Los ojos de Ross la siguieron cuando ella se levantó de la mesa y fue a cortar las mechas de las velas, antes de encenderlas. Ross había estado todo el día en la mina, y le había complacido esa cena en la sala penumbrosa, mientras caía la tarde en la habitación y alrededor de ella. No había una diferencia esencial entre ese momento y esa noche, dos meses antes, en que él había vuelto derrotado y comenzó todo. Jim Carter continuaba en la prisión. Nada había cambiado realmente en la futilidad de su propia vida y sus esfuerzos.

—Demelza —dijo.

—¿Qué?

—A las once baja la marea —dijo Ross— y sale la luna. ¿Te gustaría que fuéramos remando hasta Sawle, y contempláramos cómo echan la red?

Los ojos de la joven se iluminaron.

—¡Ross, eso sería maravilloso!

—¿Llevamos a Jud para que nos ayude a remar? —Esto lo decía para burlarse.

—No, no, vamos solos, ¡nosotros solos! Tú y yo, Ross. —Demelza casi brincaba delante de la silla de su esposo—. Yo remaré. Soy tan fuerte como Jud. Iremos solos.

Ross rio.

—Cualquiera diría que te invité a un baile. ¿Crees que remando puedo llevarte tan lejos?

—¿Cuándo salimos?

—Dentro de una hora.

—Bien, bien, bien. Prepararé comida, y brandy, no sea que haga frío y… una alfombra para mí, y un canasto para traer pescado. —Salió corriendo de la habitación.

Poco después de las nueve salieron hacia la caleta de Nampara. Era una noche tibia y serena, y la luna en cuarto creciente ya estaba alta. En la caleta retiraron el botecito de la cueva donde lo guardaban, y lo arrastraron sobre la arena pálida y firme hasta el borde del mar. Demelza subió, y Ross empujó el bote atravesando la línea de olas rumorosas que venían a morir en la playa, y saltó al interior de la embarcación apenas esta comenzó a flotar.

El mar estaba muy calmado esa noche, y la liviana embarcación mantenía un buen equilibrio mientras avanzaba hacia el mar abierto. Demelza manejaba el timón, y observaba a Ross y miraba alrededor, y pasaba una mano sobre la borda para sentir el agua deslizarse entre los dedos. Llevaba un pañuelo escarlata sobre los cabellos, y una abrigada chaqueta de piel que había pertenecido a Ross cuando era jovencito, y que ahora se ajustaba bien a las medidas de la joven.

Rodearon los altos y sombríos arrecifes entre la caleta de Nampara y la bahía de Sawle, y las rocas salientes se perfilaban nítidas contra el cielo iluminado por la luna. El agua rompía y se deslizaba en la base de las rocas. Dejaron atrás dos caletas que eran inaccesibles excepto con un bote, porque estaban rodeadas por empinadas paredes de roca. Para Ross todo eso era tan conocido como la forma de su propia mano, pero Demelza nunca lo había visto. Antes, solo una vez había salido en bote. Pasaron frente al Peñón de la Reina, donde muchos buenos barcos habían llegado a su fin, y después rodearon un promontorio, y entraron en la bahía de Sawle y encontraron a los primeros pescadores.

Los hombres ya habían tirado la red. Era una malla fina y fuerte de gran longitud, provista de corchos sobre el lado

superior y plomo en el inferior, a cierta distancia del promontorio, y a casi un kilómetro de la costa. Con esta gran
red, las traínas habían encerrado aproximadamente una hectárea de agua, y esperaban que a muchos peces. Por supuesto,
siempre existía la posibilidad de que el hombre encaramado
en el arrecife, el único que podía ver los movimientos del
cardumen, los hubiese dirigido mal, o que una irregularidad
del lecho marino impidiera que la red cayese bien y dejase
espacio para la fuga de los peces. Pero si se exceptuaban tales
accidentes, todo permitía esperar una buena captura. Y aunque con buen tiempo y usando anclotes podía mantenerse la
red en posición durante diez días o una quincena, nadie tenía
la menor intención de depender del buen tiempo un minuto
más del necesario.

Esa noche había luna.

A medida que se aproximaba la marea baja, el bote llamado
seguidor, que llevaba la red de recogida, entró arrimando cau-
telosamente en el área cerrada, señalada por los corchos que
sostenían la gran red de contención. A fuerza de remos el bote
entró en el área, mientras se bajaba la red de recogida y se
la aseguraba en distintos puntos. Hecho esto, los hombres comenzaron a levantar de nuevo la segunda red.

En ese momento crucial, Ross y Demelza se acercaron a la
escena. No eran los únicos espectadores. Todo lo que flotaba y
todos los seres humanos que podían ocupar los botes habían
venido desde Sawle para mirar. Y los que no tenían embarcación o estaban demasiado enfermos, permanecían en la playa,
y lanzaban gritos aconsejando o alentando. Se habían encendido luces y linternas en los *cottages* de Sawle, y a lo largo
de la barra de piedras, y subiendo y bajando sobre las aguas
blanco azuladas de la caleta. La luna iluminaba la escena con
un resplandor irreal.

Las gaviotas marinas aleteaban y gritaban a baja altura.
Nadie prestó mucha atención a los recién llegados. Uno o dos

les dirigieron un saludo amistoso. La llegada de Ross a la escena no los inquietó, como podría haber sido el caso si se hubiera tratado de otro miembro de la clase alta.

A fuerza de remos acercó el bote al lugar en que el jefe de los pescadores estaba de pie en su embarcación, impartiendo breves órdenes a los hombres que ya se encontraban en el interior del círculo, manipulando la red. Cuando fue evidente que la red pesaba mucho, se hizo un breve silencio. Pocos instantes después se sabría si la pesca era buena o mala, si habían capturado una parte considerable del cardumen o si eran peces demasiado pequeños que no podrían salarse y exportarse, o si por obra de la mala suerte habían atrapado un cardumen de sardinetas, como les había ocurrido un par de años atrás. Del resultado que se revelaría pocos minutos después dependía la prosperidad de la mitad de la aldea.

Ahora, el único ruido era el burbujeo y el chasquido del agua que golpeaba cincuenta quillas y el profundo coro de «¡Yoy…jo! ¡Yoy…jo!», el coro de los hombres que forzaban sus músculos para levantar la red.

La red subió poco a poco. El jefe de los pescadores había olvidado sus órdenes y consejos, y estaba allí, de pie, mordiéndose los dedos y mirando las aguas que aún cubrían la red de recogida, en busca del primer signo de vida.

No tardó en llegar. Primero uno de los espectadores dijo algo, y después otro profirió una exclamación. Y después, un murmullo se difundió por los botes, y se convirtió en lo que era más un grito de alivio que de alegría.

El agua había comenzado a hervir, como si hubiera sido una sartén gigantesca; hervía, se movía y agitaba, y de pronto se abrió y desapareció, y se convirtió en una masa de peces. Era la repetición del milagro de Galilea a la luz de la luna de Cornualles. Ya no había agua: solo peces, grandes como arenques, amontonados por millares, saltando, retorciéndose, resplandeciendo, luchando y tratando de escapar.

La red subía y se inclinaba, y los grandes botes se ladeaban mientras los hombres se esforzaban por sostener el peso. La gente hablaba y gritaba, y se oían chasquidos de los remos, y el clamor excitado de los pescadores; comparado con esto, el ruido anterior nada significaba.

Ahora habían asegurado la segunda red y los pescadores ya estaban hundiendo sus canastos y retirándolos llenos de peces, y dejándolos en el fondo del bote. Se hubiera dicho que todos tenían conciencia de la prisa que era necesaria para aprovechar bien la buena suerte. Era como si una tormenta estuviera esperando detrás de la cima del arrecife más próximo. Se acercaron dos grandes embarcaciones de fondo plano, parecidas a chalanas, y los hombres inclinados sobre la borda comenzaron a trabajar furiosamente para llenarlas. Otros botes algo más pequeños rodearon rápidamente la red para participar también en la captura.

A veces, la luz de la luna parecía convertir los peces en pilas de monedas, y Ross tuvo la sensación de que semejaban sesenta u ochenta pigmeos sub humanos de rostros oscuros hundiendo las manos en un inagotable saco de plata.

Pronto los hombres se encontraron hundidos hasta los tobillos en sardinas, y después hasta las rodillas. Los botes se apartaron del grupo y enfilaron buscando ansiosamente la playa; la borda sobresalía apenas unos centímetros sobre el agua quieta. En la playa la actividad no era menor; había linternas por doquier, y el pescado se volcaba en carretillas, despachadas inmediatamente a los depósitos de salazón, donde se inspeccionaba y seleccionaba. Entretanto, los pescadores continuaron trabajando sobre la red, en medio de los peces relucientes que brincaban.

En el otro extremo de la bahía estaban extrayendo otra captura, un poco menor que la primera. Ross y Demelza comieron sus pasteles y bebieron un trago de brandy del mismo recipiente, y comentaron en voz baja lo que veían.

—¿Volvemos a casa? —dijo Ross.

—Esperemos un poco —propuso Demelza—. La noche es tan tibia. Me encanta estar aquí.

Ross hundió suavemente los remos y enfiló la proa del bote contra el suave vaivén del mar. Se habían apartado de la flotilla de embarcaciones, y a él le agradaba contemplar la escena desde cierta distancia.

Sorprendido, advirtió que se sentía feliz. Feliz no solo por la felicidad de Demelza, sino por la suya propia. No atinaba a determinar por qué. Simplemente, así lo sentía.

Esperaron y miraron hasta que la red quedó casi vacía, y los pescadores se disponían a bajarla otra vez. Después, quisieron ver si la segunda recogida era tan importante como la primera. Cada vez que pensaban alejarse, algún hecho nuevo los retenía. El tiempo transcurrió sin que lo advirtieran, mientras la luna en su curso descendente se acercaba a la línea de la costa, y formaba una raya de plata sobre el agua.

363

Finalmente, Ross impulsó lentamente los remos y el bote comenzó a desplazarse. Cuando pasaba cerca del grupo, Pally Rogers los reconoció y gritó:

—¡Buenas noches! —Otros se detuvieron, empapados en sudor por el esfuerzo, y también gritaron.

—Buena pesca, ¿eh, Pally? —dijo Ross.

—Hermosa. Creo que es más de un cuarto de millón de peces, y aún no hemos terminado.

—Me alegro mucho. El próximo invierno lo pasarán mejor.

—Buenas noches, señor.

—Buenas noches.

Continuaron alejándose, y a medida que aumentaba la distancia se atenuaban los sonidos de las voces y la actividad humana, y se reducían a un espacio más pequeño, convirtiéndose en un murmullo confinado en medio de la gran noche. Remaron en dirección al mar abierto, y a los ásperos riscos y las rocas negras y chorreantes.

—Esta noche todos se sienten felices —dijo Ross, medio para sí mismo.

El rostro de Demelza resplandeció junto al timón.

—Simpatizan contigo —dijo en voz baja—. Todos simpatizan contigo.

Él emitió un gruñido.

—Tontita.

—No, es verdad. Lo sé, porque soy una de ellos. Tú y tu padre erais distintos de los demás. Pero sobre todo tú. Eres… eres… —vaciló—. Eres mitad caballero y mitad uno de ellos. Y como trataste de ayudar a Jim Carter, y diste comida a la gente…

—Y me casé contigo.

Pasaron a la sombra de los arrecifes.

—No, eso no —dijo Demelza serenamente—. Quizás eso no les gusta. Pero igual simpatizan contigo.

—Tienes sueño, y por eso dices tonterías —dijo Ross—. Tápate la cabeza y descansa hasta que lleguemos a la playa.

Ella no lo obedeció, y en cambio continuó mirando la línea oscura, donde terminaba la sombra de la tierra y comenzaba el centelleo del agua. Hubiera preferido estar allí. La sombra se había alargado mucho después que iniciaron el paseo, y ella habría preferido hacer un amplio rodeo para mantenerse al amparo de la luz propicia de la luna. Volvió los ojos hacia la oscuridad profunda de una de las caletas desiertas frente a las cuales pasaban. Nadie visitaba jamás esos lugares. Eran recintos desolados y fríos. Demelza imaginaba que allí vivían seres malignos, los espíritus de los muertos, las cosas que salían del mar. Se estremeció y movió la cabeza.

Ross dijo:

—Bebe otro trago de brandy.

—No. —Movió la cabeza—. No, no es frío, Ross.

Pocos minutos después entraron en la caleta de Nampara. El bote surcó el último espejo de agua y tocó la arena. Ross desembarcó, y cuando ella se disponía a seguirlo, él la tomó de la cintura y la llevó a tierra firme. La besó antes de bajarla.

Después de arrastrar el bote hasta la caverna, y de esconder los remos donde los vagabundos no pudieran hallarlos, se reunió con Demelza que lo esperaba a pocos metros de la orilla. Durante un rato, ninguno de los dos hizo el menor movimiento, los ojos fijos en la luna que estaba ocultándose. Cuando la luna se acercó al agua, comenzó a deformarse y decolorarse como una naranja demasiado madura comprimida entre el cielo y el mar. La espada de plata recostada sobre el mar se desdibujó y encogió, hasta que desapareció, y solo quedó la imagen de costumbre, manchada y oscura, hundiéndose en la bruma.

Después, sin palabras, se volvieron y caminaron entre la arena y las piedras, cruzaron el arroyo por el vado y tomados de la mano salvaron el kilómetro escaso que los separaba de la casa.

Ella estaba muy silenciosa. Él jamás se había comportado como esa noche. Siempre que la había besado, lo había hecho movido por la pasión. Pero esto era distinto. Sabía que esa noche su intimidad con ella era más estrecha que nunca. Por primera vez estaban en el mismo plano. No eran Ross Poldark, caballero rural de Nampara, y su doncella, con quien se había casado porque eso era mejor que vivir solo. Eran un hombre y una mujer, y no los separaba ninguna desigualdad. Ella tenía más edad que sus años y él menos; y ahora volvían a casa, tomados de la mano, atravesando las sombras oblicuas de la reciente oscuridad.

Soy feliz, volvió a pensar Ross. Algo me ocurre, algo nos ocurre y transforma nuestro mezquino y pequeño asunto amoroso. Hay que conservar esta situación, hay que aferrarla. No retroceder a lo antiguo.

En el camino de regreso, el único sonido fue el burbujeo de las aguas del arroyo al lado del sendero que ellos recorrían. La casa los acogió cálidamente. Las polillas volaban en dirección a las estrellas, y los árboles se mantenían silenciosos y sombríos.

365

La puerta principal crujió cuando la cerraron, y subieron la escalera en actitud de conspiradores. Cuando llegaron al dormitorio los dos reían de buena gana ante la idea absurda de que podían despertar a Jud y a Prudie con tan discretos ruidos. Ella encendió las velas y cerró las ventanas para evitar la entrada de las mariposas, se quitó la gruesa chaqueta y se soltó los cabellos. Oh, sí, esa noche se la veía hermosa. Ross la abrazó, el rostro todavía infantil a causa de la alegría, y ella le sonrió a su vez, la boca y los dientes relucientes y húmedos a la luz de las velas. Entonces, se desvaneció la sonrisa de Ross, y él la besó.

—Ross —dijo ella—. Querido Ross.

—Te amo —dijo él—, y quiero servirte. Demelza, mírame. Si antes te hice mal, déjame compensarte.

Así, él comprobó que lo que hasta cierto punto había despreciado no era despreciable, que lo que había sido en su caso la satisfacción de un apetito, una aventura grata pero vulgar en el marco de la decepción, implicaba extrañas y esquivas profundidades que no había conocido antes, y en su esencia traía el conocimiento de la belleza.

366

3

*E*l septiembre de ese año se vio ensombrecido por la muerte de Charles. El anciano había resistido, dolorido y quejoso, durante todo el verano, y el médico lo había desahuciado media docena de veces. Y un día, perversamente, se derrumbó un momento después de que Choake hubiera presentado su informe más favorable del año; y murió antes de que fuera posible llamar nuevamente al doctor.

Ross asistió al funeral, pero ni Elizabeth ni Verity lo hicieron, porque ambas estaban enfermas. El funeral fue muy concurrido, pues asistieron habitantes de la aldea, gente de las minas y caballeros locales; en efecto, se consideraba a Charles la personalidad más importante del distrito, y quienes lo habían conocido le habían cobrado simpatía en general.

El primo William-Alfred dirigió el servicio, y afectado él mismo por el duelo, predicó un sermón que, según la opinión general, tuvo notable calidad. Su tema fue «Un hombre de Dios». «¿Qué significaba esa frase? Quería decir que se fortalecían los atributos que tanto habían distinguido al propio Cristo: la verdad y la honestidad, la pureza de corazón, la humildad, la gracia y el amor. ¿Cuántos de nosotros poseemos tales cualidades? ¿Podemos examinar nuestro corazón y ver en él las cualidades necesarias que caracterizan a los hombres y a las mujeres de Dios? En tiempos como este, en que llora-

367

mos la desaparición de un hombre grande y bueno, es oportuno el examen de conciencia y la consagración renovada. Puede afirmarse que la pérdida de nuestro querido amigo Charles Poldark es la desaparición de un hombre de Dios. Siempre fue un individuo recto; nunca habló mal de nadie. De él uno solo podía esperar bondad y la cortesía de un auténtico caballero que no conocía el mal ni lo suponía en otros. La guía serena y generosa de un hombre cuya existencia fue ejemplo para todos».

Después que William-Alfred habló en este estilo durante unos cinco minutos, Ross oyó un sollozo en el escaño próximo, y vio que la señora Henshawe se frotaba sin recato la nariz. También el capitán Henshawe abría y cerraba nerviosamente los ojos azules, y otros sollozaban discretamente. Sí, era un «hermoso» sermón, que apelaba a los sentimientos e invocaba imágenes de grandeza y paz. Sin embargo, se refería al anciano decente, pero mordaz y vulgar que él conocía, ¿o el tema se había extraviado en la historia de algún santo de antaño? ¿O tal vez estaban enterrando a dos hombres que respondían al mismo apellido? Quizás uno se había mostrado como era a Ross, y en cambio el otro se había reservado para los ojos de hombres muy sagaces como William-Alfred. Ross trató de recordar a Charles antes de su enfermedad. Charles, enamorado de las peleas de gallos, con su robusto apetito, su perpetua flatulencia y la pasión por el gin, sus ocasionales generosidades, sus mezquindades, sus defectos y sus virtudes, semejante en esto a la mayoría de los hombres. Alguien había cometido un error. En fin, era una ocasión especial… Pero sin duda el propio Charles se habría divertido. ¿O quizás habría derramado una lágrima, lo mismo que el público, en memoria del hombre que había fallecido?

William-Alfred estaba llegando al fin de su discurso.

—Amigos míos, quizá no estemos a la altura del ejemplo que se levanta ante nuestros ojos. Pero en la casa del Padre hay muchas mansiones, y habrá lugar para todos los que creen. La igualdad de la vida y la igualdad de oportunidades no son cosa de este mundo. Benditos sean los humildes y los mansos, porque verán a Dios. Y Él en Su infinita sabiduría a todos nos juzgará. Benditos sean los pobres, porque entrarán en el cielo gracias a su pobreza. Benditos sean los ricos, porque entrarán en el cielo gracias a su caridad. Así, en el más allá habrá un notable concurso de personas, todas atendidas según sus diversas necesidades, todas recompensadas según sus virtudes, y todas sumidas en el único y sublime privilegio de loar y glorificar a Dios. Amén.

Se oyó un rasgueado de cuerdas cuando los tres músicos agrupados en los peldaños del altar se prepararon a tocar; los miembros del coro se aclararon la garganta, y el hijo despertó al señor Treneglos.

Ross aceptó la invitación de volver a Trenwith, con la esperanza de ver a Verity, pero ni ella ni Elizabeth bajaron. Permaneció allí el tiempo indispensable para beber un par de vasos de vino de Canarias, y después se disculpó con Francis y caminó hacia su casa.

Lamentaba no haber regresado directamente. En presencia de Ross, la actitud de algunos asistentes a la ceremonia trasuntaba cierto incómodo retraimiento. Pese a lo que él mismo había pensado cuando se casó, no estaba preparado para afrontar la situación, y se sentía tentado de reírse de sí mismo y de ellos.

Ruth Treneglos, de soltera Teague; la señora Teague. La señora Chynoweth. Polly Choake. Verdaderas aves de gallinero, con sus pretenciosas distinciones sociales y su hipócrita código ético. Incluso William-Alfred y su esposa se habían mostrado un tanto reservados. Sin duda, el matrimonio de Ross les parecía más bien el mero reconocimiento de la verdad de un antiguo escándalo. Era evidente que en su estilo bien intencionado William-Alfred tomaba muy en serio a la «familia».

Joshua había acertado al decir que era su conciencia. Sin duda le agradaba que lo consultaran.

El viejo Warleggan se había mostrado muy distante, pero eso era muy comprensible. El episodio del tribunal aún estaba fresco. Y quizá también la negativa de Ross a poner en sus manos los aspectos financieros de la mina. George Warleggan prestaba mucha atención a sus modales, y nunca revelaba sus sentimientos.

Pues bien. Toda la desaprobación de esa gente le importaba un rábano. Que se cocieran en su propia salsa. Cuando se aproximaba a su propiedad, la irritación de Ross comenzó a disiparse ante la perspectiva de volver a ver a Demelza…

II

370   Pero sufrió una desilusión, porque cuando llegó a su casa descubrió que Demelza había ido a los *cottages* Mellin, con el fin de llevar algunos alimentos a Jinny y entregarle una chaquetita que había confeccionado para su bebé de pocas semanas. También Benjamin Ross había tenido dificultades con sus dientes, y el mes anterior había sufrido una convulsión.

Ross había visto poco antes a su ahijado de dos años y medio, y le había impresionado la coincidencia de que el cuchillo de Reuben hubiera dejado en el rostro del niño una cicatriz bastante parecida a la que él tenía. Se preguntó si ese rasgo atraería la atención cuando el niño creciese.

Decidió caminar hasta Mellin, con la esperanza de encontrarse con Demelza, que regresaba.

Se encontró con su esposa a unos doscientos metros de los *cottages*. Como siempre, era un placer especial ver que se le iluminaba el rostro; y la joven se acercó corriendo y brincando.

—¡Ross! Qué bien. No esperaba que volvieses tan pronto.

—No fue muy divertido —dijo, tomándola del brazo—. Estoy seguro de que Charles se hubiera aburrido.

—¡*Sssh!* —Movió la cabeza, en actitud de reproche—. Trae mala suerte bromear acerca de esas cosas. ¿Quiénes estaban? Cuéntame.

Ross le contó los detalles, fingiendo impaciencia, aunque en realidad le agradaba el interés de Demelza.

—Y eso fue todo. Gente sumamente gris. Mi esposa debía estar allí para mejorar las cosas.

—¿Elizabeth… no fue? —preguntó Demelza.

—No. Ni Verity. Las dos están enfermas. Supongo que a causa del duelo. Francis debió ocuparse de hacer los honores. ¿Y tus inválidos?

—¿Mis inválidos?

—Jinny y el bebé.

—Oh, están bien. Una linda nena. Jinny está bien, pero se la ve muy decaída. No presta atención, y extraña al pobre Jim.

—¿Y el pequeño Benjy Ross y sus dientes? ¿Qué le pasa? ¿Acaso le crecen en las orejas?

—Querido, está mucho mejor. Llevé un poco de aceite de valeriana y le dije a Jinny… le dije a Jinny… ¿cómo se dice?

—¿Le diste instrucciones?

—No…

—¿Le recetaste?

—Sí. Le receté como si hubiera sido farmacéutica. Tantas gotas, tantas veces por día. Y Jinny abría los ojos azules y decía sí, señora y no, señora, como si yo hubiera sido realmente una dama.

—Lo eres —dijo Ross.

Ella le apretó el brazo.

—En fin, lo soy. Suelo olvidarlo. Pero no importa a quien ames, Ross, eres capaz de convertirla en una dama.

—Tonterías —dijo Ross—. La culpa es solo tuya. ¿Tuvieron noticias de Jim este mes?

371

—No, este mes no. Ya sabes lo que dijeron el mes pasado.

—Que estaba bien, sí. Por mi parte, lo dudo; pero santo y bueno si eso los tranquiliza.

—¿Crees que puedes pedir a alguien que vaya a verlo?

—Ya lo hice. Pero todavía no hay noticias. Es cierto que Bodmin es lo mejor dentro de lo malo; y que eso nos sirva de consuelo.

—Ross, estuve pensando…

—¿Qué?

—Me dijiste que debía emplear a alguien que ayudase en la casa, de modo que yo tuviera más tiempo. Bien, pensé llamar a Jinny Carter.

—¿Y tendremos a tres niños ocupando toda la casa?

—No, no. La señora Zacky podría cuidar de Benjy y Mary; jugarían con sus propios chicos. Jinny podría traer a la pequeña, y sentarla en un cajón al sol todo el día. No sería molestia.

372

—¿Qué dice Jinny?

—No le pregunté. Primero quería saber qué pensabas.

—Querida, arreglarlo entre vosotras. No me opongo.

Llegaron a la cima de la colina, junto a la Wheal Grace, y Demelza se apartó de Ross para recoger algunas moras. Se metió dos en la boca, y ofreció a su esposo un puñado. Con gesto distraído él tomó una.

—Yo también estuve pensando. Este año tienen buen sabor. Sí, yo también estuve pensando. Ahora que Charles ha muerto, Verity tiene que descansar. Me gustaría mucho invitarla una semana o dos, para que se recupere después del esfuerzo de atender a su padre.

Bajaron la ladera de la colina. Ross esperó que ella hablase, pero Demelza no lo hizo. La miró. Su rostro había perdido la vivacidad, y parte del color.

—¿Bien?

—No vendrá…

—¿Por qué lo dices?

—Toda tu familia… me odia.

—Mi familia no te odia. No te conoce. Quizá lo desaprueban. Pero Verity es distinta.

—¿Cómo puede serlo si pertenece a la familia?

—Pues bien, lo es. No la conoces.

Guardaron silencio durante el resto del camino. En la puerta se separaron, pero Ross sabía que la discusión no había terminado. Ahora conocía a Demelza lo suficiente para tener la certeza de que lo único que la satisfacía era una solución clara. Y en efecto, cuando él salió con el propósito de ir a la mina, Demelza corrió detrás.

—Ross.

Él interrumpió la marcha.

—¿Bien?

—Ellos creen… tu familia cree que fue una locura de tu parte casarte conmigo. No eches a perder este primer verano invitando a uno de ellos. Hace un momento me dijiste que era una dama. Pero no lo soy. Todavía no. No sé hablar bien, no como bien, y siempre me ensucio la ropa, y cuando estoy enojada tengo un lenguaje muy feo. Quizás aprenderé. Si tú me enseñas, yo aprenderé. Lo intentaré con todas mis fuerzas. Quizás el año próximo.

—Verity no es así —dijo Ross—. Ve más lejos que los demás. Ella y yo nos parecemos mucho.

—Oh, sí —dijo Demelza casi llorando—. Pero es una mujer. Tú crees que soy agradable porque eres un hombre. No es que sospeche de ella. Pero verá todos mis defectos, y te hablará de ellos, y nunca volverás a pensar como antes.

—Acompáñame hasta allí —dijo Ross serenamente.

Ella lo miró a los ojos, tratando de interpretar su expresión. Después de un momento comenzó a caminar al lado de Ross, y ambos subieron por el campo. En el portón, Ross se detuvo y apoyó los brazos en el listón de madera.

—Antes de conocerte —dijo—, cuando volví de América, todo me parecía muy sombrío. Ya conoces la causa, yo abrigaba la esperanza de casarme con Elizabeth, y al regresar descubrí que ella tenía otros planes. Ese invierno Verity fue la única que me salvó de… Bien, fui un estúpido en tomármelo tan a pecho, en realidad, nada justifica una actitud semejante; pero en ese momento yo no podía evitarlo y Verity vino y me ayudó a salir del paso. Vino tres y cuatro veces por semana, durante todo ese invierno. Jamás podré olvidarlo. Me permitió seguir adelante y es difícil pagar eso. Desde hace tres años la he descuidado de un modo vergonzoso, y quizá cuando ella más me necesitaba. Ha preferido encerrarse en su casa, y no dejarse ver; y yo no he sentido la misma necesidad de verla; Charles estaba enfermo, y ella consideró que su principal obligación era atenderlo. Pero ahora ya no es lo mismo, porque Charles ha muerto. Francis me dice que Verity está realmente enferma. Necesita salir de esa casa y cambiar de ambiente. Lo menos que puedo hacer es invitarla.

Con expresión hosca, Demelza aplastó bajo su pie la mata seca de tallos de cebada.

—¿Pero qué necesidad tiene de ti? Si está enferma, necesita un médico, y eso es todo. La cuidarán mejor en… en Trenwith.

—¿Recuerdas cuando viniste a esta casa? Solía visitarnos un hombre, el capitán Blamey.

Ella lo miró con ojos cuyas pupilas se habían oscurecido.

—No.

—Verity y él estaban enamorados. Pero Charles y Francis descubrieron que ese hombre se había casado antes; y se opusieron firmemente a que se uniera con Verity. Prohibieron la comunicación entre él y Verity, de modo que se reunían secretamente en mi casa. Un día, Charles y Francis los descubrieron aquí, y hubo una violenta pelea, y el capitán Blamey volvió a su casa en Falmouth, y desde entonces Verity no lo ha visto.

—Oh —dijo Demelza hoscamente.

—Como comprenderás, su enfermedad le afecta el espíritu. Es posible que esté enferma también en otros sentidos, pero ¿puedo negarle la ayuda que ella me brindó? Es posible que todo consista en lograr un cambio de ambiente, y en arrancarla de la tristeza. Tú podrías ayudarla mucho, si lo intentaras.

—¿Yo podría?

—En efecto. Tiene tan escaso interés en la vida, y el tuyo es tan profundo. Tú alientas la más profunda alegría de vivir, y ella nada tiene. Querida, tenemos que ayudarla. Y para lograrlo deseo que me ayudes con buena voluntad, sin refunfuños.

Frente al portón, ella apoyó su mano sobre la de Ross.

—A veces —dijo—, me irrito, y entonces soy mala y mezquina. Claro que lo haré, Ross. Lo que tú digas.

4

Cada noche Demelza rezaba porque Verity no viniese.

Cuando llegó la respuesta y se enteró de que su prima política había aceptado la invitación y esperaba hallarse bastante repuesta el siguiente fin de semana, el corazón le dio un vuelco y se le subió a la garganta. Trató de ocultar su pánico a los ojos de Ross y aceptar las divertidas expresiones de confortamiento que él le prodigaba. Durante el resto de la semana sus temores se expresaron en un frenesí de limpieza y arreglos domésticos, de modo que ni una habitación fue descuidada; y todas las mañanas, cuando veía a su ama, Prudie elevaba al cielo sus ásperas quejas.

Pero por mucho que trabajase no podía evitar que se aproximara el sábado, y con él la llegada de Verity. Solo podía desear que la tía Agatha tuviese un ataque, o que ella misma enfermase de sarampión exactamente un día antes.

Verity llegó poco después de mediodía, asistida por Bartle, que transportaba dos valijas atadas a la espalda.

Ross, que no veía a su prima desde hacía varios meses, se sintió impresionado por el cambio. Se le habían hundido las mejillas, y había desaparecido del todo su saludable bronceado. Se hubiera dicho que tenía cuarenta años y no veintinueve. Sus ojos ya no mostraban el brillo de la vitalidad y la inteligencia aguda. Solo conservaba la voz, y los cabellos rebeldes.

Las rodillas de Demelza, flojas durante toda la mañana, ahora tenían la rigidez y la inmovilidad de sus labios. Permaneció de pie en la puerta con su sencillo vestido rosado, tratando de no parecer una vara tiesa, mientras Ross ayudaba a desmontar a su prima y la besaba.

—¡Ross, cuánto me alegro de volver a verte! Te agradezco la invitación. ¡Qué buen aspecto tienes! La vida te favorece. —Se volvió y sonrió a Demelza—. Hubiera querido asistir a tu boda, querida. Fue una de mis mayores desilusiones.

Demelza ofreció su mejilla fría al beso de Verity, y se apartó para ver a la visitante y a Ross entrar en la casa. Después de unos instantes los siguió al interior de la sala. Ahora no es mi habitación, pensó; ya no es mía y de Ross, alguien nos la ha quitado. En medio de nuestro feliz verano.

Verity estaba quitándose la capa. Demelza advirtió interesada que su vestido era muy simple. No era una mujer bella, como Elizabeth, sino bastante vieja y fea. Y tenía una boca parecida a la de Ross, y a veces el tono de su voz.

—… al final —decía Verity—, no creo que a mi padre le importase tanto. Estaba muy cansado. —Suspiró—. Si no hubiera fallecido de un modo tan repentino, te habríamos llamado. Oh, sí, eso ya terminó, ahora lo único que deseo es descansar. —Sonrió levemente—. Me temo que no seré una invitada muy divertida, pero nada deseo menos que molestaros. Vivid como de costumbre, y dejad que yo me adapte. Es mi mayor deseo.

Demelza se devanó los sesos buscando las frases que había preparado durante la mañana. Se restregó las manos y logró decir:

—¿Querrá beber algo ahora, después de montar?

—Me recomendaron beber leche por la mañana, y cerveza negra por la noche. ¡Y odio las dos cosas! Pero ya bebí mi leche antes de salir, de modo que gracias, no deseo nada.

377

—No es propio de ti estar enferma —dijo Ross—. ¿Qué tienes, además de la fatiga? ¿Qué dice Choake?

—Un mes me sangra, y al siguiente me dice que padezco anemia. Después, me receta brebajes que me enferman, y vomitivos que no producen efecto. Dudo de que sepa más que las viejas de la feria.

—Cierta vez conocí a una vieja que... —comenzó a decir Demelza impulsivamente, y luego se interrumpió.

Los dos esperaron a que ella continuase.

—No importa —dijo Demelza—. Iré a ver si la habitación está lista.

Demelza se preguntó si la debilidad de la excusa era tan evidente para Ross y Verity como para ella misma. Pero por lo menos no formularon objeciones, de modo que, agradecida, escapó y entró en el antiguo dormitorio de Joshua, destinado ahora a Verity. Allí, retiró el cubrecama y se volvió y examinó las dos valijas, como si hubiera querido penetrar el contenido. Se preguntaba cómo lograría pasar la semana siguiente.

II

Toda esa tarde y el día siguiente se estableció entre ellos una situación de tirantez, como una niebla otoñal que ocultaba las señales familiares. Demelza tenía la culpa, pero no podía evitarlo. Se había convertido en una intrusa: dos se acompañaban, pero tres eran una multitud. Ross y Verity tenían mucho que decirse, y él estaba con su prima más de lo que hubiera sido prudente. Siempre que Demelza entraba en la sala, Verity y Ross interrumpían su conversación. No era que guardasen secretos, sino que el tema estaba fuera de la esfera de conocimientos de Demelza, y prolongar la charla hubiera equivalido a ignorarla.

En las comidas siempre era difícil hallar un tema que incluyese a Demelza. Muchas cosas no podían interesarle; las actividades de Elizabeth y Francis, los progresos de Geoffrey Charles, las noticias de amigos comunes de quienes Demelza jamás había oído hablar. Ruth Treneglos florecía en su papel de castellana de Mingoose. La señora Chynoweth, la madre de Elizabeth, sufría molestias en los ojos y los médicos aconsejaban una operación. Uno de los hijos pequeños del primo William-Alfred había muerto de sarampión. El nuevo libro de Henry Fielding hacía furor. Estos y muchos otros temas constituían gratos tópicos de conversación entre Verity y Ross, pero nada significaban para Demelza.

Verity, que era tan susceptible como cualquiera, hubiera deseado excusarse y partir al tercer día, si hubiese tenido la certeza de que la rigidez de Demelza era resultado del desagrado o los celos. Pero Verity creía que el asunto tenía otro origen, y odiaba la idea de alejarse, sabiendo que quizá jamás nunca regresara. Le desagradaba igualmente el pensamiento de que estaba interponiéndose entre Ross y su joven esposa; pero si se marchaba ahora, su nombre quedaría definitivamente unido a esta visita, y nunca volvería a mencionársela entre ellos. Lamentaba haber venido.

De modo que insistió en quedarse, confiando en que las cosas mejorarían, aunque sin saber cómo lograrlo.

Su primera iniciativa fue permanecer acostada por la mañana, y levantarse solo cuando tenía la certeza de que Ross había salido de la casa; entonces, se encontraba accidentalmente con Demelza y conversaba con la joven o la ayudaba a terminar las tareas que ella estaba realizando. Si quería resolver el problema, tendría que hacerlo con Demelza mientras Ross estuviese fuera de la casa. Abrigaba la esperanza de que ella y Demelza acabarían siendo amigas aunque nada se dijeran. Pero después de dos o tres mañanas descubrió que su propia actitud de desembarazo comenzaba a ser muy evidente.

379

Demelza trataba de mostrarse amable, pero pensaba y hablaba bajo la protección de un escudo. Los intentos destinados a tranquilizar ese sentimiento de inferioridad fácilmente podían interpretarse como actitudes protectoras.

El jueves por la mañana Demelza había salido desde el alba. Verity desayunó en la cama y se levantó a las once. Era un día hermoso pero nublado, y en la sala ardía un pequeño fuego, que como de costumbre merecía los favores de *Tabitha Bethia*. Verity se acomodó en el taburete, y se estremeció y comenzó a remover los leños para conseguir que ardieran. Se sentía vieja y cansada, y el espejo de su habitación revelaba un débil matiz amarillento en su piel. A decir verdad, no era que le importase si parecía o no vieja... Pero siempre estaba tan absorta, tan agobiada de dolores, que a lo sumo podía hacer la mitad del trabajo que era habitual en ella un año antes. Se acomodó mejor en el taburete. La cosa más agradable del mundo era permanecer sentada, como hacía ahora, la cabeza apoyada en el tapizado de terciopelo, y sentir en los pies el calor del fuego, y no tener nada que hacer y nadie en quien pensar...

Después de dormir toda la noche, y de estar despierta a lo sumo tres horas, volvió a adormecerse, uno de los pies enfundados en las pantuflas extendido hacia el fuego, una mano colgando sobre el brazo de madera del asiento, y *Tabitha* enroscada junto a sus pies, ronroneando suavemente.

Demelza entró con una brazada de hojas de haya y botones de rosas silvestres.

Verity se enderezó en el asiento.

—Oh, disculpa —dijo Demelza, disponiéndose a salir otra vez.

—Entra —dijo Verity, confundida—. No tiene sentido que duerma a esta hora. Por favor, háblame y ayúdame a despertar.

Demelza sonrió reservadamente, y depositó en una silla la brazada de flores.

—¿No sientes la corriente de aire de esta ventana? Debiste cerrarla.

—No, no, por favor. No creo que el aire del mar me perjudique. Déjala.

Demelza cerró la ventana y se pasó la mano por los cabellos desarreglados.

—Ross nunca me lo perdonaría si te resfriases. Estas malvas están muertas, todas las flores están mustias; las enterraré. —Levantó el vaso y lo retiró de la habitación, y cuando regresó lo traía lleno de agua fresca. Comenzó a disponer las hojas de haya. Verity la miraba.

—Siempre te gustaron las flores, ¿verdad? Recuerdo que Ross me lo dijo cierta vez.

Demelza la miró.

—¿Cuándo te lo dijo?

Verity sonrió.

—Hace años. Poco después de que llegaste. Admiré las flores que había aquí, y me dijo que tú las traías frescas todos los días.

Demelza se sonrojó levemente.

—De todos modos, hay que tener cuidado —dijo con voz neutra—. No todas las flores permiten que las pongan en un cuarto. Algunas parecen bonitas, pero huelen mal cuando uno las arranca. —Aseguró las ramas de algunos botones de rosa. Las hojas de haya comenzaban a mostrar un delicado amarillo, y armonizaban con el amarillo, anaranjado y rojo de los botones—. Las recogí fuera de nuestras tierras. Me metí en la propiedad de los Bodrugan. —Retrocedió un paso para apreciar el efecto—. A veces las flores no van bien unas con otras, y por mucho que uno haga para convencerlas no quieren compartir el mismo vaso.

Verity se movió en su asiento. Debía afrontar el riesgo de un ataque frontal.

—Querida, tengo que agradecerte lo que hiciste por Ross.

381

El cuerpo de Demelza cobró cierta rigidez, como un alambre que recibe el primer estirón.

—Más bien puede hablarse de lo que él hizo por mí.

—Sí, quizás estás en lo cierto —convino Verity, y ahora su voz trasuntaba algo de su antiguo espíritu—. Sé que él te educó… y todo eso. Pero tú lograste… que se enamorase de ti, y eso… cambió toda su vida…

Las miradas de las dos mujeres se encontraron. La de Demelza mostraba una expresión defensiva y hostil, pero también desconcertada. Le pareció que las palabras de Verity escondían cierto antagonismo, pero no podía determinar en qué consistía exactamente.

—No sé a qué te refieres.

Era una situación definitiva entre ellas.

—Debes saber —dijo Verity— que cuando regresó estaba enamorado de Elizabeth… mi cuñada.

—Lo sé. No necesitas decírmelo. Lo sé tan bien como tú. —Demelza se volvió para salir de la habitación.

Verity se puso de pie. Había que afrontar la situación.

—Quizá me expresé mal desde que vine aquí. Quiero que comprendas… desde el día en que volvió… desde el día en que Ross regresó y descubrió que Elizabeth estaba comprometida con mi hermano, temía que él lo… que él no afrontase la situación como lo hubiera hecho un hombre común. En nuestra familia somos un tanto extraños. Generalmente no aceptamos compromisos con la vida. Después de todo, si una parte de uno… si te arrancan una parte de ti misma, el resto poco importa. El resto nada significa… —Recobró la voz y después de un momento continuó—: Temí que malgastase su vida, que nunca hallara una felicidad real, de modo que… Siempre tuvimos una relación más estrecha que la que suele existir entre dos primos. Ya ves, yo lo quiero mucho.

Demelza la miraba. Verity continuó:

—Cuando supe que se había casado contigo pensé que era

un arreglo conveniente. Algo que podía consolarlo. E incluso eso me alegró. Incluso una relación así es mucho mejor que una vida que se agota y se pierde. Me consoló pensar que tendría compañía, alguien que le diese hijos y envejeciera con él. A decir verdad, el resto no importaba tanto.

Volvió a interrumpirse, y Demelza quiso hablar, pero cambió de idea. Una flor de malva muerta yacía entre ellas, sobre el suelo.

—Pero desde que llegué —dijo Verity—, vi que de ningún modo es un mal arreglo. Es algo real. Y eso es lo que te agradezco. Eres tan afortunada. No sé cómo lo hiciste. Y él es tan afortunado. Perdió lo que era más importante en su vida… y volvió a encontrarlo en otra persona. Eso es todo lo que importa. Lo principal es que alguien nos ame y… amarlo. La gente que no lo consiguió, o no lo tuvo, no cree lo que ahora te digo, pero es la verdad. Mientras la vida no afecte eso, estás a salvo del resto…

De nuevo su voz se había debilitado y Verity se interrumpió para recuperar fuerzas.

—No vine aquí para odiarte —dijo—. Ni para adoptar una actitud protectora. Ross ha cambiado mucho, y todo es obra tuya. ¿Crees que me importa de dónde viniste, o cuál es tu familia, o si sabes hacer reverencias? Eso es todo.

Demelza había vuelto los ojos hacia las flores.

—Yo… a menudo he querido saber cómo se hacen reverencias —dijo en voz baja—. A menudo he querido saberlo. Desearía que me lo enseñaras… Verity.

Verity se recostó en el asiento, terriblemente fatigada a causa del esfuerzo que le había costado hablar. Al borde de las lágrimas, se miró las pantuflas.

—Querida, tampoco yo sé mucho de eso —replicó, insegura.

—Iré a buscar más flores —dijo Demelza, y huyó de la habitación.

383

III

Ross había pasado la mayor parte del día en la mina, y cuando volvió a comer a casa, a las cinco de la tarde, Demelza había ido a Sawle con Prudie, para comprar mechas y velas, y un poco de pescado para la cena del día siguiente. Regresó tarde porque había estado mirando otra captura de sardinas, de modo que Ross y Verity cenaron solos. Ninguno de los dos aludió a Demelza. Verity dijo que Francis aún iba tres o cuatro noches por semana a Truro, para jugar whist y faro. La cosa ya era bastante desagradable durante los meses de invierno, pero en verano parecía inadmisible.

—Creo —dijo Verity— que somos una familia peculiar. Francis tiene casi todo lo que desea, y ahora se comporta como si no pudiese sentar cabeza, y corre a las mesas de juego y se endeuda cada vez más. Ross, ¿qué tenemos que nos hace tan intratables…?

—Querida, nos calumnias. Ocurre que, como la mayoría de las familias, no podemos ser felices todos al mismo tiempo.

—Se muestra inquieto e irritable —se quejó Verity—. Mucho más que yo. No tolera interferencias con sus deseos, y se irrita rápidamente. Hace apenas una semana él y la tía Agatha se insultaron a gritos durante la cena, y la señora Tabb escuchaba con la boca abierta.

—¿Y venció la tía Agatha?

—Oh, sin la menor duda. Pero qué mal ejemplo para los criados.

—¿Y Elizabeth?

—A veces consigue convencerlo, y otras no. Creo que no se llevan muy bien. Quizá no debiera decirlo, pero es mi impresión.

—¿Cuál es la causa?

384

—No sé. Ella quiere mucho a su hijo, y él también. Sin embargo… Dicen que los niños aseguran el matrimonio. Pero me parece que ellos no se llevan tan bien desde que nació Geoffrey Charles.

—¿Hay otro en camino? —preguntó Ross.

—Todavía no. Elizabeth estuvo enferma todos estos meses.

Durante un tiempo los dos callaron.

—Ross, estuve revisando la vieja biblioteca. En el rincón que quedó sin ordenar, hay cosas que pueden servirte. Además, ¿por qué no sacas la espineta de tu madre? Quedaría muy bien en ese rincón, y mejoraría el aspecto de la sala.

—Está muy deteriorada, y aquí nadie la usa.

—Sería posible arreglarla. Y Prudie me dice que Demelza siempre practica. Además, puedes tener hijos.

Ross la miró a los ojos.

—Sí. Es posible.

Demelza llegó a las siete, entusiasmada con la nueva captura que había visto.

—La marea llevó el cardumen hacia la costa, y la gente se metió en el agua hasta las rodillas, y con los cubos recogía las sardinas. Después los peces se acercaron todavía más, y saltaban sobre la arena. No es una cosecha tan grande como la última; de todos modos, lamento que no haya luna, porque habríamos podido ir a mirarlos otra vez.

Ross pensó que al fin se la veía menos tensa, y el cambio le satisfizo. Durante los últimos días se había sentido muy incómodo, y dos veces había estado al borde de decirles algo; pero ahora se alegraba de no haber hablado. Si se arreglaban, como dos gatas metidas en un canasto, sin interferencia externa, quizá todo resultaría bien.

Se proponía formular una pregunta a Demelza, pero olvidó hacerlo hasta que ya estuvieron acostados; y entonces le pareció que Demelza dormía. Decidió recordarlo al día siguiente, y ya estaba adormeciéndose cuando la joven se volvió en el lecho y se sentó. Comprendió inmediatamente que ella no había estado durmiendo.

—Ross —dijo Demelza en voz baja—, háblame de Verity, ¿quieres? De Verity y el capitán… ¿cómo se llama? ¿Qué ocurrió? ¿Se pelearon? ¿Y por qué ellos… los separaron?

—Ya te lo dije —dijo Ross—. Francis y Charles desaprobaban la unión. Vamos niña, duérmete.

—No, no. Por favor, Ross. Quiero saber. Estuve pensando. Nunca me explicaste qué ocurrió realmente.

Ross extendió un brazo y estrechó a Demelza contra su propio cuerpo.

—No tiene importancia. Creí que mi familia no te interesaba.

—Ahora sí. Esto es distinto. Cuéntame.

Ross suspiró y bostezó.

—No me agrada satisfacer tus caprichos a esta hora de la noche. Eres más inconsecuente que la mayoría de las mujeres. Querida, ocurrió así: Francis conoció al capitán Blamey en Truro, y lo invitó a la boda de Elizabeth. Allí, él conoció a Verity y los dos simpatizaron…

No le agradaba evocar el lamentable asunto. Estaba muerto y enterrado, en ese episodio nadie hacía buen papel, y ahora que volvía a relatarlo evocaba recuerdos de todo el infortunio, la irritación y la autocrítica de aquel momento. Después, nunca se había mencionado el asunto: ese estúpido duelo, cumplido sin recaudos apropiados en el calor de una reyerta vulgar… la reunión a la cual debía asistir, en casa de Ruth Teague… Una cosa se encadenaba con otra; y todo ese período de infortunio y malentendido. En verdad, su propio matrimonio lo había separado del pasado, y parecía haberle suministrado un punto de partida nuevo y distinto.

—… y así terminó todo —dijo—. El capitán Blamey se marchó, y después nada supimos de él.

Hubo un silencio prolongado y Ross pensó que tal vez

ella se había dormido durante el relato. Pero entonces Demelza se movió.

—Oh, Ross, qué vergüenza para ti... —Las últimas palabras fueron dichas en voz baja y quebrada.

—¿Qué? —dijo él sorprendido—. ¿Qué quieres decir?

Ella se apartó del brazo de Ross, y se sentó bruscamente en la cama.

—Ross, ¿cómo pudiste hacer eso?

—Déjate de adivinanzas —dijo él—. ¿Sueñas o tienes conciencia de lo que dices?

—Permitiste que se separaran así. Que Verity regresara a Trenwith. Eso seguramente le destrozó el corazón.

Ross comenzó a irritarse.

—¿Crees que el asunto me agradó? Sabes lo que siento por Verity. No me complació en absoluto ver que su asunto fracasaba, exactamente como el mío.

—No, ¡pero debiste impedirlo! Tenías que apoyarla, en lugar de unirte a ellos.

—¡No apoyé a nadie! No sabes lo que dices. Duérmete.

—Quedarte neutral era apoyar a Charles y Francis. ¿No lo comprendes? Debiste interrumpir el duelo y hacerles frente, en lugar de permitir que lo destruyeran todo. Si hubieras ayudado a Verity ellos no se habrían separado y...

—Sin duda —dijo Ross—, el asunto te parece muy sencillo. Pero como no conoces a los protagonistas, y no estuviste allí, puedes suponer que tu juicio está equivocado. El sarcasmo de Ross era algo que ella aún no podía soportar. Buscó la mano de su esposo, la encontró y la apoyó contra su propia mejilla.

—Ross, no te burles de mí. Quiero saberlo todo. Y si tú miras el asunto como un hombre, yo lo juzgo como una mujer. Esa es la diferencia. Sé lo que Verity sintió. Sé lo que debió sentir. Amar a alguien y ser amada. Y luego, quedar sola...

Después de un instante de inmovilidad, la mano de Ross comenzó a acariciar lentamente el rostro de Demelza.

387

—¿No te dije que eras la mujer más inconsecuente? Pues todavía me quedé corto. Cuando sugiero que Verity nos visite, casi te echas a llorar. Y todos estos días, desde que ella vino, estabas tiesa como un palo. Y ahora, eliges esta ocasión absurda para tomar partido por Verity en una disputa muy antigua, y darme un sermón acerca de mis defectos.

¡Duérmete antes de que te retuerza las orejas!

Demelza apretó contra su boca la mano de Ross.

—No me pegaste nunca cuando lo merecía, de modo que no tengo motivos para temer ahora que no lo merezco.

—Esa es la diferencia entre tratar con un hombre y hacerlo con una mujer.

—Pero un hombre —dijo Demelza—, aunque sea bueno, a veces es cruel sin saberlo.

—Y una mujer —dijo Ross, obligándola a acostarse—, nunca sabe cuando tiene que dejar un tema.

388   Demelza permaneció inmóvil contra el cuerpo de Ross; había pensado una réplica, pero prefirió callarla.

5

*E*sa noche, el vaso de flores de avellano recién cortadas que había en su dormitorio, indicó a Verity que con sus nerviosas manifestaciones de la mañana había conseguido al fin superar las defensas de Demelza. Pero cuando formulaba ese juicio en realidad estaba subestimando a Demelza. Quizá la joven carecía de sutileza, pero si adoptaba una decisión lo hacía sin ningún género de renuencia. Tampoco carecía de valor para confesar sus propios errores.

De pronto, Verity se encontró muy solicitada. Nada más se dijo, pero en el curso de un solo día la rigidez se convirtió en amistad. Ross, que desconocía las causas, observaba y cavilaba. En lugar de ser la principal tortura del día, las comidas se convirtieron en un torneo de conversación. Desapareció del todo la necesidad de hallar temas. Si Verity o Ross hablaban de algo que Demelza desconocía, la joven inmediatamente los acribillaba a preguntas, y ellos le respondían. Si se mencionaba algún asunto muy local, sin que nadie lo preguntase Demelza se lo explicaba a Verity. Asimismo, había más alegría que la que Nampara había conocido durante muchos años; a veces, parecía no tanto consecuencia del sesgo de la conversación, como resultado de un alivio compartido por todos. Reían de la coronilla calva de Jud y sus ojos de bulldog inyectados en sangre; de la nariz enrojecida y las chinelas de Prudie; del pelaje sarnoso de *Tabitha Bethia*; y de la torpe amistad del enorme *Garrick*. Se reían unos de otros, también unos con otros, y a veces sin ningún motivo.

Durante el día, generalmente cuando Ross no estaba, Demelza y Verity cambiaban ideas acerca de las mejoras que podían introducirse en la casa, o revisaban la biblioteca y los cuartos clausurados buscando retazos de damasco o pana para decorar o volver a tapizar algunos muebles. Al principio, Verity había tratado de evitar cualquier amenaza a tan reciente amistad, y así se había abstenido de ofrecer sugerencias; pero cuando comprobó que Demelza las requería, se adaptó al espíritu de la causa. Al principio de la segunda semana Ross regresó a la casa y descubrió que la espineta estaba de nuevo en el rincón que ocupaba cuando su madre vivía, y que las dos mujeres estaban muy atareadas tratando de repararla. Verity alzó los ojos, con un débil matiz rosado en las mejillas hundidas, y apartándose del ojo un mechón de cabello explicó sin aliento que bajo las cuerdas habían encontrado un nido de ratones.

390

—Nos dio demasiada pena matarlos, de modo que los metí en un cubo y Demelza los llevó al terreno que está del otro lado del arroyo.

—Como los que uno encuentra bajo el arado —dijo Demelza, que apareció detrás, aún más desgreñada—. Animalitos de la pradera. Peludos, rosados y flacos, y demasiado pequeños para correr.

—De modo que protegeis a las alimañas —dijo Ross—. ¿Quién trajo aquí esta espineta?

—Nosotras —dijo Verity—. Demelza cargó casi todo el peso.

—Qué bobas —dijo Ross—. ¿Por qué no llamaron a Jud y Cobbledick?

—Oh, Jud —dijo Demelza—. No es tan fuerte como nosotras, ¿verdad, Verity?

—No tan fuerte como tú —dijo Verity—. Ross, tu mujer es muy voluntariosa.

—Pierdes el tiempo diciéndome lo que me sé de memoria —replicó él, pero se alejó satisfecho. Verity tenía mucho mejor aspecto que una semana antes. Ahora, Demelza hacía todo lo que él deseaba. Era lo que había estado esperando durante mucho tiempo.

II

Esa noche Ross despertó poco antes del alba, y encontró a Demelza sentada en la cama. Fue uno de los pocos días lluviosos de un verano y un otoño espléndidos, y podía oírse la lluvia que salpicaba y repiqueteaba en las ventanas.

—¿Qué pasa? —preguntó, somnoliento—. ¿Ocurre algo?

—No puedo dormir —dijo ella—. Eso es todo.

—No te dormirás sentada en la cama. ¿Te duele algo?

—¿A mí? No. Estuve pensando.

—Una mala costumbre. Toma un poco de brandy y se te pasará.

—Ross, estuve pensando. Ross, ¿dónde está ahora el capitán Blamey? ¿Continúa viviendo en Falmouth?

—¿Cómo puedo saberlo? Hace tres años que no lo veo. ¿Por qué tienes que torturarme con esas preguntas en medio de la noche?

—Ross. —Se volvió ansiosamente hacia él en la semioscuridad—. Quiero que me hagas un favor. Que vayas a Falmouth y veas si aún vive allí y si todavía quiere a Verity…

Ross movió la cabeza asombrado.

—¿Y empezar de nuevo todo? ¿Obligarla a recordar todo el asunto, y cuando está empezando a olvidar? ¡Antes prefiero quemarme en el infierno!

—Ross, ella no ha olvidado nada. Está igual que antes. Lo

tiene en el fondo de su mente, como una herida que no se cura.

—No te entrometas en eso —le advirtió Ross—. No te concierne.

—Sí me concierne. He llegado a simpatizar con Verity…

—En tal caso, demuestra tu simpatía no interfiriendo. No sabes cuánto sufrimiento innecesario causarías.

—Pero Ross, no sería así si se unieran.

—¿Y qué me dices de las objeciones que frustraron antes esa unión? ¿Se han esfumado?

—Una de ellas sí.

—¿A qué te refieres?

—Al padre de Verity.

—¡Por Dios! —Ross aflojó el cuerpo sobre la almohada, y trató de no echarse a reír ante el descaro de Demelza—. Veo que no se te ocurrió que no me refería a las personas que se opusieron.

392 —¿Qué él bebe? Ya sé que es malo. Pero dijiste que ya no bebía.

—Momentáneamente. Sin duda, ha vuelto a hacerlo. Y en ese caso yo no lo culparía.

—Entonces, ¿por qué no vas a verlo? Por favor, Ross. Para complacerme.

—Para complacer a nadie —dijo él irritado—. Verity sería la última persona que desearía eso. Es mejor que esos dos vivan separados. ¿Cómo me sentiría si se unieran por mis buenos oficios y él la tratase como trató a su primera esposa?

—No lo hará, si la ama. Y Verity aún lo quiere. Yo no dejaría de quererte si hubieses asesinado a alguien.

—¿Qué? A decir verdad, maté a varios. Y sin duda eran hombres tan buenos como yo. Pero no maté a una mujer mientras estaba borracho.

—No me importaría que lo hubieses hecho, con tal de que me amaras. Y Verity aceptará el riesgo, como lo habría hecho hace tres años si la gente no se hubiera entrometido. Ross, no puedo soportar, no puedo ver que sea tan desgraciada en el fondo de su corazón, si podemos hacer algo para ayudarla. Tú querías ayudarla. Mira, podemos averiguar sin decirle una palabra. Y después veríamos qué conviene hacer.

—De una vez por todas —dijo Ross con voz fatigada—, no quiero tener nada que ver con la idea. No se pueden correr riesgos con la vida de la gente. Y quiero demasiado a Verity para obligarla a revivir lo que pasó hace un tiempo.

Demelza respiró hondo en la oscuridad, y durante algunos momentos ninguno de los dos habló.

—No es posible —dijo ella— que quieras mucho a Verity si temes ir a Falmouth, nada más que para preguntar.

La cólera lo dominó.

—¡Mira que eres una mocosa ignorante! Seguiremos discutiendo así hasta el amanecer. ¿No es posible que de una vez por todas me dejes en paz? —La tomó por los hombros y la acostó sobre la almohada. Ella dejó escapar una exclamación y permaneció inmóvil.

393

Se hizo el silencio. Los cuarterones goteantes de las ventanas eran apenas visibles. Después de un rato, intranquilo ante el silencio de Demelza, Ross se volvió y le miró la cara en la semipenumbra. Estaba pálida, y se mordía el labio inferior.

—¿Qué pasa? —preguntó él—. ¿Qué ocurre ahora?

—Creo —dijo ella— que después de todo... me duele un poco.

Él se sentó en la cama.

—¿Por qué no me lo dijiste? En lugar de estar ahí sentada y charlando. ¿Dónde tienes el dolor?

—Ahí... adentro. No lo sé muy bien. Me siento un poco extraña. Pero no tienes que alarmarte.

Ross bajó de la cama y buscó una botella de brandy. Después de un momento regresó con un vasito.

—Bebe esto. Bébelo todo. Por lo menos te calentará.

—Ross, no tengo frío —dijo ella puntillosamente. Se estremeció—. *Uff*, es más fuerte que el que acostumbro a beber. Creo que estaría mejor mezclado con agua.

—Hablas demasiado —dijo Ross—. Así, es natural que te duela. Seguramente fue por mover esa espineta. —Comenzó a alarmarse—. ¿No tienes sesos en la cabeza?

—En ese momento no sentí nada.

—Pues sentirás algo de mí si me entero que volviste a tocar ese artefacto. ¿Dónde te duele? Déjame ver.

—No, Ross. Te digo que no es nada. Ahí no, ahí no. Más arriba. Déjame. Vuelve a la cama y tratemos de dormir.

—Pronto será hora de levantarse —dijo él, pero acató la sugerencia de su mujer. Permanecieron inmóviles un momento, contemplando el lento aumento de la claridad en el cuarto. Después, ella se acercó a Ross.

—¿Estás mejor? —preguntó él.

—Sí, estoy mejor. El brandy me calentó el cuerpo. Tal vez si bebo un poco más podré emborracharme y comenzaré a torturarte.

—Eso no sería novedad. Tal vez comiste algo que te hizo daño. Nosotros mismos hemos curado el jamón y el…

—Tal vez, después de todo, fue la espineta. Pero ahora me siento bastante bien, y tengo sueño…

—Antes de dormirte oirás lo que quiero decirte. No pretendo que te molestes para satisfacción de nadie. Pero la próxima vez que tengas uno de tus caprichos y desees meterte en una aventura, recuerda que tu marido es un hombre egoísta, y que debes considerar su felicidad como parte de la tuya propia.

—Sí —dijo ella—. Lo recordaré Ross.

—Prometes muy a la ligera. Lo olvidarás. ¿Me estás escuchando?

—Sí, Ross.

—Bien, yo también te prometeré algo. La otra noche hablamos del castigo. Por amor a ti, y por mi egoísmo personal, te prometo una buena paliza la próxima vez que cometas una tontería.

—Pero no volveré a hacerlo. Te dije que no lo haría.

—Bien, también vale mi promesa. Puede ser una seguridad más. —La besó.

Ella abrió los ojos oscuros.

—¿Quieres que me duerma?

—Por supuesto. Inmediatamente.

—Muy bien.

En la habitación reinó el silencio. La lluvia continuó tamborileando sobre el vidrio manchado.

III

Terminaron los quince días de Verity, y la convencieron de que se quedara una tercera semana. Parecía que al fin se había desembarazado de las obligaciones de Trenwith, y que en Nampara había encontrado el placer que el propio Ross le deseaba. Era evidente que su salud había mejorado. La señora Tabb tendría que arreglárselas sola otra semana. Y Trenwith podía irse al infierno.

Durante esa semana Ross estuvo dos días en Truro, para asistir a la primera subasta de cobre en la cual estaba representada la Wheal Leisure. El cobre que deseaban vender se había dividido en dos lotes, y ambos fueron adquiridos por un agente de la Compañía Fundidora de Cobre de Gales del Sur, a un precio total de setecientas diez guineas. Al día siguiente, ya en Nampara, Verity le dijo:

—Ross, a propósito de ese dinero… soy muy ignorante, pero me gustaría saber si te corresponde una parte. Si es así, ¿dispondrás de alguna suma? ¿Quizá diez o veinte guineas? Él la miró fijamente.

—¿Quizá deseas comprar billetes de lotería?

—Tu casa es una verdadera lotería —dijo Verity—. Desde que regresaste hiciste maravillas, con objetos de la biblioteca, retazos viejos de lienzo y cosas parecidas, pero fuera de estas cortinas veo muy pocas cosas que hayas comprado realmente.

Ross paseó la vista por la sala. Todo sugería una sordidez discretamente disimulada.

—No creas que estoy criticándote —dijo Verity—. Sé que anduviste muy escaso de dinero. Solo me preguntaba si podías destinar una pequeña suma para renovar algunas cosas. No despilfarraría el dinero.

La compañía cuprífera debía pagar la factura a fines de mes; después, se celebraría la reunión de los accionistas. Ross estaba seguro de que se dividirían las ganancias. Era la costumbre que prevalecía en ese tipo de empresas.

—Sí —dijo—. Personalmente no me interesan los objetos domésticos, pero quizá podamos ir a Truro antes de que vuelvas a Trenwith, y puedas aconsejarnos. Es decir, si estás bien de salud y puedes hacer el viaje.

Verity miró por la ventana.

—Ross, creo que Demelza y yo podríamos ir solas. No queremos que pierdas tiempo.

—¿Qué? ¿Ir a Truro sin que nadie os acompañe? —exclamó—. No tendría un momento de tranquilidad.

—Oh, Jud nos acompañaría hasta la ciudad, si estás dispuesto a privarte de sus servicios. Allí puede esperarnos en cualquier parte y regresar con nosotras.

Los dos callaron. Ross se acercó y permaneció de pie al lado de su prima, frente a la ventana. La lluvia de los últimos días había renovado el verdor del valle. Algunos árboles estaban cambiando de color, pero apenas había indicios de amarillo en los olmos.

—También en el jardín hay que renovar las plantas —dijo Ross—, a pesar de los esfuerzos de Demelza.

—Los jardines siempre sufren en otoño —dijo Verity—. Yo agregaría algunos agavanzos y balsamitas. Y te regalaré algunas plantas de ruda. Son muy bellas.

Ross dejó descansar la mano sobre el hombro de Verity.

—¿Cuánto quieres para gastar en tu expedición?

6

*A*sí, el primer miércoles de octubre Demelza y Verity cabalgaron hasta Truro para hacer algunas compras, escoltadas, o más bien seguidas —no por obediencia a las normas de la cortesía, sino porque la huella era demasiado estrecha y no permitía el paso simultáneo de tres jinetes—, por Jud, que parecía interesado pero al mismo tiempo molesto.

Le agradaba tener el día libre, pero se había ofendido un poco ante las amenazas de Ross, a propósito de lo que ocurriría si las dos damas regresaban y lo encontraban irremediablemente borracho. Opinaba que era absurdo e inútil amenazar la delicada piel de su espalda por un delito que no tenía la más mínima intención de cometer.

Era la cuarta vez que Demelza iba a Truro.

En su fuero interno se sentía muy excitada, pero cuando iniciaron el trayecto trató de mostrar un semblante sereno. Como solo disponía de sus ropas de trabajo, Verity tuvo que prestarle un vestido de montar gris, que le sentaba bastante bien. Sobre todo, la ayudaba a verse como una dama y a comportarse con la dignidad que correspondía a una persona de ese carácter. Cuando partieron, Demelza observaba a Verity, y trataba de imitar su apostura en la silla y la posición erguida de la espalda.

En la localidad era día de mercado de ganado y cuando entraron, un rebaño de novillos bloqueaba la estrecha calle, y Demelza tuvo dificultades para dominar a *Morena*, que sentía un profundo desagrado por el ganado vacuno. Jud estaba demasiado lejos y no podía prestar auxilio, pero Verity adelantó su caballo de modo que quedó frente al otro animal. La gente se detenía para mirar, pero poco después *Morena* se tranquilizó y pudieron pasar.

—Yegua tonta —dijo Demelza, sin aliento—. Uno de estos días me arrojará al camino. —Cruzaron el puente—. Oh, qué multitud; parece una feria. ¿Hacia dónde vamos?

Estaba próximo el día de la acuñación del estaño, y al fondo de la calle principal había grandes pilas de láminas de estaño, preparadas para recibir el cuño oficial. Cada uno de estos grandes bloques dejados a la intemperie pesaba hasta tres quintales, y las pilas brillaban oscuramente al sol. Había mucha gente alrededor; y al borde del albañal, multitud de mendigos; el mercado abierto en el centro de la localidad era una colmena activa; los hombres y las mujeres formaban grupos en la calle y comentaban la actividad del día.

—¿Dónde están los establos? —preguntó Demelza—. No podemos dejar los caballos aquí, entre esta gente.

—Al fondo —dijo Verity—. Jud los llevará. Jud, nos encontraremos contigo aquí, a las cuatro.

La lluvia intensa de los últimos días había afirmado el polvo, sin formar demasiado barro, de modo que no era desagradable caminar por la calle; y los angostos hilos de agua a los costados burbujeaban alegremente y se unían para formar corrientes más anchas. Verity se detuvo para gastar un chelín y seis peniques en una docena de naranjas, y después las dos mujeres doblaron por la calle Kenwyn, donde estaban las mejores tiendas. También allí había mucha gente, además de los tenderos y los buhoneros, aunque la multitud no era tan densa como alrededor de los mercados.

Verity se cruzó con algunas personas conocidas, pero con gran alivio de Demelza no se detuvo para conversar. Poco después, se abrían paso hacia una tienda pequeña y oscura, ocu-

399

pada casi hasta el cielorraso con muebles antiguos, alfombras, cuadros al óleo y objetos de bronce. De la semioscuridad surgió un hombrecillo con el rostro picado de viruela y una peluca rizada, que vino a recibir a sus clientas. Tenía uno de los ojos deformados por un accidente o una enfermedad, y ese rasgo le confería una extraña expresión de duplicidad, como si una parte de su persona se abstrajese del resto y se ocupase de cosas que el cliente no podía percibir. Demelza lo miró fascinada.

Verity preguntó por una mesita, y el hombre las condujo a un cuarto de la trastienda, donde se apilaban una serie de mesas nuevas y usadas. Verity pidió a Demelza que eligiese la que prefería, y después de bastante discusión se cerró el trato. Compraron otras cosas. El pequeño tendero corrió presurosamente al sótano en busca de un biombo indio especial que deseaba vender.

—¿Cuánto te dio para gastar? —preguntó Demelza en voz baja mientras esperaban.

—Cuarenta guineas. —Verity movió el bolso.

—Cuarenta… ¡uf! ¡Somos ricas! ¡Podemos… no olvides la alfombra!

—Aquí no. Si conseguimos una alfombra tejida en la localidad sabremos lo que compramos. —Verity volvió los ojos hacia un rincón oscuro—. No sé cómo llevan el tiempo en Nampara. Necesitan un reloj.

—Oh, nos guiamos por el sol y la luz del día. Eso jamás nos falla. Y Ross tiene el reloj de su padre… cuando le da cuerda.

El tendero reapareció.

—Ahí tiene dos relojes bastante lindos —dijo Verity—. Encienda otra vela, para que podamos verlos. ¿Cuánto cuestan?

II

En la calle, las dos jóvenes pestañearon un poco cuando salieron a la luz del sol. Era difícil decir cuál de ellas se sentía más feliz.

Verity dijo:

—Ahora, necesitas también ropa de cama, y cortinas para dos cuartos, y un poco de vajilla y copas.

—Elegí este reloj —dijo Demelza— porque era muy bonito. El tic tac es tan solemne como en el otro, pero cuando dio las horas me pareció precioso. Whirr-r-r-bong, bong, bong, como un viejo amigo que nos da los buenos días. Verity, ¿dónde venden ropa blanca?

Verity la miró pensativa un momento.

—Creo que antes —dijo— te compraremos un vestido. Estamos a pocos pasos de mi modista.

Demelza enarcó el ceño.

—Vestidos no son muebles.

—Son adornos. ¿Crees que la casa estaría bien adornada sin su ama?

—¿Está bien gastar su dinero sin consentimiento?

—Creo que podemos prescindir de su aprobación.

Demelza se pasó por los labios la punta de su lengua roja, pero no habló.

Habían llegado a una puerta y una ventana en arco de poco más de un metro de ancho, revestida de encaje.

—Es aquí —dijo Verity.

La muchacha más joven la miró insegura.

—¿Te encargarás de elegir?

Adentro estaba una mujercita regordeta, con lentes de marco de acero.

¡Caramba, señorita Poldark! Qué honor después de tanto tiempo. Creo que cinco años. No, no, quizá no tanto, pero pasó mucho tiempo. Verity se ruborizó levemente y mencionó la enfermedad de su padre. Sí, dijo la modista, había oído decir que el señor Poldark estaba gravemente enfermo. Confiaba en que… Oh, Dios mío, dijo la mujer, no se había enterado; ¡qué lamentable! Bien, de todos modos era agradable volver a ver a una antigua clienta.

401

—Hoy no he venido por mí, sino por mi prima, la señora Poldark, de Nampara. Llevada de mi consejo vino aquí para comprar un vestido o dos, y estoy segura de que usted la servirá con la misma atención que siempre me dispensó.

La modista parpadeó y sonrió a Demelza, después se ajustó los lentes e hizo una reverencia. Demelza resistió el impulso de responder del mismo modo.

—Mucho gusto —dijo.

—Desearíamos —dijo Verity— ver algunas telas nuevas, y después podemos conversar de un vestido sencillo, para el día, y un traje de montar parecido al que lleva ahora.

—Sí, ciertamente. Por favor, señora, tome asiento. Y usted también, señora. Aquí, la silla está limpia. Llamaré a mi hija.

Pasó el tiempo.

—Sí —dijo Verity—. Llevaremos cuatro yardas de linón para las camisas del traje de montar.

—¿A dos chelines y seis peniques la yarda, señora?

—No, a tres chelines y seis peniques. Después, necesitamos media yarda de muselina acordonada para los volados. Y un par de guantes negros. Dime, prima, ¿qué sombrero prefieres? ¿El que tiene pluma?

—Es demasiado caro —dijo Demelza.

—El que tiene pluma. Es elegante, y no muy ostentoso. Veamos un poco las medias…

Pasó el tiempo.

—Y para la tarde —dijo Verity— creo que estaría bien algo de acuerdo con este estilo. Es elegante, y no se atiene exageradamente a la moda. El miriñaque no debe ser muy grande. El vestido, me parece, de seda malva pálida, con la enagua delantera y el corpiño verde manzana con flores, un poco engolillado. Las mangas apenas encima del codo, y realzadas un poco con encaje color crema. Hum… por supuesto, una pañoleta blanca y un ramillete en el pecho.

—Sí, señorita Poldark, eso le quedará muy bien. ¿Y sombrero?

—Oh, no lo necesito —dijo Demelza.

—Llegará la ocasión en que lo necesitarás —dijo Verity—. Un pequeño sombrero negro de paja, quizá con un toque de escarlata. ¿Puede confeccionar algo en ese estilo?

—Oh, ciertamente. Es lo que yo misma hubiera sugerido. Mi hija comenzará a trabajar esta misma mañana. Gracias. Muy honradas por su visita, y confiamos en que continuarán favoreciéndonos. Buenos días, señorita. Buenos días, señora.

Habían estado en la tienda casi dos horas, y ambas tenían el rostro un tanto enrojecido, con una expresión culpable, como si se hubieran regalado con algún placer no del todo respetable.

El sol ya no iluminaba la estrecha calle, y arrancaba reflejos rojizos a las ventanas de un primer piso, en la vereda de enfrente. Había tanta gente como antes, y de una taberna cercana llegaba la canción de un borracho.

Verity parecía un tanto pensativa mientras ambas mujeres se abrían paso entre montones de basura, para cruzar la calle.

—Debemos darnos prisa si queremos terminar antes de las cuatro. No quisiera que de regreso nos sorprenda la noche. Tal vez convenga dejar por hoy las copas y la ropa blanca, y comprar directamente las alfombras.

Demelza la miró.

—¿Gastaste demasiado dinero en mí?

—No fue demasiado, querida… Y además, Ross jamás se enterará de que la ropa blanca no es nueva…

III

Hallaron a Jud gloriosamente borracho.

A pesar del alcohol recordaba parte de las amenazas de

Ross, de modo que no estaba tendido en la calle; pero dentro de esos límites había trabajado bien.

Un peón del establo lo había llevado hasta la posada del «León Rojo». Ahí esperaban atados los tres caballos, y Jud disputaba amigablemente con el hombre que le había ayudado a llegar allí.

Cuando vio acercarse a las damas hizo una profunda reverencia, en el estilo de un grande de España, sosteniéndose con una mano del poste que había frente a la entrada de la posada. Pero la reverencia fue extravagante, y se le cayó el sombrero, que comenzó a alejarse flotando sobre el agua que corría entre los adoquines. Jud profirió un juramento, inquietando a los caballos con el tono de su voz, y fue en busca de su sombrero; pero resbaló y cayó sentado en la calle. Un niño le devolvió el sombrero y recibió un sermón como premio a sus esfuerzos. El peón del establo ayudó a montar a las damas, y después acudió en auxilio de Jud.

404 Pero esta vez un grupo de gente se había reunido para verlos partir. El peón consiguió incorporar a Jud, y cubrió la tonsura y la línea de cabellos con el sombrero húmedo.

—Vamos, amigo, ajústeselo sobre la cabeza. Necesitará las dos manos para agarrarse del caballo, se lo aseguro.

Jud se quitó instantáneamente el sombrero, herido en lo vivo.

—Quizás usted cree —dijo—, porque he tenido la desgracia de un resbalón accidental en un poco de bosta de vaca, que por lo tanto soy tan incapaz como un bebé recién nacido, que es lo que usted cree, sin ninguna duda, piensa que estoy aquí para que me vistan y me desvistan, me pongan y me quiten el sombrero como un espantapájaros en un campo de patatas, porque tuve la desgracia de resbalar en una bosta de vaca. Sería mucho mejor que ustedes se arrodillasen a limpiar. No es justo dejar las calles frente a nuestra propia casa sucias con bosta de vaca. No es justo. No es limpio. No está bien. No es higiénico, no es bastante bueno.

—Vamos, vamos —decía el peón del establo.

—Frente a la puerta de la casa —dijo Jud a la gente—. Frente a su propia casa. Si cada uno de ustedes limpiase la calle frente a su propia puerta, no habría bosta de vaca. Maldita ciudad. Recuerden lo que dice el Libro Santo: «No cambiarás de lugar el mojón de tu vecino». Piensen en eso, amigos. «No cambiarás de lugar el mojón de tu vecino». Piénsenlo y aplíquenlo a las pobres bestias. Jamás…

—Lo ayudaré a montar su caballo, ¿quiere? —dijo el peón.

—En mi vida nadie se mostró tan ofensivo —dijo Jud—. Me ponen el sombrero en la cabeza como si yo fuera un bebé. ¡Y mojado! Mojado con toda la roña de la calle, y me chorrea sobre la cara. Es para morirse. Me chorrea por la cabeza: uno toma frío, y ¡pif! se muere. Amigos, limpien sus umbrales, eso es lo que siempre digo. Cuiden de ustedes mismos, y entonces nunca estarán en el lugar de esta miserable rata, que tiene que atacar a sus mejores clientes que se resbalan en una bosta de vaca, metiéndole un maldito sombrero mojado en la cabeza, mojado con la porquería que corre en el arroyo frente a su propia puerta, lo cual nunca debería ocurrir, nunca debería ocurrir, queridos amigos, recuérdenlo. —Ahora Jud tenía el brazo alrededor del cuello del peón.

—Vamos, iremos sin él —dijo Verity a Demelza, que se había llevado una mano a la boca, y sin poder evitarlo reía convulsivamente.

De la posada salió otro criado, y entre los dos consiguieron montar a Jud sobre el caballo.

—Pobre alma perdida —dijo Jud, mientras palmeaba la mejilla del peón—. Pobre alma perdida y errante. Mírenlo, amigos. ¿Acaso sabe que se ha perdido? ¿Sabe que irá al infierno? ¿Sabe que se le caerá la carne como la grasa de un ganso? ¿Y por qué? Yo les diré por qué. Porque vendió su alma al propio Belcebú. Lo mismo que todos ustedes. Lo mismo hicieron todos los que no atienden a lo que dice el Buen Libro. ¡Paganos! ¡Paganos!

405

No debes cambiar de lugar el mojón de tu vecino. No debes…

Aquí los dos hombres lo alzaron y lo depositaron sobre la montura. Después, el peón pasó del lado opuesto, y Jud se encontró sostenido firmemente por un hombre de cada lado. *Ramoth*, viejo y ciego, lo soportó todo sin hacer un solo movimiento. Después, metieron los pies de Jud en los estribos, y dieron una palmada a *Ramoth* para indicarle que echara a andar.

Mientras cruzaba el puente y todo el camino que llevaba a la polvorienta colina, fuera de la ciudad, Jud se mantuvo en la montura como si lo hubieran pegado con cola, y arengaba a los transeúntes, invitándolos a arrepentirse antes de que fuera demasiado tarde.

IV

406 Las jóvenes recorrieron muy lentamente sobre sus cabalgaduras el camino de regreso, sumergidas en un glorioso atardecer; a veces, algunos fragmentos de canciones o una elocuente maldición les indicaba que Jud aún no se había caído del caballo.

Al principio hablaron poco, pues cada una estaba absorta en sus propios pensamientos, y complacida por las emociones del día. Esa salida les había permitido entenderse mucho mejor.

Cuando el sol se puso detrás de St Ann's, el cielo entero se tiñó con vívidos colores rojizos y anaranjados. Las nubes que habían ascendido en el cielo reflejaban el resplandor, y cobraban formas extrañas y adquirían colores fantasmagóricos. Era como la promesa del Segundo Advenimiento, el mismo que en ese instante, a lo lejos, Jud predecía a grito pelado.

—Verity —dijo Demelza—. A propósito de esa ropa.

—¿Sí?

—Una libra, once chelines y seis peniques me parece horriblemente caro por un par de corsés.

—Son de buena calidad. Te durarán bastante.

—Nunca tuve un buen corsé. Temí que necesitaran desvestirme. Mi ropa interior es terrible.

—Te prestaré algo cuando vengas a probarte.

—¿Vendrás conmigo?

—Sí. Podemos encontrarnos en el camino.

—¿Por qué no te quedas en Nampara hasta ese día? Faltan solo dos semanas.

—Querida, me halaga mucho tu invitación, y te lo agradezco. Pero me necesitan en Trenwith. ¿No sería mejor que viniese a visitarte en primavera?

Continuaron la marcha en silencio.

—Y veintinueve chelines por ese sombrero de montar. Y esa linda seda para el vestido verde y púrpura. Creo que no debimos gastar en eso.

—Tu conciencia es muy puntillosa.

—Bien, hay otra razón. Debí decírtelo antes.

—¿Decirme qué?

Demelza vaciló.

—Que quizá mis medidas no serán mucho tiempo las mismas. De modo que no podré usar esa ropa, y será dinero malgastado.

Verity tardó un momento en comprender el significado de las palabras, porque Demelza había hablado con rapidez. Allí, el camino era angosto y desigual, y los caballos avanzaban en fila india. Cuando volvieron a aparearse Verity dijo:

—Querida, eso significa que…

—Sí.

—Oh, me alegro mucho por ti —Verity tropezaba con las palabras—. Debes sentirte muy feliz.

—Mira que no estoy completamente segura —dijo Demelza—. Pero soy regular como un reloj, y ciertas cosas se han interrumpido, y la noche del domingo pasado no pude dormir, y me sentía muy extraña. Y esta mañana sentía las mismas náuseas que *Garrick* cuando come lombrices.

Verity se echó a reír.

—Y te preocupas por unos pocos vestidos. Ross… Ross estará encantado.

—Oh, todavía no puedo decírselo. En ciertas cosas es un tanto particular. Si creyera que estoy enferma me obligaría a guardar cama todo el día, lo cual me parece muy tedioso.

La luz más intensa había desaparecido del cielo, y ahora las nubes exhibían una suerte de resplandor color ciruela. Todo el campo estaba impregnado de esa cálida luminosidad; pero las cabras que pastaban en los páramos, las gavillas que se habían cortado, las chozas de madera de las minas, los *cottages* de pizarra gris y adobe y los rostros de las jóvenes bajo los anchos sombreros también resplandecían, lo mismo que los hocicos de los caballos.

Había cesado la brisa, y la tarde estaba silenciosa, salvo el ruido que ellos mismos hacían al pasar. El chasquido de los dientes de los caballos sobre los frenos, el crujido de la montura de cuero, el golpeteo de los cascos. En el cielo comenzaba a dibujarse la luna en cuarto creciente, y Demelza la contemplaba. Verity se volvió y miró hacia atrás. Jud estaba como a medio kilómetro de distancia, y *Ramoth* se había detenido para mordisquear la hierba. Jud cantaba:

—Y ahora vamos a la casa de verano, a la casa de verano en mayo…

Llegaron a Bargus. Allí, en ese rincón cubierto de brezos oscuros y resecos se enterraba a los asesinos y los suicidas. La cuerda del patíbulo colgaba vacía, como lo había hecho durante meses; pero el lugar tenía un aire desolado, y ambas se alegraron de dejarlo atrás antes de que comenzara a oscurecer.

Ahora que estaban en terreno conocido, los caballos quisieron iniciar un trote, pero las jóvenes los contuvieron, no fuese que Jud quedara muy rezagado.

—Tengo un poco de miedo —dijo Demelza, hablando un poco para sí misma, pero en voz alta.

Verity la miró, y comprendió que no se refería a espectros ni salteadores.

—Querida, lo comprendo perfectamente. Pero, después de todo, eso pronto concluirá y…

—Oh, no me refiero a eso —dijo Demelza—. No temo por mí, sino por Ross. Mira, no hace mucho que le agrado. Y ahora me verá fea durante meses y meses. Quizá cuando me vea caminando por la casa, pesada como un pato viejo, olvide que alguna vez le agradé.

—No tienes nada que temer. Ross jamás olvida algo. Creo —Verity fijó los ojos en el cielo del atardecer—, creo que es una característica de nuestra familia.

Cabalgaron en silencio los últimos cinco kilómetros. La luna comenzaba a desaparecer. Pronto se ocultó, dejando en el cielo apenas un recuerdo espectral. Demelza observó a los pequeños murciélagos que planeaban y aleteaban cerca del camino.

Se sintieron reconfortadas cuando atravesaron el bosquecillo cercano a la Wheal Maiden y penetraron en su propio valle. A derecha e izquierda se levantaban las parvas recién armadas de su propia producción, dos de trigo y una de avena; iluminadas por el sol de la mañana, unas oro oscuro y otras oro pálido. Al fondo del valle, resplandecían las luces de Nampara.

Ross estaba en el umbral, esperando para ayudarlas a desmontar y darles la bienvenida.

—¿Dónde está Jud? —preguntó—. Acaso él…

—Ya viene —dijo Demelza—. Está muy cerca, se está lavando la cara en el arroyo.

409

7

*E*l otoño se prolongó, como satisfecho de su propia perfección. En noviembre no soplaron los fuertes vientos de costumbre, y las hojas de los altos olmos flotaron en las aguas del arroyo, amarillas, pardas y carmesí, hasta que llegó la Navidad. La vida en Nampara seguía su curso con la misma calma imperturbable. Los dos amantes tan distintos convivían, con armonía y buena voluntad, y trabajaban y dormían y comían, se amaban y reían y coincidían, creando así alrededor una fina concha de actividad que el mundo exterior no intentaba quebrar. La rutina de la vida en común era parte de su felicidad cotidiana.

410

Jinny Carter llegó a la casa trayendo consigo en un canasto a una niña de ojos azules y cabellos rojos. Trabajaba bien, sin hablar, y la niña no molestaba. Llegaban todas las mañanas a las siete, y a las siete de la tarde Jinny recogía su carga y retomaba el camino de Mellin. Había pocas noticias de Jim. Cierto día Jinny mostró a Ross un mensaje con faltas de ortografía que ella había recibido; escrito por un compañero de celda de Jim, le decía que él estaba bastante bien. Y le enviaba cariños. Ross sabía que Jinny vivía con su madre, y enviaba su sueldo a Jim con toda la frecuencia posible. Uno nunca sabía cuánto se embolsaba el carcelero; y se había necesitado todo el poder de persuasión de la señora Zacky, y su autoridad de madre para evitar que Jinny caminase los cuarenta kilómetros hasta Bodmin, durmiese entre los matorrales y regresara también a pie al día siguiente.

Ross proyectaba hacer ese viaje después de Navidad.

Demelza, aliviada de muchas tareas rutinarias pero siempre muy atareada, tenía más tiempo para tocar la espineta. Ahora podía arrancar al instrumento algunos sonidos agradables, y descubrió que también podía ejecutar ciertas melodías sencillas; y como las conocía bien, además podía cantarlas. Ross dijo que al año siguiente mandaría afinar la espineta y que ella debía recibir lecciones.

La casa de Nampara recibió una sorpresa el veintiuno de diciembre, pues el niño Bartle llegó con una nota de Francis, que invitaba a Ross y a Demelza a pasar la Navidad en Trenwith.

«Estaremos solos», escribía Francis; «es decir, los miembros de nuestra familia. El primo William-Alfred está en Oxford, y el señor y la señora Chynoweth están pasando la Navidad con su primo, el deán de Bodmin. Me parece lamentable que nuestras dos familias no reconozcan en esta celebración su verdadero parentesco. Además, Verity nos ha hablado mucho de tu esposa (nuestra nueva prima) y quisiéramos conocerla. Vengan en la tarde de la víspera de Navidad y quédense unos días».

Ross meditó acerca del mensaje antes de mostrárselo a Demelza. El tono de la nota era cordial, y no suscitaba la impresión de que se había escrito por incitación de otra persona, que podía ser Verity o Elizabeth. Ross no deseaba ensanchar la brecha que aún podía existir, y le parecía lamentable rechazar un gesto cordial y sincero, sobre todo si venía del hombre que había sido su amigo de la infancia.

Por supuesto, las conclusiones de Demelza eran distintas. Para ella, Elizabeth estaba detrás de todo el asunto; Elizabeth los había invitado para examinarla, para conocer a Demelza,

411

para ver cómo se había desarrollado en su condición de esposa de Ross, para poner a Ross en una atmósfera en la cual él comprendiera qué error había cometido casándose con una muchacha de clase baja, y para humillar a la propia Demelza con un despliegue de modales refinados.

Pero a esta altura de la situación Ross había comenzado a comprender que aceptar la invitación tenía ventajas reales. De ningún modo estaba avergonzado de Demelza. Los Poldark de Trenwith nunca se habían aferrado a las convenciones, y Demelza tenía un extraño encanto que no habría podido obtenerse ni siquiera con la más refinada educación que el mundo ofrecía. Como conocía mejor a Elizabeth, no creía que descendiese a un gesto tan trivial de hostilidad, y además, deseaba que ella viese que el propio Ross no se había contentado con una sustituta vulgar.

Pero todo esto no tranquilizaba a Demelza.

—No, Ross —movió la cabeza—. Puedes ir si lo crees necesario, pero yo no. No pertenezco a la misma clase que ellos. Estaré perfectamente en mi casa.

—Por supuesto —dijo Ross—, vamos ambos o ambos nos quedamos. Bartle está esperando, y debo darle un regalo de boda. Mientras subo a buscar dinero, decídete y trata de demostrar que eres una prima que conoce sus obligaciones.

Demelza adoptó una actitud de rebeldía.

—No quiero ser una prima que conoce sus obligaciones.

—En ese caso, una esposa que conoce sus obligaciones.

—Pero Ross, será terrible. Aquí soy la señora Poldark. Puedo dar cuerda al reloj cuando lo deseo, puedo hacerte bromas y tirarte del cabello y gritar y cantar si me agrada, y tocar la vieja espineta. Comparto tu cama, y por la mañana cuando despierto, respiro hondo y tengo grandes pensamientos. Pero allí… no todos son como Verity, tú mismo me lo dijiste. Me harán preguntas, y dirán «caramba, caramba», y me enviarán a comer con Bartle y su nueva esposa.

Ross la miró de reojo.

—¿Crees que son mucho mejores que tú?

—No, no dije eso.

—¿Crees que yo debería avergonzarme de ti?

Cuando discutían, Ross siempre usaba armas que ella no podía contrarrestar. Demelza veía y sentía, pero no atinaba a formular las razones que demostraban el error de Ross.

—Oh, Ross, son gente de tu propia clase —dijo—. Yo no lo soy.

—Tu madre te engendró igual que a ellos la suya —dijo Ross—. Reaccionamos del mismo modo, y tenemos los mismos apetitos y humores. Y ahora, mi humor me dice que debo llevarte a Trenwith esta Navidad. Hace apenas seis meses juraste solemnemente obedecerme. ¿Qué puedes decir a eso?

—Nada, Ross. Excepto que no quiero ir a Trenwith.

Él se echó a reír. Ahora las discusiones entre ellos generalmente terminaban en risas; era una característica grata que realzaba las relaciones de los dos esposos.

Ross se acercó a la mesa.

—Escribiré una nota breve agradeciéndoles y explicándoles que mañana les contestaremos.

Al día siguiente Demelza cedió de mala gana, como solía ocurrir en los asuntos importantes. Ross escribió diciendo que irían la víspera de Navidad, y que pasarían en Trenwith todo el día siguiente. Pero lamentablemente los trabajos de la mina lo obligaban a regresar en la tarde de la Navidad.

Habían aceptado la invitación, de modo que nadie podía sentirse ofendido, pero si la nota de Francis no era del todo sincera, Ross y Demelza no corrían el riesgo de prolongar demasiado su estancia. Demelza tendría oportunidad de reunirse con ellos en un plano de igualdad, pero no se prolongaría demasiado el esfuerzo de exhibir una conducta impecable.

Demelza había aceptado, porque si bien los argumentos de

Ross no la convencían, rara vez podía negarse a la insistencia de su marido. Pero hubiera preferido mucho más ponerse en manos del barbero de la mina y permitir que le extrajera seis muelas.

En realidad, no temía a Francis, ni a la anciana tía; Demelza siempre había sabido aprender con rapidez, y a lo largo de todo el otoño había ido afirmándose. El espantajo era Elizabeth. Elizabeth, Elizabeth, Elizabeth. La víspera de Navidad los pasos de Demelza y Ross repetían el nombre mientras cortaban camino a través de los campos que se extendían detrás de la casa, y seguían el sendero a lo largo del arrecife.

Demelza miraba de reojo a su marido, que caminaba junto a ella con su paso largo y desenvuelto, del cual había desaparecido hasta el último atisbo de cojera. A decir verdad, ella nunca lograba adivinar el pensamiento de Ross; sus reflexiones más profundas se disimulaban bajo ese rostro extraño e inquieto, con su pálida cicatriz en una mejilla, como la marca de una herida espiritual que hubiera sufrido. Ella sabía únicamente que ahora Ross era feliz, y que ella misma era la condición de su felicidad. Sabía que ambos eran felices juntos, pero ignoraba cuánto duraría ese estado de felicidad, y también intuía que frecuentar a la mujer que antaño él había amado tan profundamente era desafiar el destino.

Sobre todo, la sobrecogía el pensamiento de que tanto dependía de la conducta que ella mostrase los dos días siguientes.

Era un día luminoso, y un viento intenso y frío barría el campo. El mar aparecía liso y verde, y se oía el retumbo de la marejada. La línea larga y pareja de una ola avanzaba lentamente, y luego, cuando la rozaba la áspera brisa del sureste, su larga cresta comenzaba a encresparse como las plumas cortas de un ganso, y se agitaba más y más hasta que toda la línea se desplomaba y el sol de invierno formaba una docena de arco iris con la espuma que se dispersaba en el aire.

En el camino a la caleta de Sawle se vieron demorados

414

por *Garrick*, que estaba convencido de que Demelza no podía salir sin él, y también de que si insistía lo suficiente, el buen carácter de la joven la llevaría a compartir esa opinión. Cada pocos metros, una áspera voz de mando lo inducía a aplastar sobre el suelo su cuerpo grande y ancho, y allí permanecía en actitud de total y sumisa entrega, mientras un ojo inyectado en sangre, con gesto de reproche, demostraba que el animal aún tenía vida; pero pocos pasos más allá veían que se había incorporado y los seguía con paso tardo y desmañado. Felizmente encontraron a Mark Daniel, que regresaba por el mismo sendero. Mark Daniel no era hombre de soportar tonterías, y fue visto por última vez caminando en dirección a Nampara, y llevando de la oreja a *Garrick*.

Atravesaron la faja de arena y piedras de la caleta de Sawle, y se cruzaron con una o dos personas que afablemente les dieron los buenos días, y del otro lado subieron la colina de rocas. Antes de internarse tierra adentro se detuvieron a tomar aliento y a contemplar una bandada de plangas que se zambullían en busca de peces frente a la playa. Las plangas maniobraban más allá de la marejada, y las grandes alas blancas, con las puntas pardas, les permitían mantener el equilibrio a pesar de la fuerza del viento; después se zambullían en picado, desaparecían con un chasquido, y reaparecían a veces con un pececillo que se debatía en el largo pico curvo.

—Si yo fuera un pez —dijo Demelza—, odiaría la vista de una planga. Mira cómo pliegan las alas cuando se zambullen. Y cuando remontan vuelo y no consiguieron nada, qué aire inocente, como si no lo hubieran hecho en serio.

—Nos vendría bien que lloviese —dijo Ross, elevando los ojos al cielo—. Las plantas necesitan crecer.

—Ross, antes de morir me gustaría viajar en barco. Ir a Francia, a Cherburgo, a Madrid, y quizás a América. Supongo que en el mar hay toda clase de pájaros extraños, más grandes que las plangas. Dime, ¿por qué nunca hablas de América?

415

—El pasado a nadie sirve. Solo importan el presente y el futuro.

—Mi padre conoció a un hombre que había estado en América. Nunca hablaba de otra cosa. Creo que para él era casi un cuento de hadas.

—Francis fue afortunado —dijo Ross—. Pasó un verano entero viajando por Italia y el Continente. Yo creía que me gustaba viajar. Después llegó la guerra y fui a América. Cuando regresé, solo deseaba vivir en mi rincón de Inglaterra. Es extraño.

—Me gustaría ir un día a Francia.

—Podríamos visitar Roscoff o Cherburgo en una de las goletas de St Ann's. Lo hice cuando era niño.

—Preferiría un barco grande —dijo Demelza—. Y no temer a los hombres de la aduana.

Siguieron su camino.

416   Verity estaba en la puerta de la casa Trenwith, esperando para recibirlos. Se adelantó corriendo para besar a Ross, y luego a Demelza. Demelza la apretó fuertemente un momento, después respiró hondo y entró.

II

Los primeros minutos fueron difíciles para todos, pero el momento de prueba pasó. Felizmente, tanto Demelza como los habitantes de Trenwith mostraron una excelente conducta. Cuando estaba de humor, Francis tenía cierto encanto natural; y la tía Agatha, fortificada por un vaso de ron de Jamaica y tocada con una de sus mejores pelucas, se mostró afable y tierna. Elizabeth sonreía, y su rostro luminoso parecía más encantador gracias a un delicado sonrojo. Geoffrey Charles, de tres años, se acercó vacilante en su traje de terciopelo y permaneció de pie, el dedo en la boca, mirando a los desconocidos.

Al comienzo la tía Agatha suscitó algunas dificultades, pues negó que le hubieran hablado del matrimonio de Ross, y exigió una explicación concreta. Después, quiso conocer el nombre de soltera de Demelza.

—¿Qué? —dijo—. *¿Carkeek? ¿Cardew?* ¿Carne? ¿Dicen que Carne? ¿De dónde viene? ¿De dónde sales, niña?

—De Illuggan —dijo Demelza.

—¿De dónde? Oh, cerca de Bassett, ¿no es así? Seguramente conoces a sir Francis. Dicen que es un joven inteligente, pero le interesan demasiado los problemas sociales. —La tía Agatha se palmeó el vello del mentón—. Ven aquí, flor. No muerdo. ¿Cuántos años tienes?

Demelza permitió que le tomase la mano.

—Dieciocho. —La joven miró a Ross.

—Hum. Bonita edad. Es agradable tener esa edad. —La tía Agatha también miró a Ross, y sus ojillos tenían un aire perverso en medio del ramillete de arrugas—. ¿Sabes cuántos años tengo?

Demelza movió la cabeza.

—Noventa y uno. Los cumplí el jueves pasado.

—No sabía que fueras tan vieja —dijo Francis.

—Muchacho, no lo sabes todo. Noventa y uno el jueves pasado. ¿Qué me dices, Ross?

—Y siempre maravillosa —le dijo Ross al oído.

La tía Agatha sonrió complacida.

—Siempre fuiste un mal muchacho. Como tu padre. He conocido cinco generaciones de Poldark. No, seis. Estaba la vieja abuela Trenwith. La recuerdo bien. Era una Rowe. Muy presbiterianos ellos. Su padre, Owen, era amigo de Cromwell: dicen que fue uno de los cincuenta y uno que firmaron la sentencia de muerte de Ricardo. Durante la Restauración perdieron todas sus tierras. La recuerdo bien. Murió cuando yo tenía diez años. Solía contarme episodios de la Plaga. Aunque ella no la vio.

—Señora, cierta vez tuvimos la plaga en Illuggan —dijo Demelza.

—Después, estuvo Anna-Maria, mi madre, que se casó con un Poldark. Era hija única. Yo era vieja cuando ella murió. Se casó con Charles Vivian Poldark. Él era un vagabundo. Un inválido que dejó la marina después de la batalla de La Haya, antes de conocer a mamá, y él apenas tenía veinticinco años. Ahí tienes su retrato, capullito. El de la barbita.

Demelza miró el retrato.

—Después, estaba Claude Henry, mi hermano, que se casó con Matilda Allen Peter de Treviles. Murió diez años antes que su mamá. Enfermo de vómitos y disipación. Ross, ese fue tu abuelo. Contigo y Francis son cinco, y el pequeño Geoffrey seis. Seis generaciones, y apenas he comenzado a vivir.

Demelza pudo desprender la mano, y se volvió para saludar al niño que la miraba fijamente. Geoffrey Charles era un niñito regordete, de rostro tan liso que uno no alcanzaba a imaginar que podía distenderse en una sonrisa franca. Un niño apuesto, como cabía esperarlo de tales padres.

El encuentro de Ross con Elizabeth después de seis meses no había suscitado un sentimiento tan neutro o indiferente como él había esperado y querido. Ross había pensado que ya podía considerarse inmune, como si su matrimonio y su amor a Demelza hubieran sido la vacuna que lo precavía de cierta fiebre de la sangre, y como si el encuentro hubiese sido un gesto intencional destinado a demostrar la curación. Pero descubrió entonces que Demelza no era una vacuna, aunque bien podía ser una forma particular de fiebre. En el curso de ese primer encuentro se preguntó si, después de todo, el impulso que había movido a Demelza a rechazar esa invitación no era quizá más sensato que su propia actitud.

El encuentro de Elizabeth y Demelza dejó en Ross cierto sentimiento de insatisfacción; la actitud de cada una frente a la otra externamente era muy cordial, y en el fondo muy cautelosa. Ignoraba si el modo en que ambas se trataban podía engañar a otros; en todo caso, sabía a qué atenerse. Ninguna de las dos mujeres se mostraba natural.

Sin embargo, Demelza y Verity habían necesitado varios días para crear una relación amistosa. Las mujeres eran así: por encantadoras que parecieran individualmente, el primer encuentro con otra persona de su propio sexo era un proceso intuitivo de comprobación y búsqueda.

Elizabeth les había reservado uno de los mejores dormitorios, que daba al suroeste, en dirección a los bosques.

—Es una bella casa —dijo Demelza, mientras se quitaba la capa. Pasada la primera prueba se sentía mejor—. Nunca vi nada parecido. Ese vestíbulo es como una iglesia. Y este dormitorio. Mira los pájaros en las cortinas; como los zorzales, solo que los puntitos equivocaron el color. Pero, Ross, ¿qué te parecen todos esos cuadros que cuelgan abajo? En la oscuridad, yo tendría miedo. Dime, ¿pertenecen todos a tu familia?

—Así me han dicho.

—Me parece incomprensible que a la gente le agrade vivir en medio de tantos muertos. Ross, cuando yo muera no quiero que me cuelguen a secar como las sábanas de la semana pasada. No quiero mirar eternamente a un montón de personas a las que nunca conocí, a mis bisnietos y a mis tataranietos. Preferiría que me entierren y me olviden.

—Es la segunda vez hoy que hablas de morir —dijo Ross—. ¿No te sientes bien?

—No, no; me siento perfectamente.

—Entonces, hazme el favor de conversar de temas más agradables. ¿Qué es esta caja?

—¿Eso? —dijo Demelza—. Oh, algo que pedí a Jud que nos trajera con nuestros camisones.

—¿Qué contiene?

—Un vestido.

—¿Para ti?

419

—Sí, Ross.

—¿El vestido de montar que compraste en Truro?

—No, Ross, es otro. No querrás que aparezca mal vestida frente a todas tus bisabuelas, ¿verdad?

Él se echó a reír.

—¿Un vestido que encontraste en la biblioteca y reformaste?

—No… Verity y yo lo compramos en Truro, el mismo día.

—¿Ella lo pagó?

—No, Ross. Pagamos con el dinero que nos diste para la casa.

—Fue un engaño, flor. Y tan inocente y pura que parecías.

—¿Estás copiando el nombre que me dio la tía Agatha?

—Creo que me gusta. Pero ahora estoy descubriendo el gusano en la flor. Engaño y duplicidad. De todos modos, me alegro de que Verity no pagara. Déjamelo ver.

—No, Ross. ¡No! Ross. ¡No, Ross! —La voz de Demelza se convirtió en un grito mientras trataba de impedir que él llegara a la caja. Ross consiguió alcanzarla, pero ella le rodeó el cuello con los brazos y lo apretó para impedir que realizara su propósito. Él la alzó por los codos y la besó, y después le dio dos palmadas en el trasero y la dejó caer.

—¿Dónde está tu buena conducta, flor? Creerán que te estoy pegando.

—Lo cual es la verdad. La pura verdad. —Se apartó de él, y con movimientos ágiles describió un círculo, sosteniendo la caja tras la espalda.

—Ahora, Ross, te pido que bajes. ¡Tú no debías saber nada! Quizá no lo use, pero quiero probármelo, y dentro de una hora servirán la cena. Baja y conversa con la tía Agatha, y cuéntale los pelos del mentón.

—No se trata de un baile —dijo Ross—. No es más que una cena en familia; no necesitas tirar la casa por la ventana.

—Es Nochebuena. Pregunté a Verity y me dijo que era apropiado cambiarse de ropa.

—Oh, haz lo que quieras. Pero trata de estar lista a las cinco. Y —agregó, como si se le hubiera ocurrido en ese momento— no te ajustes demasiado el miriñaque, porque te incomodará. Aquí comen bien, y yo conozco tu apetito.

Ross salió del dormitorio, y ella quedó sola para hacer sus preparativos.

De todos modos, le parecía que esa noche no necesitaba la advertencia final de Ross. Todo el día había sufrido accesos de náuseas. La cena de Trenwith no constituía una amenaza: el único riesgo estaba en lo poco que podría ingerir. Confiaba en que esa noche no haría una escena. Que ocurriese algo por el estilo podía ser trágico. Ojalá no tuviera que levantarse a toda prisa de la mesa, en busca del retrete más próximo.

Se quitó el vestido, pasándolo sobre la cabeza, dejó caer al suelo la enagua y permaneció un momento en la ropa interior que Verity le había prestado, y miró el reflejo de su propia imagen en el espejo límpido y claro de la mesa del tocador. Hasta ahora nunca se había visto reflejada de un modo tan claro y total. Lo que veía no le parecía demasiado vergonzoso, pero se preguntaba cómo había tenido el descaro de moverse de un lado para el otro y vestirse en presencia de Ross cuando aún tenía la ropa interior que ella misma y Prudie habían confeccionado. Jamás volvería a usarla. Había oído murmuraciones en el sentido de que muchas mujeres de la clase alta de la ciudad usaban medias blancas, sin calzones. Caramba, si vestían faldas con miriñaque era repugnante, y merecían la muerte.

Se estremeció. Pero muy pronto no sería un espectáculo agradable, y poco importaría cómo se vistiera. Por lo menos, así lo creía. Le sorprendía el hecho de que hasta ahora nada hubiese cambiado. Todas las mañanas usaba un pedazo de cordel con un nudo y se medía. Pero, aunque pareciese increíble, hasta ahora solo había engrosado un par de centímetros. Quizás el nudo se había corrido.

421

Gracias a la crianza en la aldea, tenía poco que aprender de los hechos corrientes del embarazo y el nacimiento; pero cuando se trataba de ella misma, descubría que en su saber había lagunas. Su madre había engendrado otros seis niños, pero Demelza recordaba muy poco de lo ocurrido antes de cumplir los ocho años.

Debía preguntar a Verity. Ella era ahora la fuente de consulta en todos los problemas que la desconcertaban. Tenía que preguntar a Verity. No se le ocurría a Demelza que en ciertos asuntos quizá Verity sabía menos que la propia Demelza.

8

*E*n la gran sala, Ross encontró únicamente a Elizabeth y Geoffrey Charles. Estaban sentados frente al fuego, el niño sobre las rodillas de su madre, que le leía un cuento. Ross escuchó la voz medida y cultivada, y se sintió complacido. Pero ella alzó los ojos, vio quién era e interrumpió la lectura.

—Otra vez, mami. Cuéntamelo otra vez.

—Dentro de un rato, querido. Tengo que descansar. Aquí está tu tío Ross, y para variar él te contará un cuento.

—Los únicos que conozco son cuentos verdaderos —dijo Ross—. Y todos son tristes.

—Estoy segura de que no todos —dijo Elizabeth—. Tu propia historia debe ser muy feliz, con una mujer tan encantadora.

Ross vaciló, porque no estaba muy seguro de que le agradara comentar la persona de Demelza, ni siquiera con Elizabeth.

—Me alegro de que simpatices con ella.

—Ha cambiado mucho desde la última vez que la vi, hace apenas siete meses, y creo que aún cambiará más. Debes presentarla en sociedad, y salir con ella.

—¿Y afrontar los desaires de mujeres como la señora Teague? Gracias. Prefiero vivir como ahora.

—Eres demasiado sensible. Además, quizás ella quiera salir. Las mujeres saben afrontar esas cosas, y ella es aún tan joven.

—Me costó mucho persuadirla de que viniese.

Elizabeth sonrió, los ojos fijos en los cabellos rizados de su hijo.

—Es comprensible.

—¿Por qué?

—Oh… era una reunión de familia, ¿verdad? Y ella es todavía un poco *gauche*. Quizás esperaba que nos mostráramos hostiles.

—Otra vez, mami. Otra vez, mami.

—Todavía no. Dentro de un rato.

—Mami, el hombre tiene una marca en la cara.

—Calla, querido. No debes decir esas cosas.

—Pero la tiene. Pero la tiene, mami.

—Y me la lavé muchas veces, y no sale —le aseguró Ross. Cuando vio que el hombre le hablaba, Geoffrey Charles se hundió en un mutismo absoluto.

424

—Verity ha llegado a quererla mucho —dijo Elizabeth—. Ross, ahora que se ha roto el hielo, debes visitarnos más.

—¿Cómo están tus asuntos? —preguntó Ross—. Ya veo que el pequeño Geoffrey se encuentra muy bien.

Elizabeth adelantó sus pequeños pies enfundados en pantuflas y dejó que su hijo se deslizara de su regazo al suelo. Allí, el niño permaneció un segundo como dispuesto a huir, pero al ver los ojos de Ross fijos en él se sintió dominado por un nuevo sentimiento de timidez, y hundió el rostro en la falda de la madre.

—Vamos, querido, no seas tonto. Es el tío Ross; como el tío Warleggan, pero un tío verdadero. Es tu único tío, y no debes avergonzarte. Levántate de una vez y salúdalo.

Pero Geoffrey Charles no quería mover la cabeza.

Elizabeth dijo:

—No he estado muy bien de salud, pero todos nos sentimos muy preocupados por mi pobre madre. Los ojos le molestan mucho. El cirujano Park, de Exeter, vendrá a examinarla en

Año Nuevo. El doctor Choake y el doctor Pryce creen que se trata de una dolencia grave.

—Lo siento.

—Dicen que es un desarreglo recurrente del ojo. El tratamiento es muy doloroso, le atan al cuello un pañuelo de seda y lo ajustan hasta que casi la estrangulan, de modo que toda la sangre va a la cabeza. Después, la sangran detrás de las orejas. Ahora, fue a descansar un poco con su prima, en Bodmin. Me preocupa mucho.

Ross hizo una mueca.

—Mi padre no confiaba en los médicos. Espero que muy pronto mejore.

Los dos callaron. Elizabeth se inclinó y murmuró al oído de Geoffrey. Durante un momento el niño no reaccionó; después, con una mirada rápida y peculiarmente dirigida a Ross, el pequeño se volvió y salió corriendo de la habitación.

Los ojos de Elizabeth lo siguieron.

425

—Geoffrey está en una edad difícil —dijo—. Hay que curarlo de sus pequeños caprichos. —Pero su voz tenía un matiz indulgente.

—¿Y Francis?

Una expresión que él jamás había visto se dibujó fugazmente en el rostro de Elizabeth.

—¿Francis? Oh, más o menos bien, gracias, Ross.

—El verano pasó con tal rapidez… pensaba venir a verte. Tal vez Francis te dijo que le hablé una vez.

—Ahora tienes tus propias preocupaciones.

—No excluyen todas las restantes.

—Bien, nosotros hemos conseguido sobrevivir todo el verano —Elizabeth, lo dijo con un tono que concordaba con su expresión. El pronombre personal podía haberse referido a las finanzas de la casa, o a las flaquezas de su propio espíritu.

—No logro entenderlo —dijo Ross.

—Somos como nacemos. Parece que Francis tiene alma de

jugador. Si no se anda con cuidado, perderá en el juego todo lo que heredó, y morirá en la pobreza.

Todas las familias, pensó Ross, tenían sus libertinos y sus manirrotos, y la herencia se transmitía con todo lo demás; eran como extraños movimientos de impulso y perversidad. Era la única explicación. Pero Joshua, el propio Joshua, que había sido un hombre bastante excéntrico y que se desvivía por las mujeres, había tenido la sensatez de asentarse cuando conoció a la mujer que necesitaba, y de mantener una línea de conducta hasta que la naturaleza se la había arrebatado.

—¿Dónde pasa la mayor parte de su tiempo?

—Siempre en la casa de los Warleggan. Solíamos divertirnos mucho, hasta que las apuestas llegaron a ser muy elevadas. Desde que Geoffrey nació estuve allí solo dos veces. Ahora ya no me invitan.

—Pero, sin duda…

—Oh, sí, por supuesto, si le pidiese a Francis que me llevara. Pero él dice que se ha convertido en un círculo casi exclusivamente masculino. Asegura que no me gustaría.

Elizabeth contemplaba los pliegues de su vestido azul. Era una Elizabeth nueva, que hablaba con tanta franqueza, con un acento tan objetivo, como si una experiencia dolorosa le hubiese enseñado la lección de mantenerse a cierta distancia de la vida.

—Ross.

—¿Sí?

—Creo que, si quisieras, podrías ayudarme…

—Dímelo.

—Corren rumores acerca de Francis. No tengo modo de saber qué parte de verdad hay en todo eso. Podría preguntar a George Warleggan, pero hay una razón particular que me lo impide. Sabes bien que no tengo derecho a pedirte nada, pero te agradecería muchísimo que intentes descubrir la verdad.

Ross la miró. Había sido poco sensato de su parte ir a esa casa. No podía conversar con esa mujer en una atmósfera de serena intimidad, sin que se repitiesen antiguas sensaciones.

—Haré todo lo que pueda. Y con el mayor placer. Lamentablemente no actúo en el mismo ambiente que Francis. Mis intereses...

—Eso puede arreglarse.

Ross la miró.

—¿Cómo?

—Puedo conseguir que George Warleggan te invite a una de sus fiestas. George simpatiza contigo.

—¿Qué dicen los rumores?

—Que Francis está relacionado con otra mujer. No sé qué verdad hay en ello, pero es evidente que no puedo decidir de pronto que deseo asistir a estas fiestas. No puedo... espiarlo.

Ross vaciló. ¿Elizabeth comprendía lo que le estaba pidiendo? Sí, rehusaba espiar personalmente, pero esa sería la tarea de Ross, de hecho, si no en apariencia. ¿Y con qué fin? ¿De qué modo su intervención podía apuntalar un matrimonio, si los cimientos mismos ya estaban carcomidos?

—Ross, no lo decidas ahora —dijo ella en voz baja—. Deja pasar un tiempo. Piénsalo. Sé que te pido mucho.

El tono de Elizabeth lo indujo a mirar alrededor, y entonces advirtió que Francis entraba en la habitación. A Ross se le ocurrió que quien estuviese un tiempo sentado en esa sala espaciosa y agradable pronto llegaría a identificar los pasos de todos los habitantes de la casa cuando se acercaban a la puerta.

—¿Un *tête-à-tête*? —preguntó Francis, enarcando el ceño—. ¿Y sin beber, Ross? Nuestra hospitalidad es muy pobre. Te prepararé un ponche que te ayudará a combatir el frío del invierno.

—Ross me explicaba cómo prospera su mina —dijo Elizabeth.

427

—Dios nos ampare; qué tema de conversación en Nochebuena. —Francis se ocupó en la preparación de la bebida—. Ven a vernos en enero... o quizás en febrero... y hablaremos de eso, Ross. Pero ahora no. Ahora no, te lo imploro. Sería muy tedioso pasar la velada comparando informaciones acerca de las muestras de cobre.

Ross advirtió que su primo había estado bebiendo, aunque los signos eran muy leves.

Elizabeth se puso de pie.

—Cuando los primos están separados mucho tiempo —dijo con expresión agradable—, es difícil hallar temas de conversación. En realidad, Francis, no nos haría daño pensar un poco más en Grambler. Pero ahora debo acostar a Geoffrey. —Se separó de los dos hombres.

Francis se acercó con la bebida. Vestía un traje verde oscuro, y el encaje de los puños estaba sucio. Eso era raro en el inmaculado Francis. No había otros signos del deterioro del libertino. Los cabellos cuidadosamente peinados, como siempre; el corbatín bien ajustado; los gestos revestidos de suprema elegancia. Tenía el rostro más lleno, de modo que parecía más viejo, y había una expresión distraída en su mirada.

—Elizabeth atribuye una tremenda seriedad a la vida —observó—. ¡Aj!, como diría mi padre.

—La elegancia de la expresión es algo que siempre admiré en ti —dijo Ross.

Francis alzó los ojos y sonrió.

—No quise ofender. Estuvimos separados mucho tiempo. ¿Para qué sirve el malhumor en este mundo? Si tuviésemos en cuenta todos los agravios, solo conseguiríamos agriarnos la vida. Bebamos.

Ross aceptó la invitación.

—No tengo agravios. El pasado está muerto, y me alegro de que así sea.

—Tanto mejor —dijo Francis, los labios sobre el borde de

su vaso—. Me gusta tu esposa. Después de escuchar a Verity, pensé que me gustaría. Camina como una potrilla nerviosa. Y después de todo, mientras sea una muchacha de espíritu vivaz, ¿qué importa que venga del castillo de Windsor o de los barrios bajos?

—Tú y yo tenemos mucho en común —dijo Ross.

—Así solía creerlo. —Francis hizo una pausa—. ¿Quieres decir en los sentimientos o en las circunstancias?

—Aludo a los sentimientos. Es evidente que desde el punto de vista de las circunstancias me llevas ventaja. La casa y los intereses de nuestros antepasados comunes, la esposa, digamos... que ambos elegimos; dinero suficiente para jugar en la mesa de naipes y la gallera; un hijo y heredero...

—Alto —dijo Francis—, o me harás llorar de envidia ante mi propia buena suerte.

—Francis, nunca pensé que en tu caso eso representara un peligro evidente.

La frente de Francis exhibía arrugas de preocupación. Dejó sobre la mesa el vaso.

—No, ni en mi caso ni en cualquier otro. La humanidad acostumbra a juzgar a otros sin saber de qué habla. Cree que...

—En ese caso, salva mi ignorancia.

Francis lo miró unos instantes.

—¿Y quejarme en Nochebuena? Dios no lo permita. Te aseguro que te parecería muy tedioso. Como la tía Agatha cuando habla de sus riñones. Termina tu bebida, hombre, y bebe otra copa.

—Gracias —dijo Ross—. A decir verdad, Francis...

—A decir verdad, Ross —Francis lo imitó burlonamente desde la sombra del trinchante—. Todo es como tú dices, ¿verdad? Una hermosa esposa, bella como un ángel... más aún, tal vez un ángel antes que una esposa... el hogar de nuestros antepasados, adornado por sus extraños rostros... oh, sí, ya vi que Demelza los admiraba con la boca abierta...

429

un hermoso hijo educado como es debido: honra a tu padre y recibe la veneración de tu madre, de modo que vivas mucho tiempo en la tierra que el Señor tu Dios te dio. Y finalmente, dinero para malgastar en la mesa de naipes y la gallera. Malgastar. Me agrada la palabra. Tiene un sonido muy expresivo. Evoca la idea del príncipe de Gales gastando un par de miles de guineas en White.

—Es un término relativo —dijo Ross con ecuanimidad—. Como muchos otros. Si se trata de un caballero rural y vive en los páramos occidentales, cuando gasta cincuenta guineas puede decirse que las malgasta, exactamente como cuando George pierde dos mil.

Francis se echó a reír.

—Había olvidado que hablas por experiencia. Tanto tiempo has representado el papel de agricultor, que lo había olvidado por completo.

430

—En efecto —dijo Ross—. Yo diría que en nuestro caso el azar es mucho más grave, no solo proporcionalmente, sino porque no tenemos un Parlamento benévolo que vote 160.000 libras esterlinas para pagar nuestras deudas, o 10.000 libras anuales para gastar en la amante del momento.

—Estás bien informado de los asuntos de la corte.

—Las noticias vuelan, trátese de un príncipe o de un caballero local.

Francis se sonrojó.

—¿Qué quieres decir?

Ross alzó su vaso.

—Que este licor calienta bien las entrañas.

—Quizá te desilusiones al saber —dijo Francis— que no me interesa lo que un montón de viejas charlatanas y picadas de viruela murmuran frente a su fuego de turba. Sigo mi camino, y las dejo que se asfixien con los gases ponzoñosos que más les agraden. Ninguno de nosotros está a salvo de sus mordiscos. Ross, recuerda tu propia experiencia.

—Me interpretas mal —dijo Ross—. No me interesan los chismes o los cuentos de las viejas. Pero el interior de una cárcel para deudores es húmedo y hediondo. A nadie perjudicará que lo tengas en cuenta antes de que sea demasiado tarde.

Francis encendió su larga pipa y fumó varios segundos antes de decir palabra. Devolvió al fuego un pedazo de brasa y dejó las tenazas.

—Sin duda, Elizabeth estuvo contándote algo.

—No necesito sus confidencias para conocer una situación que todo el distrito comenta.

—En ese caso, el distrito conoce mejor que yo mis propios asuntos. Tal vez me digas cuál es la solución. ¿Debo unirme a los metodistas y alcanzar la salvación?

—Mi querido amigo —dijo Ross—, me gustas y me interesa tu bienestar. Pero por lo que a mí respecta puedes irte al infierno por el camino más corto. La fortuna puede ofrecer tierras y familia, pero no sensatez. Si quieres perder todo lo que tienes, destrúyelo y que te cuelguen.

Francis lo miró con cinismo un momento, y después dejó su pipa y apoyó una mano sobre el hombro de Ross.

—Has hablado como un Poldark. Nunca fuimos una familia muy amable. Pero maldigamos y disputemos con afecto. Después podemos emborracharnos juntos. Tú y yo, ¡y al demonio con los acreedores!

Ross alzó su vaso vacío y contempló el fondo con expresión grave. El buen humor de Francis bajo el interrogatorio evocaba una cuerda sensible. Fuera cual fuese la causa, la desilusión había encallecido a su primo, pero no había modificado al individuo esencial que él conocía y con quien simpatizaba.

En ese momento entró Bartle trayendo dos candelabros. Las llamas amarillas parpadearon impulsadas por el viento, y fue como si la luz del fuego del hogar se hubiese difundido súbitamente por toda la habitación. La rueca de hilar de Eli-

431

zabeth se destacó en el rincón, con sus carretes brillantes. Al lado del sofá destacaba una muñeca de trapo, con el relleno que le salía del vientre. Sobre un sillón había un canasto de mimbre con labores de aguja y un bastidor con una labor medio terminada. La luz de las velas era cálida y cordial; con las cortinas corridas, el ambiente trasuntaba un sentido de comodidad y serena riqueza.

En la habitación se manifestaban todos los signos de la presencia femenina, y en esos pocos minutos de conversación se había expresado un espíritu masculino profundo que unía a los dos hombres con el vínculo de una comprensión más general, más amplia y más tolerante. Entre ellos se establecía la francmasonería de su sexo, la unidad de la sangre y el recuerdo de antiguas amistades.

En ese momento Ross pensó que una parte de las inquietudes de Elizabeth podía imputarse al eterno espantajo femenino de la inseguridad. Francis bebía. Francis jugaba y perdía. Habían visto a Francis con otra mujer. No era una historia agradable. Pero tampoco muy original. En este caso a Ross se le antojaba inconcebible, y para Elizabeth tenía las proporciones de una tragedia. Pero no era lógico perder el sentido de la perspectiva. Otros hombres bebían y jugaban. Estaba de moda contraer deudas. Otros hombres tenían ojos para admirar la belleza que no les pertenecía por derecho conyugal, y no hacían caso de la belleza conocida que les pertenecía. De ello no se deducía que Francis estaba siguiendo el camino más corto que llevaba a la perdición.

De todos modos era Navidad, y ese día estaba destinado a presenciar la reunión de la familia, no a iniciar una nueva separación.

No era posible ir más lejos. Había que dejar el tema. Ross pensó en Demelza, que estaba en el dormitorio ataviándose, desbordante de juventud y buen ánimo. Abrigaba la esperanza de que la joven no exagerase. Le alegraba que Verity se ocupara

432

de ayudarla. El recuerdo de Demelza reconfortó y animó su espíritu, del mismo modo que la llegada de los candelabros había iluminado la habitación.

Al demonio con las inquietudes ajenas. La Navidad no era el momento apropiado para ese género de cosas. Podía retomar el asunto en enero, si todo eso aún tenía poder suficiente para irritar y perturbar.

9

La cena comenzó a las cinco y continuó hasta las siete y cuarenta. Fue una comida digna de la época, la casa y la estación. En primer lugar sopa de arvejas, seguida por un cisne asado con salsa dulce; menudillos de ave y bifes de cordero, un pastel de perdiz. El segundo plato fue un budín de ciruelas con salsa de brandy, tartas, pastel de carne y frutas, tortas de manzana, natillas y pasteles; todo regado con vino de oporto, clarete, vino de Madera y cerveza fabricada en casa.

Ross sintió que solo faltaba una cosa: Charles. El vientre rotundo, los eructos más o menos disimulados, el áspero buen humor; en ese momento los restos corporales de esa alma maciza, mediocre, pero no desprovista de bondad, estaban pudriéndose y fundiéndose con el suelo que le había infundido vida y sustento; los humores orgánicos que lo formaban pronto contribuirían a alimentar los espesos prados de grama que cubrían el camposanto. Pero en esta casa de la que se había alejado pocas noches durante sus sesenta y ocho años de vida, en esa casa persistía el aura tenaz de su presencia, para Ross más visible que el aura de todos los retratos de cuarenta y seis antepasados.

No era tanto que uno sintiera pena por su ausencia; se trataba más bien de la sensación de que era impropio que él no estuviese allí.

Para un grupo tan reducido, el gran salón comedor parecía demasiado espacioso y expuesto a las corrientes de aire; usaron el comedor de invierno, que daba frente al oeste y tenía las paredes revestidas de paneles hasta el cielorraso; además estaba cerca de las cocinas. La casualidad confirió un aire teatral a la llegada de Demelza. Verity se había acercado al gran salón para anunciar que la cena estaba lista. Elizabeth estaba allí, y los cuatro salieron de la sala sonriendo y charlando. En ese momento, Demelza descendía la escalera.

Se había puesto el vestido confeccionado de acuerdo con las indicaciones de Verity, el vestido de seda malva muy clara con las mangas a media altura, levemente abullonado y abierto al frente como una letra A para mostrar el corpiño verde manzana florido y la enagua.

Ross no atinaba a entender bien su apariencia y su actitud. Era natural que se sintiese complacido con ella; jamás la había visto tan encantadora. A su propio y extraño modo, esa noche rivalizaba con Elizabeth, que iniciaba cualquier competencia de ese carácter mostrando ventajas de forma y de color sobre casi todas las restantes mujeres. Cierto desafío originado en la situación había inducido a Demelza a destacar lo mejor que tenía, sus hermosos ojos oscuros, los cabellos bien peinados y atados, la piel olivácea muy pálida, con su cálido y profundo resplandor. Verity estaba francamente orgullosa de ella.

Durante la cena no rompió su miriñaque. A juicio de Ross, exageró su buena conducta, porque picoteó de muchos platos pero casi siempre se abstuvo de consumir la parte principal. Superó a Elizabeth, que siempre comía muy poco; una persona suspicaz hubiera podido pensar que estaba burlándose de su anfitriona. Ross se divertía. Esa noche ella estaba dispuesta a manifestar una conducta impecable.

Demelza era buena conversadora durante las comidas, y siempre tenía disponible un arsenal de preguntas y reflexio-

435

nes; pero esta vez apenas intervino en la conversación, rechazó el clarete que los demás bebían y aceptó solo la cerveza producida en la casa. Pero no parecía aburrida, y su actitud era siempre de interés inteligente cuando Elizabeth hablaba de personas a las que Demelza no conocía, o refería una anécdota de Geoffrey Charles. Si se la arrastraba a la conversación, respondía de un modo agradable y natural, y sin afectación. Los ocasionales exabruptos de la tía Agatha aparentemente no la desconcertaban. Demelza miraba a Ross, que estaba sentado al lado de la anciana dama, y él formulaba a gritos la respuesta. Así, tocaba a Ross afrontar la dificultad de hallar una contestación adecuada.

La conversación se orientó hacia la posible verdad del rumor que afirmaba que se había atentado nuevamente contra la vida del rey. Era indudable que el último de estos rumores había sido cierto; en efecto, Margareth Nicholson había tratado de apuñalarlo durante una recepción. Francis formuló algunos comentarios cínicos acerca de la excelente tela usada en la confección del chaleco real. Elizabeth dijo que había oído afirmar que hacía doce meses que no se pagaba a los criados de la casa del rey.

Hablaron de Francia y de la magnificencia de su corte. Francis dijo que le sorprendía que alguien no hubiese intentado clavar un cuchillo en el cuerpo de Luis, que lo merecía mucho más que el granjero Jorge. La reina francesa trataba de hallar en el magnetismo animal una cura para todas sus dolencias.

Verity dijo que pensaba ensayarlo para remediar su catarro, pues se le había dicho que bebiese diariamente medio litro de agua de mar; pero había comprobado que no lo soportaba. El doctor Choake atribuía todos los resfriados a la malignidad del aire: la carne cruda puesta sobre un asta se descomponía en cuarenta minutos, y en cambio, la misma carne mantenida en agua salada permanecía fresca largo tiempo. Ross observó que Choake era una vieja charlatana. Francis señaló que quizás esa afirmación encerraba una verdad literal, dado que Polly se mostraba tan infecunda. Elizabeth orientó la conversación hacia la enfermedad de los ojos de su madre.

Francis bebió diez vasos de oporto durante la comida, pero el vino apenas lo afectó. Ross pensó que había cambiado en comparación con los viejos tiempos, cuando siempre era el primero en caer bajo la mesa. «El muchacho no sabe aguantar la bebida», solía gruñir Charles. Ross miró a Elizabeth, pero la mirada de esta conservaba una expresión serena.

A las ocho menos cuarto, las damas se pusieron de pie y se separaron de los dos hombres, que continuaron bebiendo brandy y fumando sus pipas frente a la mesa colmada de vajilla y restos. Hablaron de asuntos de trabajo; pero no hacía muchos minutos que estaban conversando cuando la señora Tabb apareció en la puerta.

—Señor, acaban de llegar visitantes.

—¿Cómo?

—El señor George Warleggan y el señor y la señora Treneglos.

Ross se sintió contrariado. Esa noche no deseaba ver al siempre triunfante George. Además, tenía la certeza de que Ruth no habría aceptado hacer esa visita si hubiera sabido que él y Demelza estaban allí.

Pero la sorpresa de Francis fue auténtica.

—Por todos los demonios, de modo que visitas en Nochebuena, ¿eh? ¿Dónde los dejó, Emily?

—Están en el salón principal, señor. La señora Elizabeth dijo que usted vendría enseguida y ayudaría a atenderlos. No piensan quedarse mucho tiempo.

—Muy bien. Iremos inmediatamente. —Francis agitó su vaso—. Inmediatamente.

Después que la señora Tabb salió, Francis encendió su pipa.

—Imagínate una visita del viejo George, nada menos que

esta noche. Creí que estaba pasando la Navidad en Cardew. Qué coincidencia. Y John y Ruth. Ross, ¿recuerdas cuando solíamos pelearnos con John y Richard?

Ross recordaba.

—George Warleggan —dijo Francis—. Un hombre notable. Será dueño de la mitad de Cornualles antes de que haya muerto. Él y su primo ya son dueños de más de la mitad de mí mismo. —Se echó a reír—. Codicia la otra mitad, pero no puede tenerla. Hay cosas que no se arriesgan en la mesa de juego.

—¿Su primo?

—Cary Warleggan, el banquero.

—Bonito nombre. Oí decir que es prestamista.

—¡Vaya! ¿Pretendes insultar a la familia?

—La familia tiene demasiado poder para mi gusto. Prefiero una comunidad más sencilla.

—Ross, son los hombres del futuro. No las fatigadas familias del tipo de los Chynoweth y los Poldark.

—No critico su vigor, sino el modo de usarlo. Si un hombre tiene vitalidad, que la use para enriquecer su propia alma, no para adueñarse del alma de otra gente.

—Eso podrá decirse del primo Cary, pero es un poco injusto en el caso de George.

—Concluye tu bebida y vayamos —dijo Ross, que pensaba que Demelza estaba atendiendo a los recién llegados.

—Es bastante extraño —dijo Francis—. No dudo de que los filósofos le aplican un nombre altisonante, pero a mí me parece que no es más que una desagradable perversidad de la vida.

—¿A qué te refieres?

—Oh… —Francis vaciló—. No lo sé. Envidiamos lo que otra persona tiene y no tenemos, aunque en verdad puede ser que ella no lo tenga. ¿Me explico claramente? No, ya me parecía que no. Vamos a ver a George.

Se apartaron de los restos del festín y pasaron al vestíbulo. Mientras lo atravesaban, oyeron risas que venían del salón principal.

—Están convirtiendo mi casa en una feria —dijo Francis—. ¿Es posible que el elegante George se conduzca así?

—Apuesto —dijo Ross— a que es John, el Señor de los Sabuesos.

Entraron y comprobaron que la conjetura de Ross era cierta. John Treneglos estaba sentado frente a la rueca de hilar de Elizabeth. Intentaba ponerla en marcha. Parecía una cosa bastante sencilla, pero en realidad requería práctica, y John Treneglos no la tenía. Conseguía que la rueda girara bien unos instantes, pero entonces la presión de su pie sobre el pedal se hacía irregular, y el brazo quebrado revertía súbitamente sobre sí mismo y se detenía. Mientras la máquina funcionaba bien, reinaba el silencio en la habitación, con la única interrupción de algunos diálogos entre Treneglos y Warleggan. Pero siempre que John equivocaba el movimiento, estallaba una salva de risas.

Treneglos era un hombre vigoroso y desmañado, de treinta años, los cabellos color arena, ojos hundidos y la cara cubierta de pecas. Se le conocía como un excelente jinete, un tirador de primer orden, el mejor luchador aficionado de dos condados, y un hombre totalmente obtuso en todos los juegos que exigían esfuerzo mental; y hasta cierto punto un individuo prepotente. Aunque se trataba de una visita social, esa noche vestía una vieja chaqueta de montar de terciopelo marrón, y resistentes pantalones de pana. Acostumbraba a vanagloriarse de que incluso en la cama jamás usaba otra cosa que pantalones de montar.

Ross se sorprendió cuando advirtió que Demelza no estaba en la habitación.

—Perdiste —dijo George Warleggan—. Perdiste. Me debes cinco guineas. Hola, Francis.

—Maldición, quiero probar otra vez. Antes fue un ensayo. No me dejaré derrotar por un artefacto ridículo como este.

—¿Dónde está Demelza? —preguntó Ross a Verity, que se hallaba de pie cerca de la puerta.

—Arriba. Quiso quedarse sola un rato, de modo que bajé.

—Lo romperás, John —dijo Elizabeth, con una semisonrisa—. Aprietas demasiado.

—¡John! —exclamó su esposa—. ¡Sal de ahí inmediatamente!

Pero John había estado fortaleciéndose con buen brandy y no le prestó atención. De nuevo puso en marcha la rueda, y pareció que esta vez lo había logrado. Pero de pronto intentó aumentar la velocidad, y el brazo quebrado se invirtió y el aparato se detuvo bruscamente. George lanzó un grito de triunfo y John Treneglos se puso de pie disgustado.

—Otras tres veces y ya podría manejar esa porquería. Elizabeth, debes enseñarme. Bien, toma tu dinero. Es dinero mal ganado y se te atragantará.

—John es tan excitable —dijo la esposa—. Temí que rompiera tu rueca. Creo que todos estamos un poco achispados, y el espíritu de la Navidad ha hecho el resto.

Si John Treneglos se desentendía de la moda, no podía decirse lo mismo de la nueva señora Treneglos. Ruth Teague, la jovencita mal vestida del baile de caridad de Pascua, había progresado velozmente. Durante aquel baile Ross había sospechado que en ella había más de lo que se manifestaba a primera vista. Usaba un vestido sin miriñaque, de seda rosada de Spitalfields con lentejuelas de plata en la cintura y los hombros. Era una prenda inapropiada para recorrer el campo, pero no cabía duda de que su guardarropa estaba bien provisto. Ahora, John seguramente se veía obligado a gastar en otras cosas, además de sus cazadores. Y era seguro que el buen hombre ya no se salía siempre con la suya.

—Bien, bien, capitán Poldark —dijo irónicamente Treneglos—. Somos vecinos, y sin embargo venimos a encontrarnos aquí. Por lo poco que te vemos, bien podrías ser Robinson Crusoe.

—Oh, querido, pero él tiene a su Viernes —dijo gentilmente Ruth.

—¿A quién? Oh, te refieres a Jud —dijo Treneglos, destruyendo así la malicia de la observación de su esposa—. Un verdadero mono sin pelaje. Cierta vez se me insolentó. Si no hubiera sido tu criado le habría dado una paliza. ¿Y cómo va la mina? Mi anciano padre está muy envalentonado y habla de salir a palear cobre.

—Nada ambicioso —dijo Ross—, pero hasta ahora bastante satisfactorio.

—Por Dios —dijo George—. ¿Tenemos que hablar de negocios? Elizabeth, trae tu arpa. Cantemos algo.

—No tengo voz —dijo Elizabeth, con su sonrisa dulce y lenta—. Si alguien quiere acompañarme…

—Todos te acompañaremos. —George se mostraba muy cortés—. Se adaptará perfectamente a la noche.

George no demostraba la tosquedad segura de sí misma de John Treneglos, cuyos antepasados se remontaban a Robert, conde Mortain. Era casi inconcebible que una sola generación separase el rudo y áspero viejo que vivía en un *cottage*, todo el día en mangas de camisa masticando tabaco y que apenas sabía escribir su nombre, de este culto joven vestido con una apretada chaqueta rosa con solapas color ante, un chaleco rosado con botones de oro, y pantalones de nanquín también color ante. El viejo herrero había legado a su nieto a lo sumo algunos rasgos: el rostro de líneas prominentes, los labios gruesos, tensos y posesivos, y el cuello corto sobre los hombros anchos.

—¿Vendrá Demelza? —preguntó en voz baja Ross a Verity—. ¿No estará impresionada por esta gente?

441

—No, creo que ni siquiera sabe que están aquí.

—Juguemos una mano de faro —dijo Francis—. El sábado tuve muy mala suerte. No es posible que la fortuna me vuelva siempre la espalda.

Pero todos rehusaron. Elizabeth debía tocar el arpa. Habían venido especialmente para oírla tocar. George ya estaba retirando el instrumento de su rincón, y John traía la silla que ella usaba. Estaban convenciendo a Elizabeth, que protestaba y sonreía. En ese momento entró Demelza. Ya se sentía mejor. Acababa de devolver la cena que había comido, y la cerveza que había bebido. El episodio mismo no le había sido grato, pero a semejanza de los antiguos senadores romanos, ahora se sentía mejor. Las ingratas náuseas habían desaparecido junto con los alimentos, y todo estaba en su lugar.

Después que ella entró hubo un momento de silencio. Se advirtió entonces que la mayor parte del ruido era imputable a los invitados. Entonces, Elizabeth dijo:

—Esta es nuestra nueva prima, Demelza. La esposa de Ross.

Demelza se sorprendió al ver el grupo de personas a las que ahora debía saludar. Recordaba a Ruth Teague por haberla visto una vez durante una visita a Ross, y dos veces había visto al marido, en el curso de una cacería. El hijo mayor del caballero de Treneglos, uno de los hombres importantes de la vecindad. La última vez que los había visto, ella era una desaliñada moza de la cocina, una jovencita de piernas largas a quien ninguno de ellos hubiera prestado la menor atención. O por lo menos, Ruth no lo habría hecho. Se sintió impresionada por ellos y por George Warleggan, que a juzgar por su traje —así pensó Demelza— debía ser por lo menos hijo de un lord. Pero Demelza estaba aprendiendo muy rápidamente que la gente, e incluso las personas bien educadas como estas, tenían una sorprendente tendencia a aceptar el valor que uno mismo se atribuía.

—Maldito sea, Ross —dijo Treneglos—. ¿Dónde estuviste

escondiendo a esta florecilla? Ha sido ingrato de tu parte mostrarte tan reservado. Su servidor, señora.

Como contestar «Su servidora, señor» era sin duda un error, además de que se aproximaba demasiado a la verdad, Demelza se contentó con una sonrisa de simpatía. Fue presentada a las otras dos personas, después aceptó un vaso de oporto de Verity y tragó la mitad del contenido cuando la gente no la miraba.

—De modo, Ross, que es tu esposa —dijo Ruth con voz dulce—. Venga a sentarse aquí, querida. Hábleme de usted. En junio todo el condado hablaba de usted.

—Sí —dijo Demelza—. A la gente le encantan las murmuraciones, ¿no es así, señora?

Ruth enrojeció, pero John rugió de alegría y se palmeó el muslo.

—Muy cierto, señora. Brindemos: ¡Feliz Navidad para todos y que ahorquen a los chismosos!

—Estás borracho, John —dijo Ruth con expresión severa—. Si no partimos inmediatamente no podrás montar tu caballo.

—Primero debemos escuchar a Elizabeth —dijo George, que había estado cambiando confidencias con la esposa de Francis.

—¿Usted canta, señora Poldark? —preguntó John.

—¿Yo? —preguntó Demelza, sorprendida—. No. Solo cuando me siento feliz.

—Maldición, ¿acaso ahora todos no nos sentimos felices? —preguntó John—. Señora, tiene que cantar para nosotros.

—¿Sabe cantar, Ross? —preguntó Francis.

Ross miró a Demelza, que movió enérgicamente la cabeza.

—No —dijo Ross.

Pareció que nadie prestaba atención a esa negativa. Alguien tenía que cantarles, y parecía que el asunto recaería en Demelza.

La joven vació apresuradamente su copa, y alguien volvió a llenarla.

443

—Solo canto para mí misma —dijo—. Quiero decir que no conozco bien las melodías. La señora… quiero decir Elizabeth… debe tocar. Quizá después…

Elizabeth estaba pasando suavemente los dedos sobre el arpa. El escarceo de las notas era como un acompañamiento líquido de la charla.

—Si me cantas algunos compases —dijo Elizabeth—, creo que podré seguir.

—No, no —dijo Demelza, y retrocedió un paso—. Primero tú. Toca primero.

De modo que Elizabeth comenzó a tocar, e inmediatamente el grupo guardó silencio, incluso John y Francis, que habían bebido bastante. Eran todos nativos de Cornualles, y la música tenía sentido para ellos.

Elizabeth tocó primero una pieza de Haendel, y después una breve sonatina de Krumpholz. Los tonos brillantes y punteados llenaron la habitación, y aparte de la música, el único sonido que se oía era el crepitar de los leños que ardían en el hogar. La luz de las velas iluminaba la cabeza fina y juvenil de Elizabeth y sus manos esbeltas, que se movían sobre las cuerdas. La luz formaba un halo alrededor de sus cabellos. Detrás de Elizabeth estaba de pie George Warleggan, robusto, cortés y duro, las manos a la espalda, los grandes ojos castaños muy separados, fijos sin pestañear en la ejecutante.

Verity se había sentado en un taburete, y sobre el suelo, al lado, estaba una bandeja con copas. Sobre un trasfondo de cortinas de tabí azul, estaba sentada con las manos unidas sobre las rodillas, la cabeza erguida y mostrando la línea del cuello sobre su pañoleta de encaje. En reposo, su rostro recordaba a la Verity más joven que había sido cuatro años antes. Al lado de su hermana, Francis estaba medio recostado en una silla, los ojos entrecerrados, pero escuchando; y al lado de Francis, la tía Agatha masticaba meditativamente mientras le corría un hilo de saliva por la comisura de la boca. Ella también escuchaba, pero nada oía. Con sus adornos completamente distintos de los que usaba la vieja dama, pero teniendo algo extrañamente en común con ella por la vitalidad de su actitud, estaba Ruth Treneglos. Uno sentía que quizá carecía de belleza, pero que cuando llegara el momento, también ella se resistiría enérgicamente a la muerte.

Junto a Ruth Treneglos estaba Demelza, que acababa de terminar su tercer vaso de oporto y se sentía cada vez mejor, y un poco más lejos Ross, algo distraído, mirando a veces a los presentes con sus ojos azul grisáceos e inquietos. John Treneglos escuchaba distraídamente la música, medio sonriendo a Demelza, que parecía ejercer sobre él una fascinación especial.

La música terminó, y Elizabeth se recostó en el asiento y dirigió una sonrisa a Ross. Los aplausos fueron más serenos que lo que hubiera podido esperarse diez minutos antes. La música del arpa había evocado en ellos algo más fundamental que su bulliciosa alegría. Había aludido, no al regocijo y la diversión navideñas, sino al amor y el pesar, a la vida humana, a sus extraños comienzos y su inevitable fin.

—¡Soberbio! —declaró George—. Aunque hubiéramos cabalgado un trayecto veinte veces más largo, estaríamos más que recompensados. Elizabeth, has hecho vibrar las cuerdas de mi corazón.

—¡Bravo! —dijo John, y los demás lo imitaron.

—Elizabeth —dijo Verity—. Por favor, vuelve a tocar esa *canzonetta*. Me encanta.

—No sirve si no se canta.

—Sí, sí, hazlo. Tócala como hiciste el sábado pasado por la noche.

El grupo volvió a guardar silencio. Elizabeth ejecutó una pieza muy breve de Mozart, y después una *canzonetta* de Haydn.

Cuando concluyó, hubo un momento de silencio.

—Es mi favorita —dijo Verity—. No me canso de oírla.

445

—Todas son mis favoritas —dijo George—. Y toca como un ángel. Una más, se lo ruego.

—No —dijo Elizabeth, sonriendo—. Ahora es el turno de Demelza. Ahora cantará para nosotros.

—Después de oírte, no puedo hacerlo —dijo Demelza, a quien la última pieza y el fuerte vino habían afectado mucho—. Rogaba a Dios que me hubieran olvidado.

Todos rieron.

—Debemos oír esa pieza y marcharnos —dijo Ruth, mirando de reojo a su marido—. Por favor, señora Poldark, impóngase a su modestia y muéstrenos lo que puede hacer. Todos nos sentimos ansiosos.

Los ojos de Demelza se encontraron con los de Ruth, y le pareció que veía en ellos un desafío. Decidió afrontarlo. El oporto le había infundido el coraje del alcohol.

—Muy bien…

446 Con un sentimiento de inquietud, Ross vio que se acercaba al arpa y ocupaba el asiento que Elizabeth había abandonado. Demelza no hubiera podido arrancar una sola nota al instrumento, pero el instinto le decía que debía ocupar ese lugar. El resto del grupo la rodeó para escuchar, y en esa posición ella evitó el embarazo de estar de pie y de no saber dónde poner las manos. Pero debía haber cantado diez minutos antes, cuando todos mostraban un ánimo alegre y estaban dispuestos a acompañarla. La ejecución cultivada y precisa de Elizabeth había modificado la atmósfera. No cabía duda de que el contraste sería notorio.

Demelza se instaló cómodamente, enderezó la espalda y rasgó una cuerda con el dedo. Produjo una nota grata y reconfortante. Era como un contraste con Elizabeth. Se había esfumado el halo, y en su lugar aparecía la oscura sustancia de la humanidad.

Miró a Ross; en sus ojos bailoteaba un demonio maligno. Comenzó a cantar.

Su voz levemente ronca, casi de contralto, dulce y al mismo tiempo imperceptiblemente desafinada, no intentaba impresionar por su volumen, y más bien parecía entregar como un mensaje personal lo que tenía que decir.

> Para mi amor quise arrancar una bonita rosa
> quise arrancar una rosa roja que se abría
> el amor que me inunda el corazón quiere mostrar
> lo que tu corazón debe saber.
> En mi dedo una espina se clavó
> en mi dedo la herida está sangrando
> rojo es mi corazón herido y olvidado
> como tu corazón, que al mío necesita.
> Quiero enjugar la roja sangre de mi dedo
> mientras dolida espero
> sufre mi corazón que anhela unirse
> al tuyo en la canción.

447

Hubo una pausa y Demelza tosió para indicar que había terminado. Se oyeron murmullos de elogio, algunos simplemente corteses, pero otros espontáneos.

—Encantador —dijo Francis, con los ojos entrecerrados.

—Por Dios —dijo John Treneglos con un suspiro—. Me agradó.

—Por Dios —dijo Demelza, mirándolo con ojos chispeantes—. Temí que no le gustara.

—Señora, una respuesta aguda —dijo Treneglos. Comenzaba a comprender por qué Ross había cometido el error de desposar a su criada—. ¿Puede ofrecernos un poco más de eso?

—¿Canciones o respuestas, señor?

—No conocía esa pieza —dijo Elizabeth—. Me emociona mucho.

—Muchacha, quiero decir canciones —contestó Treneglos, mientras levantaba los pies—. Sé que conoce las respuestas.

—John —dijo la esposa—. Es hora de que partamos.

—Estoy cómodo aquí. Gracias, Verity. Francis, este oporto es bueno. ¿Dónde lo conseguiste?

Francis se puso de pie para llenar su copa.

—En la casa Trencrom. Pero últimamente no es tan bueno. Pienso cambiar.

—El otro día compré un oporto aceptable —dijo George—. Lamentablemente, habían pagado el impuesto y me cobraron casi tres guineas por trece botellas de litro.

Francis enarcó irónicamente el ceño. George era un buen amigo y un acreedor benévolo, pero no podía privarse de mencionar en una conversación el precio que pagaba por las cosas.

Era casi el único signo que le restaba de sus orígenes.

—Dime, Elizabeth, ¿cómo te arreglas ahora con la servidumbre? —preguntó Ruth, elevando la voz—. Yo tengo muchas dificultades. Mamá me decía esta mañana que no hay modo de satisfacer a los criados. Afirmaba que la generación joven tiene ideas tan absurdas… no aceptan ocupar el lugar que les corresponde.

—Por favor, Demelza, otra canción —pidió Verity—. La que estabas ensayando cuando fui a visitarte. Recuerdas, la canción del pescador.

—Me gustan todas —dijo John—. Condenación, ignoraba que teníamos amigos tan talentosos.

Demelza vació la copa que acababan de llenarle. Pasó los dedos sobre las cuerdas del arpa y les arrancó un sonido sorprendente.

—Tengo otra canción —dijo gentilmente. Miró un momento a Ross, y después a Treneglos, con los párpados entornados. El vino le había encendido los ojos y en ellos se habían metido la mitad de los demonios de un páramo de Cornualles.

Comenzó a cantar, en voz muy baja pero muy clara.

Sospeché que era bonita
sospeché que no era mía
y mi padre afirmó que era ilegal
comprendí que era atrevida
y que a nadie esperaría
la mujer más perversa
y bonita que jamás conocí.
Con la mejor intención
fui a verla al anochecer
dicen que en el amor y la guerra todo está bien
se esfumaron mis buenas intenciones
olvidé las palabras de mi padre
la mujer más perversa y bonita que jamás conocí.

Aquí Demelza hizo una pausa, y durante unos segundos abrió los ojos para mirar a John Treneglos antes de entonar la última estrofa.

449

Qué tibio era nuestro nido de amor
y el marido no vino a sorprendernos,
dulce e impetuosa era nuestra juventud
y ahora el cuclillo vuelve al nido
cansado de volar
la mujer más perversa y bonita que jamás conocí.

John Treneglos lanzó un rugido de alegría y se palmeó los muslos. Incluso el refinado Francis reía. Demelza se sirvió otra copa de oporto.

—¡Bravo! —dijo George—. Me gusta esa canción. Tiene ritmo ágil y agradable. ¡Y muy bien cantada!

Ruth se puso de pie.

—Vamos, John. Amanecerá antes de que lleguemos a casa.

—Tonterías, querida. —John tiró de la cadena de su cronómetro, pero el reloj rehusaba salir del profundo bolsillo—. ¿Alguien sabe la hora? No pueden ser las diez todavía.

—Señora, ¿no le gustó mi canción? —preguntó Demelza, dirigiéndose a Ruth.

Los labios de Ruth se movieron apenas para hablar.

—Sí, mucho. Me pareció sumamente instructiva.

—Son las nueve y media —dijo Warleggan.

—Por supuesto, señora —dijo Demelza—, me sorprende que usted necesite instrucción en esos asuntos.

Ruth palideció. Podía dudarse de que Demelza comprendiese todo el sentido de su observación. Pero después de beber cinco grandes copas de oporto no se sentía muy inclinada a sopesar el pro y el contra de una observación antes de formularla. Sintió que Ross se acercaba por detrás, y que su mano le tocaba el brazo.

—No me refería a eso. —La mirada de Ruth se desvió—. Lo felicito, Ross, tiene una esposa muy hábil en las artes del entretenimiento.

—No es hábil —dijo Ross, oprimiendo el brazo de Demelza—. Pero aprende con mucha rapidez.

—La elección de tutor significa mucho, ¿verdad?

—Oh, sí —concordó Demelza—. Ross es tan bueno que puede dar cierta educación aun a la más tosca de las mujeres.

Ruth palmeó el brazo de Demelza. Ahora se le ofrecía la oportunidad deseada.

—Querida, no creo que por ahora usted sea la persona más apropiada para juzgar eso.

Demelza la miró y asintió.

—No. Quizá debí decir a todas, excepto a las más groseras.

Verity se interpuso antes de que el diálogo cobrase perfiles más filosos. Los visitantes comenzaban a retirarse. Finalmente había conseguido que John abandonase su silla. Todos pasaron al vestíbulo.

Entre muchas risas y comentarios de último momento, los visitantes se pusieron los abrigos, y Ruth reemplazó sus delicados zapatos por otros de montar, con hebillas. Hubo que admirar su capa de montar, a la última moda. Pasó una media hora mientras se intercambiaban afectuosas despedidas y promesas, y se hacían bromas y se las contestaban. Finalmente, entre el repiqueteo de los cascos, el grupo se alejó por el sendero, y la gran puerta se cerró con un fuerte golpe. Los Poldark estaban otra vez solos.

451

10

*E*n definitiva, había sido la velada de Demelza. Había afrontado una prueba severa, y la había pasado con notable éxito. Solo ella sabía que el éxito respondía en parte a las náuseas que había sentido durante la cena, y en parte a cinco copas de oporto en un momento crucial de la velada; y no había revelado a nadie el secreto.

Dos horas después, cuando dieron las buenas noches a sus parientes y subieron la ancha escalera, al lado de la galería de cuadros, Ross tomaba conciencia de esta nueva faceta del carácter que Demelza había revelado. Durante toda la velada Ross se había sentido sorprendido y divertido al mismo tiempo. El encanto, casi podía decirse la belleza de Demelza, con su vestido nuevo y a la moda, la impresión que había provocado; su dignidad serena y discreta durante la cena, precisamente cuando él había esperado verla nerviosa y estirada, o estridente e inmoderada. Demelza en presencia de las inesperadas visitas, escuchando y replicando sin comprometer su propia dignidad, y entonando esas canciones atrevidas con su voz grave y ronca, y el suave acento nativo. Demelza coqueteando con John Treneglos en las narices mismas de Ruth, y para el caso en las del propio Ross.

Demelza, a quien con mucha dificultad y derrochando tacto fue posible alejar de la botella de oporto, una vez que los visitantes se hubieron marchado. (Mientras estaban en un juego de naipes, que la joven no sabía jugar, Ross la había visto deslizarse hacia el aparador y servirse disimuladamente un par de copas. Demelza, ahora subía serenamente la ancha escalera, al lado del propio Ross, erguida y pulcra con su vestido de seda malva y verde manzana, del cual emergía su cuello fuerte y esbelto, y los hombros blancos como el cogollo de una flor).

Demelza, más distanciada de él de lo que jamás la había visto. Esa noche él se había separado un poco de su mujer, la había visto con ojos diferentes. Allí, sobre un trasfondo desconocido para ella, pero que para Ross representaba asociaciones y normas definidas, ella se había puesto a prueba, y no le había hallado en falta. Ahora Ross no lamentaba haber aceptado la invitación. Recordaba las palabras de Elizabeth: «Debes presentarla en sociedad, tienes que salir con ella». Incluso eso podía no ser imposible si la propia Demelza lo deseaba. Quizás ambos pudieran iniciar una vida nueva. Se sentía complacido, entusiasmado y orgulloso ante el desarrollo de la personalidad de su joven esposa.

453

Demelza hipó levemente cuando llegaron al dormitorio. También ella tenía algunas sensaciones diferentes de las habituales. Se sentía como una jarra de sidra que fermenta, desbordante de burbujas y aire, la cabeza aturdida, el humor levantisco, y tan poco interesada en dormir como el propio Ross. Contempló el hermoso cuarto con su empapelado crema y rosado y las cortinas de brocado.

—Ross —dijo—. Me gustaría que esos pájaros no tuvieran tantas pintitas. Los zorzales nunca tienen esas pintas. Si quieren pintar manchas en los pájaros que adornan las cortinas, ¿por qué no usan el color debido? Ningún pájaro tiene pintitas rosadas. Y ningún pájaro tiene tantas.

Se apoyó en Ross, que se recostó sobre la puerta que acababa de cerrar, y le palmeó la mejilla.

—Niña, estás achispada.

—Claro que no. —Demelza recuperó el equilibrio y atravesó la habitación con fría dignidad. Con movimientos un tanto pesados se sentó en un sillón frente al fuego, y se quitó los zapatos. Ross encendió el resto de las velas con la que traía, y después de un intervalo las velas comenzaron a arder e iluminaron toda la habitación.

Demelza permaneció sentada, los brazos detrás de la cabeza, los pies extendidos hacia el fuego, mientras Ross se desvestía lentamente. De tanto en tanto cambiaban algunas palabras, se reían de la versión que ofrecía Ross de las payasadas de Treneglos con la rueca de hilar; Demelza le hacía preguntas acerca de Ruth, los Teague, y los Warleggan. Hablaban en voz baja, con acentos cálidos y confidenciales. Era la intimidad de una limpia camaradería.

La casa se había silenciado. Aunque no tenían sueño, el calor y la comodidad tan agradables orientaban imperceptiblemente los sentidos de ambos hacia el sueño. Ross tuvo un momento de satisfacción completa. Recibía amor, y lo ofrendaba en igual y generosa medida. En ese momento, la relación de ambos esposos no tenía fisuras.

Después de ponerse la bata de Francis, Ross se sentó en el taburete, al lado del sillón que ocupaba Demelza, y extendió las manos hacia el resplandor del fuego.

Los dos callaron.

De pronto, del centro de la felicidad de Demelza surgió una antigua decisión.

—Ross —preguntó—, ¿me comporté bien esta noche? ¿Me comporté como lo habría hecho la señora Poldark?

—Tu conducta fue monstruosa —dijo él—, y un verdadero triunfo.

—No te burles. ¿Crees que fui buena esposa?

—Moderadamente buena. Muy moderadamente.

—¿Canté bien?

—Estabas inspirada.

Otra vez el silencio.

—Ross.

—¿Sí, flor?

—Otra vez capullo —dijo ella—. Esta noche me llamaron flor y florecilla. Espero que dentro de pocos años no empiecen a llamarme arveja o algo por el estilo.

Ross se echó a reír, en silencio pero largamente.

—Ross —volvió a decir Demelza, cuando al fin él recuperó la seriedad.

—¿Sí?

—Si fui buena esposa, tienes que prometerme algo.

—Muy bien —dijo Ross.

—Debes prometerme que antes… antes de Pascua irás a Falmouth y verás al capitán Blamey, para saber si todavía ama a Verity.

Hubo unos instantes de silencio.

—¿Cómo puedo saber a quién ama? —preguntó Ross irónicamente. Se sentía demasiado feliz para discutir con ella.

—Pregúntale. Fuiste su amigo. No mentirá en un asunto como este.

—¿Y luego?

—Si aún la ama, podemos organizar un encuentro.

—¿Y luego?

—Y después no necesitaremos hacer más.

—Eres muy insistente, ¿verdad?

—Solo porque tú eres tan obstinado.

—No podemos arreglar vidas ajenas.

Demelza hipó.

—No tienes corazón —dijo—. Eso es lo que no entiendo. Me amas, pero no tienes corazón.

—Quiero mucho a Verity, pero…

—¡Ah, tus peros! Ross, no tienes fe. Los hombres no comprenden. ¡No tienes la menor idea de lo que le ocurre a Verity! Te lo aseguro.

—¿Y tú?

—No la necesito. Me conozco a mí misma.

—Bien puedes imaginar que existen mujeres distintas de ti.

—¡Ton-te-rías! —dijo Demelza—. No me asustas con tus palabras hinchadas. Sé que Verity no nació para solterona, para secarse y encogerse mientras cuida la casa y los niños de otra persona. Ella preferirá afrontar el riesgo de unirse a un hombre que no sabe controlarse cuando bebe. —Se inclinó hacia delante y comenzó a quitarse las medias.

Él la miró.

—Parece que desde que te casaste conmigo has desarrollado una filosofía.

—No, no es así… nada de eso —dijo Demelza—. Pero sé lo que es el amor.

La observación pareció llevar la discusión a un plano distinto.

—Sí —convino él con voz serena—. Lo mismo digo.

Se hizo un silencio más prolongado.

—Si amas a alguien —dijo Demelza—, no importan algunos roces. Lo que importa es si el otro retribuye tu cariño. Si lo hace, solo puede lastimar tu cuerpo. No herirá tu corazón. Demelza enrolló sus medias e hizo una pelota, y se recostó de nuevo en la silla, al mismo tiempo que acercaba los pies al fuego. Ross levantó el atizador y removió las cenizas y las brasas, hasta que dieron llama.

—Entonces, ¿irás a Falmouth a ver? —preguntó Demelza.

—Lo pensaré —dijo Ross—. Lo pensaré.

Demelza era demasiado sensata para insistir después de obtener esta promesa. Otra lección, por cierto de menor jerarquía, que ella había aprendido en la vida de casada era que si con persistencia y discreción suficiente procuraba engatusar a su marido, en definitiva, a menudo se salía con la suya.

Ahora que estaban más atentos a los pequeños ruidos, les pareció que el silencio de la casa era menos total que un rato antes. Se había convertido en el silencio débil y crujiente de las viejas maderas y pizarras, viejas en la historia de los Poldark y los Trenwith, los seres cuyos rostros olvidados estaban colgados en el vestíbulo desierto, cuyas esperanzas y cuyos amores olvidados habían alentado y florecido aquí. Geoffrey Trenwith, que había construido esa casa con fe y entusiasmo; Claude, profundamente comprometido en la Rebelión de los Evangelios; Humphrey, con su gorguera isabelina; Charles Vivian Poldark, que había regresado herido a su hogar después de surcar los mares; la pelirroja Anna-María; la presbiteriana Joan; actitudes y credos contradictorios; generaciones de niños, poseídos por la alegría de la vida, que habían crecido, habían aprendido y desaparecido. El silencio grávido de la vieja casa era más poderoso que el silencio vacío de la juventud que ella había albergado. Los paneles todavía sentían el roce de la seda enmohecida, las tablas del suelo aún crujían bajo la presión del pie olvidado. Durante un momento algo se interpuso entre el hombre y la joven sentados frente al fuego. Lo sintieron, y eso los separó uno del otro, y los dejó a solas con sus pensamientos.

457

Pero ni siquiera la fuerza del pasado podía separarlos mucho tiempo. En cierto modo, y a causa de la naturaleza del ser de ambos, el antiguo y peculiar silencio dejó de ser un obstáculo y se convirtió en un medio de comunicación. Durante un momento el tiempo los había sobrecogido. Y después, el tiempo volvió a ser su amigo.

—¿Estás dormida? —preguntó Ross.

Ella se movió, y apoyó un dedo sobre el brazo de Ross.

Él se puso de pie lentamente y se inclinó sobre Demelza, tomó el rostro de la joven en sus manos y la besó en los ojos, la boca y la frente. Con una extraña laxitud felina, ella le dejó hacer lo que quería. Y de pronto, el blanco cogollo de la flor se liberó de sus pétalos.

Solo entonces ella elevó sus manos hacia el rostro del hombre, y a su vez lo besó.

11

Regresaron al día siguiente, después de desayunar temprano, caminando como habían venido, y siguiendo el sendero del
arrecife, la aldea de Sawle y la caleta de Nampara. Se habían
despedido de sus parientes, y de nuevo estaban solos, atravesando juntos el páramo cubierto de brezos.

Conversaron un rato como lo habían hecho la noche anterior, distraídos y confidentes, riendo juntos y silenciosos. Esa
mañana había caído una lluvia intensa, sin viento, pero había
cesado mientras cenaban, y el cielo estaba limpio. Ahora, de
nuevo se había nublado. Había una fuerte marejada.

Demelza se sentía tan alegre porque su prueba había terminado —e incluso podía decirse que de un modo bastante hon-
roso— que apresó el brazo de Ross y comenzó cantar. Daba
largos pasos, casi masculinos, para marchar a la par de su marido, pero de tanto en tanto daba saltitos para recuperar el terreno perdido. Armonizaba los saltos con el canto, de modo que
su voz se elevaba bruscamente al mismo tiempo que los pies.

> Sentada en la orilla bajo el sol
> En la Navidad *(salto)*
> En la Navidad *(salto)*
> Sentada a la orilla bajo el sol
> En la mañana de Navidad.

Vi llegar *(salto)* tres barcos
En la Navidad
En la Navidad
Vi llegar *(salto)* tres barcos
En la mañana de Navidad.

Antes de ponerse el sol, el cielo sombrío se abrió en el horizonte, y el mar y la tierra se inundaron de luz. A causa de la súbita tibieza bajo las nubes bajas, todas las olas cobraron formas desordenadas y avanzaron adoptando perfiles confusos, con las crestas que se alzaban y resplandecían al sol.

Demelza pensó: «sin duda, ahora estamos más cerca que nunca. Qué ignorante era esa primera mañana de junio en que creí que todo era seguro. Incluso esa noche de agosto, después que llegó la sardina, incluso esa vez fue nada comparado con esto. Todo el verano pasado me dije que estaba tan segura como nunca. Lo sentía así. Pero anoche fue distinto. Después de siete horas enteras en compañía de Elizabeth, él aún me quería. Después de una conversación a solas, en que ella le hacía ojitos como una gata, aún vino a mí. Quizás ella no es tan mala. Quizás en realidad no es una gata. Quizá la compadezco. ¿Por qué Francis tiene un aire tan hastiado? Quizá, después de todo la compadezco. La buena de Verity ayudó. Espero que mi bebé no tenga ojos de bacalao como Geoffrey Charles. Creo que estoy adelgazando, no engordando. Confío en que no ocurrirá nada malo. Ojalá no me sintiera tan enferma. Ruth Treneglos es peor que Elizabeth. No le gusta que yo tenga que ver con su marido, el hombre de las liebres y los sabuesos. Como si él me importara. Aunque, la verdad, no me gustaría encontrarlo en un camino oscuro, y yo sola. Creo que ella sintió celos de mí, pero en otro sentido. Quizá quería a Ross por esposo. Sea como fuere, vuelvo a casa, a mi casa, al pelado Jud y la gorda Prudie y la pelirroja Jinny y Cobbledick, el de las piernas largas; vuelvo a casa para engordar y afearme yo también. Y no me importa.

459

Verity tenía razón. Él me será fiel. No porque deba serlo, sino porque lo desea. No debo olvidar a Verity. Seré tan astuta como una serpiente. Me encantaría ir a una de las partidas de naipes de George Warleggan. Quisiera saber si alguna vez podré. Quisiera saber si Prudie recordó que tenía que dar de comer a los terneros. Quisiera saber si quemó el pastel. Quisiera saber si va a llover. Dios mío, quisiera saber si voy a enfermar».

Llegaron a Sawle, cruzaron la barra de piedra y treparon la colina, del otro lado.

—¿Estás cansada? —preguntó Ross, porque ella parecía rezagarse.

—No, no. —Era la primera vez que le hacía esa pregunta.

El sol había descendido, y el cielo se veía oscuro. Después de su breve desorden, las olas se habían reorganizado y avanzaban hacia la playa, mostrando largas concavidades verdes cuando se curvaban para romperse.

460   De nuevo Ross se sintió feliz —de un modo distinto y menos efímero que antes—. Experimentaba un extraño sentimiento de iluminación. Le parecía que toda su vida había avanzado para llegar a ese eje del tiempo, recorriendo los hilos dispersos de un período de veinte años; desde su propia niñez, cuando corría despreocupado y descalzo al sol, sobre las arenas de Hendrawna, desde el nacimiento de Demelza en la sordidez de un *cottage* de minero, desde las llanuras de Virginia y la concurrida feria de Redruth, desde los complejos impulsos que habían regido la decisión de Elizabeth en favor de Francis, y desde la sencilla filosofía de la fe de la propia Demelza, todo había concurrido a un mismo propósito, y ese propósito era un momento de iluminación, de entendimiento y totalidad. Alguien —un poeta latino— había definido la eternidad simplemente como esto: aferrar y poseer la integridad de la vida en un momento, aquí y ahora, el pasado y el presente, y lo por venir.

Pensó: si pudiera detener la vida durante un rato, la detendría aquí. No cuando llegué a casa, ni cuando salí de Trenwith, sino aquí, cuando estoy llegando a la cima de la colina, en las afueras de Sawle, y el crepúsculo desdibuja los bordes de la tierra y Demelza camina y tararea a mi lado.

Sabía que muchas cosas reclamaban su atención. Toda la vida era un ciclo de dificultades que había que resolver, y obstáculos que era necesario superar. Pero en esa hora del atardecer de la Navidad de 1787, no le preocupaba el futuro, solo el presente. Pensó: no tengo hambre ni sed, ni lascivia ni envidia; no me siento desconcertado, o cansado, o pesaroso, y no tengo ambiciones. Allí mismo, en el futuro inmediato, está esperándome una puerta abierta y una casa tibia, sillas cómodas y quietud y compañía. Trataré de conservarlo.

En la lenta semipenumbra rodearon la caleta de Nampara y comenzaron la última y breve ascensión, al costado del arroyo, en dirección a la casa.

Demelza empezó a cantar, con picardía y voz grave:

461

> Había un par de viejos, y ambos eran pobres,
> *Twidl, twidl, twí.*

Este libro utiliza el tipo Aldus, que toma su nombre
del vanguardista impresor del Renacimiento
italiano, Aldus Manutius. Hermann Zapf
diseñó el tipo Aldus para la imprenta
Stempel en 1954, como una réplica
más ligera y elegante del
popular tipo
Palatino

Ross Poldark
se acabó de imprimir
un día de primavera de 2018,
en los talleres gráficos de Egedsa
Roís de Corella 12-16, nave 1
Sabadell
(Barcelona)